Merch Ar-lein

AR DAITH

Mae Zoe Sugg o Brighton, neu Zoella i chi a fi, wrth ei bodd yn flogio. Mae miliynau o bobl yn dilyn ei flogiau harddwch, ffasiwn a ffordd o fyw ar YouTube, gyda miloedd yn fwy yn gwylio'i flogiau'n fisol. Yn 2011, enillodd y Cosmopolitan Blog Award am y blog harddwch sefydledig gorau, gan fynd ymlaen i ennill gwobrau'r blog gorau a'r flog Prydeinig gorau yng ngwobrau Teen Awards Radio 1 yn 2013 a 2014, a gwobr Nichleodeon Kids Choice fel hoff flogiwr Prydain yn 2015. Cafodd ei henwi'n hoff flogiwr harddwch a ffasiwn y we yng ngwobrau'r Teen Choice Awards yn 2014.

Dilynwch Zoe ar Twitter, Facebook,
Instagram a Snapchat
@zoella
www.zoella.co.uk
www.girlonlinebooks.com

Merch Ar-lein

AR DAITH

ZOE SUGG

Addasiad EIRY MILES

RILY

ISBN 978-1-84967-065-4

Hawlfraint y testun: © Zoe Sugg 2015
Cyfieithiad gan Eiry Miles
Hawlfraint y cyfieithiad © Rily Publications Ltd, 2018

Llun clawr blaen gan Silas Manhood
Hawlfraint clawr cefn: llun yr awdur: © Zoe Sugg
Mae'r awdur wedi datgan ei hawl foesol. Cedwir pob hawl.
Cyhoeddwyd yn wreiddiol yn Saesneg fel *Girl Online: On Tour*
gan Penguin Books Ltd. London

Cyhoeddwyd gan Rily Publications Ltd
Rily Publications, Blwch Post 257, Caerffili CF83 9FL

Mae'r cyhoeddwyr yn cydnabod cefnogaeth ariannol Cyngor Llyfrau Cymru.

Argraffwyd a rhwymwyd ym Mhrydain
gan CPI Group (UK) Ltd, Croydon CR0 4YY

RILY

www.rily.co.uk

I'r bobl sy'n gwneud hyn yn bosib
ac yn fy annog i o'r cyrion.
Alla i ddim diolch digon.

20 Mehefin

Sut i Oroesi Perthynas o Bell Pan Fydd Dy Gariad yn Dduw Roc Chwilboeth

1. Lawrlwytha Skype, WhatsApp, Snapchat a phob app cyfathrebu sydd ar gael. Arhosa ar ddi-hun drwy'r nos yn dy *onesie* panda, yn clebran gyda dy gariad tan fydd d'amrannau'n twitsian a dim dewis ond cysgu.

2. Pryd bynnag y byddi di'n dihuno ac yn gweld 'i eisiau fe, gwranda ar 'Merch yr Hydref' drosodd a throsodd.

3. Rho app ar dy ffôn sy'n dweud wrthot ti faint o'r gloch yw hi ble bynnag mae e, fel na fyddi di'n 'i ddihuno fe ar ddamwain am dri o'r gloch y bore am sgwrs. (Dwi wedi gwneud hyn o leiaf dair gwaith yn barod!)

4. Pryna galendr a nodi nifer y dyddiau tan y gweli di fe eto (sef, DIM OND PUMP ar hyn o bryd).

5. Rywsut neu'i gilydd, enilla'r loteri fel y gelli di adael yr ysgol a hedfan i ble bynnag mae e, a pheidio â gorfod bod hebddo fe am gymaint o amser byth eto.

6. Beth bynnag wnei di, PAID â mynd ar-lein a gwylio fideos o'r seren bop hynod brydferth Leah Brown wrth iddi droi a throelli o gwmpas dy gariad o flaen miliynau o ffans sy'n sgrechian yn wyllt.

7. A PHAID â chwilio am 'i enw ar-lein a gweld yr holl bethau cŵl mae e'n eu gwneud tra wyt ti'n astudio ar gyfer dy arholiadau.

Ddarllenydd hoff, hyd yn oed os bydda i eisiau cyhoeddi'r blog yma i'r byd a'r betws, wnaf i fyth mo hynny.

Dwi'n gwybod – does dim hawl gyda fi i deimlo'n ansicr amdana i fy hunan a'r ffordd dwi'n edrych. Does dim hawl gyda fi i deimlo'n genfigennus. Fy nghariad i yw'r bachgen anwylaf yn y byd a dyw e erioed wedi rhoi rheswm i fi deimlo fel hyn – nag yw e?

Dwed wrtha i y bydd pethau'n gwella. Dwi ddim yn gwybod sut i ymdopi.

Merch Oddi Ar-lein ... byth am fynd ar-lein xxx

Pennod Un

Pum diwrnod yn ddiweddarach

Ddylech chi byth allu gweld y môr o'ch stafell arholi.

Dyw hi ddim yn deg. Ry'n ni'n styc tu fewn, a'n bysedd yn stiff i gyd ar ôl bod yn sgrifennu am ddwy awr, tra bod yr heulwen yn dawnsio'n braf ar y tonnau tu fas. Sut galla i gofio pwy oedd pedwaredd gwraig Harri VIII wrth glywed sŵn adar yn canu? Dwi'n siŵr 'mod i hefyd yn clywed cân swynol y fan hufen iâ.

Siglaf fy mhen i gael gwared ar y llun sy'n fy meddwl o hufen iâ meddal, melys, blasus a Flake ar 'i ben. Ceisiaf anfon neges feddyliol at fy ffrind gorau, Elliot. Fydd e ddim yn cael unrhyw drafferth cofio ffeithiau a ffigurau yn 'i arholiad hanes. Rhoddais i'r enw Wici iddo fe, achos bod 'i ymennydd, dwi'n siŵr, yn cynnwys cymaint o wybodaeth â Wicipedia, tra bod fy nodiadau adolygu i'n diflannu o'm meddwl mor gyflym â Snapchat.

Ochneidiaf a cheisio canolbwyntio ar gwestiwn yr arholiad, ond mae'r geiriau'n nofio o flaen fy llygaid ac alla i ddim gwneud synnwyr o'm llawysgrifen traed brain. Gobeithio y bydd pwy bynnag fydd yn marcio hwn yn gallu 'i ddeall.

Doedd dewis astudio TGAU Hanes ddim yn syniad da. Ar y

pryd, dewisais i beth bynnag roedd pawb arall yn 'i wneud. Yr unig bwnc ro'n i'n bendant am 'i wneud oedd ffotograffiaeth. A dweud y gwir, does dim syniad gyda fi beth hoffwn i 'i wneud ar ôl gadael yr ysgol.

'Iawn, bawb. Pob ysgrifbin i lawr,' medd yr arholwr ym mlaen y stafell.

Mae 'ngheg yn sych. Am faint fues i'n breuddwydio? Dim syniad. Ond dwi'n gwybod 'mod i heb orffen ateb y cwestiynau i gyd. Yr arholiadau hyn sy'n penderfynu pa bynciau y bydda i'n eu dewis y flwyddyn nesa, a dwi wedi gwneud cawlach ohonyn nhw'n barod. Mae cledrau 'nwylo'n chwyslyd ac yn llithrig, ac erbyn hyn, alla i ddim clywed yr adar yn canu tu fas. Yr unig sŵn yw sgrech gwylanod, sydd fel tasen nhw'n bloeddio, 'Methu, methu, methu' yn 'y nghlust. Mae fy stumog yn troi, a dwi'n teimlo braidd yn sâl.

'Penny, ti'n dod?' Edrychaf i fyny. Mae Kira, fy ffrind, yn aros wrth 'y nesg. Mae'r arholwr wedi bachu 'mhapur heb i fi sylwi.

'Ydw, aros eiliad.' Cydiaf yn 'y mag a llithro mas o'r gadair.

Ac yna, wrth i fi sefyll ar fy nhraed, daw ton o ryddhad drosta i, gan sgubo'r hen deimlad diflas i ffwrdd. Beth bynnag fydd y canlyniad, dyna ni: f'arholiad olaf. Mae'r flwyddyn ysgol yma ar ben!

Mae gwên hurt ar fy wyneb i wrth roi pump uchel i Kira. Dwi'n teimlo'n agosach nag erioed at fy ffrindiau ysgol – yn enwedig yr efeilliaid, Kira ac Amara. Nhw wnaeth f'amddiffyn adeg y chwalfa ar ddechrau'r flwyddyn – mur cadarn o gyfeillgarwch yn erbyn ton ar ôl ton o newyddion drwg. Aeth y cyfryngau'n wallgo ar ôl clywed 'mod i'n gariad i'r seren roc Noah Flynn, ac yna daethon nhw o hyd i 'mlog i; daethon nhw o hyd i fanylion preifat am 'y mywyd i a 'ngalw i'n bob enw dan haul, gan fod Noah – i fod – mewn perthynas â'r seren bop fyd-enwog, Leah Brown. Dyna oedd dyddiau gwaetha 'mywyd, ond ces i help gan fy ffrindiau i ddod trwy'r storm. A phan ddaeth y cyfan i ben, daeth y ddrama â ni at ein gilydd.

Wrth i ni dasgu allan i'r coridor, dyma Kira'n holi, 'Byrgers i ddathlu yn GBK? Ry'n ni i gyd yn mynd yno cyn y cyngerdd. Mae'n rhaid bo' ti'n teimlo mor gyffrous i weld Noah eto.'

Daw teimlad cyfarwydd i'm stumog – adenydd pilipala. Dwi'n teimlo'n llawn cyffro – wrth gwrs 'mod i – ond dwi'n nerfus hefyd. Dwi heb weld Noah ers gwyliau'r Pasg, pan ddaeth e yma i ddathlu 'mhen-blwydd yn un ar bymtheg. Nawr, ry'n ni ar fin treulio pythefnos gyda'n gilydd. Ac er mai dyna'r unig beth dwi eisiau – a'r unig beth y galla i feddwl amdano – alla i ddim peidio â phoeni na fydd pethau yr un peth.

'Wela i chi yno,' atebaf. 'Rhaid i fi gasglu cwpwl o bethe o swyddfa Miss Mills, a mynd adre i newid.'

Mae Kira'n gwasgu 'mraich. 'O iyffach! Rhaid i fi ddewis beth i'w wisgo hefyd!'

Dyma fi'n cynnig gwên fach wrth iddi ruthro i ffwrdd, ond mae'r hapusrwydd yn pylu wrth i nerfusrwydd ddechrau 'mhigo. Nerfusrwydd wrth feddwl: *Fydd fy nghariad i'n dal i fy hoffi i?* Dwi'n gwybod y dylwn i deimlo'n fwy hyderus fod Noah yn fy hoffi i fel ydw i. Ond haws dweud na gwneud pan mae eich cariad cyntaf yn un o'r cerddorion newydd, enwocaf ar y blaned.

Mae'r coridorau bron yn wag, a'r unig sŵn yw gwichian fy sgidiau Converse ar y llawr sgleiniog. Mae'n anodd credu mai dyma fydd fy sgwrs olaf gyda f'athrawes ffotograffiaeth, Miss Mills. Buodd hi'n gymaint o gefn i fi eleni. Heblaw am Mam a Dad, hi yw'r unig berson, siŵr o fod, sy'n gwybod beth ddigwyddodd dros y Nadolig a'r flwyddyn newydd. Alla i siarad yn gwbl agored â hi. Hyd yn oed gydag Elliot, dwi'n cnoi 'nhafod damed bach. Wnes i erioed sylweddoli bod arna i eisiau – ac angen – pâr o glustiau diduedd.

Daeth Miss Mills i wybod am y cyfan pan ges i bwl o banig yn y cwpwrdd bach sydd wedi'i droi'n stafell dywyll. Digwyddodd hyn ryw wythnos neu ddwy ar ôl i'r newyddion 'dorri' ar-lein amdana i a Noah. Fel arfer, mae'r stafell dywyll yn gysurlon, ond y diwrnod hwnnw bues i bron â llewygu i ganol y cemegau. Falle mai'r arogleuon cryf neu'r lle cyfyng oedd ar fai, neu'r ffaith 'mod i'n datblygu ffotograff o wyneb golygus Noah, wyneb na fyddwn i'n 'i weld am oesoedd. Pwy a ŵyr? Yn ffodus, digwyddodd hynny ar ôl ysgol, felly fuodd dim rhaid i neb weld 'Penny Panig' yn perfformio eto. Gwnaeth Miss Mills ddisgled o de melys a rhoi llwyth o fisgedi i fi. Wedyn, dechreuais i siarad a siarad yn ddi-baid.

Mae hi wedi fy helpu i ers hynny, ond dwi'n gwybod beth fyddai wedi fy helpu'n fwy na dim: fy mlog. Mae blogio wastad wedi rhoi cymaint o ryddhad i fi. Rhoddais i osodiad 'Preifat' ar bob blog *Merch Ar-lein* ar ôl rhannu 'mlog olaf 'O STORI DYLWYTH TEG I STORI ARSWYD', ond allwn i ddim anwybyddu'r dynfa – y dynfa i rannu fy meddyliau â'r byd. Buodd *Merch Ar-lein* yn llwyfan creadigol ac emosiynol i fi am dros flwyddyn, ac ro'n i'n gweld 'i eisiau – a'r gymuned o ddarllenwyr ar-lein a ddaeth yn ffrindiau i fi. Ro'n i'n gwybod, tasen i ond wedi estyn allan atyn nhw, y byddai darllenwyr y blog wedi 'nghefnogi drwy hyn, fel y cefnogon nhw fi drwy'r camau cynnar, pan o'n i'n pryderu gormod am bopeth.

Ond yr unig beth welwn i wrth gau fy llygaid a breuddwydio am ddiweddaru 'mlog oedd yr holl bobl greulon sydd ar-lein, yn syllu ar eu sgriniau, yn barod i'm rhwygo i'n rhacs. Er yr holl bobl garedig a chefnogol, byddai un gair cas yn ddigon i 'ngwthio i i ganol y trobwll unwaith eto. Do'n i erioed wedi teimlo fel hyn – wedi 'mharlysu'n llwyr. Allwn i ddim sgrifennu. Fel arfer, byddai geiriau'n llifo mas fel dŵr o 'mysedd i, ond roedd popeth ro'n i'n 'i sgrifennu'n lletchwith ac yn rhyfedd. Rhoddais i bopeth ar bapur wedyn, ond doedd hynny ddim yr un peth.

Triais i ddisgrifio'r teimladau hyn wrth Miss Mills. Yn y trobwll hwnnw, mae'r bobl ar-lein yn troi'n glowns yn eu colur trwchus – ac mae'u dannedd nhw fel cyllyll miniog pan fyddan nhw'n gwenu. Maen nhw fel angenfilod, ond yn lle llechu mewn corneli tywyll, maen nhw yno, i bawb allu'u gweld. Nhw yw f'ofnau gwaethaf. Maen nhw'n filiynau o hunllefau. Maen nhw'n gwneud i fi fod eisiau pacio 'mhethau i gyd a symud i fyw gyda llwyth pellennig o bobl yn fforest law yr Amazon – pobl sy'n credu mai ysbrydion drwg wedi'u hala gan y duwiau yw awyrennau. Elliot ddywedodd wrtha i amdanyn nhw. Fetia i nad ydyn nhw wedi clywed am *Merch Ar-lein* na Noah Flynn. Fetia i nad ydyn nhw'n gwybod am Facebook. Na Twitter. Na fideos feirol sydd byth yn diflannu.

Tasen i ond yn byw yn Brighton, Lloegr, byddai popeth yn iawn. Mae bron pawb yn yr ysgol wedi anghofio am fy 'sgandal', fel y maen nhw wedi anghofio enw enillydd *X-Factor* y llynedd. Yn ôl Dad, newyddion heddiw yw papur sgod-a-sglod fory. Ac mae e'n iawn – mae sglein y stori fach am fy mlog i, a hyd yn oed stori Noah a finnau, wedi pylu erbyn hyn. Ond dwi ddim yn byw mewn coedwig bell – nac yn Brighton, Lloegr chwaith, mewn gwirionedd. Nac ydw: dwi'n byw ar Blaned y Rhyngrwyd, ac ar hyn o bryd, dyma'r lle gwaethaf ar wyneb y ddaear i fod yn fi – achos, ar y rhyngrwyd, dwi'n poeni na fydd neb byth yn anghofio.

Mae un peth da wedi dod o'r rhyngrwyd, er hynny. Fe wnes i a Merch Pegasus gyfnewid cyfeiriadau ebost ar ôl iddi hi 'nghefnogi i, ac mae hi wedi troi o fod yn un o ddarllenwyr mwyaf ffyddlon *Merch Ar-lein* i fod yn un o fy ffrindiau gorau – er nad ydyn ni wedi cwrdd eto yn y byd go iawn. Ar ôl gwrando arna i'n cwyno eto fyth 'mod i'n gweld eisiau *Merch Ar-lein*, dywedodd hi wrtha i y gallwn i newid gosodiadau'r blog fel bod angen cyfrinair arbennig i'w ddarllen e. Fi fyddai'n rhoi'r cyfrinair i bobl. Felly nawr, dim ond hi, Elliot a Miss Mills sy'n darllen fy nghleber i, ond mae hynny'n well na dim.

Galla i weld Miss Mills trwy wydr troellog y drws. Mae'i gwallt brown golau'n symud 'nôl a 'mlaen wrth iddi bwyso dros 'i gwaith marcio. Dyma fi'n curo'r drws. Mae hi'n troi i edrych arna i gan wenu.

'Pnawn da, Penny. Wedi cwpla am y flwyddyn, 'te?'

Nodiaf. 'Newydd gwpla'r arholiad hanes.'

'Gwych! Dere mewn.'

Mae hi'n aros i fi eistedd i lawr ar un o'r cadeiriau plastig caled. O gwmpas y stafell, mae prosiectau ffotograffiaeth disgyblion eraill wedi'u gosod ar fyrddau du, yn barod ar gyfer arddangosfa'r haf. Yn erbyn dymuniad Miss Mills, gofynnais iddi beidio ag arddangos fy ngwaith i. Ro'n i wedi gorffen pob aseiniad, ond allwn i ddim wynebu dangos fy ffotograffau i bawb arall. Rhoddodd y rhan fwyaf o'r dosbarth eu portffolios ar-lein hefyd, ond stopiais i uwchlwytho fy rhai i ar ôl y Nadolig. Roedd arna i ofn y byddai rhywun yn dod o hyd i 'ngwaith ac yn 'i ddefnyddio i wneud hwyl am fy mhen. Yn lle hynny, dwi wedi bod yn creu portffolio papur ac yn 'i gyflwyno i Miss Mills bob wythnos. Mae gweithio yn y dull yma wedi bod yn therapiwtig iawn.

Mae hi'n tynnu 'mhortffolio mas ac yn 'i roi'n ôl i fi. 'Gwaith ardderchog, fel arfer, Penny,' gwena. 'Dyma ein cyfarfod olaf am sbel, on'd efe? Ro'n i isie siarad â ti am dy flog diwetha. Bydd pethe *yn* gwella, ti'n gwybod.'

Codaf f'ysgwyddau. Dim ond jyst llwyddo i fynd trwy bob dydd ydw i.

Fel tase hi'n darllen fy meddyliau, aiff Miss Mills yn 'i blaen. 'Dwi'n meddwl y galli di wneud llawer mwy na dim ond goroesi pob dydd. Galli di ffynnu, Penny. Ti wedi gorfod wynebu llawer o broblemau yn ystod y flwyddyn. Dwi'n falch dy fod ti wedi penderfynu parhau â dy Lefel A – yn enwedig Ffotograffiaeth – ond dwi ddim yn credu y dylet ti boeni gormod am dy ddewisiadau. Does dim rhaid i ti benderfynu eto beth hoffet ti wneud.'

Dwi eisiau 'i chredu hi, ond mae'n anodd. Mae'n teimlo fel tase pawb arall yn gwybod yn union beth maen nhw eisiau 'i wneud â'u bywydau. Pawb heblaw amdana i. Dyw Elliot ddim yn deall sut dwi'n teimlo. Mae e'n gwybod 'i fod e'n moyn astudio dylunio ffasiwn ac mae e'n breuddwydio am gael 'i label ffasiwn 'i hun ryw ddydd. Dwi newydd gael gwybod mai bod yn filfeddyg yw uchelgais Kira, felly mae hi'n astudio Bioleg a Mathemateg, gan obeithio cael lle mewn prifysgol dda. Mae Amara'n rhyw fath o athrylith Ffiseg ac wastad wedi breuddwydio am fod yn wyddonydd, felly mae popeth wedi cwympo i'w le iddi hi. Y cyfan alla i wneud yw tynnu lluniau a sgrifennu blog sy'n gyfrinachol i bawb ond criw bach o ffrindiau agos. Dwi ddim yn credu bod gyrfa ar gael yn y maes yna.

Dwi'n gwybod bod moroedd mawr o bosibiliadau, ond dwi'n sownd ar y traeth, yn rhy ofnus i fentro i'r dŵr. 'Oeddech chi wastad isie bod yn athrawes?' yw 'nghwestiwn i.

Mae hi'n chwerthin. 'Nac o'n. Wnaeth e ddigwydd ar ddamwain, rywsut. Ro'n i eisiau bod yn archaeolegydd, tan i fi sylweddoli bod mwy i archaeoleg nag anturiaethau fel Indiana Jones! Yn aml iawn, treulio oriau maith yn categoreiddio tameidiau pitw bach o esgyrn maen nhw'n wneud. Pan sylweddolais i hynny, ges i siom. Ro'n i'n teimlo fel tasen i ar goll wedyn.'

'Dyna sut dwi'n teimlo,' egluraf. 'Ar goll yn fy mywyd fy hun. A dwi ddim yn gwybod sut i ddefnyddio cwmpawd. Oes 'na GPS i'ch arwain chi drwy'ch bywyd?'

Chwardda Miss Mills. 'Does dim ots beth mae oedolion *eraill* yn 'i ddweud wrthot ti, fe ddyweda i gyfrinach fach: does dim *rhaid* i ti wybod nawr. Dim ond un ar bymtheg wyt ti. Mae isie i ti fwynhau dy hunan a chymryd pob cyfle gei di. Tro dy gwmpawd ben i waered ac o chwith a rownd a rownd, fel nad yw e'n gwybod pa ffordd i bwyntio. Fel y dwedais i, ar ddamwain des i'n athrawes, ond nawr, fyddwn i ddim am wneud unrhyw swydd arall.' Mae hi'n pwyso 'mlaen tuag ataf i gan wenu. 'Felly, wyt ti'n edrych 'mlaen at y cyngerdd heno? Dyna i gyd sydd ar wefusau pawb. Ydy Noah yn cefnogi The Sketch?'

Gwenaf, yn falch 'i bod wedi newid y pwnc. Mae 'nghalon yn llamu wrth feddwl am weld Noah eto. Erbyn hyn, dyw Skype a thecstio ddim yn ddigon. Hefyd, hwn fydd y tro cyntaf i fi 'i weld e'n perfformio'n fyw, o flaen miloedd o ferched sgrechlyd. 'Ie, fe sy'n agor y cyngerdd. Mae'n beth mawr iddo fe.'

'Dwi'n siŵr. Wel, cymer ofal dros yr haf. A phaid ag anghofio paratoi ar gyfer dy Lefel A Ffotograffiaeth. Ti'n siŵr nad wyt ti am arddangos dy waith?' hola wedyn, gan droi at y portffolio. 'Mae gyda ti ddarnau anhygoel fan hyn sy'n haeddu cael sylw.'

Siglaf fy mhen. Mae hi'n ochneidio, ond mae hi'n gwybod nad oes pwynt iddi ddadlau â fi. 'Wel, y cyfan alla i 'i ddweud yw, dal ati gyda'r blog, Penny. Dyna dy ddawn di. Ti'n gwybod sut i gysylltu â phobl, a dwi ddim isie i ti golli hynny. Dyna f'aseiniad i ti eleni, yn ogystal â dy ffotograffau. Dwi isie adroddiad llawn am dy deithiau di pan ddoi di'n ôl.'

Gwenaf, gan lithro llyfr nodiadau'r portffolio i 'mag. 'Diolch am eich holl help eleni, Miss Mills.'

Meddyliaf am ein haseiniad ffotograffiaeth ar gyfer yr haf. Mae Miss Mills wedi gofyn i ni edrych ar 'wahanol safbwyntiau'; her i edrych ar bethau o ongl wahanol. Does 'da fi ddim syniad beth i'w wneud, ond dwi'n siŵr y bydd teithio gyda Noah yn cynnig miliwn a mwy o gyfleoedd.

'Croeso, Penny.'

Gadawaf y stafell ddosbarth, a chamu 'nôl i'r coridor gwag. Teimlaf fy nghalon yn curo 'mrest wrth i fi gyflymu a loncian, ac yna rhedeg. Rhuthraf drwy ddrysau mawr y fynedfa, estyn fy mreichiau i'r awyr a throi a throelli fel chwyrligwgan ar y grisiau. Dwi'n gwrido wrth sylweddoli 'mod i'n edrych yn gwbl hurt, ond dyma'r tro cyntaf i fi ysu i orffen blwyddyn ysgol. Dyw rhyddid erioed wedi teimlo cystal â hyn.

25 Mehefin

Mae'r Arholiadau ar Ben!
(A Sut i'w Goroesi Pan Ddôn Nhw 'Nôl)

Seiniwch yr utgorn, plis ... Dwi wedi cwpla'r ysgol am flwyddyn! Wedi bennu! *Finito!*

Doedden nhw ddim cynddrwg â hynny. Ac eto: doedden nhw ddim cynddrwg â hynny. Ond fe ges i rywfaint o help (diolch yn dwlpe i Wici, fy ffrind gorau) i greu strategaethau ymdopi pan o'n i fel tasen i'n gwneud dim ond astudio ... astudio ... a rhagor o astudio!

Os na wnaf i sgrifennu'r strategaethau 'ma nawr, dwi'n gwybod y bydda i wedi'u hanghofio nhw pan ddaw amser arholiadau'r flwyddyn nesa. Am ryw reswm, does dim ots sawl gwaith dwi'n sefyll arholiadau, maen nhw bob amser yn teimlo mor ddychrynllyd ag erioed.

Pum Ffordd i Oroesi Arholiadau (oddi wrth rywun sy'n CASÁU arholiadau)

1. Adolygwch

Iawn, falle bod hynny'n swnio fel peth amlwg i'w ddweud, ond eleni, fe wnes i galendr a nodi pob pwnc arno fe gan roi sticer aur i fi fy hunan pryd bynnag o'n i'n llwyddo i adolygu am awr. Roedd hynny'n teimlo braidd fel tasen i 'nôl yn yr ysgol gynradd, ond a dweud y gwir, roedd gweld y cynnydd ro'n i'n wneud (wrth weld cysawd o sêr aur dros y calendr i gyd) yn gwneud i fi deimlo'n llawer mwy hyderus yn yr hyn ro'n i wedi'i baratoi.

2. Llwgrwobrwyon

Nid gwobrwyon i dy athrawon na dy arholwr, ond i ti dy hunan! Bob tro ro'n i'n gorffen wythnos lawn o adolygu (gweler Cam 1), byddwn i'n mynd i mewn i Gusto Gelato ac yn prynu byrger *gelato* yn wobr i fi fy hunan. Does dim byd cystal â thamed o rywbeth bach melys i roi hwb i ti!

3. Gwna'r cwestiwn anodd yn gyntaf.

Hwn yw top tip Wici! Mae'n well canolbwyntio ar y cwestiynau sydd werth y marciau mwyaf i ddechrau fel nad wyt ti'n gwneud cawlach ar y diwedd wrth sgriblan dwli yn dy draethawd mawr.

4. Coffi

Dwi ddim hyd yn oed yn hoffi coffi, ond yn ôl fy mrawd, mae'n helpu. Fe driais i fe, ond bob tro ro'n i'n cymryd sip ohono roedd e'n gwneud i fi wingo. Bues i ar ddi-hun drwy'r nos wedyn, yn crynu ac yn nerfau i gyd. Felly falle nad yw hwnna'n gyngor da iawn wedi'r cyfan ...

5. Breuddwydia am yr haf

Cofia fod bywyd ar ôl yr arholiadau! Dyma sy'n fy nghadw i fynd. Gwybod y bydda i, cyn bo hir, ym mreichiau Bachgen Brooklyn unwaith eto ...

Merch Oddi Ar-lein ... byth am fynd ar-lein xxx

Pennod Dau

Yr holl ffordd adre, mae'r cynnwrf wedi bod yn tyfu a thyfu – nes 'mod i bron â dawnsio i mewn i'r gegin. Mae hynny'n beth eitha addas i'w wneud, a dweud y gwir, achos bod Mam yn gwisgo gliter o'i chorun i'w sawdl, fel un o ddawnswyr *Strictly Come Dancing*. Mae hi'n gwneud y salsa gydag Elliot dros y teils du a gwyn, ac mae tipyn o siâp arnyn nhw. Alex, cariad Elliot, yw'r beirniad. Mae e'n eistedd ar stôl yn bloeddio'r sgoriau'n ddramatig, fel Bruno Tonioli. 'Saith!' Prynhawn cyffredin yng nghartre'r teulu Porter, felly.

'Penny, cariad, ti gartre!' medd Mam, rhwng 'i chamau cymhleth. 'Ddwedaist ti ddim wrtha i fod Elliot cystal dawnsiwr.'

'Mae'n ddyn amryddawn!'

Daw'r ddawns i ben a Mam yn gollwng Elliot i'r llawr, fel pluen. Mae Alex a finnau'n cymeradwyo'n frwd.

'Lan lofft?' gofynnaf i Elliot ac Alex. Maen nhw'n nodio, gan gydsymud yn berffaith.

Wrth weld y ddau, aiff poen fel saeth trwy 'nghalon. Mae Elliot ac Alex yn gwpwl perffaith – a does dim rhaid iddyn nhw ymdopi â straen perthynas o bell, fel Noah a finnau. Gallan nhw fod gyda'i gilydd unrhyw bryd maen nhw eisiau, heb boeni am wahaniaethau amser a ph'un ai bod digon o Wi-Fi i sgeipio. Maen nhw wedi ymlacio'n llwyr gyda'i gilydd. A dweud y gwir, maen nhw'n treulio cymaint o amser gyda'i gilydd fel bod gweddill y teulu wedi rhoi llysenw arbennig iddyn nhw, fel Brangelina neu Kimye. Alexiot ydyn nhw.

'Ydy Alexiot yn aros am swper?' hola Mam cyn i ni ddiflannu lan i'r llofft.

'Na'dyn, ry'n ni am gael byrgers yn GBK cyn y cyngerdd,' atebaf.

'Ydyn ni?' hola Elliot, gan godi ael.

Gwingaf. 'Mae Kira wedi'n gwahodd ni. Ydy hynny'n iawn?'

Mae Alexiot yn edrych ar 'i gilydd yn amheus, cyn cytuno. 'Dim problem, Penny,' medd Elliot. Mae'n estyn yn ôl i gydio yn llaw Alex. Gwenaf.

Dyma fi'n meddwl am y tro cyntaf y cwrddon nhw, ychydig ddyddiau cyn Dydd San Ffolant. Roedd Elliot wedi fy llusgo i siop ddillad *vintage* mewn rhan anghyfarwydd i fi yn Brighton Lanes, er ein bod ni newydd fod yno'r diwrnod cynt a'r ddau ohonom yn gwybod na fyddai unrhyw beth gwahanol yno o ran stoc. Ond roedd bachgen newydd y tu ôl i'r cownter. Wedi ychydig eiliadau, fe wnes i 'i nabod e.

'O iyffach, Penny! Mae e mor ciwt!' Roedd Elliot wedi 'nhynnu i y tu ôl i reilen ddillad, a chuddio'i hunan mewn sgarff flewog anferth.

'Alex Shepherd yw e,' dywedais wrtho. 'Mae e yn y chweched yn yr ysgol.' Wrth gwrs, ro'n i'n 'i nabod e, ond yn bennaf achos bod Kira'n 'i ffansïo e'n ofnadwy. Sibrydais. 'Ti'n siŵr 'i fod e'n hoyw?'

Rholiodd Elliot 'i lygaid. 'Ti'n meddwl y byddwn i'n dod â

ti yma os na fyddwn i'n siŵr? Ry'n ni wedi bod yn llygadu'n gilydd ers iddo fe ddechrau gweithio yma bythefnos 'nôl.'

'Ond ti'n llygadu pawb,' wfftiais, gan roi hwb i'w asennau.

'Ddim fel hyn.' Rhoddodd winc fawr ddwl i fi, nes i fi ddechrau chwerthin.

'Felly pam nad wyt ti wedi siarad ag e 'to?'

'Fe wna i. Jyst ... rho amser i fi.'

Byddai Kira'n torri 'i chalon o wybod bod Alex yn 'chwarae i'r tîm arall', ond byddai hi'n anghofio ymhen dim. Do'n i ddim wedi dychmygu Elliot gyda rhywun mor drwsiadus, ond roedd arlliw o ddireidi yn 'i lygaid, oedd yn ddigon i doddi calon unrhyw un. Pan droais i edrych arno fe eto roedd e'n dal i rythu arnom ni, felly codais fy llaw a chwifio arno.

'Penny, beth ti'n neud?' Roedd llais Elliot wedi codi o leiaf wythawd yn uwch.

Gwenais. 'Cyflymu pethe. A jyst bod yn gwrtais. Roedd e'n edrych ffor' hyn. Iawn – mae e'n dod draw – bydd yn cŵl.'

'Mae e'n *beth*?' Roedd wyneb Elliot fel y galchen, ond llwyddodd i dacluso'i wallt. 'Sut ydw i'n edrych? Ddylwn i ddim bod wedi gwisgo'r het *trilby* 'ma heddi! Dwi'n edrych yn ddwl; ddylwn i fod wedi gwisgo rhywbeth mwy cŵl.'

'Elliot, ti'n siarad dwli.' Do'n i erioed wedi'i weld e'n ymddwyn fel hyn o'r blaen. Tynnais y sgarff yn is fel nad oedd hi'n eistedd fel anifail blewog ar 'i ben. 'A 'ta beth, mae dy het yn edrych yn – ' Ond cyn i fi orffen y frawddeg roedd Alex wedi dod draw aton ni.

'Alla i'ch helpu chi?' gofynnodd, gyda gwên fach. Doedd e ddim wedi tynnu 'i lygaid oddi ar Elliot am eiliad.

'Wnei di 'mhriodi i?' gofynnodd Elliot dan 'i anadl.

'Beth ddwedest ti?' gwgodd Alex am eiliad.

'O, dim ... dim ond meddwl allet ti ffeindio sgarff i fynd gyda fy het i?' Roedd Elliot fel person gwahanol. Roedd 'i nerfau wedi diflannu'n llwyr o flaen fy llygaid, ac roedd e'n fachgen hyderus, braf, unwaith eto.

'Wrth gwrs. Mae rhywbeth fan hyn fyddai'n mynd gyda'r steil Great Gatsby sydd gyda ti.' Cerddodd Alex at rheilen arall yn y siop.

'Oeddet ti'n gwybod bod gwraig F. Scott Fitzgerald wedi gwrthod 'i briodi e tan iddo fe gael dêl ar gyfer 'i lyfrau?' noda Elliot, gan ddilyn Alex.

'Nac o'n, ond dwi'n gwybod nad oedd e'n un da iawn am sillafu,' atebodd Alex, fel bwled o wn.

Gwyliais y ddau yn cerdded i ffwrdd, yn cyfnewid ffeithiau am awdur do'n erioed wedi darllen 'i waith (nac wedi gweld y ffilm o'r llyfr chwaith). Roedd y ddau fel tasen nhw'n nabod 'i gilydd erioed. Roedd yn rhaid i fi eu gadael nhw. Do'n i ddim eisiau sbwylio cyfle mawr Elliot i greu argraff.

Ond wrth gwrs, roedd rhaid i fi wneud cawlach. Baglais a chwympo 'nôl yn erbyn rheilen ddillad, gan fwrw pentwr o gotiau a sgarffiau ffwr i'r llawr. Dechreuais godi'r dillad o'r llawr, â wyneb fel tomato. Roedd popeth yn sownd yn 'i gilydd – yn annibendod llwyr. Ro'n i wedi sbwylio moment fawr Elliot.

Roedd Alex ac Elliot wrth f'ochr mewn chwinciad. 'Fe daclusa i bopeth – paid poeni,' medd Alex.

'Helpa i,' ychwanegodd Elliot. A dyma'r ddau'n digwydd estyn am yr un sgarff ffwr. Cyffyrddodd eu dwylo am eiliad ac ro'n i'n siŵr 'mod i'n gallu teimlo trydan yn yr awyr. Hon oedd eu moment bwyta sbageti yn *Lady and the Tramp* – ffilm ro'n i wedi'i gweld sawl tro pan o'n i'n blentyn. Mwmialais ryw esgusodion a cheisio sleifio allan unwaith eto. Sylwodd yr un ohonyn nhw'r tro hwn. Maen nhw gyda'i gilydd ers hynny.

A dwi'n hoffi meddwl bod gan fy natur drwsgl rywbeth i'w wneud â hynny.

Nawr, mae'n rhaid i Alexiot fy helpu i ateb y cwestiwn mawr: beth ddylech chi 'i wisgo i weld eich cariad am y tro cyntaf ers deufis? Ry'n ni'n rhuthro lan lofft i'r llawr uchaf, lle mae fy stafell. Gall Alex gamu dros ddau ris ar y tro â'i goesau hir. Mae'n llawer talach nag Elliot a finnau.

'O, Penny – nag wyt ti'n mynd ar y daith fory?' hola Alex ar ôl cyrraedd top y grisiau, gan sefyll o flaen fy stafell.

'Beth wyt ti'n feddwl?'

Ond dwi'n gwybod yn union beth mae e'n feddwl. Mae fel tase corwynt wedi taro fy stafell wely. Mae pob dilledyn o'm heiddo i – pob sgarff, belt a het – mewn pentwr ar fy ngwely. Ar y ddesg, mae twmpathau uchel o nodiadau adolygu a thameidiau o gardfwrdd blith draphlith ar y llawr ers i fi roi 'mhortffolio ffotograffiaeth at 'i gilydd.

Yr unig le taclus yn fy stafell yw'r sedd yn y ffenest, lle mae llun wedi'i dorri o gylchgrawn ohona i a Noah, a'i fraich o gwmpas f'ysgwyddau. Y pennawd yw: *Noah Flynn a'i gariad*. Dyma'r tro cyntaf i fi fod mewn cylchgrawn, ac er bod fy ngwallt yn edrych yn anniben, dwi wedi'i gadw. Mae calendr yno hefyd, sydd wedi'i orchuddio bron yn llwyr â sêr aur, a dyddiad heddiw wedi'i gylchu ag inc coch.

Mae Elliot yn troedio'n ofalus trwy'r chwalfa. 'Iyffach! Dyw Ocean Strong ddim yn gwybod sut i bacio.'

'Ocean Strong' yw'r enw greais i ac Elliot ar gyfer fy *alter ego*. Byddwn i'n esgus bod yn Ocean Strong mewn sefyllfaoedd anodd, fel y byddai Beyoncé yn dychmygu mai Sasha Fierce oedd hi cyn mynd ar lwyfan, i'w hamddiffyn 'i hunan. Does dim angen Sasha ar Beyoncé erbyn hyn, a gobeithio na fydd angen Ocean Strong arna i ryw ddydd. Ond am y tro, dwi'n defnyddio'r enw hwnnw fel siaced achub i 'nghadw ar wyneb môr stormus fy ngorbryder.

Dyma fi'n pwyntio at fy ngwely. 'Ym, eisteddwch.' Pwysaf yn anghyfforddus ar bentwr o siwmperi ar gadair fy mwrdd gwisgo.

'Dwi'n poeni bo' ti'n cuddio corff Megan o dan y dillad 'ma yn rhywle,' medd Elliot gan grychu 'i drwyn.

Gwthiaf fy nhafod allan arno. 'Paid â siarad dwli.'

Megan oedd fy ffrind gorau pan ddechreuais i'r ysgol, ond newidiodd hi. Trodd i fod yn ferch gwynfanllyd oedd yn poeni am ddim ond bechgyn a thynnu hunluniau. Do'n i ddim yn 'i nabod hi; newidiodd hi'n llwyr. Y llynedd, roedd hi'n genfigennus iawn o 'mherthynas (honedig) gydag Ollie – bachgen ro'n i'n 'i ffansïo'n ofnadwy cyn cwrdd â Noah. Ddigwyddodd dim byd rhyngom ni, ond roedd hyd yn oed awgrym o rywbeth yn ddigon i hala Megan yn wyllt. Ollie ddaeth i wybod am fy mlog cyfrinachol. Gwelodd e lun o Noah Flynn a'i nabod e, a dweud wrth Megan. Wedi hynny, rhoddodd Megan ddau a dau at 'i gilydd. Dywedodd hi bopeth wrth y cyfryngau, nes bod y wasg a'r byd a'r betws ar f'ôl i.

Ond ces i gyfle i ddial pan ddaeth Elliot a finnau wyneb yn wyneb â hi ac Ollie mewn caffi. Teimlad BENDIGEDIG oedd arllwys ein milcshêcs dros eu pennau nhw. Dwi heb wneud rhyw lawer gyda Megan ers 'brwydr y milcshêcs'. Dyna'r peth dewraf a mwyaf gwallgo i fi 'i wneud erioed – a daeth pawb yn yr ysgol i wybod am y digwyddiad.

Ond dyw merched fel Megan ddim yn aros yn amhoblogaidd am byth. Mae ganddi hyder eithriadol, sy'n golygu 'i bod hi'n gallu cael gwared ar bethau gwael neu embarasing, fel neidr yn diosg hen groen. Mae hi hyd yn oed yn gallu brolio mai hufen iâ yw'r gyfrinach i gael croen hufennog hyfryd fel sydd ganddi hi.

A nawr, mae hi wedi cael lle yn ysgol ddrama orau Llundain. Mae hi ar ben y domen, ac all neb 'i chyffwrdd hi.

Mae hyd yn oed Ollie'n gadael ein hysgol ni. Penderfynodd y teulu symud o achos 'i frawd, sy'n chwarae tennis ar lefel uchel. Dwi'n teimlo trueni drosto. Hyd yn oed ar ôl popeth wnaeth e i fi, dwi ddim yn credu 'i fod e'n foi drwg. A nawr, mae e'n sownd yng nghysgod 'i frawd. Mae 'ngelynion ar fin diflannu o 'mywyd. Yr unig her sydd ar ôl i fi yw goresgyn fy mhroblemau fy hun.

Mae Elliot yn curo'i ddwylo. Mae e'n ymddwyn yn union fel Monica o *Friends* – mae'n dwlu cael trefn ar bobl a phethau. 'Iawn, ble mae dy gês di?'

'Ym, dwi'n credu bod Alex yn eistedd arno fe.'

Mae Alex yn neidio ar 'i draed ac yn symud pentwr o ddillad sydd oddi tano. Daw ymylon pinc llachar fy nghês i'r golwg dan annibendod y dillad.

'Am faint wyt ti'n mynd bant, 'to?' hola Alex, gan rythu'n syn ar y cês gorlawn.

'Bydd hi bant am bedwar diwrnod ar ddeg, tair awr ac un funud ar hugain,' medd Elliot. 'Bydda i'n cyfri pob eiliad!'

'Bydd fy rhieni'n gwneud yr un peth hefyd,' meddaf, gan wenu'n gam.

'Gymrodd hi lawer o amser iddyn nhw gytuno â'r syniad?' hola Alex.

'O, dim ond y ddeufis ers i Noah awgrymu'r peth adeg y Pasg! A dweud y gwir, do'n i ddim yn siŵr 'mod i am fynd chwaith.'

Roedd mynd ar daith gyda Noah yn dipyn o beth. Hwn fyddai'r tro cyntaf i fi – go iawn – fynd bant ar 'y mhen fy hunan. Ac, er bod pob manylyn pitw bach wedi cael 'i drafod, ro'n i'n dal yn nerfus am fynd.

'Wrth gwrs dy fod ti. Bydd hwn yn brofiad anhygoel, a dwi

mor genfigennus. Nawr, Penny, agor y sip a dangosa dy stwff i ni.'

Dilynaf 'i gyfarwyddiadau a gwingo wrth weld y peth cyntaf yn y cês. Mae Elliot yn estyn i mewn ac yn tynnu'r gardigan wlanog fwyaf erioed allan – yr un â llewys llydan cwtshlyd sy'n gallu ymestyn o'm cwmpas ddwywaith, bron. Un Mam yw hi. Roedd hi'n 'i gwisgo pan oedd hi'n feichiog, a dyw hi ddim wedi'i gwisgo ers hynny.

Mae Elliot yn 'i thynnu allan ac yn 'i dal o'i flaen. Mae hi'n hongian i lawr dros 'i bengliniau. 'Ti'n gwybod y bydd hi'n ganol haf pan fyddi di ar daith, on'd wyt? Felly, pam mae angen dod â phraidd o ddefaid gyda ti?'

Cipiaf hi o'i ddwylo. 'Dyma fy hoff gardigan gwtshlyd.' Daliaf hi yn erbyn fy wyneb, gan anadlu persawr arbennig Mam. Arogl fy nghartref sydd arni hi. 'Bydd hi'n helpu gyda'r gorbryder. Dwedodd Miss Mills y dylwn i fynd â rhywbeth gyda fi sy'n gwneud i fi deimlo'n ddiogel, rhag ofn y bydda i'n pryderu ac yn hiraethu am gartre. Bydd hi'n f'atgoffa i o gartre. Doedd pacio'r dwfe ddim yn syniad synhwyrol, felly dyma'r ail ddewis.'

Mae'n tynnu'r gardigan oddi wrtha i, ac yn 'i phlygu a'i gosod yn daclus 'nôl yn y ces. 'Iawn, fe gei di honna. Ond chei di ddim mynd â hon!' Cardigan binc golau sy'n cael 'i sylw nawr, a rhosod sidanaidd ar y pocedi. 'Ti'n mynd *ar daith roc a rôl*, ddim i gael te gyda dy fam-gu!'

'Iawn, gall honna fynd,' chwarddaf. 'Dwi'n anobeithiol!'

Mae Elliot yn rhwbio'i dalcen yn ddramatig. 'Weithiau, dwi *yn* poeni dy fod ti'n hollol anobeithiol, Penny. Bydd rhaid i ni ddelio â hynny wedyn. Y peth pwysig nawr yw: beth wyt ti'n mynd i'w wisgo *heno*?'

Fy nhro i i fod yn ddramatig yw e nawr. 'Dwi wedi – yn

llythrennol – trio popeth sydd gyda fi! Alla i ddim ffeindio unrhyw beth. Ti'n meddwl y galla i jyst gwisgo fest ddu a jîns?'

Mae Elliot yn gwgu. 'Paid â bod yn dwp. Dim yn hanner digon smart!'

'Beth am hon?' Mae Alex yn dal ffrog fach ddu, sy'n edrych fel ffrog merch sy'n sglefrio iâ. Ro'n i wedi anghofio amdani hi, a dwi ddim wedi'i gwisgo hi erioed. Mae patrwm llygaid y dydd gwyn a melyn arni hi. Prynais i hi o ASOS ryw ddiwrnod pan o'n i i fod yn adolygu gyda Kira ac Amara.

'Mae honna'n hollol berffaith!' medd Elliot. 'Fy nghariad, foneddigion a boneddigesau: steilydd anhygoel.'

Mae Alex yn codi 'i ysgwyddau. 'Ar ôl gweithio mewn siop ddillad am sbel, ti'n siŵr o ddysgu beth yw beth.'

Dyma fi'n cydio yn y ffrog o ddwylo Alex, ac yn mynd i'r stafell molchi. Newidiaf i'r ffrog, ac edrych ar f'adlewyrchiad yn y drych.

Alla i ddim credu 'mod i ar fin gweld Noah mewn cyngerdd. Mae'n teimlo fel tasen i wedi bod yn aros am y foment hon ac yn pryderu am y foment hon ers iddo gael gwybod 'i fod e'n cefnogi The Sketch ar eu taith. Tynnaf fy ngwallt hir coch mas o'r lastig, a'i adael i gwympo'n donnau o gwmpas fy wyneb. Mae Mam wedi dangos tric bach i fi gyda'r *eyeliner*, sef fflicio'r llinell heibio cornel bellaf fy llygad. A wir i chi, mae fy llygaid yn edrych yn fwy trawiadol yn syth – fel llygaid cath. Falle bod yr olwg yma'n fy siwtio i. Fy nheitl newydd: Cariad Noah Flynn.

Dwi'n meddwl 'mod i'n mynd yn dwl-lali wrth glywed curiadau cyntaf albwm Noah yn chwarae yn 'y mhen, ond pan agoraf ddrws y stafell molchi, dyma fi'n sylweddoli fod Elliot ac Alex yn chwarae 'Elfennau', sef un o'r wyth cân ar *Merch yr Hydref.* Mae pob cân mae Noah wedi'i chyfansoddi'n well na'r ddiwethaf, ond y brif gân 'Merch yr Hydref' – y gân gyfansoddodd e i fi – yw fy ffefryn o hyd, wrth gwrs.

Mae Alexiot yn dala dwylo, ac Elliot yn pwyso'i ben ar ysgwydd Alex. Maen nhw mor annwyl gyda'i gilydd, a dwi ddim eisiau tarfu arnyn nhw. Ond mae Elliot wedi 'nghlywed i, gan 'i fod e'n edrych dros 'i ysgwydd arna i. Mae'n gegrwth. 'Ti'n bishyn, Ocean Strong!'

'Diolch yn fawr,' atebaf, gan nodio 'mhen yn swil.

'Iawn, blantos annwyl,' medd Elliot, mewn acen Americanaidd ddwl.

Mae Alex a finnau'n edrych arno ac yn gwgu.

'Beth, 'dych chi ddim yn hoffi f'acen Americanaidd? Ro'n i'n meddwl y dylwn i ymarfer cyn gweld Noah eto. Nawr, y twtshys bach olaf.' Mae'n gwthio dyrnaid o freichledau ar fy ngarddwrn ac yn gosod mwclis hir o gwmpas fy ngwddf. Mae'n gwenu arnaf i. 'Dim ond sgidie Converse nawr, a byddi di'n barod i fynd.'

Dyma fi'n edrych y drych hir.

'Ti'n edrych yn ffantastig, Pen. Mae'r wisg 'ma'n berffaith,' medd Elliot. 'Leah Brown, falle mai ti yw seren bop fwya'r byd, ond ti'n *ddim* o gymharu â fy seren fach i.'

Gwenaf yn betrusgar, gan ddweud wrth fy hunan 'mod i'n edrych yn dda. A dwi *yn* edrych yn dda. Dwi'n teimlo'n hyderus. Ond dwi'n estyn siaced i'w gwisgo dros y cyfan. Mae Elliot yn gwgu.

'Beth?' holaf. 'Falle bydd hi'n oer yn y caffi.'

'Ie, y caffi – well i ni siapo hi!' medd Elliot, gan edrych ar 'i watsh.

'Tom!' Gwaeddaf lawr staer ar fy mrawd. 'Wnei di roi lifft i ni?'

Clywaf Tom yn grwgnach ateb sy'n swnio fel 'iawn'. Ond pan awn ni tu fas, dyw Alex ddim yn dod i mewn i'r car gyda ni. Mae e'n rhoi 'i ddwylo yn 'i bocedi. 'Sori, bois, mae'n rhaid i fi fynd adre i wneud rhywbeth gyntaf. Gwrdda i â chi yn y cyngerdd, iawn?'

Mae'r gwynt yn diflannu o hwyliau Elliot, a'i ysgwyddau'n disgyn.

'Ti'n siŵr?' gofynnaf. 'Falle bod noson yng nghwmni criw o Flwyddyn Un ar ddeg ddim yn swnio fel lot o hwyl, ond mae'r rhan fwyaf ohonyn nhw'n iawn – wir.'

'Dim dyna'r broblem,' medd wedyn. 'Mae stwff 'da fi i'w wneud.'

'O, ocê.'

Mae'n pwyso 'mlaen i roi cusan gyflym i Elliot, ond galla i weld bod Elliot yn siomedig. Yna, ar ôl i Alex fynd, mae'n gwenu'n gam, cyn ymddwyn fel tase dim wedi digwydd. 'Bant â ni!'

Ychydig funudau wedyn, ry'n ni'n stopio o flaen GBK, diolch i'n gyrrwr, Tom. Neidia Elliot allan o'r car, ond wrth i fi 'i ddilyn, mae Tom yn cydio yn fy llaw. 'Os cei di unrhyw drafferth, neu os bydd angen help arnat ti, ffonia fi'n syth, Pen-pen. Ti'n deall?'

Dwi'n estyn fy mreichiau i roi cwtsh iddo, ac mae'n aros yn llonydd fel delw. Ond dwi'n gwybod 'i fod e'n fy ngharu i go iawn.

Ar nos Wener, mae Brighton yn llawn dop o bobl sy'n dychwelyd ar ôl wythnos o waith yn Llundain, a heidiau o bobl sy'n barod am barti. Mae bachgen ar y pafin – sy'n edrych yn iau na fi – yn canu'r gitâr. Mae'n canu'n dawel, ond mae'i lais yn anhygoel. Does neb arall yn aros i edrych – dim hyd yn oed Elliot, sy'n bell yn 'i feddyliau 'i hun. Gallai Elliot gerdded heibio Cerddorfa Symffoni Llundain heb sylwi arnyn nhw –

ond mae'n rhaid i fi oedi. Mae cerddoriaeth brydferth y bachgen wedi fy swyno.

'Ga i dynnu llun?' holaf, wrth iddo strymio'r cordiau olaf.

'Wrth gwrs,' medd. Tynnaf ychydig luniau, cyn estyn punt o 'mag a'i rhoi yng nghês 'i gitâr. Gwena'n ddiolchgar arnaf, a rhuthraf i'r bwyty wrth iddi ddechrau arllwys y glaw. Haf Prydeinig nodweddiadol.

Y tu mewn, mae pawb yn aros. Rhuthra Elliot ataf a gofyn i fi stopio. 'Paid â chynhyrfu,' medd.

'Beth wyt ti'n feddwl?' gwgaf. Ond yna, mae'n symud i'r ochr.

Mae Megan yn sefyll y tu ôl iddo.

Ac mae hi'n gwisgo'n union yr un ffrog â fi.

Pennod Tri

Lapiaf fy siaced yn dynn o gwmpas fy nghorff, gan guddio fy ffrog. Gwena Megan yn bert, heb hidio dim am y sefyllfa, ond mae hynny siŵr o fod achos 'mod i eisoes wedi troi'n goch fel tomato. Dwi bron â throi a cherdded mas yn syth, ond cydia Elliot yn fy llaw a'i gwasgu.

'O'r mawredd, Penny, ry'n ni'n gwisgo'r un ffrog!' medd Megan, gan ysgwyd 'i gwallt hir browngoch. 'Ffeindiest ti hi ar ASOS hefyd? Well i ti wneud yn siŵr na fydd Noah yn 'y ngweld i'n gyntaf, rhag ofn iddo fe ddrysu a rhoi tocyn cefn llwyfan i *fi*.' Mae hi'n rhoi winc fawr arna i fi, sy'n corddi fy stumog. Alla i ddim peidio â meddwl 'i bod hi'n edrych yn llawer gwell na fi yn y ffrog.

'Tyfa lan, Megan. Ffrog yw hi – dim trawsblaniad ymennydd i dy droi di'n berson neis,' medd Elliot yn chwim.

Mae Kira'n eistedd wrth y bwrdd y tu ôl i Megan. Mae hi'n gwenu'n garedig arna i ac yn codi 'i hysgwyddau. Teimlaf ias yn 'y nghalon wrth i fi feddwl tybed a ddywedodd Kira wrth Megan am y ffrog archebais i. Ond paranoia fyddai hynny.

'Dwi'n falch bo' ti wedi gallu dod, Penny!' medd Kira.

'Fydd Noah yn ymuno â ni hefyd?'

Galla i synhwyro bod llygaid pawb yn troi i edrych arna i, hyd yn oed y bobl ar fyrddau eraill. Chwarddaf yn nerfus. 'O na, dwi ddim yn credu. Mae Noah yn rhy brysur yn paratoi at y sioe. Wela i e wedyn.'

Mae Elliot yn fy nhynnu drwy'r bwyty ac i gornel fach sydd mor bell â phosib oddi wrthyn nhw, gan drio peidio ag edrych yn anghwrtais. Mae fel tase'r ysgol i gyd a hanner ysgol Elliot yn dod i weld y cyngerdd. Wrth gwrs, mae pawb yn edrych 'mlaen at berfformiad Noah, ond mae'r prif fand, The Sketch, yn *anferth* ar hyn o bryd. Pedwar bachgen o'r Unol Daleithiau ydyn nhw, a ymddangosodd ar y sîn y llynedd gyda'u cân 'Dim ond Un Sydd'. Maen nhw wedi cynnal gigs ym Manceinion a Birmingham yn barod, ond dyma'r un cyntaf i Noah fod gyda nhw. Bydd e wedyn yn teithio gyda The Sketch i Ewrop, a dwi'n cael mynd gydag e.

Mae fy stumog yn llawn pilipalod nerfus, ond cyffrous.

Llithraf i mewn i'r gornel, a daw Elliot i eistedd gyferbyn â fi.

'Ych, alla i ddim credu bod rhaid i ni fod yn yr un stafell â Mega-Ast,' medd Elliot. 'Pam wnest ti gytuno i gwrdd â phawb fan hyn 'to?'

'Kira ofynnodd – ac allwn i ddim meddwl am esgus i beidio dod. Maen nhw i gyd yn mynd i'r cyngerdd felly roedd e'n gwneud synnwyr i ni fynd gyda'n gilydd. Hefyd, mae'r cyngerdd yng Nghanolfan Brighton. Mae'n anferth, felly gobeithio na fydd rhaid i ni'u gweld nhw wedyn,' atebais.

'Oeddet ti'n gwybod bod Canolfan Brighton yn gallu eistedd pedair mil a hanner o bobl, a mai dyma'r lle olaf i Bing Crosby berfformio ynddo cyn marw?'

'Ife fe yw'r boi ganodd "White Christmas"? Sut wyt ti'n

gwybod yr holl ffeithie 'ma, Wici?' meddaf gan chwerthin.

'Dwi'n gwybod popeth, Miss Penny P. Ti'n gwybod hynny. O leiaf byddwn ni'n eistedd yn y bocs VIP.' Mae Elliot yn fflachio'i docyn dan wenu. 'Dosbarth cyntaf, dyma ni'n dod!' Mae'n gwneud dawns fach gyda'i ben-ôl ar 'i sedd. 'Waw, os ydyn ni'n teimlo'n gyffrous, sut mae Noah yn teimlo?'

'O, dyw Noah byth yn teimlo'n nerfus!' Ond wrth i fi ddweud hynny, dwi ddim yn siŵr ai dyna'r gwir. Dwi erioed wedi'i weld e'n perfformio'n iawn – ddim o flaen torf fawr fel hon. 'Dwi'n gwybod 'i fod e'n teimlo'n ofnadwy o gyffrous. Dyma'i gyfle i greu argraff fawr yn Ewrop.'

'Ie, bydd pawb yn gwybod pwy yw e ar ôl iddo fe chwarae gyda The Sketch. Byddai hyd yn oed rhywun fel ti'n gwybod pwy yw e!'

Gwenaf, ond mae geiriau Elliot wedi fy siglo i. Mae'n rhyfedd meddwl nad oedd gyda fi syniad pwy oedd Noah Flynn chwe mis yn ôl, ond nawr mae pawb ar fin dod i wybod pwy yw e. Bu bron i fi fynd ar goll yng nganol corwynt y cyfryngau ddechrau'r flwyddyn. Fydda i'n gallu dal fy ngafael ar Noah trwy'r corwynt arall sydd ar y gorwel?

'Ti wedi cwrdd â gweddill y band eto?' hola Elliot.

Siglaf fy mhen. 'Ddim eto, ond dwi'n gwybod bod rhai o'i ffrindie gorau gydag e.'

'Ddwlen i ddod gyda ti hefyd,' medd Elliot, a'i lygaid yn drist.

'Ddwlen i taset ti'n gallu dod! Ond fe gei di amser anhygoel yn swyddfa *CHIC*,' dwi'n 'i atgoffa. Mae Elliot wedi bod yn edrych 'mlaen yn fawr at 'i brofiad gwaith ers clywed 'i fod e wedi cael lle, ar ddechrau'r flwyddyn.

'Ti'n gwybod mai yn 1895 dechreuodd *CHIC*?'

Estynnaf fy llaw dros y bwrdd, a'i rhoi ar law Elliot. Mae

e weithiau'n rhestru ffeithiau achos 'i fod e'n nerfus, a dyna mae e'n 'i wneud nawr. 'Byddi di'n wych,' meddaf wrtho, i'w gysuro.

Daw'r weinyddes heibio i ofyn am ein harcheb, ond dwi'n teimlo'n rhy nerfus i fwyta. Cuddiaf fy mhen yn y fwydlen. Gofynnwn am ychydig o funudau eto, ond yn syth dwi'n difaru gwneud hynny. Y tu ôl iddi, mae fy nghas berson.

'Hei, Penny.'

Symudaf fy mwydlen i lawr yn araf. 'Ym, helô, Megan.'

Mae Elliot yn rhythu'n grac arni, ond mae Megan yn 'i anwybyddu ac yn canolbwyntio arna i. 'Mae'n flin 'da fi bo' ni'n gwisgo'r un ffrog – licet ti i fi newid? Galla i redeg adre cyn y cyngerdd.'

Nawr, do'n i ddim yn disgwyl gweld yr ochr yma i Megan: ochr annwyl a chyfeillgar. Am eiliad, caf gip ar y ferch ro'n i'n arfer 'i nabod. Ond mae'n anodd i fi wahanu'r ferch yna oddi wrth y ferch wnaeth geisio dinistrio 'mywyd ddechrau'r flwyddyn – fel dau lun wedi'u gosod ar ben 'i gilydd; *double exposure* go iawn. Dwi'n dal ddim yn siŵr p'un yw'r Megan go iawn.

'Na, mae'n iawn. Mae'n eitha doniol, a dweud y gwir,' mentraf.

Mae hi'n gwenu – gan edrych fel gwên o'r galon. 'Felly, o'n i'n meddwl ...' medd hi eto, ac yn sydyn, mae'i gwên fel gwên siarc – yn ddannedd i gyd – ac mae'n amlwg bod rheswm arall dros ddod i siarad â fi. 'Ti'n credu y gallet ti gael pas cefn llwyfan i fi, Kira ac Amara wedyn? Dwi bron â marw isie cwrdd â The Sketch.'

Gwgaf. Mae Elliot yn ochneidio'n uchel ac yn rholio'i lygaid. 'O, dwi ddim yn gwybod ... bydd rhaid i fi ofyn i Noah,' atebaf.

'Wel, pam na wnei di?'

'Be ti'n feddwl?'

Mae hi'n codi ael. 'Pam na wnei di hala tecst ato fe i ofyn? Mae *gyda* ti rif dy gariad, oes e?'

'Does dim rhaid i Penny wneud unrhyw ffafrau â ti,' medd Elliot.

'Do'n i ddim yn gofyn i *ti*, Elliot,' medd Megan, trwy'i dannedd. 'Dwi'n gofyn i fy *ffrind*.'

'Ym, iawn ...' Estynnaf fy ffôn o 'mhoced, ond dwi'n stopio wrth weld Elliot yn edrych arna i'n grac. Anadlaf yn ddwfn, cyn troi i edrych ar Megan. 'Hola i Noah wedyn, ond alla i ddim addo dim,' meddaf. Mae fy ffôn yn aros o'r golwg.

Mae Megan yn oedi. Wrth weld nad ydw i'n mynd i newid fy meddwl, mae hi'n codi 'i hysgwyddau ac yn ceisio esgus nad oes ots gyda hi. 'Wel, diolch – wela i di wedyn, gobeithio, Penny.' Bant â hi wedyn, yn dal i wenu arna i. Ond ar ôl 'i chlywed hi'n cega ar Elliot, dwi'n gwybod nad yw hi wedi newid o gwbl.

Dwi'n tynnu fy ffôn mas o 'mhoced nawr, ac yn darllen y tecsts diwethaf rhyngof i a Noah.

Methu aros i dy weld di heno! N

Na fi chwaith! Ry'n ni wedi bod ar wahân mooor hir! Xxxx

Fel tase Noah yn gwybod 'mod i'n darllen 'i negeseuon, mae neges newydd wrtho'n ymddangos ar fy ffôn.

> **Sut wyt ti'n cyrraedd y cyngerdd?**

Teipiaf ateb yn gyflym.

> **Cerdded i Ganolfan Brighton 'da Elliot a ffrindie ysgol xxxx**

> **Nag wyt ddim. N**

Gwgaf wrth weld 'i neges.

'Be sy'n bod?' gofynna Elliot, wrth weld yr olwg ddryslyd ar fy wyneb.

Dangosaf y sgrin iddo. 'Beth mae e'n feddwl, "Nag wyt ddim"? Sut mae e'n disgwyl i fi fynd i'r cyngerdd?'

Mae Elliot yn codi 'i ysgwyddau, ond yna mae'i geg yn troi'n siâp 'O' – yn llawn syndod. Mae'i lygaid fel soseri wrth iddo rythu ar rywbeth wrth fynedfa'r caffi.

'Beth yw e?' holaf.

Hyd yn oed cyn i fi orffen gofyn y cwestiwn, clywaf sgrechian a gwichian cyffrous o'n cwmpas. Clywaf Kira'n sgrechian, 'NOAH FLYNN!' Codaf i eistedd yn syth a throelli i wynebu'r blaen.

A dyna lle mae e: fy nghariad, Noah Flynn. Duw roc os buodd un erioed. Mae'n gwisgo'i hoff grys-T du, jîns wedi rhwygo a gwên fawr. Wrth 'i weld, mae gweddill y byd – y caffi, fy ffrindiau ysgol, hyd yn oed Elliot – yn toddi ac yn diflannu. Fel camera'n ffeindio'i ffocws, mae gweddill y byd yn niwlog ac yn aneglur, a Noah yn eglur ac yn ddisglair.

Mae'n sylwi arnaf ac yn wên o glust i glust. Cerdda'n hamddenol at ein bwrdd, gan anwybyddu'r merched ar y byrddau eraill, sy'n rhythu'n gegrwth neu'n sgrechian. Mae'n cydio yn fy nwylo i ac yn fy nhynnu i fyny o'r fainc. 'Penny Porter, wnei di ddod gyda fi nawr?'

'Wrth gwrs!' meddaf. Does dim byd hoffwn i wneud yn fwy y foment hon na dianc a diflannu gydag e. Ond yna dwi'n cofio, ac yn troi'n ôl at Elliot. 'Aros, oes ots 'da ti?'

Chwardda Elliot. 'Bant â ti, Pen-digedig! Dwi ddim wir isie byrger, ta beth – dwi'n meddwl am droi'n fegan.' Yna, mae'i lais yn tawelu. 'Af i i ffeindio Alex. Ry'n ni wedi bod ar wahân ers bron i hanner awr a dwi bron â marw isie 'i weld e.' Mae'n camu allan o'r gornel hefyd, ac mae Noah yn rhoi cwtsh mawr iddo fe.

'Elliot, boi! Mae'n grêt dy weld di.'

'Grêt dy weld di hefyd, Noah! Ti'n mynd i godi'r to heno.' Mae Elliot yn troi ata i. 'Paid ag anghofio amdana i pan fyddi di bant gyda'r sêr, iawn, Penny?'

'Byth! Wela i di yn y cyngerdd.' Gwenaf, cyn cydio yn llaw Noah. Cerddwn allan o'r caffi, â llygaid pawb wedi'u serio arnon ni. Mae car yn aros amdanon ni tu fas. Mae'n bryd i ni fynd i'r cyngerdd.

Pennod Pedwar

Ar bwys drws cefn car du, yn dal ymbarél fawr ddu, saif dyn mawr cryf yr olwg. Mae'i ben moel mor sgleiniog fel y gallwn 'i ddefnyddio i dacluso 'ngholur.

'Dyma Larry,' medd Noah. 'Falle bod golwg fygythiol arno fe ond mae e'n lico canu caneuon Whitney Houston, a does dim byd yn well 'da fe na bath twym yn llawn swigod.' Mae Noah yn rhoi pwniad bach chwareus i'w warchodwr personol wrth i ni 'i basio i fynd i mewn i'r car. 'Mae hynny'n wir, on'd yw e, Larry?'

'Ydy, hollol wir, syr,' ateba. 'Ac mae'n rhaid mai Penny wyt ti?' Mae'n rhoi winc gyfeillgar i fi, a dwi'n teimlo'n gyfforddus yn syth. Dwi'n gwybod pam y byddai Noah eisiau tawelu fy meddwl amdano fe – mae'n edrych fel bownser y byddech chi'n 'i weld o flaen clwb nos ar nos Wener, yn cadw trefn ar bawb. Ond o glywed geiriau Noah amdano fe, falle y byddai'n well gydag e fod *i mewn* yn y clwb – wrth y peiriant karaoke, yn dawnsio â choctel pinc yn 'i law – nag y tu fas, yn stopio pobl rhag ymladd.

Dwi'n 'i ddychmygu e'n bloeddio canu 'I Will Always Love You' wrth ateb. 'Helô! Ie, braf cwrdd â chi, Whitney.'

Estynnaf fy llaw, ond mae fy wyneb yn fflamgoch wrth sylweddoli beth dwi newydd 'i alw e. Nid dyma'r argraff gyntaf ro'n i eisiau 'i rhoi i dîm Noah! Beth ddigwyddodd i f'ochr soffistigedig a deallus, a'r gallu i siarad fel person normal? Ceisiaf ymddiheuro ond dwi'n baglu dros 'y ngeiriau. Diolch byth, gall Noah achub y sefyllfa.

'Ti yw'r gyntaf i'w alw e'n hynny, Pen,' medd Noah, gan chwerthin.

Mae Larry'n wincio ac yn gwenu arna i. 'Wel, o hyn ymlaen, Penny, galli di 'ngalw i'n Whitney. Ond paid â disgwyl i fi ganu – oni bai bo' ti isie canu hefyd.' Mae Larry'n llamu i sedd y gyrrwr, a finnau'n chwerthin yn nerfus gydag e.

Er nad yw'r daith i Ganolfan Brighton yn hir, mae'n braf bod gyda Noah o'r diwedd. Mae'n llithro draw i'r sedd ganol wrth f'ymyl, a'i fraich o gwmpas f'ysgwyddau.

'Mae mor dda dy gael di ar 'y mhwys i fan hyn!' medd, gan 'y ngwasgu'n nes ato. 'Sut aeth yr arholiadau?'

Aiff ias i lawr fy asgwrn cefn. 'Paid â sôn,' meddaf. 'Ond maen nhw wedi bennu nawr. Alla i ddim credu bod ein hamser ni gyda'n gilydd wedi dod!'

Pwysaf yn erbyn 'i frest a theimlo'i galon yn curo; mae hyn yn *llawer* gwell na Skype. Syllaf ar siâp cadarn 'i wyneb, 'i wallt anniben a'i lygaid brown, dwfn. Sut ydw i mor lwcus? Fel arfer, fi yw'r ferch anlwcus sy'n cael 'i dal yn y glaw heb ymbarél, sydd byth yn ennill raffl yr ysgol ac sy'n colli pob gêm o Monopoly. Falle bod fy holl lwc wedi'i chadw dan glo ar gyfer hyn – er mwyn i fi gael bod gyda Noah.

'Ti'n edrych 'mlaen at heno?' Gwasga fy llaw, a sylweddolaf 'mod i wedi bod yn edrych arno mewn rhyfeddod, fel person hanner call a dwl.

'O ... Ydw! Alla i ddim credu'r peth. Ti'n agor cyngerdd

band mor fawr fel 'mod *i* hyd yn oed wedi clywed amdanyn nhw!' Mae wyneb Noah yn gwelwi ychydig, a sylweddolaf 'mod i'n gwneud 'i nerfau'n waeth. 'Byddi di'n anhygoel, dwi'n gwybod y byddi di. Ti'n nerfus?'

'Byddwn i'n dweud celwydd tasen i'n dweud "na", ond dwi'n teimlo'n gyffrous yn fwy na dim. Dyma 'mreuddwyd i ers pan o'n i'n ddeuddeg oed, a nawr dwi'n cael cyfle i wneud y cyfan, gyda'r ferch orau yn y byd wrth f'ochr i.' Mae'n codi fy llaw at 'i wefusau a'i chusanu, a dw innau'n cochi. 'F'unig ddymuniad fyddai bod Mam a Dad yma i 'ngweld i, ti'n gwybod?' Mae Noah yn troi i edrych drwy'r diferion glaw ar y ffenest wrth i ni basio'r môr, sy'n llwyd tywyll dan y cymylau trwchus. Teimlaf don fawr o dristwch wrth feddwl am hynny.

Roedd 'i rieni wedi marw mewn damwain sgio ofnadwy ychydig flynyddoedd yn ôl, ac mae'r boen yn fyw iawn i Noah o hyd. Aeth e a'i chwaer fach, Bella, i fyw gyda'u mam-gu, yr hyfryd Sadie Lee, ond bydd bwlch mawr yn 'i galon am byth – bwlch mor fawr ac eang â chefnfor. Dim ond 'i gerddoriaeth all helpu i lenwi'r bwlch.

'Maen nhw'n ofnadwy o falch ohonot ti, Noah, dwi'n siŵr o hynny.' Wrth i fi wasgu 'i law, mae'n troi i edrych arna i gyda gwên. 'Sut mae Sadie Lee a Bella?' holaf.

'O, maen nhw fel y boi. Bydd Bella'n dechre ym Mlwyddyn Un ym mis Medi, ac mae Mam-gu'n brysur iawn gyda'r busnes arlwyo. Mae hi wedi anfon bocs o gwcis siocled i ti. Roedd hi'n anodd stopio fy hunan rhag 'u bwyta nhw ar yr awyren – bydd rhaid i ti 'u bwyta nhw'n glou! Maen nhw yn fy stafell newid'.

'Mae hi mor garedig!' Daw dŵr i 'nannedd wrth feddwl am fisgedi Sadie Lee – dyna'r bisgedi gorau erioed! Codaf fy llaw at fy ngheg, rhag ofn 'mod i'n glafoerio dros bob man. Dyna'r peth diwethaf dwi eisiau i Noah weld: 'i gariad yn glafoerio fel ci. Ond mae Noah yn chwerthin. Yna, mae'n estyn i fyny ac yn dal fy ngên yn 'i ddwylo, a 'nhynnu 'mlaen yn dyner. Ry'n ni'n cusanu am y tro cyntaf ers tri mis. O'r mawredd, dwi wedi gweld eisiau'r bachgen yma mor ofnadwy fel bod hyn bron yn boenus!

'Dwi wedi gweld d'isie di'n ofnadwy, fy merch brydferth, ddoniol i,' medd, fel tase'n darllen fy meddwl.

'Dwi'n eitha siŵr 'mod i wedi dy golli di'n fwy. A dweud y gwir, dwi'n fodlon betio ar hynny.'

'Dwyt ti ddim yn 'y nharo i fel merch sy'n betio, Penny. Mae tair awr wrth y peiriannau hapchwarae 'na ti'n dwlu arnyn nhw'n profi hynny ...' Mae'n codi 'i aeliau ac yn wincio arna i, cyn pwyso 'nôl yn 'i sedd ac edrych arna i'n iawn, lan a lawr. 'Dwi'n dwlu ar y ffrog 'na amdanat ti, gyda llaw.'

'Diolch, dwi'n dwlu ar dy wyneb di ...'

'Wel, byddi di'n gweld llawer mwy ar yr wyneb 'ma tra byddwn ni bant gyda'n gilydd. Dwi mor falch bo' ti wedi penderfynu gwneud hyn gyda fi, Pen. Hon fydd yr antur orau erioed.'

'Wel, mae anturiaethau'n wych ... heblaw am hedfan mewn awyrennau!' chwarddaf, ond dyw'r chwerthin ddim yn cuddio fy nerfau wrth i fi feddwl am yr holl hediadau awyren fydd yn ystod y daith. Sylwa Noah ar y pryder yn fy llygaid yn syth.

'Dwi'n addo edrych ar d'ôl di. Ry'n ni'n mynd i gael y daith orau erioed.'

Daw 'i eiriau cynnes â gwên i fy wyneb i. Alla i ddim credu 'mod i wedi bod yn poeni na fyddai pethau'r un fath rhyngom. A dweud y gwir, dwi'n credu y byddwn ni'n agosach nag erioed. 'Hei, Larry – ydyn ni bron yna?' gofynna Noah, gan estyn 'i wddf i edrych drwy'r ffenest flaen. Mae'r weipars a'r glaw'n cuddio'r olygfa, braidd.

'Rownd y gornel,' yw ateb Larry.

'Allwn ni yrru heibio'r blaen? Dwi isie gweld faint o bobl sy 'na.'

'Wrth gwrs, bòs.'

Mae Noah yn gwenu arna i, a'i lygaid yn disgleirio'n ddireidus. Dwi'n cofio'r olwg ddireidus yna yn 'i lygaid pan gwrddon ni'r tro cyntaf, pan aeth e â fi i'w hoff lefydd yn Efrog Newydd. Dwi ddim yn siŵr beth sydd ar 'i feddwl nawr, a dwi'n llawn chwilfrydedd.

Mae'r heol y tu allan i Ganolfan Brighton dan 'i sang, yn llawn pobl sy'n ciwio i fynd i mewn. Rhaid i Larry fynd heibio gan bwyll bach. Mae cannoedd o bobl yno – rhai mewn cotiau glaw lliwgar, eraill yn cwtsio gyda'i gilydd dan ymbarél i ymochel rhag y glaw. Yn sydyn, daw ton fach o bryder drosof wrth weld maint y dorf. Noah Flynn yw 'nghariad i. Bydd yr holl bobl yma'n 'i wylio'n canu ar y llwyfan, ac os nad ydyn nhw'n gwybod pwy yw e nawr, fe fyddan nhw'n gwybod erbyn diwedd y noson. Mae rhai ohonyn nhw hyd yn oed yn dal baneri sy'n dweud: PRIODA FI, NOAH; NI'N DY GARU DI, NOAH; a GAD I FI FOD YN FERCH YR HAF I TI.

Yna ymlaciaf. Does dim ots gyda fi bod rhywun eisiau bod yn "ferch yr haf" iddo fe (wedi'r cyfan, dwi'n eitha siŵr mai fi yw 'i "ferch pob tymor" erbyn hyn). Mae'n hyfryd meddwl bod gydag e gymaint o gefnogwyr, er mai dim ond yr act gyntaf ar gyfer band anferth yw e. Dim ond trwy YouTube mae'r rhan fwyaf o'r merched hyn yn 'i nabod, ac mae pob un ferch, trwy wylio'i fideos, wedi cyfrannu at 'i lwyddiant. Wrth gwrs, mae llawer iawn o bobl yma wedi dod i The Sketch yn unig – a sdim rhyfedd 'u bod nhw'n boblogaidd, gan fod y pedwar aelod yn edrych fel tasen nhw ar boster Abercrombie & Fitch. Dwi'n teimlo'n falch ofnadwy dros Noah a'r siwrne wallgo 'ma mae e ar fin cychwyn arni, a dwi'n gwneud dawns fach hapus wrth feddwl y bydda i wrth 'i ochr ar hyd y daith.

Mae Noah yn rhoi clic i'w wregys a dwi'n rhythu arno mewn braw.

'Beth wyt ti'n neud?' holaf.

'Mynd mas i ddweud helô!'

'Ond mae'n arllwys y glaw!' meddaf, gan ddweud rhywbeth hollol amlwg.

'Sdim ots 'da fi! Mae angen cawod arna i, a ta beth ...' medd gan ddal fy llaw, 'ti'n dod gyda fi.'

'Beth?' meddaf, gan agor fy llygaid led y pen.

'Dwi isie i bawb ein gweld ni gyda'n gilydd, a dwi isie i ti brofi hyn gyda fi. Byddwn ni'n ôl mewn chwinciad, Larry.'

Mae'r car yn dod i stop a Noah yn llamu allan, gan fy llusgo i y tu ôl iddo. Petrusaf wrth y drws, ond yna dwi'n gweld Noah yn wên o glust i glust, ac mae hynny'n rhoi nerth i fi. Cydiaf yn fy mag, tynnau 'nghamera allan ohono, a neidio mas o'r car.

Mae sŵn uchel y ffans yn sgrechian 'i enw'n ymosod ar fy nghlustiau, ac maen nhw'n chwifio'n wyllt wrth iddo gerdded tuag atyn nhw.

Mae rhywbeth cwbl hudolus yn y ffordd mae Noah yn sgwrsio gyda'i ffans. Mae'i wyneb yn llawn goleuni, a does dim ots gydag e 'i fod e'n gwlychu a'i wallt e'n fwy cyrliog ac anniben bob eiliad. Mae e wrth 'i fodd.

Clywaf rywun yn galw, 'Penny! Drychwch, dyna Penny. Dyna'r Ferch Ar-lein!' Trof i edrych ar ddwy ferch sy'n codi llaw arna i, felly dyma fi'n codi llaw yn ôl gan wenu. Mae hyn yn teimlo'n rhyfedd iawn, ac mae rhan anferthol ohona i sy'n ysu i redeg 'nôl i ddiogelwch y car. Yn hytrach, anadlaf yn ddwfn a dechrau tynnu lluniau o Noah wrth iddo gwtsio a rhoi pump uchel i rai o'r bobl yn y rhes. Mae 'nghamera'n teimlo fel tarian. *Galli di wneud hyn, Penny,* meddyliaf. Symudaf 'nôl, ac mae'r ddwy ferch oedd yn codi llaw arna i bellach wrth f'ochr.

'Ti'n edrych 'mlaen at weld Noah yn chwarae o flaen cymaint o bobl?' hola un ohonyn nhw.

Nodiaf fy mhen yn frwd. 'Mae'n ofnadwy o gyffrous. Mae'n wallgo!'

'Ro'n ni'n dwlu ar dy flog di, gyda llaw! Ddylet ti ddechre fe 'to,' medd y ferch arall.

'O, dwi ddim yn siŵr. Ond dwi'n gweld 'i isie e.' Gwenaf arnyn nhw'n gyfeillgar.

'Sut beth yw bod gyda Noah Flynn?' hola'r ferch gyntaf.

'Fel breuddwyd,' atebaf yn onest. Mae Noah yn dal fy llygad ac yn pwyntio at y car. 'Roedd yn braf iawn cwrdd â'r ddwy ohonoch chi,' meddaf, wrth i Noah ddal fy llaw a 'nhywys yn ôl at y car. Codaf law ar y merched am y tro olaf cyn troi at Noah. Mae gwên fawr hurt ar 'i wyneb. Alla i ddim ond dychmygu sut mae e'n teimlo'r foment hon.

'Ti'n teimlo'n iawn?' hola Noah, a'i wyneb yn llawn pryder.

'Roedd hynny'n ... anhygoel!' meddaf, gan lapio 'mreichiau o'i gwmpas. Chwarddwn wrth i 'nghamera daro yn erbyn 'i frest, nes bod rhaid i ni wahanu.

'Arhosa, dwi isie cofio'r foment 'ma,' meddaf wrth Noah. Tynnaf e'n agos ataf a throi'r camera ar fy ffôn o gwmpas i dynnu hunlun o'r ddau ohonon ni gyda'n gilydd. Wrth edrych ar yr wynebau ar y sgrin, gwelaf ddau berson dros-ben-llestri o hapus, ac mae cymaint o gynhesrwydd yn fy nghalon nes 'i bod hi bron â ffrwydro. A'r peth gorau oll yw bod y teimlad yma am barhau drwy'r haf.

✱ ✱ *Pennod Pump* ✱ ✱

Pan awn ni allan o'r car o'r diwedd, mae rheolwr Noah, Dean, y tu fas yn tapio'i droed ac yn edrych yn grac ar 'i watsh. Mae'i wallt yn llawn jel gwlyb, ac er 'i fod e'n gwisgo siwt, mae e wedi agor y botymau top er mwyn edrych yn anffurfiol. Dyma, yn ôl Noah, yw 'i ymdrech i edrych fel person ifanc. Caf f'atgoffa'n syth o fy hen athro drama, sef 'Galwch-fi'n-Jeff' achos 'i fod e eisiau i'w ddisgyblion feddwl 'i fod e'n cŵl; o leiaf mae gan Dean swydd cŵl.

'Helô, Dean!' meddaf. Mae'n braf gweld wyneb cyfarwydd. Cwrddais i â Dean dros wyliau'r Pasg, pan soniodd Noah y tro cyntaf am y posibilrwydd y gallwn i ddod ar daith gydag e.

'Penny! Hyfryd dy weld di.' Mae'n rhoi cusan i fi ar bob boch, a chaf fy nharo gan arogl cryf 'i *aftershave*. 'Dewch, dewch, chi'ch dau. Alla i ddim credu eich bod chi wedi bod mas yn eu canol nhw! Chi'n sylweddoli cymaint o broblem ddiogelwch wnaethoch chi 'i hachosi?'

Dyw Noah ddim yn ymddiheuro. Mae'n codi 'i ysgwyddau. 'Ti wedi sylwi 'i bod hi'n arllwys y glaw tu fas? Ro'n i isie diolch i'r holl bobl mas fan'na sy'n cael eu gorfodi i aros.'

Teimlaf fel tasen i'n cerdded ar y cymylau ers cwrdd â phawb, a dwi'n siŵr bod Noah yn teimlo'r un peth hefyd. Does dim ots gyda fi bod golwg wyllt arna i ar ôl bod mas yn y glaw. Mae Noah, wrth gwrs, yn edrych yn well.

Mae Dean yn rholio'i lygaid, ond dyw e ddim yn edrych yn grac nawr – mae e'n deall bod hyn i gyd yn rhan o apêl Noah. Dean wnaeth ddarganfod Noah ar YouTube a'i arwyddo fe ar label Sony. Ers hynny, mae e wedi bod fel tad maeth i Noah, yn helpu Noah i ymdopi â'r holl heriau sy'n 'i wynebu ers dod yn seren ar y we dros nos. Dean lwyddodd i'w gael e ar y daith gyda The Sketch, gan berswadio pobl fod Noah yn barod – hyd yn oed os nad oedd Noah yn rhy siŵr 'i hunan.

Roedd Dean hefyd wedi bod yn rhan o gynllun Noah i berswadio fy rhieni y byddai hi'n iawn iddyn nhw adael i fi fynd i ffwrdd gydag e. Treuliodd Dean brynhawn cyfan yn ein tŷ ni yn perswadio Mam a Dad na fyddai taith roc gyda Noah a The Sketch yn llawn alcohol a chyffuriau, fel y byddai rhywun yn ei ddychmygu o wylio ffilmiau Hollywood a rhaglenni teledu.

'Gyda ffonau clyfar, y cyfryngau cymdeithasol a'r *paparazzi* y dyddiau hyn, allwn ni ddim mentro o *gwbl* gyda'n talent ni,' eglurodd Dean iddyn nhw. Roedd hi'n rhyfedd clywed Noah yn cael 'i ddisgrifio fel 'talent'. 'Pan fyddan nhw'n gwneud rhywbeth o'i le, bydd rhywun yno i ddal y foment ar ffilm a bydd y cyfan yn feirol chwap, felly fy ngwaith i yw gwneud yn siŵr nad yw hynny'n digwydd.'

Mae'r prynhawn hwnnw'n teimlo fel amser maith 'nôl, a nawr mae popeth yn digwydd go iawn. Alla i ddim credu'r peth.

Mae Dean yn fy nihuno o 'mreuddwyd. 'Noah – ti ar y llwyfan ymhen awr – does dim amser gyda ni i chwarae dwli!'

'Bues i'n ymarfer drwy'r prynhawn. Dwi'n credu bod hawl 'da fi i gael brêc bach.'

'Wel, byddai'n syniad da i ti *ddweud* wrtha i, yn lle gadael i fi redeg o gwmpas fel ffŵl!'

Mae Noah yn wincio arna i. Mae'n aml yn diflannu heb ddweud wrth Dean ble mae e'n mynd. Rhoddaf fy llaw dros fy ngheg, i guddio 'ngwên.

Mae cefn y llwyfan yn llawer llai deniadol nag y gwnes i ddychmygu. Ro'n i'n meddwl y byddai yno lawer o gelfi lledr a drychau mawr â bylbiau o'u cwmpas, neu falle rywle diwydiannol iawn, yn llawn pibau metel a *speakers* ym mhobman. Yn lle hynny, cawn ein tywys trwy gyfres o goridorau cul tuag at ddrws, a darn o bapur wedi'i lynu arno'n dweud: NOAH FLYNN. Y tu mewn, mae stafell fach wedi'i phaentio'n frown golau, ac ambell soffa lwyd o gwmpas bwrdd coffi. Byddai hi'n stafell ddiflas iawn oni bai am yr annibendod llwyr sydd wedi'i daflu dros bob man. Mae llwythi o offerynnau wedi'u pentyrru yn y gornel, cesys agored yn arllwys eu cynhwysion dros y llawr, a siacedi lledr di-ri yn pwyso ar gefn y soffa. Ar y waliau, mae lluniau'r enwogion sydd wedi perfformio yng Nghanolfan Brighton, o Bing Crosby (dwi'n gwybod y cyfan am hynny nawr, diolch i Elliot) i fandiau mwy modern fel The Vamps, The Wanted a hyd yn oed One Direction. Tybed a fydd llun Noah yno ryw ddiwrnod?

'Ydy The Sketch yn y stafell yma hefyd?' holaf.

Mae Noah yn siglo'i ben. 'Nac ydyn, maen nhw'n cael y stafelloedd mwy crand.'

'Wel ie, mae hynny'n gwneud synnwyr. Fydda i'n cael cwrdd â nhw?'

Mae e'n chwerthin nawr. 'Diawl, dwi ddim wedi cwrdd â nhw 'to, hyd yn oed! Dim ond 'u cefnogi nhw ydw i, cofia? Mae'u tîm rheoli nhw'n cadw hyd yn oed mwy o reolaeth arnyn nhw nag y mae Dean arna i. Bydden ni'n lwcus iawn i'w gweld nhw o gwbl ar y daith yma. Aros, ti ddim yn gobeithio cael cariad mwy enwog na fi, nag wyt ti?'

Dwi'n ei daro'n ysgafn ar 'i ysgwydd ac yn tynnu tafod arno. Anghofiaf am y siom o beidio â chwrdd â The Sketch yn fuan iawn wrth weld llwythi o ddanteithion ar y bwrdd coffi. Mae powlen ANFERTHOL o Reese's Peanut Butter Cups, Jolly Ranchers, degau o boteli o Lucozade oren llachar ... a Mini Eggs Cadbury.

'Noah, sut cest ti'r rhain?'

'Beth ti'n feddwl?'

'Mae hi'n haf – dim ond adeg y Pasg mae'r rhain ar gael! Ti ofynnodd amdanyn nhw? Ti'n real *diva*!' gwenaf.

'Ti yw'r arbenigwraig siocled – dim byd i'w wneud â fi!' medd Noah. Mae'n estyn i lawr, yn cydio mewn sioced ac yn 'i roi yn 'i geg. Yna, estynna focs sydd dan y ford, ac wrth 'i agor, daw arogl bisgedi siocled i lenwi'r stafell. 'Ond gan fod Sadie Lee wedi gwneud i fi *addo* rhoi'r rhain i'w hoff ferch o Brydain, a pheidio â'u bwyta nhw i gyd, mini eggs yw'r ail beth gorau!'

'All dim byd guro cwcis Sadie Lee!' meddaf, gan gipio un o'r bocs. Mae'r canol yn dal yn feddal. Er y gallwn i fwyta llond bocs ohonyn nhw fy hunan, dwi'n cynnig un i Noah a Dean, sydd wedi'n dilyn ni i mewn.

'Hei, pwy sy'n moyn cwrw?'

Codaf fy nhrwyn o'r bocs bisgedi ac gweld bachgen yn pwyso ar ffrâm y drws, a chudynnau anniben yn gorchuddio'i dalcen. Mae'n gwisgo crys-T du fel Noah, ond yn wahanol i Noah, mae llawer mwy o datŵs yn gorchuddio'i freichiau. Yn un o'i ddwylo, mae'n dal dwy botel gwrw. Teimlaf ias ar gefn fy ngwar, ond alla i ddim esbonio pam.

'Ddim i fi, boi,' medd Noah. 'Blake, dyma 'nghariad i, Penny. Penny, dyma Blake – fe yw un o fy ffrindie gorau o gartre – a drymiwr y band.'

Prin edrych arna i wna Blake – neu os yw e'n edrych, alla i ddim dweud achos bod 'i wallt yn cuddio'i lygaid. Ond dwi'n credu y galla i glywed rhyw fath o sŵn tuchan i 'nghydnabod i.

'Heia,' meddaf. Mae fy llais yn wichlyd a galla i weld wyneb Blake yn newid – mae'i wefusau'n cyrlio ac yn gwenu'n gam. Mae 'nghalon yn suddo. Ro'n i eisiau creu argraff dda ar ffrindiau Noah. Nawr, dwi'n teimlo'n lletchwith a braidd yn pathetig. Am y tro cyntaf, dwi'n teimlo na ddylwn i fod yma.

Daw dau aelod arall o fand Noah mas y tu ôl i Blake. Maen nhw'n cario cwrw hefyd, ond maen nhw'n llawer mwy cyfeillgar na Blake. Mae Noah yn eu cyflwyno nhw wrth iddyn nhw ddod i mewn: y basydd, Mark, a chwaraewr allweddellau o'r enw Ryan. Mae Mark a Ryan yn eistedd ar y gadair gyferbyn â Noah a finnau, ond mae Blake yn camu i mewn yn ddi-hid, ac yn eistedd ar bwys Noah fel 'mod i'n cael 'y ngwasgu rhyngddo fe a braich y soffa. Mae'n pasio un o'r poteli cwrw draw i Noah.

Mae Noah yn cymryd y botel, ond yn hytrach na chymryd cegaid o gwrw, mae'n 'i rhoi i lawr ar y ford.

'Ry'n ni yn Lloegr, boi. Mae'n gyfreithlon,' medd Blake, ar ôl llowcio'n farus o'i botel e.

Mae Noah yn codi 'i ysgwyddau. 'Ddwedes i 'mod i'n iawn.'

Mae Blake fel tase fe ar fin codi cweryl, ond mae Dean yn curo'i ddwylo a'r band yn edrych arno. 'Iawn, bois, dyma'ch gig mawr cyntaf gyda'ch gilydd, ac roeddech chi'n swnio'n wych yn yr ymarfer. Jyst gwnewch yr un peth heno a byddwch chi'n hollol ffantastig. Ry'ch chi'n gwybod pa mor bwysig yw hyn i Noah, ac i bob un ohonoch chi. Gallai hyn newid pethe go iawn. Mae'n rhaid i chi fynd amdani. Felly, dim ond deg munud sydd tan i'r llenni agor, felly, ewch mas i baratoi. Dyma'ch amser chi i ddisgleirio.'

'Ydy e wastad fel hyn?' sibrydaf wrth Noah.

'Beth, wastad yn dweud pethe ystrydebol cyn i ni fynd ar y llwyfan? Odi, dyna sut foi yw Dean.' Mae Noah yn edrych ar 'i reolwr. 'Ga i funud ar 'y mhen fy hunan?'

'Un funud,' medd Dean, a'i lygaid yn culhau wrth syllu ar y ddau ohonon ni, i ddangos 'i fod e o ddifri. 'Iawn, pawb mas.'

'Pawb heblaw am Penny.'

Mae Dean yn nodio'i ben, ond ochneidio'n ddiamynedd wna Blake. Mae'i holl symudiadau'n drwsgl ac anfoddog, ond yn y diwedd, mae'n llusgo'i gorff trwy'r drws wrth sodlau Dean.

A ninnau ar ein pennau ein hunain, mae Noah yn troi tuag ataf, a'i gorff fel tase'n berwi ag egni nerfus. Yna sylweddolaf nad yw e'n teimlo'n gyffrous. Mae'n edrych yn bryderus iawn.

'Penny, dwi ddim yn gwybod os alla i fynd ar y llwyfan.'

Pennod Chwech

Codaf a mynd i sefyll wrth 'i ochr. Dwi'n cydio'n 'i ddwylo i drio rhoi stop ar y brasgamu nerfus. Mae'n sefyll yn llonydd, ond galla i deimlo'i ddwylo'n crynu. Mae 'nhalcen yn cyffwrdd â'i dalcen yntau ac ry'n ni'n anadlu gyda'n gilydd am ennyd fach. Yna, codaf fy nwylo at 'i wyneb. 'Ti'n *anhygoel*. Wrth gwrs y galli di wneud hyn. Ti yw Noah Flynn. Galli di wneud unrhyw beth.'

Pwysa i lawr i roi cusan i fi. Mae'n fath gwahanol o gusan i'r un gawson ni yn y car. Mae'n gwasgu 'i wefusau yn erbyn fy ngwefusau i ac maen nhw fel tasen nhw ar dân gydag egni poenus, pryderus, bron yn ysu i'n cusan ein cludo i fyd gwahanol, byd lle nad oes rhaid poeni am berfformio o flaen torf o 4,500 o ffans gwallgo.

'Penny, dwi wir wir ddim yn gwybod alla i wneud hyn,' medd wrth i ni wahanu o'r diwedd. Mae'i lais mor dawel, prin y galla i glywed gair.

Mae sŵn curo ar ddrws y stafell newid. 'Mae dy funud di ar ben, Noah!' medd Dean, sy'n swnio fel tase ar fin cael pwl o banig – ond ddim yn yr un ffordd â Noah.

Mae Noah yn gorweddian ar y soffa, yn claddu 'i ben yn 'i ddwylo.

Wrth 'i weld e fel hyn, daw poen i 'mrest. Dwi eisiau estyn amdano a'i lapio mewn rhywbeth twym a chysurlon, fel hen siwmper Mam, ond all e ddim cerdded mas ar y llwyfan wedi'i lapio mewn blanced (er, o feddwl am y peth, falle y byddai'n dechrau ffasiwn newydd). Ac yna, daw fflach o ysbrydoliaeth. Falle mai dyna'r ateb: rhywbeth sy'n rhoi cysur iddo fe.

Edrychaf o 'nghwmpas, nes bod fy llygaid yn taro ar yr unig beth sydd wastad yn gwneud iddo fe deimlo'n gartrefol: 'i hen gitâr. Yr un ddaeth e gydag e o Brooklyn. Yr un â'r neges oddi wrth 'i rieni ar y cefn:

Bydd ddewr, M a D x

Codaf y gitâr a cherdded draw ato. 'Co – cymra hi.'

'Fy ngitâr i? Sut wnaiff hynny helpu?'

'Jyst cymra hi,' meddaf, yn fwy cadarn.

Ochneidia, gan gymryd y gitâr o 'nwylo a chodi'r strap dros 'i ben. Dechreua strymio cord. Mae cerddoriaeth lond y stafell, a chawn ein cludo'n ôl i seler Sadie Lee yn Efrog Newydd. Neb ond ni'n dau, yn ein byd bach ein hunain. Alla i weld y tensiwn yn diflannu o'i ysgwyddau.

'Ddylet ti fynd â hi ar y llwyfan gyda ti,' meddaf.

'Be ti'n feddwl?' Sylla ar y gitâr.

'Ar y gitâr 'na sgrifennaist ti'r caneuon, ynte fe? Felly cer â hi gyda ti a chwaraea'r cordiau cyntaf hynny ar y gitâr. Wedyn, pan fydd y sŵn yn cynyddu, chwaraea'r gitâr llwyfan.'

Mae'r stafell yn dawel am eiliad, a dwi'n poeni 'mod i wedi dweud rhywbeth hollol dwp. Ond yna, mae'i wyneb yn goleuo. 'Penny, ti'n jîniys!' Neidia ar 'i draed i roi cusan arall i fi.

'Cymer ofal 'da'r gitâr 'na!' chwarddaf.

'Dere. Gad i ni fynd mas cyn i Dean gael trawiad,' medd, gan daflu'r offeryn dros 'i ysgwydd.

Mae'n estyn 'i law ataf, a dwi'n 'i chymryd. Yna, gyda'i law arall, agora'r drws.

Mae Dean yn pwyso yn erbyn y wal tu fas, a'i ben yn 'i blu. Mae'n edrych lan wrth i ni ddod i'r golwg. 'O, diolch i Dduw. Wyt ti'n barod?'

'Ydw, Dean, dwi'n dod.'

'Da iawn. Ro'n i'n poeni amdanat ti am funud fach.' Dechreua gerdded trwy'r ardal gefn llwyfan. Mae Noah a finnau'n brysio ar 'i ôl, gan osgoi gwifrau sydd wedi'u tapio i'r llawr â thâp du trwchus, a phobl yn gwisgo clustffonau'n brysio fel morgrug dros y lle. Edrychaf uwch fy mhen: mae set The Sketch yn hongian o'r nenfwd. Maen nhw'n defnyddio sgriniau anferthol sy'n cael eu tynnu i lawr i'r llwyfan ar gyfer eu set gyntaf. Soniodd Noah eu bod nhw wedi cyflogi artistiaid i dynnu lluniau ar y llwyfan tra'u bod nhw'n perfformio, a'r lluniau hynny'n cael eu dangos ar y sgriniau. Dwi bron â baglu dros un o'r gwifrau, ond mae llaw Noah yn dynn o 'nghwmpas, yn fy nghadw'n saff.

Mae Dean yn edrych dros 'i ysgwydd. 'Beth sy gyda ti'n fan 'na?' gofynna i Noah.

'Fy ngitâr i. Dwi'n mynd i'w defnyddio hi ar gyfer rhan gynta'r gân – 'i chanu hi'n acwstig – ac yna gall Blake ymuno â churiad y drwm wrth i fi ddefnyddio'r gitâr llwyfan wedyn.'

Mae Dean yn sefyll yn stond ac yn troi i wynebu Noah, 'i ben ychydig ar dro. Yna, nodia. 'Swnio'n grêt. Dy'n ni heb ymarfer hynny, wrth gwrs, ond hei – bydd e fel y stwff ro't ti'n 'i wneud ar *YouTube* slawer dydd. Gad i fi ddweud wrth y bois eraill a'r criw. Ti byth yn gwneud pethe'n hawdd i fi, Noah.'

'Ond ti'n dwlu arna i,' ateba Noah gan wenu.

Ymhen dim, ry'n ni ar ochr y llwyfan. Galla i deimlo cyffro'r gynulleidfa, a phawb yn aros yn eiddgar am Noah.

Mae'n troi ata i, a'i lygaid tywyll yn pefrio. Galla i weld nawr fod 'i nerfau wedi mynd – ac adrenalin a chynnwrf wedi dod yn eu lle. 'Diolch, Penny. Dwi ddim yn gwybod beth fyddwn i'n wneud hebddot ti.'

Dwi'n gwenu. 'Wela i di ar ôl y sioe,' sibrydaf.

Yna, mae'r llwyfan yn tywyllu ac mae hyd yn oed y gynulleidfa'n tawelu. Byddai'n bosib clywed sŵn pin yn cwympo. Mae'r cynnwrf cyn perfformiad Noah mor drydanol nes 'i fod e bron yn annioddefol.

Mae Noah yn anadlu'n ddwfn ac yna'n camu ar y llwyfan i'r tywyllwch dudew. Galla i weld 'i amlinell e wrth wylio o'r ochr. Mae'n symud y microffon yn y stand, ac yn symud 'i draed nes 'i fod e'n gyfforddus. Yna, mae'n rhoi 'i ddwylo ar y gitâr ac yn strymio'r nodyn cyntaf. Mae'r sŵn yn adleisio drwy'r theatr.

Mae'r llifolau wedi'i danio. Mae e'n canu bariau cyntaf 'Elements' a bonllefau'r gynulleidfa o 4,500 yn codi'n uwch ac yn uwch.

Dyna pryd dwi'n sylweddoli 'mod i'n crio.

Pennod Saith

'Hei, Penny, beth am i ti fynd i dy sedd i wylio gweddill perfformiad Noah?' hola Dean, sy'n sefyll y tu ôl i fi.

'O ... beth?' Mae llais Dean yn chwalu'r swyn sydd o 'nghwmpas wrth wylio perfformiad cyfareddol Noah. Ond does dim amdani ond troi fy llygaid oddi wrtho. 'Iawn. Sut dwi'n cyrraedd fanna o'r fan hyn?' Dwi i fod i wylio gweddill y sioe yn yr ardal VIP, gydag Elliot ac Alex.

'Jyst cerdda drwy'r cyntedd ac fe ddoi di at set o risiau. Cer i lawr y grisiau a mas trwy'r drws, lle mae'r prif resi seddau. Ddylet ti allu ffeindio dy ffordd i'r ardal VIP, sydd ar y lefel uwchben.' Mae Dean yn gwisgo clustffonau er mwyn clywed rhywun yn dweud rhywbeth pwysig wrtho fe. Mae'i wyneb yn gwelwi ac yn tynhau, fel petai ar fin cracio.

'Ocê, diolch. Deall,' atebaf, gan drio swnio'n hyderus. Mae Dean yn troi ar 'i sawdl a dwi'n gwneud fy ngorau i ddilyn 'i gyfarwyddiadau'n gyflym, cyn i fi anghofio. Dyw set Noah ddim yn un hir, a dwi ddim eisiau colli eiliad.

Dwi'n dechrau rhuthro drwy'r ddrysfa gefn llwyfan, nes cyrraedd y drws sy'n arwain at y prif resi seddau. Yn syth bin, dwi reit yng nghanol y dorf. Mae'r sŵn yn fyddarol ac yn llawer uwch nag yng nghefn y llwyfan. Mae'r gerddoriaeth yn taranu, a'r merched (merched yw'r dorf i gyd, fwy neu lai) yn sgrechian ac yn pwyso dros y rhwystrau sy'n eu gwahanu nhw oddi wrth Noah. Maen nhw'n estyn allan, â'u breichiau'n chwifio, yn ysu i gael tamed ohono fe. Dy'n nhw ddim yn edrych fel unigolion nawr – maen nhw fel un creadur mawr gwyllt, yn llawn cynnwrf afreolus. Cyn y sioe, buodd cyhoeddiad i ddweud wrth bobl am beidio â thaflu anrhegion ar y llwyfan, ond galla i weld merched yn taflu tedis a blodau – a hyd yn oed un bra – at draed Noah.

Mae ias adrenalin a chyffro'n rhedeg drwydda i, ond mae'r nerfau'n brathu hefyd. Symuda'r staff diogelwch fi 'mlaen felly alla i ddim aros wrth fynedfa'r ardal gefn llwyfan, a chaf fy nhaflu hyd yn oed yn ddyfnach i ganol y dorf. Edrychaf lan at y balconi i geisio dod o hyd i Elliot. Diolch byth, mae'n hawdd 'i weld e gan 'i fod e reit yn y blaen gydag Alex. Maen nhw'n gwrando ar 'Elements' gan edrych yn ddwfn i lygaid 'i gilydd, fraich ym mraich. Mae 'nghalon i'n llamu.

Maen nhw'n cusanu, ac estynnaf am fy ffôn i dynnu llun ohonyn nhw, yn siomedig bod fy nghamera go iawn yn y stafell newid. Er 'i fod e braidd yn dywyll, alla i ddim aros i ddangos y llun i Elliot wedyn. Bydd e wrth 'i fodd – mae'n ysu ers oesoedd am lun o'r ddau ohonyn nhw gyda'i gilydd. Pryd bynnag y bydda i'n tynnu llun ohonyn nhw, mae Alex yn mynd yn swil ofnadwy. Dyw pawb ddim yn gwybod 'i fod e'n hoyw eto, felly mae'n trio peidio â mynd dros ben llestri'n gyhoeddus. Chwarae teg i Elliot am fod mor amyneddgar gydag e; mae'n gwybod o brofiad bod angen amser ar Alex, ond mae'r sefyllfa'n her i'r ddau ohonyn nhw.

Mae rhywun yn gwthio'n f'erbyn, gan daro fy ffôn i'r llawr. 'Hei!' gwaeddaf a throi atyn nhw, ond dyw'r ferch wnaeth fy nharo i ddim hyd yn oed yn sylwi – mae hi'n rhy brysur yn cydganu gyda Noah ac yn neidio lan a lawr. Edrychaf i lawr am fy ffôn, a'i weld o dan 'i thraed.

Dyma fi'n deifio draw i'w gyfeiriad, ond caiff 'i gicio yn bellach i lawr ar hyd y llawr gludiog.

'O, sori am hynna!' medd y ferch, gan sylwi arna i o'r diwedd.

'Dim problem,' atebaf, ond mae'r geiriau'n sownd yn fy llwnc. Mae'n *rhaid* i fi gael fy ffôn. Pwysaf i lawr a cheisio dilyn 'i lwybr, ond bob tro y daw i'r golwg, mae'n symud yn bellach i ffwrdd eto.

Gwingaf wrth i rywun sefyll ar fy mysedd, ac mae'r chwarter eiliad yna'n ddigon i wneud i fi golli golwg ar fy ffôn. Dwi'n siŵr bod fy nghalon wedi stopio curo am eiliad. Yna gwelaf y ffôn eto – mewn llannerch rhwng y traed. Disgynnaf ar fy ngliniau i estyn amdano. Ond unwaith eto, caiff 'i gicio oddi wrtha i. Trwy fôr o goesau, gwelaf law yn estyn i lawr ac yn codi fy ffôn.

'Hei, fi biau hwnna!' gwaeddaf. Dwi'n gwylltio nawr, ac yn cropian ar fy mhedwar rhwng y dorf gan ddod yn agos iawn at gael fy sathru.

'Beth wyt ti'n neud?!'

'Beth yffach?!'

Anwybyddaf y cwynion wrth i fi wthio heibio coedwig o goesau noeth a denim wedi rhwygo, heb unrhyw lwc. Mae fy ffôn wedi mynd.

Codaf ar fy nhraed cyn cael fy ngwasgu, gan chwilio'n orffwyll trwy'r dorf am leidr y ffôn. Mae pob wyneb yr un peth: llygaid fel soseri'n syllu ar fy nghariad ar y llwyfan. Fi yw'r unig un sydd *ddim* yn edrych ar Noah. Mae person arall yn taro yn erbyn f'ysgwydd, gan fy hyrddio tuag at y person y tu ôl i fi, sy'n gweiddi arna i. Yn ffodus, mae sŵn y dorf yn boddi 'i hymateb, ond dwi'n gwybod 'i bod hi'n grac gyda fi. 'Sori,' mentraf, ond yn sydyn iawn, dwi'n teimlo popeth yn cau i mewn. Does dim lle i fi symud, heb sôn am anadlu.

Gwelaf yr arwydd coch llachar ALLANFA uwchben y dorf, ac anelu tuag ato. Dwi'n teimlo fel taswn i'n nofio yn erbyn llif cryf, wedi 'nal mewn trobwll sy'n ceisio 'nhynnu i'r gwaelod. Galla i glywed Noah yn siarad â'r dorf rhwng y caneuon ond mae'n teimlo fel tase fe filoedd o filltiroedd i ffwrdd.

Teimlaf rywun yn cydio yn f'ysgwydd. 'Hei, ife ti yw'r ferch sy'n gwneud y blog? Cariad Noah?' hola merch â gwallt melyn, sy'n blethen dwt ar ochr 'i phen.

'Ymmm ...'

'Iyffach, bois, cariad Noah yw hi!' Mae'r ferch â'r blethen yn casglu 'i ffrindiau ynghyd.

'Pwy, merch y blog?'

'Ble?'

'Alli di roi hwn i Noah wrtha i?'

Cyn i fi ateb, mae'r ferch a'i holl ffrindiau yn f'amgylchynu. Mae pobl eraill yn y dorf yn sylwi arna i, neu falle'u bod nhw'n defnyddio'r cynnwrf i geisio agosáu at Noah ar y llwyfan.

'Rhaid i fi fynd mas o 'ma,' meddaf, wrth i'r cyfan droi'n hunllef ofnadwy. Ond mae'r geiriau'n swnio fel sibrwd plentyn bach. Mae fel tase miloedd ar filoedd o barau o ddwylo'n pwyso i lawr arna i, a phawb yn trio 'nhynnu i wahanol gyfeiriadau. Mae f'anadl yn drwm yn fy mrest. Alla i ddim gweld ffordd 'mlaen – mae pob llwybr drwy'r dorf yn edrych yr un peth, yn arwain yn ddyfnach i ganol yr wynebau sy'n syllu arna i. Alla i ddim hyd yn oed clywed llais Noah nawr, gan fod sgrechian yn llenwi 'mhen.

'Penny? Ife ti sy 'na?' hola llais merch.

Dwi ddim yn gwybod pwy yw hi, ond alla i ddim ateb – dim ond llefain yn dawel bach. Cydia'r ferch yn fy llaw, a dechreua f'arwain drwy'r dorf. 'Dere gyda fi. Y ffordd hyn.' Teimlaf fel twpsen yn ymddiried ynddi hi fel hyn – heb wybod pwy yw hi, heb weld dim ond 'i gwallt brown hir – ond wrth iddi wthio llwybr trwy'r dorf, dwi'n teimlo'n ddiolchgar.

Pennod Wyth

O'r diwedd, ry'n ni'n torri drwy'r heidiau o ferched sgrechlyd ac yn dianc o ganol y seddau mas i'r cyntedd eang. Llyncaf lond cegaid o aer, a rhoi 'nwylo ar fy mhengliniau. Ar ôl i fi glirio'r niwl o fy meddwl, edrychaf lan. Er mawr syndod i fi, Megan yw hi.

Mae hi'n edrych fel tase hi wir yn pryderu amdana i. 'Hei, ti'n iawn? Ro't ti'n edrych fel taset ti ar fin llewygu.' Mae hi'n rhoi 'i llaw ar 'y nghefn.

Dwi'n gwenu'n wan. 'Allwn i ddim delio â'r dorf. Roedd y cyfan yn ormod. Collais i fy ffôn, ac roedd yr holl bobl 'na'n gwasgu ar 'y mhen i …'

'O't ti'n llefen? Mae dy golur di wedi strywo.'

Ro'n i wedi anghofio 'mod i'n llefen wrth glywed Noah yn canu. Sychaf fy mochau â chefn fy llaw. Mae'r foment 'na gefn llwyfan yn teimlo fel oes yn ôl nawr, o gofio'r pwl panig dwi newydd 'i gael. Pan fydd pwl o orbryder yn fy nharo i, mae fel tase popeth arall yn cael 'i wthio i'r cefndir a'r cyfan ar fy meddwl yw *panig, panig, panig.* Does dim ots am unrhyw beth arall. Er bod f'ymennydd rhesymegol yn dweud wrtha i fod yr allanfa ychydig gamau i ffwrdd, dyw 'nghorff i ddim yn gwrando. Mae fel tase'r ddau beth wedi gwahanu, a'r cyfan achos y bwystfil gorbryder. 'O na – dim achos hynny. Dagrau hapusrwydd oedden nhw.'

Mae Megan yn gwenu. 'Ti'n moyn i fi gerdded 'da ti'n ôl at dy sedd?'

'Iawn. Lan lofft ... ond – o, dwi ddim i'n cofio ble ...' Dyna pryd dwi'n sylweddoli nad yw 'nhocyn gyda fi. Mae'n rhaid 'mod i wedi'i adael yn stafell newid Noah – gyda 'nghamera, fy siaced, fy mhwrs a'r pás gefn llwyfan. Wrth i fi esbonio popeth wrth Megan, galla i deimlo fy rhwystredigaeth yn cynyddu. Alla i ddim credu 'mod i wedi bod mor dwp!

Paid â phoeni am hynny.' Mae Megan yn camu'n hyderus at y swyddog diogelwch agosaf, gan siglo'i gwallt browngoch. 'Dyma Penny Porter – cariad Noah Flynn. Mae hi wedi gadael 'i thocyn gefn llwyfan ac mae angen iddi hi fynd 'nôl i'w stafell wisgo.'

Edrycha'r swyddog arnon ni'n amheus. 'Wrth gwrs ... a fi yw Mr Urdd.'

'Plis, syr' meddaf. 'Des i mas trwy ddrws y llwyfan yn y blaen ...'

'Edrychwch, ferched, pam na ewch chi'n ôl i fwynhau'r cyngerdd fel pawb arall. Dim mwy o'r gemau dwl 'ma.'

'Dim gêm yw hyn,' protestia Megan. Mae hi'n llwyddo i aros yn bwyllog, er 'mod i ar fin dechrau crio. 'Edrychwch, syr; gofynnwch i un o staff Noah – byddan nhw'n 'i nabod hi ac yn gallu esbonio.'

Mae'n plethu 'i freichiau o flaen 'i frest. Dyw e ddim am symud modfedd. 'Os na wnewch chi fynd 'nôl i'r cyngerdd nawr, bydd rhaid i fi eich harwain chi mas o'r adeilad.'

'Gwarthus!' wfftia Megan. 'Pan ddaw Noah i wybod am hyn, *chi* fydd yn cael eich arwain mas!'

Arweiniaf hi oddi wrth y swyddog cyn iddo fe'i rhoi hi

mewn gefynnau, neu beth bynnag mae dynion fel fe'n 'i wneud. Galla i synhwyro'i fod e'n dal i rythu arnon ni wrth i ni siarad yn y cyntedd. 'Dwi'n gwerthfawrogi dy help di ond dwi – dwi'n meddwl 'mod i isie mynd.'

'Ti'n siŵr?' mae Megan yn rhoi braich o 'nghwmpas i, i 'nghysuro i. 'Galli di ddod 'nôl gyda fi i'r seddau.'

Dwi'n ysgwyd fy mhen. 'Gwnaiff Noah fy ffeindio i os bydda i gartre.'

'Ocê,' medd hi, yn deall yn iawn. Falle ein bod ni wedi cwympo mas yn ddiweddar, ond mae hi'n dal i fy nabod i'n dda. 'Fe wna i ddod gyda ti, i wneud yn siŵr bo' ti gartre'n saff.'

'Wir? Does dim rhaid i ti wneud 'ny. Galla i jyst ...' ro'n i ar fin dweud 'ffonio Tom', ond dyw hynny ddim yn bosib chwaith gan 'mod i wedi colli fy ffôn ac yn methu cofio'i rif newydd. 'Dyw e ddim yn rhy bell i gerdded. A ta beth, byddi di'n colli The Sketch a dwi'n gwybod cymaint ro't ti'n edrych 'mlaen at eu gweld nhw.'

Mae Megan yn rhoi 'i braich yn 'y mraich. 'Dwi'n credu bod angen fy help i arnat ti. Mae hynny'n bwysicach na gwylio The Sketch. Hefyd, dwi *wir* isie awyr iach. Roedd y gynulleidfa 'na'n wallgo.'

Mae clywed geiriau caredig Megan yn gwneud i fi deimlo'n anesmwyth, ond alla i ddim clywed unrhyw beth amheus yn 'i llais. Cerddwn gyda'n gilydd at yr allanfa.

Ar ôl i ni fynd mas, ry'n ni'n gweld bod y glaw yn fân erbyn hyn. Wrth i awel lan môr Brighton chwipio trwy 'ngwallt, galla i deimlo rhywfaint o'r panig yn cilio. Mae 'mrest yn dynn a chledrau 'nwylo'n chwyslyd, ond mae Megan yn cydio yn fy mraich fel tase hi'n ofni 'mod i ar fin cael fy chwythu i ganol y môr. Allwn i ddim teimlo'n fwy diolchgar iddi hi.

'Licet ti stopio i gael candi-fflos o'r pier?' hola. 'Falle bydd y siwgr yn help.'

Gwenaf a nodio. 'Swnio'n grêt.'

Ry'n ni'n ymlwybro'n hamddenol dan oleuadau llachar mynedfa'r pier, a galla i weld y tonnau'n chwalu islaw trwy'r bylchau yn y trawstiau pren. Dewiswn y stondin â'r dewis mwyaf llachar o gandi-fflos a rhannu cwmwl mawr pinc a gwyn. Tynnaf ddarn mawr fflwfflyd ohono a'i roi yn fy ngeg. Todda'r siwgr yn swigod pigog ar fy nhafod.

'Mmm, mae hwn yn fendigedig,' meddaf. Edrychaf i fyw llygaid Megan. 'Diolch am bopeth wnest ti gynne. Achubest ti fi – dwi ddim yn gwybod beth fyddwn i wedi'i wneud.'

Mae Megan yn gwenu, a'i gwallt yn chwifio o gwmpas 'i phen yn yr awel. Mae'n 'i wthio oddi ar 'i thalcen a'i glymu mewn byn ar gorun 'i phen. Mae'n edrych yn hollol cŵl, ac eto'n hollol ddiymdrech. 'Dim problem o gwbl. Ti isie defnyddio fy ffôn i ffonio i ddweud wrth y cwmni ffôn bod d'un di wedi cael 'i ddwyn?'

Nodiaf. 'Diolch. Mae cyfrinair arno fe, diolch byth, a dim ond cwpwl o funudau sydd ar ôl ar y contract felly allan nhw ddim gwneud llwyth o alwadau. Gobeithio wnaiff pwy bynnag gafodd y ffôn 'i roi e i'r staff. Dwi'n dwlu ar y ffôn 'na.' *A phopeth arno fe*, meddyliaf. Lluniau o Noah a fi. Sgyrsiau tecst. Roedd hyd yn oed y gorchudd yn arbennig. Cafodd Noah afael arno fe ryw noson a dwdlo drosto fe i gyd mewn Sharpie du. Dyna'r gorchudd gorau erioed.

Ar ôl gorffen, dwi'n rhoi'r ffôn 'nôl i Megan. 'Popeth wedi'i sortio,' meddaf.

'O, da iawn.' Ochneidia. 'Drycha, Penny – dwi wedi meddwl cael gair gyda ti ers sbel, ond heb gael cyfle.'

'Be ti'n feddwl?'

'Dwi wir isie dweud sori ... am bopeth ddigwyddodd yn

gynharach eleni. Dim ... fi oedd y person 'na. Sori am ddweud wrth bawb am *Merch Ar-lein*. Dwi'n teimlo mor dwp, achos ro'n i'n mwynhau dy flog di a jyst yn genfigennus bo' ti'n mynd mas gyda seren bop. Roedd 'da ti bopeth. Ollie, wedyn Noah, a'r trip gwallgo, gwych 'na i Efrog Newydd – lle dwi wir isie byw rhywbryd – a ti'n awdur a ffotograffydd hollol anhygoel o dalentog. Mae pawb wastad yn dweud mor wych wyt ti a bo' ti am gael gyrfa hollol ffantastig ... A'r unig beth oedd 'da fi oedd hysbyseb glyd a breuddwyd am fod yn seren ffilm. Ddylwn i ddim bod wedi delio 'da hynny trwy fod yn gas gyda ti.'

Oni bai bod fy ngheg yn llawn candi-fflos, byddwn i'n gegagored. Llyncaf y siwgr hyfryd, llesol, ond dwi'n dal yn methu credu 'nghlustiau.

'Wnei di faddau i fi?' aiff yn 'i blaen, gan 'mod i heb ddweud gair.

'Doedd dim syniad 'da fi bo' ti'n teimlo fel 'na. I fi, ti yw'r un lwcus. Megan, ti mor bert a phoblogaidd, a ti'n actores wych – ac wedi cael lle yn yr ysgol ddrama enwog 'na! Ond ges i 'mrifo'n ofnadwy ar ôl beth ddigwyddodd ...'

'Dwi'n gwybod.' Mae hi'n troi 'i llygaid i'r llawr. 'Doedd hynny ddim yn iawn. Dwi ddim yn gwybod beth ddigwyddodd i ni, Penny. Ro'n ni'n arfer bod yn ffrindie mor dda.'

'Ond wnaethon ni jyst ... gwahanu, rhywsut.'

'Wel, os oes unrhyw obaith i ni aros yn ffrindie nawr, licwn i hynny ...'

Ry'n ni'n syllu ar ein gilydd am foment, nes i Megan wenu. Mae hi'n wên mor dwym a chyfeillgar fel na alla i beidio gwenu 'nôl. Dwi'n nodio. 'Licwn i hynny hefyd,' meddaf. Yna gwenaf yn gam, wrth edrych i lawr ar ein ffrogiau blodeuog. 'Hei, mae'n rhaid ein bod ni'n edrych fel efeilliaid yn cerdded o gwmpas yn yr un ffrog.'

Mae hi'n chwerthin yn braf. 'Ydyn! Wel, mae tipyn o steil gyda'r ddwy ohonon ni, on'd oes e? Dere.' Mae hi'n estyn am fy mraich eto. 'Bydd pawb yn poeni'n ofnadwy amdanat ti. Gad i ni fynd adre.'

Pennod Naw

Pan gyrhaeddwn ni gartref, mae'r llenni i gyd wedi'u cau a'r cyntedd yn dywyll. Dwi'n teimlo'n ddryslyd. Aeth Mam a Dad mas i rywle? Yna, dwi'n clywed lleisiau o'r stafell fyw ac yn sylweddoli'u bod nhw'n gwylio ffilm. Dwi'n amneidio ar Megan i 'nilyn i mewn. Mae drws y stafell fyw'n gwichian wrth i fi 'i wthio ar agor.

'Mam?' holaf yn betrusgar.

Yn hollol annisgwyl, mae hi'n neidio oddi ar y soffa wrth glywed fy llais. 'Iyffach, Penny!' medd, gan roi 'i llaw ar 'i brest. 'Ges i ofan! Ni wedi bod yn gwylio un o'r ffilmiau arswyd ofnadwy 'na mae Dad yn dwlu arnyn nhw.' Mae hi'n edrych arno'n ddig, ond chwerthin mae Dad. Mae e'n gwybod cystal â finne fod Mam yn dwlu cael 'i dychryn – mae angen tamed bach o ddrama yn 'i bywyd hi bob hyn a hyn.

Yna, mae hi'n gwgu o ddifri wrth edrych arna i. 'Ond pam wyt ti gartre mor gynnar? Do'n ni ddim yn disgwyl dy weld di am oriau.' Mae hi'n edrych ar Megan, a galla i weld 'i bod hi'n gwneud 'i gorau i beidio â gofyn cwestiwn arall, sef pam mae Megan gyda fi, ar ôl popeth ddigwyddodd gyda *Merch Ar-lein*.

Alla i ddim peidio – dwi'n dechrau crio'n grynedig wrth

ddisgrifio 'mhwl o banig a'r teimlad o glawstroffobia yn y dorf. Yna, mae Megan yn siarad, gan lenwi'r bylchau pan nad ydw i'n gallu cofio. Ar ôl iddi hi orffen, mae Dad yn cynnau'r golau ac yn mynd i'r gegin i wneud disgled o de. Ymhen dim, dwi'n teimlo'n well, a daw teimlad gwahanol drosta i fel ton. Dim gorbryder yw e nawr, ond euogrwydd. Er nad oedd gyda fi ffôn na waled na ffordd o adael nodyn neu neges iddo fe, dwi'n gwybod y bydd Noah yn pryderu'n ofnadwy pan ddaw e i wybod 'mod i wedi gadael heb ddweud wrtho.

'Dwi jyst yn mynd lan lofft i ddweud wrth Noah 'mod i gartref,' meddaf.

Mae Mam yn nodio, cyn gwenu ar Megan. 'Sut mae dy rieni di, cariad? Mae hi mor braf dy weld di eto ...' Gadawaf Mam i sgwrsio gyda Megan. Rhedaf lan lofft, gan neidio dros ddau ris ar y tro.

Ar ôl ysgrifennu neges uniongyrchol at Noah (mae e'n llawer mwy tebygol o edrych ar Twitter na'i ebost), cymeraf funud fach i agor fy mlog. Mae'r newid yn Megan yn pwyso ar fy meddwl, ac mae'n rhaid i fi siarad am y peth.

Allwch chi Faddau ac Anghofio?

Dwi'n gwybod mai dyma fy ail bostiad heddiw, ond mae wedi bod yn ddiwrnod hir ofnadwy! Mae cymaint wedi digwydd.

Ti'n cofio sbel fach 'nôl, pan sgrifennais i am bellhau oddi wrth un o fy ffrindiau? A sut des i i wybod wedyn mai'r 'ffrind' yna wnaeth werthu fy stori i'r cyfryngau? (Dwi'n gwybod — mae ffrindiau fel 'na'n waeth na gelynion!)

Wel, fe ymddiheurodd hi.

Alli di gredu'r peth? Do'n i byth yn meddwl y byddai hi'n gwneud hynny.

Helpodd hi fi pan o'n i'n meddwl bod neb am fy helpu, ac roedd hi'n neis iawn gyda fi. Ac er 'mod i'n poeni 'i bod hi'n cynllwynio rhywbeth, doedd dim cynllwyn.

Roedd hi'n neis.

Roedd hi fel roedd hi amser maith yn ôl, pan o'n ni'n ffrindiau.

Mwynheuais 'i chael hi yno, i siarad â hi. Ydy hynny'n rhyfedd? Ydy maddau rhywbeth mor enfawr yn bosib? Alla i faddau iddi hi am beth wnaeth hi i fi?

Fe ddywedodd hi, hyd yn oed, 'i bod hi'n genfigennus ohona i. Alla i ddim credu hynny. Ond yn amlwg, dy'n ni ddim wastad yn gwybod beth mae pobl eraill yn 'i feddwl, hyd yn oed os ydyn nhw'n edrych fel tasen nhw'n gwybod y cyfan.

Wici, dwi'n gwybod y byddi di'n mynd yn benwan pan glywi di hyn.

Ond dwi'n credu 'mod i eisiau maddau iddi hi. Alla i ddim taflu blynyddoedd o gyfeillgarwch bant mor rhwydd ...

Ta beth, bydda i'n cadw mewn cysylltiad.

Merch Oddi Ar-lein ... byth am fynd ar-lein xxx

Newidiaf o'r ffrog a gwisgo fy *onesie* meddal, cwtshlyd, a mynd 'nôl lawr staer. Mae Mam a Dad yn gwylio'r ffilm eto, felly dyma Megan a finnau'n cwtsio lan ar y soffa i'w gwylio hi hefyd.

Cyn hir, ry'n ni'n clywed sŵn curo gwyllt ar y drws. Aiff Dad i'w agor a daw Noah yn i mewn i'r stafell ar wib.

'Penny, diolch i Dduw!' Mae wyneb Noah fel y galchen, sy'n gwneud i fi deimlo poen fel saeth yn fy stumog. Mae'n rhuthro tuag ataf a 'ngwasgu'n dynn. 'Be ddiawl ddigwyddodd? Des i mas ar ôl fy set i dy ffeindio di, a ddwedodd Elliot bod e heb dy weld di o gwbl. Pan welais i dy stwff di i gyd yn y stafell wisgo, ro'n i'n poeni'n ofnadwy amdanat ti. Ffoniais i ti filiynau o weithie ...'

'Sori, Noah. Alla i ddim credu bo' fi wedi colli dy berfformiad di. Ro'n i wedi cyffroi cymaint – wnes i ddim hyd yn oed tsiecio bod fy nhocyn gyda fi. Wedyn, wnaeth rhywun yn y dorf fwrw fy ffôn mas o fy llaw, ac roedd popeth yn ormod i fi. Diolch byth, roedd Megan yno i fy helpu i.'

'Trueni bo' fi ddim gyda ti. Taswn i'n gwybod beth oedd yn digwydd ...'

'Byddet ti wedi neidio o'r llwyfan?' holaf gan chwerthin. 'Allet ti ddim bod wedi helpu. Ta beth, mae popeth yn iawn nawr.' Mae Noah yn rhoi'r pethau adawais i gefn llwyfan yn ôl i fi a dwi'n gwenu'n ddiolchgar. Nawr, dim ond y ffôn sydd ar goll.

'Hei, Noah.' Edrychaf lan wrth glywed llais anghyfarwydd. Er mawr syndod i fi, Blake yw e. 'Nawr bo' ti wedi'i ffeindio hi, dwi'n mynd 'nôl i'r gwesty.'

'Iawn boi, diolch am dy help di. Alli di ddweud wrth Dean bod popeth yn iawn? A gofyn iddo fe tsiecio gyda'r staff diogelwch bod neb wedi rhoi ffôn Penny iddyn nhw? Mae e mewn gorchudd pinc, gyda PP wedi dwdlo mewn Sharpie du ar y cefn,' medd Noah.

'Well i fi fynd hefyd, Penny.' Mae Megan yn codi o'i sedd, ond galla i weld bod 'i holl sylw ar Blake, er mai dyma'r tro cyntaf iddi hi gwrdd yn iawn â Noah. Gyda'i olwg ddi-hid wrth bwyso yn erbyn y drws, mae Blake yn edrych yn fwy *grungy* a gwyllt na Noah. Mae gydag e ryw hyder seren roc, sydd wedi tyfu hyd yn oed yn fwy ar ôl bod ar lwyfan o flaen torf fawr wallgo. Mae Megan yn tynnu 'i gwallt yn rhydd, a'i ysgwyd dros 'i hysgwyddau. Galla i weld Blake yn troi i edrych arni. 'Diolch am y te, Dahlia.'

'Croeso, Megan,' medd Mam. 'Diolch am fod yno i Penny heddiw. Mae'n braf gweld y ddwy ohonoch chi gyda'ch gilydd eto.'

'Pleser. Unrhyw bryd. Wela i di wedyn, Penny.' Gwena Megan 'i gwên ddisglair arna i, gan rolio'i hysgwyddau'n ôl i ddangos 'i ffrog – sy'n edrych, rywsut, yn gwbl wahanol arni hi. O leiaf dwi'n gwybod nad yw'r byd ben i waered yn llwyr; dyma'r Megan dwi'n 'i nabod.

'Megan ... diolch. Yn fawr iawn,' meddaf. 'Wela i di 'to.'

Mae hi'n nodio ac yn diflannu i'r cyntedd tuag at y drws ffrynt. Mae Blake gam neu ddau ar 'i hôl.

'Beth wyt *ti'n* neud 'ma?' medd llais mawr yn y cyntedd. Gwingaf wrth sylweddoli bod Elliot wedi dod i mewn i'r tŷ wrth i Megan adael. Sôn am amseru gwael.

'Ro'n i'n helpu fy *ffrind*, sy'n fwy nag y galla i ddweud amdanat ti.'

Daw sŵn o 'ngheg, sy'n gyfuniad o gath yn cael 'i thagu a gwenci wallgo, cyn i fi neidio ar fy nhraed a rhedeg i'r cyntedd. Y peth diwethaf dwi 'i angen nawr yw Megan ac Elliot yn cwympo mas.

'Elliot,' meddaf, gan edrych arno mewn ffordd sydd, gobeithio, yn dweud, *Mae'n iawn. Mae Megan wedi bod yn wych heno ond dwi ddim yn siŵr os alla i 'i thrystio hi eto.* All un edrychiad gyfleu neges mor gymhleth â honna? Falle ddim.

Mae e wedi deall rhywbeth, beth bynnag, o'r ffordd arbennig honno sydd gan ffrindiau gorau o ddeall 'i gilydd.

'Wela i di wedyn, Megan,' medd gan ysgyrnygu 'i ddannedd.

'Hwyl,' medd hithau, cyn gadael o'r diwedd, a Blake yn dynn wrth 'i sodlau.

'Paid â gadael i'r drws fwrw dy ben enfawr ar y ffordd mas!' gwaedda, wrth i'r drws gau'n glep. Mae'n edrych yn graff arna i, a dwi'n dychmygu mai'r gair sy'n dod i'w feddwl yw: trychineb. *Onesie*, gwallt hollol anniben a llygaid wedi chwyddo ar ôl yr holl grio.

67

Ry'n ni'n eistedd gyda'n gilydd yn y lolfa. 'Dywysoges Penny, beth ddigwyddodd?' hola Elliot.

Penderfynaf roi fersiwn gryno o'r stori iddo – galla i wastad lenwi'r bylchau wedyn, yn breifat, a bydd e'n siŵr o ddarllen y blog sgwennais i. Dim jyst fy nheimladau i sy'n bwysig nawr – dwi hefyd yn ymwybodol o'r olwg ar wyneb Mam, a'r gwgu sy'n gwaethygu wrth i fi sôn am y panig deimlais i. Dwi ddim yn gyfarwydd â'i gweld hi mor bryderus. Fel arfer mae hi'n hapus braf, yn delio â phob pryder yn hollol ddiffwdan.

Ond nawr dwi'n synhwyro bod fy nghyfle i fynd ar daith gyda Noah yn llithro drwy 'mysedd. Os yw hi'n meddwl na alla i ymdopi ...

Mae Dad yn arllwys rhagor o de i fy mwg – un Disney â llun Piglet, fy hoff gymeriad, ar y blaen. Daliaf y mwg yn erbyn fy mrest, gan deimlo'i gynhesrwydd yn lledu drwy 'nghorff. Pwysaf 'mlaen i freichiau Noah. Mae'n fy nala i'n dynn, dynn, fel tase e byth eisiau 'ngadael i fi fynd.

Eistedda Elliot ar y llawr, ac mae fy rhieni'n eistedd gyferbyn ag e. Dwi'n teimlo fel taswn i ar fin cael 'y nghroesholi. Mae Mam a Dad yn edrych arna i'n hir, cyn troi at Noah a finnau. 'Dwi'n meddwl mai dyma'r union beth ro'n ni'n poeni amdano,' medd Dad, a'i lais yn ddifrifol.

Mae Mam yn nodio. 'Mae Dad yn iawn, Penny. Allwn ni ddim gadael i ti fynd i Ewrop nawr.'

Pennod Deg

'Mam, beth? Na!' meddaf, gan deimlo 'ngên yn cwympo tua'r llawr.

'Dim os mai dyma sut bydd hi, Noah,' aiff Mam yn 'i blaen, gan swnio'n fwy crac nag o'n i'n disgwyl. 'Fydd Penny ddim yn gallu cerdded adre o gyngerdd yn Berlin neu Paris! Addewaist ti y byddai rhywun yn edrych ar 'i hôl hi – os mai dyma sut bydd pethe'n Brighton, sut wnaiff hi ymdopi yn Ewrop?'

''Y nhro cyntaf i gefn llwyfan oedd e, Mam; dwi'n addo bydda i'n iawn y tro nesa ...'

Mae Mam yn rhythu arna i, a dwi'n gwybod y dylwn i gau 'ngheg. Bydd rhaid i fi weithio'n llawer caletach i brofi 'mod i'n barod am hyn; dwi'n siŵr heb brofi hynny heddiw.

Mae Noah yn symud 'i fraich o'm hysgwydd ac yn troi at Mam a Dad. 'Dwi'n addo wnaiff hyn ddim digwydd eto. Fydd Penny ddim yn mynd mas i'r gynulleidfa ar 'i phen 'i hunan yn Ewrop. Cafodd hi docyn y tro 'ma er mwyn iddi hi eistedd 'da'i ffrindiau. A dwi'n addo y bydd pob aelod o'r tîm diogelwch yn 'i nabod hi a wastad yn gofalu amdani. Mae hi wedi cwrdd â Larry, 'ngwarchodwr i, yn barod, ac fe wna i'n siŵr na wnaiff e adael iddi fynd o'i olwg e.'

'Mae Larry'n neis iawn,' mentraf.

'A chi'n gweld hon?' mae Noah yn cydio yn fy llaw, ac yn 'i gwasgu'n dynn yn 'i law e. 'Wna i ddim gollwng 'y ngafael i ar y llaw fach 'ma.'

'Wel, galli di 'i gollwng hi pan fyddi di'n mynd i'r tŷ bach,' meddaf, a gwên fach yn chwarae ar fy ngwefusau.

Mae Noah yn rholio chwerthin. 'Wrth gwrs, bydd rhaid gollwng bryd 'ny! Ti'n gwybod beth dwi'n feddwl. Bydda i yna i Penny,' medd, gan edrych ar Mam a Dad yn ddifrifol. 'Hi yw fy merch sbesial i, a bydda i'n edrych ar 'i hôl hi.'

'Dwi ddim yn gwybod a yw hyn yn syniad da,' medd Mam, gan gnoi 'i gwefus. 'Dim ond y dechre yw hyn, cariad. Ti'n siŵr galli di ymdopi?'

'Dwi'n siŵr,' atebaf. 'Dwi'n dal isie mynd. Ces i ofn heno, ond fi oedd ar fai. Ddigwyddith e ddim 'to.'

'All e ddim bod cynddrwg â'r trip ysgol 'na i Amsterdam pan oedd dy ddosbarth di'n credu bod seiren *air-raid* yn canu. Wnaethoch chi i gyd sgrechian yn wyllt trwy Vondelpark,' medd Elliot. Mae e'n iawn – dwedodd Mr Beaconsfield wrthon ni am guddio dan feinciau'r parc. A dyna lle ro'n ni – tan i gwpwl bach neis o'r Iseldiroedd ddod heibio, a dweud bod y seiren yn digwydd ar ddydd Llun cyntaf pob mis am hanner dydd. Ar daith Noah, bydd llawer mwy o bobl yn yn gofalu amdana i. A bydd rhaid i fi goncro f'ofnau rhywbryd.

'Mam, Dad, plis. Bydda i'n iawn.' Gwenaf yn hyderus arnyn nhw, ond mae'n siŵr nad ydw i'n eu twyllo nhw gyda'r chwyddo a'r cochni dan fy llygaid. 'Gobeithio galla i gael hen ffôn Tom a chael cerdyn SIM newydd cyn i ni fynd i'r maes awyr. Galla i eich ffonio chi pryd bynnag y bydda i isie wedyn.'

Mae tawelwch a thensiwn yn llenwi'r stafell, a Mam a Dad yn edrych ar 'i gilydd.

'Iawn. Galli di fynd,' medd Mam.

Neidiaf lan a rhoi cwtsh i fy rhieni. 'Wnaf i ddim eich siomi chi,' meddaf.

'Ti ddim wedi gwneud hynny erioed, Penny. Ni jyst yn poeni amdanat ti,' esbonia Dad.

'A nawr dwi'n poeni na fyddi di wedi pacio mewn pryd!' ychwanega Mam. 'Paid â meddwl nad ydw i wedi gweld stad ofnadwy dy stafell di.'

'Sortia i hynny mas!' meddaf.

Mae Elliot yn gwenu. 'Da iawn. Nawr bod hynny wedi setlo, dwi'n mynd adre – mae angen *beauty sleep* arna i. Mae Alex yn benderfynol 'mod i'n ddefnyddio'r tocyn roddodd Dad i fi i wylio *rygbi* fory. Allwch chi gredu'r peth? Chi'n gwneud pethe digon dwp pan y'ch chi mewn cariad, on'd y'ch chi? O leiaf mae'r chwaraewyr rygbi'n *ffit*. Tase Alex yn cwrdd â Dad, dwi'n siŵr basen nhw'n ffrindie mowr ... ' mae Elliot yn cau 'i geg yn glep, fel tase fe ddim yn siŵr o'r hyn ddwedodd e. Codaf f'aeliau ond mae Elliot yn rhythu'n ôl, a rhyw olwg *Paid â holi* ar 'i wyneb. Mae'n troi tuag at Noah. 'Roedd y cyngerdd yn anhygoel,' medd. 'Ti oedd seren y sioe. Roedd The Sketch yn swnio'n uffernol ar ôl dy berfformiad di!'

Mae Noah yn 'i dynnu ato i gael cwtsh mawr, gan wasgu Elliot mor dynn nes bod 'i het trilby bron â chwympo. 'Trueni na alli di ddod gyda ni, Elliot!'

'A sbwylio hwyl y Dywysoges Penny? Byth!'

'Rywbryd eto, 'te.'

'Ie, yn bendant.' Mae Elliot yn troi ataf i. 'Alla i ddim credu bo' ti'n gadael mor gynnar bore fory! Fydda i ddim yn dy weld di am oesoedd! Bydda i'n gweld d'isie di gymaint.' Nawr mae'n bryd iddo fe roi cwtsh mawr i *fi*.

'Bydda i'n gweld d'isie di 'fyd!'

'Mae'n rhaid i ti addo sgrifennu ata i bob dydd.'

'A hala tecst!'

'A ffonio!'

'Dewch, chi'ch dau – dyw Penny ddim yn hedfan i Mars. Dim ond am wythnos neu ddwy bydd hi bant,' medd Mam.

'Gall *lot* o bethe ddigwydd mewn wythnos neu ddwy,' medd Elliot. 'Bydd rhaid i ti ddweud popeth wrtha i. Popeth. Yn enwedig am Baris. Bydda i'n moyn clywed *popeth* am Baris.'

'Wrth gwrs! A bydd rhaid i ti ddweud wrtha i am dy brofiad gwaith!' Ry'n ni'n gollwng ein gilydd o'r diwedd a dwi'n tywys Elliot i'r cyntedd. Mae e'n sgipio mas o'n tŷ ni, i'w dŷ e drws nesa. Mae'n chwythu cusan cyn i fi gau'r drws.

'Well i fi fynd hefyd, Penny,' medd Noah, sy'n sefyll y tu ôl i fi. Dwi ddim eisiau clywed y geiriau hynny.

'Ond newydd gyrraedd wyt ti,' atebaf, a'i wasgu'n dynn.

'Dwi'n gwybod, ond cyn bo hir gawn ni bythefnos 'da'n gilydd. Mae'n rhaid i fi fynd 'nôl i'r gwesty i baratoi popeth i fynd i Berlin fory. Bydda i 'nôl chwap – am bump y bore! Fel y gog!' Mae'n estyn lan ac yn gwthio cydun o 'ngwallt o 'nhalcen, a'i osod yn daclus y tu ôl i 'nghlust. 'Ti'n siŵr bo' ti'n ocê? Dwi'n addo wnaiff rhywbeth fel 'na ddim digwydd eto.'

'Dwi'n gwybod.' Codaf ar flaenau 'nhraed a'i gusanu'n dyner ar 'i wefusau. 'Alla i ddim aros. Bydd e'n berffaith.'

'Fe fydd e. Gallwn ni gael Diwrnod Dirgel Hudol ar bob stop! Ond bydd tasg gyda ni: ffeindio'r cacennau gorau ym mhob gwlad. Yr Almaen! Yr Eidal!'

'Ffrainc! Dwi isie bwyta pob macaron yn y byd. Nhw yw fy ffefrynnau i. Ti'n addo?'

'Ydw glei!'

Mae'i lygaid tywyll pefriog yn syllu i fyw fy llygaid i. 'Dwi'n dy garu di, Penny. Paid byth â rhoi ofan fel 'na i fi eto.'

'Wna i ddim,' atebaf, gan gredu pob gair. Fory, byddwn ni'n mynd i Ewrop a dwi ddim am adael i *unrhyw beth* sbwylio ein taith arbennig ni.

Pennod Un deg un

'Nôl yn fy stafell, taflaf gymaint o ddillad â phosib i mewn i 'nghes a chau'r sip yn dynn. Cyhyd â bod gyda fi 'nghamera, fy ngliniadur, cardigan Mam a nicers glân, does dim ots am bopeth arall.

Mae hi wedi dechrau glawio eto, ac mae'n bwrw'n drwm ar y ffenestri. Cydiaf yn 'y ngliniadur ac af i eistedd yn sedd y ffenest. Dychmygaf fod pob diferyn o law yn bryder sy'n llifo i lawr y gwydr, i lawr i'r stryd ac yn diweddu 'i daith yn y môr mawr. Does dim eisiau i fi ddal 'y ngafael ar yr un diferyn.

Gwelaf neges newydd oddi wrth Merch Pegasus ar fy mlogbost diweddaraf. Brysiaf i'w hagor.

Hei, CER AMDANI!

Mae hi mor braf clywed wrthot ti! Sut aeth y cyngerdd?

Dwi'n gwybod yn UNION sut wyt ti'n teimlo am dy ffrind. Dwi'n mynd trwy'r un math o beth fy hunan. Buodd ffrind yn gas wrtha i, a dwi ddim yn gwybod alla i byth faddau iddi hi. Ond dwi'n credu bod rhaid rhoi ail gyfle i bobl. Hyd yn oed os na fyddwch chi byth yn ffrindiau gorau fel

74

o'r blaen. Chi'n hŷn, yn ddoethach a wnewch chi ddim yr un camsyniad eto. Mae'n well cael ffrind na gelyn. Hefyd, does dim angen pethau negyddol fel 'na yn dy fywyd di! Derbynia'r ymddiheuriad, ond rhaid i ti dderbyn hefyd na fyddwch chi'n ffrindiau fel o'r blaen.

MP XX

Teipiaf ateb yn gyflym.

Diolch am dy gyngor. Sut galla i ddisgrifio'r cyngerdd? Trychineb yw'r gair, falle. Ces i bwl o banig yn y gynulleidfa ac roedd rhaid i fi adael cyn i Bachgen Brooklyn orffen 'i set, hyd yn oed.

Ond daeth un peth da o hyn i gyd, sef bod fy ffrind wedi cael cyfle i ymddiheuro. Dwi ddim yn credu galla i 'i thrystio hi eto, ond mae'n teimlo fel tase pwysau wedi codi oddi ar f'ysgwyddau i. Does dim rhaid i fi edrych dros f'ysgwydd bob munud, yn poeni beth wnaiff hi nesa.

Dwi ar fin mynd i gysgu, achos fory ... dwi'n dal awyren i Berlin! Dwi'n teimlo'n nerfus ond hefyd yn llawn cyffro. Dwi'n dal i ddefnyddio tips Wici i reoli gorbryder. Bydd Ocean Strong ar y daith hefyd! Bydda i hefyd yn mynd â fy hoff gardigan, i gwtsio lan ynddi.

Bydda i'n cadw mewn cysylltiad – fe gei di wybod y cyfan!

MA xx

Dwi ar fin diffodd y cyfrifiadur, ond yna daw ebost ar y sgrin. Tybed ai ateb cyflym iawn oddi wrth Merch Pegasus yw e? Mae'n gas 'da fi adael ebyst heb eu hateb, felly dwi'n 'i agor ... ond dwi ddim yn nabod y cyfeiriad ebost.

Mae'r ebost 'i hun yn wag, ond galla i weld llun pitw bach, ac mae fy stumog yn troi. Dwi bron â chyfogi. Cliciaf ar y ddelwedd a daw llun ohona i a Noah i'r golwg.

Mae fy meddwl yn dechrau rasio. Ai llun *paparazzi* yw hwn? Neu un o ffans gwallgo Noah?

Ond yna sylweddolaf mai dyna'r hunlun dynnais i gynne, yn y car.

Yr un ar fy ffôn.

Pennod Un deg dau

Mae 'nghalon yn curo'n gynt yn fy mrest a 'mhyls yn cyflymu, ond yna cymeraf anadl fawr, ddofn. Wnaf i ddim gadael i ryw leidr fy mwlio i a chodi ofn arna i fel hyn. Dwi'n gwybod yn union pwy all fy helpu i yn y sefyllfa yma. Codaf fy ngliniadur a rhedeg i lawr y grisiau sy'n arwain o fy stafell glyd yn yr atig. Curaf yn wyllt ar ddrws Tom.

'Ie?' Dwi'n synnu 'i fod e'n gallu 'nghlywed i'n curo dros ddirgryniadau 'i hoff gerddoriaeth *dubstep*, ond mae e wastad yn sylwi pan fydd rhywun yn tarfu ar 'i breifatrwydd.

'Fi sy 'ma.' Gwthiaf y drws ar agor a gweld fy mrawd wrth 'i gyfrifiadur. Mae e'n treulio cymaint o'i amser yno fel 'mod i'n synnu nad yw siâp 'i ben-ôl yn y sedd erbyn hyn.

'Popeth yn iawn, Pen-pen?' Tynna'i glustffonau i ffwrdd. Rhoddaf fy ngliniadur iddo, a dangos y llun.

'Cafodd hwn 'i dynnu ar fy ffôn – yr un gafodd 'i ddwyn yn y cyngerdd. Drycha ar y pwnc. Dwi'n credu bod rhywun isie defnyddio hwn yn f'erbyn i.'

Mae pob gewyn yng nghorff Tom yn tynhau, fel tase'n paratoi i gael ffeit. 'Iawn, gyntaf i gyd, ti wedi ffonio'r cwmni ffôn? Gallan nhw gau'r ffôn o bell.'

Nodiaf. 'Ydw, gwnes i hynny'n syth ar ôl 'i golli. Ond dwi heb wneud unrhyw beth ers hynny ... o'n i'n dal i obeithio byddai rhywun yn 'i ffeindio ac yn 'i roi i'r heddlu.'

Mae'n cydio yn 'i ffôn e ac yn dechrau deialu rhif. 'Iawn, wel, o leiaf mae hynny'n rhywbeth. Oes 'na unrhyw beth cyfrinachol iawn ar dy ffôn di? Os ydyn nhw wedi cael y llun yma, falle'u bod nhw wedi lawrlwytho lluniau eraill, neu wedi cael gafael ar dy restr cysylltiadau. Oedd cyfrinair 'da ti?'

'Roedd cyfrinair 'da fi ond ... dyddiad pen blwydd Noah oedd e.' Gwingaf wrth feddwl mor dwp o amlwg yw hynny, ar ôl dweud y geiriau'n uchel. 'Tase rhywun yn gwybod mai fy ffôn i oedd e, byddai'n ddigon hawdd dyfalu. Mae rhai tecsts, ac mae'r rhan fwya o sgyrsiau rhyngdda i a Noah ar WhatsApp.'

'Beth am fynd trwy'r cyfan a newid dy gyfrineiriau – gallwn ni wneud hynny o bell. Os bydd y ffôn yn cysylltu â'r we, bydd popeth yn diflannu oddi arno. Well i ti ddweud wrth Noah bod rhywun, falle, wedi cael gafael ar 'i rif e.'

Mae meddwl am hyn yn gwneud i fi bryderu a gorbryderu eto, ond mae Tom yn f'atgoffa i mai dim ond rhif ffôn yw e. Dim manylion pasbort na chofnodion meddygol. 'Pen-pen, damwain oedd y cyfan. Bydd Noah yn deall. Ti'n bwysicach iddo fe na ryw rhif ffôn symudol dwl.'

Ar ôl eistedd am awr ar droed gwely Tom, dwi wedi llwyddo i gau'r ffôn i lawr, 'i sychu'n lân a newid fy ngyfrineiriau i gyd. Dwi'n teimlo'n llawer gwell nawr bod dim byd arall y gall YGwirionedd – pwy bynnag yw e neu hi – wneud i 'mrifo i. Dwi ddim am oddef rhagor o hyn – pobl sy'n credu y gallan nhw chwalu 'mhreifatrwydd a f'emosiynau. Wedi'r cwbl, dy'n nhw ddim yn gwybod unrhyw beth amdana i a Noah, a pha mor gadarn yw ein perthynas ni ar ôl popeth ry'n ni wedi bod trwyddo. Dwi'n gryfach nag o'n i llynedd, a dwi am aros yn gryf.

Codaf a rhoi cwtsh anferth i Tom wrth iddo deipio'n brysur ar 'i gyfrifiadur, gan newid yr olaf o'r manylion mewngofnodi. 'Diolch, Tom. Caru ti.'

Mae'n anwesu 'mraich yn ysgafn. 'Dwi'n falch ohonot ti. Wnest ti ddim colli'r plot, Penny.' Mae'n troelli yn 'i gadair. 'Bydd yn ofalus yn Ewrop. Os digwyddith unrhyw beth, bydda i ar yr awyren gyntaf mas i dy weld di.'

'Dwi'n gwybod.' Wrth adael, cymeraf anadl ddofn. O'r diwedd, dwi'n teimlo fel taswn i'n mynd. Ac alla i ddim aros.

Pan ddaw Noah i 'nghasglu i'r bore wedyn, mae'r adrenalin yn dal i wibio drwy 'ngwythiennau ers y noson cynt. Dwi'n dweud wrtho fe am YGwirionedd ond dyw e ddim yn cynhyrfu o gwbl. Mae e jyst yn cydio yn fy llaw i.

'Cofia beth ddwedes i, Ferch yr Hydref. Dwi yma i ti. Mae'n swnio fel taset ti a Tom wedi sortio popeth, ond os daw unrhyw beth arall oddi wrth y pwrsyn 'na, fe ddeliwn ni ag e gyda'n gilydd. Ti a fi yn erbyn y byd, iawn?'

'Iawn,' atebaf, gan deimlo 'nghalon yn codi wrth sylweddoli bod pwy bynnag sy'n trio fy nhanseilio i, neu beth bynnag maen nhw'n trio'i wneud ... fydd ddim rhaid i fi wynebu'r sefyllfa ar 'y mhen fy hunan. Os rhywbeth, mae ein sgwrs am YGwirionedd wedi tynnu fy sylw oddi ar y daith awyren, ac mewn chwinciad, ry'n ni wedi glanio a Noah yn cydio yn fy llaw. Mae'n f'arwain drwy'r maes awyr, i mewn i'r maes parcio ac at fws y daith.

Mae'n union fel y dychmygais i: clamp o fws mawr du, â ffenestri anferth, tywyll. Mae e'n lân ac yn sgleiniog. Dawnsia llygaid Noah ac mae'n dal fy llaw mor dynn nes bod f'esgyrn yn gwasgu'n erbyn 'i gilydd.

'Mae hyn wir yn digwydd, Penny! Drycha ar y bws ffantastig 'ma.' Mae'n sgipio o 'mlaen i ac yn sefyll wrth y bws, i drio tynnu hunlun gyda'r bws – ond wrth gwrs, dim ond 'i wyneb a thamed bach o'r bws du sy'n y golwg.

'Gad i fi 'i dynnu e, y dripsyn.' Tynnaf y ffôn o'i law a thynnu llun llawer gwell gyda'i freichiau'n estyn allan a'r bws i gyd yn y llun.

Daw pen Larry i'r golwg o ddrws y bws. Mae'n amneidio arnom i'w ddilyn i mewn.

'O da iawn. Chi 'ma!' medd. Wrth i ni gamu i fyny'r grisiau, sylweddolaf gymaint o baradwys i fachgen yw'r bws. Mae llwythi o oergelloedd bach, gemau cyfrifiadurol a sgriniau teledu ym mhobman. Ling-di-long, daw gweddill band Noah i mewn, ond yn rhyfedd iawn, dwi ddim yn teimlo'n glawstroffobig. Mae tu fewn y bws yn llawer ehangach nag y dychmygais i. Mae dwy ardal â soffas, cegin fach, cawod a thŷ bach, ac yn y cefn, mae hyd yn oed ambell wely plygu, rhag ofn y byddai rhywun eisiau cysgu.

Teimlaf law yn llithro i lawr fy nghefn, a llais cras yn fy nghlust.

'Ti isie chwarae?' Blake sy'n holi, gan bwyntio at yr Xbox.

'O, dwi ddim yn dda iawn!' meddaf yn gwrtais, er 'mod i, a dweud y gwir, yn hollol ffantastig yn chwarae Sonic the Hedgehog a Mario Kart. Mae cael brawd mawr yn golygu 'mod i wedi treulio oriau maith yn mwynhau gemau fel hyn. Alla i ond gwenu wrth gofio am y dyddiau a'r wythnosau y byddai Tom a finnau'n eu treulio'n cystadlu ar wahanol gemau gyda'n gilydd, yn bwyta creision ŷd ac yn hollol gaeth i'r stafell – oni bai am ambell drip i'r tŷ bach!

Beth mae Tom yn 'i wneud nawr? Dyw hynny ddim yn anodd – mae e siŵr o fod ar 'i gyfrifiadur, yn chwarae Halo. Betia i fod Mam yn glanhau'r gegin, yn gwisgo'i sgidiau glanhau, yn potsian gyda rhyw ddwster plu ac yn canu 'i hoff ganeuon o'r wythdegau. Mae Dad, ar y llaw arall, siŵr o fod yn chwarae solitaire ar 'i gyfrifiadur, neu'n esgus gwneud y croesair yn y papur. Fydd e byth yn eu gwneud nhw'n iawn; bydd e jyst yn trio meddwl am eiriau twp a phlentynnaidd i lenwi'r bylchau, ac yn gadael y croesair i Mam 'i ffeindio wrth iddi lanhau. Fel arfer, bydd hi'n chwerthin yn afreolus, a'r ddau ohonyn nhw wedyn yn cusanu fel cariadon deunaw oed ar y soffa. Mae hynny'n hala cryd arna i, felly dwi'n dihuno o fy synfyfyrio.

'Dyw hynny ddim yn wir, Penny!' Mae Noah yn chwerthin. 'Wnest ti'n chwalu i'n rhacs ar Mario Kart y tro diwetha welais i ti!'

'Aha! O'n i'n gwybod,' medd Blake. 'Dim esgusodion!' Mae'n stwffio un o declynnau'r gêm i'm llaw ac yn ymestyn mewn cadair o flaen sgrin deledu, gan osod potel o gwrw ar y bwrdd a thorri gwynt drwy ochr 'i geg.

'Bant â ni, 'te!' meddaf, gan eistedd i lawr ar bwys Blake a gwenu'n ddireidus wrth iddo ddechrau gêm o Forza Motorsport.

'Ti'n barod i golli?' medd Blake, a gwên ryfedd ar 'i wyneb. Mae'n sipian 'i gwrw, gan ddal fy llygaid nes i fi deimlo'n anghyfforddus a throi at y sgrin i ddewis fy nghar. Mae Blake yn gosod un goes ar y bwrdd, gan dorri gwynt a rhegi ar 'i gar. Falle mai fi wnaiff 'i guro fe! Galla i glywed gweddill y bechgyn y chwerthin, ac mae Noah yn cyfansoddi cân am *bratwurst*.

'Hei, mae dy ffrind di, Megan, yn bishyn on'd yw hi?' medd Blake, heb dynnu 'i lygaid oddi ar y sgrin.

'Be?' Dwi'n cael cymaint o sioc nes 'mod i bron â gollwng y teclyn, ac mae 'ngherbyd ar y sgrin yn chwalu'n rhacs yn erbyn wal goncrit.

Gwibia Blake heibio gan godi 'i ddyrnau'n fuddugoliaethus i'r awyr wrth groesi'r llinell derfyn. 'O ie! O'n i'n gwybod na fyddai'r ferch fach 'ma'n gallu 'nghuro i. Gwell lwc tro nesa.'

Does dim ots gyda fi am y car – ond mae ots gyda fi am y tamed bach yma o newyddion. 'Felly, siaradaist ti â Megan, 'te?'

Mae Blake yn wincio arna i. 'Pam, ti'n genfigennus?'

'Gad lonydd iddi,' medd Noah.

Edrychaf ar Blake, sy'n gwgu wrth ganolbwyntio ar y sgrin. Cymeriad od yw e. Dwi ddim yn nabod unrhyw un tebyg iddo fe. Mae e mor wahanol i Noah. Alla i ddim deall sut maen nhw wedi bod yn ffrindiau cyhyd. Mae Noah yn garedig, yn feddylgar ac yn ddoniol, ond dyw Blake ddim yn ystyried teimladau pobl eraill ac mae e'n oeraidd. Alla i ddim esbonio pam, ond mae rhywbeth amdano fe'n gwneud i fi deimlo'n anesmwyth. Mae un peth yn siŵr: fyddai Noah byth yn yfed cwrw am ddau o'r gloch y prynhawn, na rhegi ar gar wedi'i animeiddio.

Dwi eisiau gwybod mwy am Blake a Megan, ond dwi ddim yn gwybod sut i ofyn. Wrth i'r bws ddechrau cropian yn 'i flaen, mae Blake yn taflu 'i ddyrnau i'r awyr eto.

'Bant â ni, 'te!' bloeddia, ac mae fy meddyliau am Megan yn diflannu yng nghanol y chwerthin cyffrous sy'n tasgu drwy'r bws.

Pennod Un deg tri

Daw Larry i'r golwg o flaen y bws, a baner fawr yr Almaen fel clogyn dros 'i ysgwyddau.

'Iawn 'te, bobl! Ddylen ni gyrraedd y ddinas mewn rhyw dri chwarter awr. Y bws 'ma yw eich ail gartref chi. Bydd llawer o'r criw'n aros yma, ond dwi isie i chi deimlo y gallwch chi ddod yma i gael llonydd, neu i gael gêm yn f'erbyn i ar yr Xbox. Tithe hefyd, Penny!' Mae'n rhoi winc fach i fi. 'Byddwn ni'n aros mewn gwestai dros nos ym mhob dinas ac yn bwrw 'mlaen yn y bws neu mewn awyren i bobman ar y daith.'

'Faint ydyn ni'n talu i ti i fod yn *tour guide* i ni?' bloeddia Noah, ac mae pawb arall yn chwerthin.

'Dim byd, y diawled!' Mae Larry'n taflu'r faner at Noah ac mae e'n 'i lapio hi o gwmpas 'i gorff. Mae'n braf gweld Noah yn 'i elfen, yn chwerthin ac yn tynnu coes gyda'i ffrindiau, yn llawn cyffro. Mae'n edrych mor ddeniadol, a dwi isie'i gusanu yn y fan a'r lle.

'Dyna dri chwarter awr arall ohona i'n dy chwalu di'n rhacs jibiders yn y rasio, 'te,' medd Blake.

'Siŵr o fod,' ochneidiaf. Tynnaf y ffôn mae Tom wedi'i roi

i fi ('i hen ffôn, sydd ddim yn cŵl iawn, ond does dim ots os gwna i 'i dorri neu 'i golli) a dwi'n tecstio Elliot.

> Wedi glanio yn Berlin, ac yn chwarae gemau rasio ceir diddiwedd gyda drymiwr Noah, Blake, sy'n drewi o hen chwys dan haen o *aftershave* a mwg sigaréts. Mae e ar ei drydedd botel o gwrw nawr, a dim ond 2 o'r gloch y prynhawn yw hi?! Plis atgoffa fi pam mae hyn yn syniad da xx

Daw ateb yn syth oddi wrth Elliot.

> Annwyl Dywysoges. Dwi'n hynod falch bo' ti wedi camu ar y bws yn y lle cyntaf, ond mae'n drist clywed bod rhaid i ti chwarae gêm ddwl o flaen sgrin a tithe mewn dinas mor hardd. Plis paid â dod 'nôl gartre'n bencampwraig gemau dwl, ond heb weld dim. Byddai hynny'n torri 'nghalon i. Meddylia am y lluniau, yr anturiaethau a'r hanes. Os nad yw hynny'n dy demtio di, meddylia am y bwyd. Y BWYD, PENNY! Bydd Diwrnod Dirgel Hudol ym mhob dinas yn hollol anhygoel. Galli di ymweld â Wal Berlin, Gât Brandenburg, adeilad y Reichstag. Ac OMB, wyt ti wedi gweld y Fernsehturm eto? X

Elliot, dwi'n credu bo' ti'n anghofio mai'r cyfan dwi 'di weld hyd yn hyn yw ffenestri tywyll y bws ac ochr pen Blake. Dwi ddim yn gwybod, chwaith, beth yw'r Fernsehturm gan nad ydw i'n enseiclopedia ar goesau! Diwrnod Dirgel Hudol yw'r unig beth sy'n fy nghyffroi i ar hyn o bryd. Bydd crwydro'r dinasoedd gyda Noah mor rhamantus. Law yn llaw, yn crwydro'n hamddenol i brofi rhai o ... gacennau gorau'r byd xx

Beeindruckend, impressionnant, impresionante, fantastico! X

Pardwn, Elliot?

Anhygoel. Maen nhw i gyd yn golygu anhygoel, Pen. Falle bydd angen y geiriau hynny arnat ti ar y daith. ON Tŵr teledu yw'r Fernsehturm. Adeilad uchaf yr Almaen, ac mae'n 368m o uchder. Taswn i ddim yn mwynhau cinio mawreddog yn Browns y funud 'ma, diolch i Alex, byddwn i'n bwrw 'mhen yn erbyn y bwrdd. Wnest ti unrhyw ymchwil ar y llefydd 'ma cyn gadael? Dwi'n dy garu di, Penny, ond mae angen i ti ehangu dy wybodaeth am ryfeddodau'r byd. Dyna'r peth cyntaf dwi am 'i wneud gyda ti pan fyddi di gartre. Gad wybod sut aiff popeth. Mae diwrnod cyntaf 'mhrofiad gwaith fory. DYMUNA LWC DDA I FI. Cariad mawr, dy hoff berson hoyw yn y byd X

Gwenaf ar fy ffôn. Dwi ar fin ateb pan ddaw Blake a chipio'r ffôn o'm llaw a'i roi ar y bwrdd o'n blaenau ni.

'Sut ydw i'n mynd i dy guro di os nad wyt ti hyd yn oed yn chwarae? Rho hwnna i gadw.'

'Anghwrtais!' atebaf, gan godi'r ffôn a'i roi yn fy mhoced.

'Dwi ddim yn anghwrtais. Ti sy'n rhy sensitif.' Mae'n gwenu, ac yn rhoi'r teclyn i fi.

Mae Noah yn sefyll ac yn ymestyn, gan daflu 'i freichiau uwch 'i ben a dylyfu gên yn ddramatig. 'Dwi'n cysgu ar 'y nhraed ar ôl y cyngerdd neithiwr a'r bore cynnar. Dwi am gael napyn bach yn y cefn. Ydy hynny'n OK, Penny?'

'Wrth gwrs,' meddaf. Hyd yn oed wrth ddweud y geiriau, dwi'n syllu ar Noah, yn ceisio dweud gyda'm llygaid, *Plis paid â 'ngadael i ar fy mhen fy hunan gyda dy ffrind rhyfedd*, ond dyw e ddim cystal ag Elliot am ddarllen fy negeseuon cyfrinachol. Mae e jyst yn gwenu ac yn troi am gefn y bws.

Er mwyn ceisio mwynhau'r hanner awr nesa, gofynnaf ychydig o gwestiynau i Blake am y daith, Noah, y drymiau … unrhyw beth sy'n dod i'm meddwl i. Tuchan a mwmial 'i atebion wna gan amlaf, ond ry'n ni'n llwyddo i gael rhyw fath o sgwrs. Dyw hi ddim yn sgwrs ddiddorol na phleserus iawn, ond mae'r siwrne'n symud damed bach yn gynt. Gan nad yw e'n canolbwyntio cymaint ar y rasio, dwi'n llwyddo i'w guro fe ambell waith (a dyw e ddim yn rhy hapus am hynny).

'Felly, ti wedi bod gyda Noah am faint nawr?' hola.

'O … jyst dros chwe mis. Mae'r amser wedi hedfan.'

'Mae hynny'n swnio fel oesoedd! Ti'n gwybod, mae'r daith yma'n beth mawr i Noah. Dyma'i freuddwyd e.'

Er nad ydw i'n siŵr ai bod yn sarcastig oedd e wrth sôn am 'oesoedd', dwi'n rhyfeddu ein bod ni'n cael sgwrs weddol gall. Gweithiodd y cynllun! Dyw Blake ddim mor surbwch nawr.

Roedd hi wedi bod yn werth chwarae gemau ceir gydag e. Ro'n i'n sylweddoli 'mod i wedi cael camargraff ohono fe a bod angen iddo fe ymlacio dipyn bach. Roedd dod 'mlaen gyda ffrindiau Noah yn bwysig i fi, ac roedd hynny'n digwydd o'r diwedd.

Gwenaf. 'Dwi'n gwybod. Byddai'n neis taswn i wedi'i nabod e cyn iddo fe wireddu 'i freuddwyd fawr. Dwi'n siŵr na wnaeth e byth ddychmygu y byddai fe'n cael llwyddiant fel hyn. Ond mae'i fiwsig e'n anhygoel. Dwi ddim yn gwybod lot am sgrifennu caneuon na'r diwydiant cerddoriaeth, ond ... '

'Drycha, dyna'r peth, Penny,' medd Blake, gan dorri ar fy nhraws. 'Dwyt ti ddim yn gwybod unrhyw beth o gwbl am y diwydiant cerddoriaeth.' Mae'i lais yn caledu. Mae fy llwnc yn teimlo'n dynn a 'mochau i'n dechrau twymo. Mae Blake yn dal i edrych ar y sgrin ac yn rasio'i gar o gwmpas y trac. 'Dwi'n siŵr bo' ti'n grêt, Penny. Mae Noah, yn amlwg, yn meddwl hynny. Ond dwi ddim yn credu 'i fod e wedi meddwl o ddifri pa mor anodd yw mynd mas gyda rhywun pan wyt ti'n seren.'

Mae e'n rhoi 'i declyn i lawr ac yn estyn am baced o dobaco. Mae'n rhoi ffilter yn 'i geg wrth rolio sigarét. Gwyliaf e, gan deimlo ergyd 'i eiriau'n ymgripian drosta i fel pryfed bach. Dwi'n dweud dim, yn aros iddo fe ddweud rhywbeth – unrhyw beth i achub ein sgwrs ac egin ein cyfeillgarwch.

'Ond bydd y daith yma'n hwyl. Nosweithiau mas mewn gwahanol ddinasoedd, meddwi'n rhacs, llwyth o ferched,' medd, trwy wefusau caeedig wrth barhau i rolio'r sigarét.

'Dwi ddim yn siŵr beth ti'n trio'i ddweud, Blake.' Rhythaf arno trwy gornel fy llygaid, gan drio aros yn cŵl.

'Ti'n ynganu "Blake" mewn ffordd mor ddoniol.' Mae'n rhoi'r sigarét newydd y tu ôl i'w glust ac yn codi o'r soffa i fachu cwrw arall o'r oergell fach. Pan ddaw e'n ôl i eistedd, mae e mor agos fel bod 'i goes yn cyffwrdd f'un i. 'Jyst dweud ydw i ... wrth freuddwydio am fod ar daith, roedd meddwl am Noah yn dod â'i gariad gydag e yn *un* peth doedd dim un ohonon ni isie.'

Dwi'n syfrdan, ac yn methu dweud gair. Dwi eisiau meddwl am rywbeth ffraeth i'w ddweud, ond mae 'ngheg i'n teimlo'n ddideimlad, fel tase hi wedi rhewi'n gorn. Yna daw Mark, y basydd, ata i a choda'r teclyn sydd wedi cwympo o 'nwylo.

'Oes ots 'da ti os chwaraea i?'

'Cer amdani,' meddaf. Codaf a cherdded i gefn y bws. Ar y funud olaf, cyn mynd i ardal y gwelyau, edrychaf dros f'ysgwydd ar Blake. Mae'r sgrin wedi'i swyno'n llwyr.

Rhoddaf fy llaw ar ffrâm y drws. Mae 'nghoesau fel jeli. Dim ond nawr dwi'n sylwi 'mod i'n gryndod i gyd, ond mae'r cryndod yn arafu. Gwenaf wrth gofio bod rhywun ar fy mhwys i sy'n siŵr o dawelu'r dyfroedd.

Pennod Un deg pedwar

Mae Noah yn rholio ar 'i ochr ac yn blincio'i lygaid yn y goleuni wrth i fi ddod i mewn drwy'r llenni.

'Haia, cariad.'

'O, haia. Wnes i dy ddihuno di?' Eisteddaf i lawr ar ymyl 'i wely bync.

'Naddo, allwn i ddim cysgu 'ta beth. Rhy gyffrous.'

Nodiaf, gan gnoi 'ngwefus. Mae'n codi ac yn rhoi 'i law ar fy llaw. 'Ti'n iawn? Ti'n edrych braidd yn welw.'

Ysgydwaf fy mhen. 'Wel ...' Dwi isie dweud wrtho fe beth ddwedodd Blake, ond dwi hefyd am i Noah feddwl y galla i ddod 'mlaen gyda'i ffrindie. Dwi hefyd yn hollol ymwybodol mai Blake yw 'i ffrind gorau, a dwi ddim isie iddo fe orfod dewis rhyngom ni. 'Ers pryd wyt ti a Blake yn ffrindie?'

'Blake a finne? Ers pan o'n ni'n fach iawn. Tyfon ni lan gyda'n gilydd, fwy neu lai. Prynodd fy rhieni'r gitâr i fi yr un pryd ag y cafodd e'r drymiau gan 'i rieni e. Bydden ni'n jamio yn 'u seler. Enw ein band cyntaf ni oedd ...' Yna mae'n petruso.

'O, dere! Dwed wrtha i!' meddaf, gan roi pwniad bach iddo fe.

'Ocê ... ein henw ni oedd Y Dewiniaid. Ro'n ni'n dwlu

ar Harry Potter bryd 'ny.' Mae'n gwingo, ond yn edrych yn ofnadwy o ciwt.

Chwarddaf. 'Mae hynna'n wych!'

'Bydde Blake hyd yn oed yn esgus mai dwy hudlath oedd y *drumsticks* a bod geiriau ein caneuon ni'n swynion!'

'Ti o ddifri?' Rywsut, alla i ddim dychmygu bod y bachgen sarrug tu fas, ar un adeg, yn fachgen bach annwyl oedd yn creu swynion hud.

'Falle nad wyt ti wedi clywed ein cân ni "Mae'r Corachod Eisiau Cariad", ond roedd hi'n haeddu bod yn *hit* anferthol!' Mae'n chwerthin, ond yna'n swnio'n fwy difrifol. 'Pan ddechreuodd pethe ddigwydd i fi o ddifri – fel Dean yn fy ffeindio i ar YouTube ac yn dod yn rheolwr i fi, yr holl bethe 'na – fe ddechreuodd Blake a finnau gweryla. Dechreuodd e fod yn ffrindiau gyda chriw gwahanol a buon ni'n cweryla lot. Dyna un o'r rhesymau wnes i gadw'n dawel llynedd. Trio cau'r byd mas. Ro'n i'n barod i stopio'r cyfan. Os o'n i'n mynd i golli fy ffrindiau gorau achos hyn i gyd – ' mae'n amneidio at y bws a phopeth o'i gwmpas – 'doedd e ddim werth e. Ac yna, dyma fi'n cwrdd â ti, 'fy nigwyddiad sbardunol'.' Mae'n cusanu fy llaw. 'Dangosaist ti 'mod i'n gallu cael popeth. Rhoddaist ti hyder i fi wella pethe gyda Blake. 'I wahodd e i fod ar y daith yw'r peth gorau erioed – ar wahân i dy gael di yma, wrth gwrs. Mae e'n lico jocan, ond mae e wedi bod yn gefn i fi o'r dechre. A dwi'n gwybod y byddwch chi'ch dau'n ffrindie mawr unwaith dewch chi i nabod eich gilydd.'

Mae fy wyneb i ar dân – gan 'i fod e'n fy nghanmol i ond hefyd achos 'mod i'n methu credu 'mod i ar fin dweud pethau cas am Blake – 'i ffrind gorau e. Doedd gyda fi ddim syniad faint o hanes oedd rhyngddyn nhw. Os yw Blake yn 'lico jocan', mae e siŵr o fod jyst yn tynnu 'nghoes i. Mae angen i fi ddysgu peidio â bod mor sensitif os ydw i am fod yng nghwmni'r band.

'Hei, ro'n i am aros tan i ni gyraedd y gwesty, ond dwi am roi hwn i ti.' Mae'n estyn dan y gwely, ble mae'i fag teithio, ac yn cydio mewn bocs sydd wedi'i lapio mewn papur aur. 'I ti. Agora fe,' medd, wrth i fi syllu ar yr anrheg.

Dyma fi'n 'i agor yn araf, cyn rhwygo'r papur. Ffôn clyfar newydd sbon yw e. Un o'r rhai ffansi fyddwn i byth wedi gallu 'i fforddio fy hunan. 'O waw, Noah ...'

'Ro'n i isie i ti gael ffôn newydd a gwell, gan fod y llall wedi'i ddwyn yn fy nghyngerdd i. Mae'n rhaid nad wyt ti'n hapus gyda'r hen ddeinosor roddodd Tom i ti. Hefyd, mae camera ffantastig ar hwn.'

Mae e'n iawn – dwi ddim yn hapus gyda hen ffôn Tom – ond dwi hefyd eisiau fy hen ffôn i, a dwdls Noah drosto fe i gyd. All fy ffôn newydd i ddim cymharu â hwnna. Dwi'n syllu arno'n syn. 'Ddylet ti ddim bod wedi! Mae hwn ... mae hwn yn ormod.'

'Dyw e ddim yn ormod, Penny, dwi'n addo i ti. Beth yw pwynt bod yn seren roc os na alla i wario arian arnat ti weithiau?'

'Falle achos 'mod i'n methu gwario arnat ti?' meddaf.

'Paid â meddwl am y peth fel 'na.' Mae'n fy nghusanu ar fy moch. 'Ti yw fy therapydd, ti'n cofio? Ti'n cofio sut helpaist ti fi cyn y cyngerdd, pan o'n i'n nerfau i gyd? Mae'n rhaid bod hynny'n werth *miloedd* o ddoleri. Dere – beth am i ni fynd 'nôl at y lleill?' Mae'n symud mas o'r bync, a'i law yn estyn ataf i.

'Wrth gwrs,' meddaf. Mae Noah wedi rhoi mwy o hyder i fi. Falle bod angen i fi roi cyfle i Blake. Os yw Noah mor hoff ohono fe, mae'n rhaid nad yw e'n *rhy* ddrwg.

Pan ddewn ni mas o gefn y bws, mae pawb yn gweiddi ac yn cymeradwyo. Mae Noah yn codi 'i ddwylo ac yn plygu 'i ben. 'Iawn, iawn, bois. Dyna ddigon.' Mae fy wyneb i'n fflamgoch – mae meddyliau bechgyn mor frwnt! Trueni nad oes merch arall yma, i reoli'r testosteron.

Mae Blake yn ôl wrth yr oergell. 'Ti'n moyn un, boi?' Mae'n cynnig potel i Noah, sy'n edrych 'nôl arno fe.

'Mae'n gynnar. Faint o'r rhain wyt ti 'di cael yn barod? Ti'n gwynto fel taset ti newydd adael bar am dri o'r gloch y bore.'

'Iyffach Noah, *chill out*. Hwyl yw hyn i fod! Ti'n dechre swnio fel Dean.'

Mae Noah yn cymryd potel gwrw ac yn 'i hagor ar gornel y bwrdd. 'Iechyd da i ni!' Mae Noah yn clincian 'i botel yn erbyn potel Blake ac yn gwenu arna i.

'Ti'n moyn Coke, Penny?' Estyn Noah gan o'r oergell i fi.

'Ydw, plis.' Edrychaf drwy'r ffenest a gweld golygfa arbennig, sef gât anferth a phileri a phedwar ceffyl ar 'i phen. Mae'n enfawr ac yn fawreddog ac yn union fel y dychmygais i ddinas Berlin. Daw gwich fach o gynnwrf o 'ngheg. 'Waw, drycha ar honna! Gât Brandenburg yw hi?'

Wrth i'r lleill droi i edrych drwy eu ffenestri, sibrydaf er mwyn i neb ond Noah 'nghlywed i. 'Dwi wedi cyffroi cymaint wrth feddwl am ein Diwrnod Dirgel Hudol!'

'Finne hefyd,' medd Noah, gan wasgu fy llaw.

'Ces i neges wrth Elliot gynne. Rhoddodd e restr hir o lefydd anhygoel i ni'u gweld. Mae 'na ddŵr sydd dros dri chant pum deg metr o daldra a ...'

Mae Blake yn torri ar ein traws ni gan grawcian chwerthin. 'Be ddwedaist ti? Diwrnod Dirgel beth?' Mae'n edrych ar Noah a finnau.

Teimlaf don o embaras wrth feddwl mor blentynnaidd yw hynny i Blake. Ond mae Noah yn ein hamddiffyn ni'n syth.

'Cau dy geg ... fyddet ti ddim yn gwybod beth yw rhamant tase fe'n brathu dy din di!'

Mae Blake yn ymateb fel bachgen ysgol, gan fygwth dangos 'i

ben-ôl i ni. Teimlaf y tensiwn yn diflannu'n syth.

Yn ffodus, mae Larry'n bloeddio o flaen y bws i roi gwybod ein bod wedi cyrraedd – jyst cyn i drowsus Blake ddod i lawr. Amseru perffaith. Mae Dean yn curo'i ddwylo a phawb yn troi i edrych arno fe. 'Mae newyddion anhygoel 'da fi, bois!' Mae'i lygaid yn pefrio fel tase fe newydd ennill y loteri. 'Wnewch chi byth ddyfalu pwy fydd yn ymuno â The Sketch ar y llwyfan heno.' Mae'n tawelu am eiliad, i adael i'r tensiwn grynhoi. 'Leah Brown! Mae hyn yn gyfrinach am nawr, ond bydd y dorf ar dân! Pa mor anhygoel yw hynna, bois?'

Mae pawb o 'nghwmpas i'n neidio gan roi pump uchel i'w gilydd. Mae hyn yn dipyn o beth i'r band, a bydd llawer mwy o sylw i'r daith o hyn ymlaen. Ond pan feddyliais i y byddai hi'n braf cael merch arall yma, nid hi oedd gen i mewn golwg. Nid merch sy'n gyn-gariad (yn ôl y papurau) i Noah. Os o'n i'n credu bod Blake yn gwneud y daith yma'n anodd, bydd pethau'n siŵr o fynd o ddrwg i waeth gyda Leah Brown yn ein plith.

Pennod Un deg pump

Dwi'n siŵr fod y neuadd yn Berlin tua dwywaith maint Canolfan Brighton, ac mae sŵn ein traed yn atseinio dros y llwyfan wrth i Noah baratoi ar gyfer yr ymarfer sain. Mae pobl o'n cwmpas ni ym mhobman, ond gan fod y bws wedi dod â ni'n syth o'r maes awyr i'r gwesty ac yna i'r neuadd, dwi ddim yn teimlo 'mod i wedi gweld y ddinas o gwbl eto. Gallen ni fod yn unrhyw le. Yr unig brawf ein bod ni yn yr Almaen yw'r arwyddion coch llachar sy'n dweud AUSGANG yn lle EXIT.

Cerddaf reit i flaen y llwyfan, gan edrych ar y môr o seddau gwag a fydd yn llawn ffans sgrechlyd cyn hir. Er bod y lle'n wag, mae ias yn saethu i lawr f'asgwrn cefn.

O leiaf fydd dim angen i fi fod yng nghanol y dorf y tro hwn. Mae'r pas cefn llwyfan yn saff o gwmpas fy ngwddf a dwi mor ofalus ohono fe nes bod Noah yn jocan y bydda i'n 'i wisgo i'r gwely. Falle y gwna i hynny. Dwi ddim eisiau i rywbeth tebyg i Brighton ddigwydd byth eto. Fydd dim ffrindiau i ofalu amdana i fan hyn.

Codaf fy nghamera a thynnu llun o'r seddau gwag. Dwi'n meddwl y bydda i'n gallu rhoi delweddau o'r dorf ar ben y seddau gwag, er mwyn dweud rhywbeth am natur y berthynas rhwng perfformiad a'r gynulleidfa. Byddai Miss Mills yn hoffi gweld hynny yn fy mhrosiect ar safbwyntiau gwahanol. *Ydy e'n berfformiad os nad oes unrhyw un yn gwrando?* Tybed?

Camaf 'nôl o ben blaen y llwyfan, gan symud i'r cysgodion. Mae Noah yn sefyll yng nghanol pelydryn o olau disglair yng nghanol y llwyfan, yn gwisgo hwdi Havard lliw gwin a jîns du, yn canu bariau cyntaf 'Elements'. Tynnaf lun ohono fe hefyd: y perfformiwr cyn y perfformiad, a'r oriau maith o ymarfer a gwaith caled nad yw'r ffans, bron byth, yn eu gweld. Mae hyn i gyd yn berffaith ar gyfer fy mhrosiect Lefel A.

Dwi wedi ymgolli yn y ddelwedd o Noah yn ymgolli yn 'i gerddoriaeth, nes i Blake fwrw'r symbalau ar 'i ddrymiau y tu ôl i fi, gan wneud i fi neidio. Baglaf dros bentwr o wifrau ar y llawr. Dwi'n canolbwyntio cymaint ar gadw fy nghamera'n saff fel nad ydw i'n atal y cwymp. Dwi'n bwrw yn erbyn pentwr o *speakers*. Mae'r *speaker* lleiaf ar y top yn dechrau simsanu.

Plis paid â chwympo, plis paid â chwympo, ymbiliaf ar dduwiau'r bobl drwsgl.

Does neb yn gwrando.

Mae'r *speaker* yn cwympo i'r llawr gyda chlec galed, gan dasgu tameidiau o blastig du dros y llwyfan. Dwi ar fy hyd ar y llawr. Mae f'ysgwydd yn rhoi dolur ofnadwy, ond mae 'nghamera'n gyfan – dyna un peth da yn y cawlach yma.

'Penny! O Dduw mawr, Penny – ti'n iawn?' Mae Noah yn rhedeg draw ata i.

Codaf ar fy nhraed yn gyflym, gan sychu'r llwch oddi ar fy nillad. Ceisiaf wenu'n hollol normal, er 'i bod hi'n anodd peidio â gwingo mewn poen. 'Dwi'n iawn, wir, Noah – well i ti gario 'mlaen i ymarfer. Galla i – galla i – dalu am y *speaker* yna.'

'Na, paid â phoeni am hyn. Blake, beth ddiawl ti'n neud?'

Mae Blake yn edrych arna i ac yn codi 'i ysgwyddau. 'Hei, alla i ddim help os yw dy gariad di fel slej.'

'Mae e'n iawn – fy mai i oedd y cwbl. Dwi *yn* slej,' meddaf, gan faglu dros fy ngeiriau.

Mae Noah yn gwgu. 'Wel, ti yw fy slej i, a dwi ddim isie i ti gael dolur. Mae'r *speakers* 'na'n uffernol o drwm.'

Nodiaf fy mhen, ac er mwyn cuddio gwrid coch cywilydd ar fy mochau, dwi'n cwympo ar fy ngliniau ac yn dechrau codi'r speaker, sy'n rhacs jibidêrs. Wnaf i fyth gamu ar lwyfan eto. Dyw llwyfannau a fi jyst ddim yn cytuno.

'Wnaiff Steve glirio hwn.' Amneidia Noah ar un o'r criw, sydd eisoes wrth 'i ochr â brwsh a phadell lwch. Cawson ni'n cyflwyno'n frysiog wrth fynd i mewn i'r neuadd, felly mae'i wyneb yn gyfarwydd. Mae Noah yn gwybod enw pob aelod o'r criw, hyd yn oed o gwrdd â nhw ond unwaith; dyna un peth arall sy'n 'i wneud e mor arbennig.

'Gallwn ni gael *speaker* arall yma, gallwn?'

'Dim problem,' medd Steve. 'Gallwn ni estyn un sbâr o'r cefn.'

'Ti'n gweld? Popeth yn iawn. Jyst anwybydda Blake ac fe ddo' i i gwrdd â ti ar ôl i fi ymarfer.'

'Perffaith,' meddaf. Dwi'n dal i deimlo'n rhwystredig. Pam mae'n rhaid i fi fod mor ofnadwy o lletchwith? Gobeithio bydd cefn y llwyfan yn saffach.

Tynnaf fy ffôn mas o 'mhoced i decstio Elliot.

> Dim ond diwrnod yn Berlin a dwi wedi achosi trychineb

Mae e'n tecstio'n ôl bron yn syth.

> **Be ddigwyddodd?**

> **Yn syml: ddylwn i byth fynd ar lwyfan eto**

> **Paid â dweud i ti gael problem 'da'r nicers uncorn eto?**

> **NADDO. Gwaeth. Torrais i werth cannoedd o bunnoedd o offer.**

> **Dwi'n siŵr gall The Sketch dalu'r bil. Wedi gweld unrhyw un enwog eto?**

Dwi ar fin ateb Nac ydw, ond yn sydyn iawn, dyw hynny ddim yn wir.

Mae Leah Brown yn cerdded i'r ardal gefn llwyfan, a'i gwallt wedi'i glymu'n ôl yn uchel. Does dim tamed o golur ar 'i hwyneb hi. A dweud y gwir, yr unig beth i brofi 'i bod hi'n seren bop fyd-enwog yw bod tua dwsin o bobl yn sgrialu ar 'i hôl hi, yn cael trafferth cadw wrth 'i hochr a hithau'n camu mor gyflym ac mor rhwydd gyda'i choesau hir. Mae hi'n edrych i lawr ar y llechen sydd yn nwylo un o'i chriw.

'Ych, mae'n gas 'da fi hwnna. Oes lluniau gwell? Dwed wrth Frankie P fod rhaid cael sesiwn arall os mai dyna'r llun gorau dynnodd e.'

Dwi eisiau i'r llawr agor a fy llyncu i. Os edrycha i bant, falle na wnaiff hi sylwi arna i, ond alla i ddim stopio syllu arni hi. Hyd yn oed cyn iddi wneud 'i gwallt a'i cholur, mae hi'n brydferth – fel magned sy'n tynnu llygaid i edrych arni. Dwi'n credu mai dyma mae pobl yn 'i feddwl pan maen nhw'n dweud bod gan rywun y ffactor X. Mae'i phresenoldeb yn llenwi'r lle. Mae'r awyr yn drydanol.

Byddai Elliot yn galw'r peth yn *je ne sais quoi*.

Byddai Megan yn genfigennus.

Byddai Ollie'n glafoerio.

Dwi'n groen gŵydd i gyd.

Alla i ddim deall sut gallai Noah fod mewn perthynas 'ffug' â'r ferch yma. Sut gallai bachgen (sydd ddim yn hoyw) dreulio amser yn 'i chwmni heb gwympo mewn cariad â hi?

Teimlaf fel ffŵl wrth syllu fel gwallgofddyn ar Leah a'i chriw'n cerdded heibio i fi heb stopio – heblaw am y ferch sy'n gorfod cysylltu â Frankie P. Mae hi'n cydio yn un o'r merched eraill ac yn mwmial, 'Dweud wrth François-Pierre Nouveau fod rhaid iddo fe ail-wneud y lluniau 'ma? Sut ydw i fod i wneud hynny?' Mae'i hwyneb pryderus yn wyn fel y galchen, a'i brawddegau'n diweddu'n wichlyd. Dwi wedi clywed am François-Pierre Nouveau – mae e'n un o'r ffotograffwyr enwocaf yn y byd. Alla i ddim credu 'mod i ym mhresenoldeb rhywun sydd wedi bod mewn *photo shoot* gyda François-Pierre – neu'n hytrach, rhywun sy'n *gwrthod* lluniau gan François-Pierre, ac yn 'i alw'n Frankie P.

'Bydd rhaid i ti sortio'r peth,' medd y ferch arall. 'Ni'n siarad am glawr albwm LB fan hyn. Os nad yw hi'n hapus ...'

'Dwi'n mynd i farw. Dwi'n gweud wrthot ti – dwi'n mynd i farw.'

Y tro yma, maen nhw'n sylwi arna i'n syllu ac mae'r ddwy'n rhythu'n syn arna i. Dwi'n cerdded i ffwrdd, gan fwmial ymddiheuriad.

'Penny?'

Trof ar fy sawdl yn betrusgar. Mae Leah yn sefyll ag un llaw ar 'i chlun, a gweddill y criw'n syllu arna i fel taswn i wedi tyfu pen arall. Nodiaf, a llyncu'n galed. 'Haia, Leah.'

Mae hi'n cerdded tuag ataf i, fel anifail rheibus yn nesu at ysglyfaeth yn hytrach na pherson yn dod i ddweud helô.

'Felly ti yw Penny Porter.'

Dwi ddim wir yn gwybod sut i ymateb i hynny, felly nodiaf eto.

'Ti oedd yr un roddodd gymaint o drafferth i fi y llynedd,' medd yn ei hacen Los Angeles ddioglyd, er mai o daleithiau'r de mae hi'n dod yn wreiddiol, dwi'n credu. Mae hi'n edrych arna i, o'm corun i'm sawdl, a dwi'n synhwyro bod pawb yn 'i chriw'n beirniadu 'ngwisg. Dwi heb wneud llawer o ymdrech heddiw, a dweud y gwir. Dillad cyfforddus i deithio ar fws sydd amdana i – hen bâr o jîns a siwmper â sip. Dwi'n plygu 'mreichiau'n amddiffynnol ar draws fy mrest, ond yn sefyll yn syth.

'Wel, mae'n siŵr y dylwn i ddiolch i ti am ysbrydoli'r gân. Camera hyfryd. Wela i di o gwmpas,' medd, gan godi 'i llaw, cyn troi'n ôl at 'i chriw.

Pan ddaeth 'i pherthynas ffug â Noah i ben, fe ddefnyddiodd Leah holl sylw'r cyfryngau – oedd fel tân gwyllt o'i chwmpas hi – i lansio'i sengl rhif un rhyngwladol, 'Bad Boy'. Dyna'i chân fwyaf llwyddiannus erioed. Leah sy'n ysgrifennu 'i chaneuon 'i hun, felly dwi'n siŵr 'i bod hi wedi cyfansoddi'r gân honno ers sbel, yn barod ar gyfer y diwrnod anochel pan fyddai'r 'berthynas' yn dod i ben. Fe fanteisiodd hi ar y 'tor calon' yna er 'i lles 'i hun. Dwi'n siŵr 'i bod hi wedi cyfansoddi caneuon hapus am gariad hefyd, rhag ofn y byddai'r 'berthynas' wedi parhau ychydig yn hirach.

Wrth iddi gerdded i ffwrdd, dwi'n teimlo fel llewygu mewn rhyddhad. Mae angen i fi siarad ag Elliot. Ar unwaith.

Pennod Un deg chwech

Oddi wrth: Elliot Wentworth
I: Penny Porter
Pwnc: ADRODDIAD ELLIOT

Annwyl Pen-digedig, neu Ocean Strong,

Ti wedi gadael ers 1 DIWRNOD a dwi mewn penbleth yn barod. SUT wna i ddiodde'r bythefnos nesa hebddot ti? Mae pethau wedi mynd o ddrwg i waeth yma, yn y paradwys ar lan y môr. Ddwedais i ddim wrthot ti yn y tecst, ond mae Dad 'nôl. Mae'n mynnu mynd â fi mas am fwyd. Rhywbeth ddwedodd 'i therapydd wrtho fe, er mwyn iddo fe 'ddod i delerau â rhywioldeb ei fab'. Mae'n aros yn y tŷ gyda chaniatâd Mam, ond maen nhw'n cwympo mas yn ofnadwy pryd bynnag fyddan nhw yn yr un stafell. Dwi erioed wedi gweld cymaint o emosiwn yn y tŷ 'ma – a dwi'n byw ynddo fe ers un deg chwech mlynedd.

Ta beth, mae Mam wedi penderfynu nad yw hi e eisiau 'i weld e. Dyw hi ddim hyd yn oed wedi dod adre heno – yn lle hynny, mae hi'n gweithio'n hwyrach fyth. Weithiau dwi'n poeni nad yw hi eisiau 'ngweld i chwaith. Ych a fi! Pam mae'n rhaid cael drama fel hyn yn fy nheulu i? Roedd pethau'n well, dwi'n credu, pan fyddai Mam a Dad jyst yn f'anwybyddu i ac yn gadael i fi fwrw 'mlaen â 'mywyd ar fy mhen fy hunan.

Sôn am fywyd: dechreuodd fy mhrofiad gwaith gyda chylchgrawn CHIC yn GYNNAR! Ro'n nhw eisiau i fi fynd i mewn heddiw, er 'i bod hi'n ddydd Gwener – aaaa! Ond roedd y profiad yn anhygoel. Ges i weithio gyda steilydd ac roedd hi'n hoffi fy siaced i – ti'n cofio – yr un â'r botymau boncyrs wnes i eu gwnio arni hi? Iawn, iawn – mynd i nôl coffi a datod clymau mewn mwclisau yw llawer o'r gwaith, ond mae e'n WAITH GO IAWN YM MYD FFASIWN.

Ond dyna ddigon amdana i a 'mywyd undonog. Sut mae pethau 'da ti?

Sut mae'r gwesty?

Ti wedi gweld Wal Berlin eto?

Fwytaist ti unrhyw *currywurst*?

Ac yn bwysicaf oll ... GWRDDAIST TI Â LEAH BROWN?

Gweld d'eisiau di'n ofnadwy, Penny P.

Elliot xx

Oddi wrth: Penny Porter
I: Elliot Wentworth
Pwnc: Atb: ADRODDIAD ELLIOT

F'anwylaf annwyl Elliot,

Do! Cwrddais i â Leah!

Roedd hi wrthi'n gwrthod lluniau gan François-Pierre Nouveau. ALLI DI DDYCHMYGU'R PETH? Mae e fel dweud wrth Vincent van Gogh, 'Ydy, mae dy lun di'n weddol, ond dyw e jyst ddim yn ddigon da i'w roi ar fy waliau i.'

Mae hi hyd yn oed yn fwy brawychus yn y cnawd.

Sut galla i gystadlu â hi? Ond yn rhyfedd iawn, roedd hi'n ddigon cwrtais gyda fi nawr. Act o flaen Noah oedd hynny, siŵr o fod.

A nac ydw, dwi heb weld Berlin o gwbl. Ond bydd Noah a finne'n mynd ar ein Diwrnod Dirgel Hudol fory, felly gei di'r HANES I GYD.

Mae'n ddiflas clywed am dy dad. Ofnadwy. Ond mae'n wych clywed am y profiad gwaith. Ro'n i'n gwybod byddet ti'n seren! Ac WRTH GWRS, ro'n nhw'n siŵr o ddwlu ar dy steil di – Elliot wyt ti! Ti yw'r boi mwya ffasiynol yn Brighton!

Ond wyt ti'n siŵr na alli di ddal ffleit munud olaf i Berlin a dod i 'ngweld i?

P xx

Oddi wrth: Elliot Wentworth
I: Penny Porter
Pwnc: ATB: Atb: ADRODDIAD ELLIOT

Annwyl Pen-digedig,

Yn fy mreuddwydion.

Elliot x

ON A dweud y gwir, cafodd llawer o luniau Vincent van Gogh eu gwrthod. Dim ond un llun werthodd e drwy'i oes, a ddaeth e ddim yn enwog iawn tan iddo fe farw.

Oddi wrth: Penny Porter
I: Elliot Wentworth
Pwnc: ATB: Atb: Atb: ADRODDIAD ELLIOT

Annwyl Wici,

Ti wir yn gwybod y cyfan, on'd wyt ti?

Penny x

Pennod Un deg saith

Does dim dwywaith amdani: mae 'nghariad i'n cŵl, a dwi'n eitha siŵr bod gydag e gymaint o ffans yn yr Almaen ag ym Mhrydain. Mae cymaint yn sgrechian arno fe yma ag oedd yn Brighton. Dwi ddim yn siŵr pam 'mod i'n synnu, ond mae fel tase lefelau enwogrwydd Noah yn codi'n uwch ac yn uwch, tra 'mod i'n cael fy ngadael yn bellach ac yn bellach ar 'i ôl. Mae'i dalent yn fy rhyfeddu i. Dim ond dwy flynedd yn hŷn na fi yw e, ac mae e wedi cyflawni cymaint yn barod.

Dwi'n atgoffa fy hunan nad yw Noah yn normal. Mae llwyth o amser 'da fi i feddwl beth yn union dwi am 'i wneud. Rhan fach o'r dyfodol yn unig yw 'bod yn gariad i Noah'.

Mae'r amser rhwng yr ymarfer sain a'r cyngerdd 'i hun yn llawn dop o gyfweliadau a sesiynau tynnu lluniau, a daw llu o newyddiadurwyr i stafell newid Noah, y naill ar ôl y llall. Eisteddaf yn dawel yn y gornel, gan dynnu lluniau nawr ac yn y man, ond fel arfer yn gwneud dim ond gwrando. Mae Noah yn hollol hyderus mewn cyfweliadau, ond mae'n siŵr y byddai unrhyw un yn hyderus ar ôl ateb yr un cwestiynau dro ar ôl tro. Yn rhyfedd iawn, does yr un newyddiadurwr yn gofyn cwestiwn gwirioneddol ddiddorol iddo fe. Falle mai presenoldeb bygythiol Dean yw'r rheswm am hynny. Mae'n sefyll yno a'i freichiau wedi'u plygu, yn barod bob amser i ymyrryd pan fydd y cwestiynau'n crwydro braidd yn agos at bynciau sensitif, fel 'i rieni – neu, a dweud y gwir, fi.

Mae ambell newyddiadurwr wedi fy nabod i, ac, achos 'i fod e'n gwybod bod hynny'n fy ngwneud i'n nerfus, dyw Noah ddim yn datgelu llawer am ein perthynas ni.

Daw un newyddiadurwraig yn agos at gael ateb diddorol wrth iddi ofyn cwestiwn am Leah Brown. 'Felly, Noah,' medd merch bryd tywyll sy'n gweithio i flog cerddoriaeth poblogaidd iawn yn yr Almaen, 'sut beth yw bod mor agos at Leah Brown ar ôl ... yr anghytundeb gawsoch chi llynedd?'

Gwenu'n braf wna Noah. 'Mae Leah a finne'n ffrindie da, a dwi'n parchu 'i dawn gerddorol. Wedi'r cyfan, daeth hi mas o'r sefyllfa'n dda yn y diwedd gyda "Bad Boy", on'd do fe?' Mae'n wincio, gan ddefnyddio'i hiwmor naturiol i dawelu'r dyfroedd.

'A does dim ots 'da Penny?' aiff y newyddiadurwraig yn 'i blaen heb dynnu anadl.

A Dean ar fin torri ar 'i thraws, mae Noah yn codi 'i ysgwyddau ac yn ateb, gan amneidio ar Dean i ddangos nad oes angen ymyrryd. 'Wrth gwrs nad oes ots 'da hi. Does dim byd 'da hi i boeni amdano.'

Llenwa 'nghalon â chynhesrwydd sy'n lledu o 'nghorun i'm sawdl wrth glywed 'i eiriau. Gobeithio nawr y gwnaiff y newyddiadurwraig gyhoeddi'r geiriau hynny'n union fel y dywedodd e nhw, yn hytrach na'u troi a'u gwyrdroi. Ond sdim ots am hynny – y peth pwysig yw 'i fod e wedi dweud y geiriau hynny, a finne wedi'u clywed nhw. Dyna drueni nad oedd Blake yma – byddai hynny wedi tawelu 'i rwgnach.

Mae Dean yn curo'i ddwylo. 'Iawn, diolch, Ruby – dyna ni am y cyfweliad yma. Mae'r sioe ar fin dechre!' Mae'r stafell yn llawn bwrlwm fel mae hi, ond ar ôl cyhoeddiad Dean, mae pethau'n poethi.

Mae fy stumog yn glymau o nerfau, ond daw Noah ata i'n syth i gydio yn fy llaw. Addawodd e y byddai pethau'n wahanol y tro yma, ac *maen* nhw'n wahanol. 'Ydy'r ffôn newydd gyda ti?' hola.

'Ydy, aros funud.' Tynnaf e mas o 'mhoced. Mae'n cydio ynddo ac yn deialu rhif yn gyflym. Ar ôl caniad neu ddau, mae'r sgrin yn goleuo a llun yn ymddangos o ddau o fy hoff bobl yn y byd i gyd yn grwn: Sadie Lee a Bella.

'Y DYWYSOGES PENNY!' Mae Bella'n sboncio lan a lawr ar y sgrin, yn eistedd mor agos at y camera nes bod 'i llygaid yn edrych yn anferthol.

Dwi'n gegrwth wrth 'i gweld hi – alla i ddim credu 'i bod hi wedi tyfu cymaint. Mae hi'n edrych fel merch ifanc ac yn wahanol iawn i'r plentyn bach pedair blwydd oed welais i dros y Nadolig. 'Bella! Pryd dyfaist ti mor fawr?' holaf, gan fethu cuddio'r syndod yn fy llais. 'Helô, Sadie Lee!' Galla i glywed chwerthiniad twymgalon Sadie Lee yn y cefndir wrth iddi hi dynnu Bella'n ôl o'r sgrin.

'Nawr, siwgr candi, gall Noah a Penny ein gweld ni'n llawer gwell pan fyddwn ni'n eistedd i lawr yn deidi,' medd yn 'i llais swynol, hamddenol. Mae hi wedyn troi 'i llygaid brown pefriog – nodwedd arbennig y teulu Flynn – arna i. 'Sut mae Berlin, fy sêr bach i?'

'Dwi ar fin camu ar y llwyfan, Mam-gu!' medd Noah.

'O, dyna wych, Noah!' Ond yna, daw pryder i'w llygaid. 'Penny, clywais i am dy drafferthion di yn Brighton. Ydyn nhw'n edrych ar d'ôl di nawr?'

Mae 'mochau i'n cochi a dwi'n nodio'n frwd. Mae Noah yn fy nhynnu i'n dynn tuag ato â'i law rydd, tra bod y llall yn dal y ffôn hyd braich. 'Bydd Penny'n eistedd ar ochr y llwyfan yn ffilmio ac yn ffrydio'r set i chi, fel 'mod i'n gwybod bod fy hoff ferched yn y byd yn gwylio.'

'Wel, Noah bach, dwi ddim yn credu bod neb wedi 'ngalw i'n ferch ers rhyw dri deg mlynedd!'

Mae e'n wincio. 'Chi'n gwybod be dwi'n feddwl.' Mae'n edrych lan wrth i Dean alw'i enw. Mae'n pasio'r ffôn i fi, yn chwythu cusan i Sadie Lee a Bella ac yn rhoi cusan go iawn i fi ar fy moch, cyn rhedeg mas i ymuno â gweddill y band.

Fi sy'n dal y ffôn nawr ac am eiliad, dwi'n teimlo'n ddryslyd. Ond yna, dwi'n syllu'n syth ar wynebau cyfeillgar Sadie Lee a Bella ac yn cofio bod gwaith i'w wneud.

'Ddest ti â'r Dywysoges Hydref gyda ti?' hola Bella.

'Roedd rhaid i'r Dywysoges Hydref aros gartre, Bella – do'n i ddim am ddod â hi ar y daith rhag ofn iddi hi fynd ar goll!'

Mae Bella'n nodio'n ddoeth. 'O, da iawn. Dwi ddim yn credu y bydde hi'n hoffi mynd ar daith. Gormod o ffws a ffwdan i dywysoges.'

'Dwi'n cytuno,' meddaf, gan ochneidio'n uwch nag yr o'n i'n bwriadu.

Mae Bella'n gwenu ac yna'n diflannu i ddod o hyd i un o'i theganau i ddangos i fi. Mae aeliau Sadie Lee wedi codi mor uchel nes 'mod i'n teimlo bod yn rhaid i fi esbonio: 'Dwi jyst ddim isie bod yn faich i Noah a Dean a phawb arall ...'

Mae Sadie Lee'n siglo'i phen yn araf. 'Nawr gwranda di arna i, cariad. Dwi'n gwybod rhywbeth pwysig iawn, a falle nad wyt ti'n gwybod hyn: Mae Noah dy angen di yno cymaint ag wyt ti 'i angen e. Dwi'n addo hynny. Dwi'n falch dy fod ti yno'n edrych ar 'i ôl e – ac nid fel arall mae pethe.'

'Ond mae Dean –'

'O, paid â phoeni amdano fe, cariad. Mae Dean yno i weithio

i chi'ch *dau*, ac os na wnaiff e 'i waith e'n iawn, bydda i'n 'i roi yn 'i le.'

'Diolch, Sadie Lee.' Clywaf ruo'r dorf a dwi'n neidio ar fy nhraed. Teimlaf ruthr o adrenalin a chyffro. Mae cyfle nawr i fwynhau cyngerdd Noah – ac anghofio am brofiad gwael Brighton. 'Co ni off, ferched!' meddaf wrth y sgrin.

Rhedaf i ochr y llwyfan lle mae Noah yn aros, yn sboncio o droed i droed i danio'r adrenalin cyn perfformio. Wrth fy ngweld i, mae'i wyneb yn goleuo â gwên enfawr. Dwi'n troi camera'r ffôn ato, i wneud yn siŵr bod Sadie Lee a Bella'n cael golygfa dda.

'Iawn, dwi wedi gofyn i fy ffrind Jake roi'r bocsys hyn fan hyn fel bo' ti'n gallu eistedd a gwylio o ochr y llwyfan.' Mae'n fy nghodi i ar y bocs wrth i'r goleuadau bylu, yn barod ar gyfer 'i ymddangosiad cyntaf ar y llwyfan.

'Pob lwc,' sibrydaf yn 'i glust, wrth iddo godi llaw ar Sadie Lee a Bella ar y ffôn. Yna, mae'r bachgen hyderus, duw-roc-tastig dwi'n 'i nabod, yn anadlu'n ddwfn ac yn camu ar y llwyfan.

Pennod Un deg wyth

Dwi'n ddiolchgar bod gwaith i'w wneud, sef sicrhau bod Sadie Lee a Bella'n gallu gweld y sioe i gyd. Dwi heb gael cyfle i fod yn nerfus. Er 'mod i'n gwybod pob gair o ganeuon Noah, mae'n brofiad anhygoel clywed y gynulleidfa'n ymuno ym mhob cytgan fawr.

'Hei, bawb,' medd wrth y dorf, ar ôl tri chwarter awr o berfformiad egnïol. 'Dyma 'nghân olaf.' Caiff 'i orfodi i oedi am funud wrth i'r dorf fwian a chwyno, ond mae e wedyn yn chwerthin i mewn i'r microffôn. 'Falle nad yw pob un ohonoch chi'n gwybod hyn, ond dyma fy hoff gân ar yr albwm. Dwi'n siŵr mai fi yw'r boi mwyaf lwcus yn y byd, achos bod y ferch wnaeth ysbrydoli'r gân yn eistedd draw yn fan'na.'

Mae'n troi ac yn edrych arna i. Mae'n chwyslyd ac yn fochgoch, a'i wallt yn wlyb ac yn wyllt, ond mae e'n dal yn anhygoel o brydferth – ac mae pawb arall yn toddi i'r cefndir wrth i'n llygaid ni gwrdd. Dim ond wrth glywed siant o 'Merch yr Hydref! Merch yr Hydref!' dwi'n sylweddoli bod y dorf yn fy nabod i hefyd. Mae hyn mor rhyfedd.

'Nawr, mae hi bach yn swil, felly bydd hi'n aros o'r golwg am nawr, ond Penny, cariad, mae hon i ti.'

Wrth iddo fe strymio cordiau cyntaf 'Merch yr Hydref', caf fy swyno'n ôl i'r tro cyntaf y clywais i'r gân, ar fy ngwely, yn gwrando ar y recordiad wnaeth e i fi. Dwi eisiau dweud wrth Sadie Lee mor anhygoel yw'r cyfan, pan sylweddolaf 'mod i wedi rhoi'r ffôn i lawr yng nghanol y cyffro; mae Sadie Lee a Bella nawr yn wynebu'r bocs du dwi'n eistedd arno, sydd ddim yn olygfa dda o gwbl! Codaf y ffôn i wynebu Noah unwaith eto, gan sibrwd ymddiheuriad i'r ddwy ohonyn nhw.

Daw'r gân i ben gyda chymeradwyaeth anferthol, wrth i Noah sboncio oddi ar y llwyfan, yn syth i 'mreichiau i. Awn yn ôl i'r stafell newid, fraich ym mraich, a sŵn y dorf yn ein dilyn ni fel ton o gariad a chefnogaeth.

'Ti'n anhygoel!' meddaf. 'Y gorau. Dwi mor falch ohonot ti.'

'Ro'dd hwnna'n ffantastig!' Dyw e ddim yn gallu tynnu'r wên oddi ar 'i wyneb, ac mae fy wyneb innau fel drych i'w wyneb e.

Tase YGwirionedd yn gallu ein gweld ni nawr, bydden nhw'n gwybod bod eu bygythiadau nhw'n gwbl ddibwrpas. Falle bod rhyw werth i fywyd seren roc, wedi'r cyfan.

'Mam-gu, Bella, beth o'ch chi'n feddwl?'

Ar y sgrin, gwelaf Sadie Lee'n sychu dagrau o'i bochau.

'Noah, does gen i ddim geiriau. Ti'n tanio'r llwyfan 'na.'

'Diolch, Mam-gu. Chi werth y byd.'

'Ewch chi'ch dau i gael sbort nawr. Bydd isie awr dda arna i i setlo ar ôl yr holl gynnwrf 'ma.' Mae Bella'n rhedeg o gwmpas ar y sgrin, yn canu caneuon Noah nerth 'i phen.

'Nos da!' medd Noah a finnau'n unsain, gan godi llaw ar y ffôn. Dwi bron â diffodd y ffôn, ond mae'r batri'n fflachio'n goch.

'O na, mae isie *charger* arna i ...'

Edrychaf o gwmpas y stafell, yn chwilio'n wyllt am fy nghebl coll. Dyna pryd y rhuthra gweddill aelodau band Noah i mewn i'r stafell, ac mae hyd yn oed Blake yn wên o glust i glust. Mae'n gwenu arna i a dwi'n gwenu'n ôl. Falle 'mod i wedi bod braidd yn annheg 'da fe.

'Ro'dd hwnna'n *awesome*,' medd Blake wrtha i wrth fynd heibio. 'Ti'n dod 'nôl i'r gwesty gyda ni, Penny?'

'Nag yw, boi. Dwi wedi trefnu rhywbeth i ni,' medd Noah, gan dorri ar 'i draws. Mae'n rhoi 'i gitâr i un o'r technegwyr ac yn diosg 'i siaced ledr, cyn dechrau chwilota drwy'i fag.

'O, cŵl.' Gyda hop, cam a naid, mae Blake yn neidio ar gefn Ryan, gan godi dwrn i'r awyr. Chwarddaf wrth wylio'r ddau.

'Ble ni'n mynd?' codaf ael ar Noah.

Mae'n taflu cap *beanie* coch ataf, ac yn tynnu *beanie* llwyd dros 'i wallt yntau. 'Ro'n i'n meddwl bydde hwnna'n mynd yn dda gyda dy wallt di.'

'Os ti'n dweud,' meddaf, gan wisgo'r cap.

'Nawr, rhain.' Mae'n rhoi sbectol i fi. Fframiau ydyn nhw, a dweud y gwir – does dim hyd yn oed gwydr ynddyn nhw. Mae Noah yn gwisgo pâr hefyd, ond maen nhw braidd yn gam.

Estynnaf ato i sythu'r sbectol ar 'i drwyn. Gwenaf. Os yw hwn i fod i'n cuddio ni, dyw e ddim yn mynd i weithio. 'Ti'n dal yn edrych yn olygus – alli di ddim cuddio hynny!' meddaf wrtho.

'Does dim rhaid i ni guddio'n hunain yn llwyr, jyst rhywbeth bach i wneud i bobl amau. Ta beth, ble ry'n ni'n mynd, fydd neb yn disgwyl fy ngweld i, ac mae angen i fi gymryd mantais o hynny.' Mae'n cydio yn fy llaw, a dwi'n 'i ddilyn.

'Ond *ble* ry'n ni'n mynd?'

'I weld *boy band* mwya rhywiol y byd, wrth gwrs.'

Mae fy wyneb fel y galchen, ac alla i ddim symud. Mae'n troi i edrych arna i wrth i fi dynnu fy llaw o'i law. 'Penny? Be sy'n bod?'

Llyncaf fy mhoer a chau fy llygaid. Alla i ddim credu 'i fod e'n gofyn i fi wneud hyn. 'Ti'n golygu mas fan'na?' meddaf, gan obeithio 'mod i wedi camddeall.

'Wrth gwrs. Welaist ti mo'r sioe y tro diwetha – gadawaist ti cyn hynny. Maen nhw'n anhygoel. Hefyd ...' Mae'n camu ymlaen ac yn cydio yn fy llaw unwaith eto, '... bydda i yna gyda ti'r tro 'ma. Bob eiliad.'

Mae'n rhaid 'i fod e'n gallu darllen yr olwg amheus ar fy wyneb i, achos yn sydyn iawn, mae e'n mynd i lawr ar un ben-glin ac yn dweud, 'Dwi'n addo i ti, Penny Porter, wna i ddim gadael d'ochr di am chwarter eiliad!'

'Stopia hynna!' sgrechiaf, yn siŵr bod rhywun yn mynd i dynnu llun ohono fe a meddwl 'i fod e'n gofyn i fi 'i briodi – ac fe *fyddai* hynny'n sgandal arall. 'Iawn, fe af i gyda ti,' meddaf, a galla i deimlo gwrid yn dringo lan fy ngwddf ac yn goglais fy mochau i.

Mae'n gwenu ac yn codi ar 'i draed. 'Da iawn. Ac, os na fyddi di'n mwynhau ar unrhyw adeg, jyst dwed wrtha i.'

'O, beth am fy nghamera?' gofynnaf.

'Dere â fe – falle wnei di ddal rhywbeth cŵl mas yn y gynulleidfa.' Mae'n gwasgu fy llaw ac yn fy nhynnu mas trwy ddrws ochr, i lawr cyntedd neu ddau a mas i'r dorf.

Pennod Un deg naw

Galla i deimlo 'nghalon yn curo yn fy llwnc wrth i dywyllwch y dorf ein hamgylchynu ni. Mae hi hefyd yn dawel, er bod miloedd o bobl o'n cwmpas ni. Teimlaf gynnwrf y dorf yn cynyddu wrth iddyn nhw aros ar bigau'r drain am The Sketch. Cydiaf mor dynn yn llaw Noah nes 'mod i'n poeni tybed ydw i'n mynd i dorri cylchrediad 'i waed. Does dim ots gydag e, chwaith. Mae'n f'arwain heibio dau neu dri o bobl – ddim yn rhy ddwfn i ganol y dorf – ac roedd e'n iawn: does neb yn disgwyl 'i weld e, felly does neb yn cymryd sylw ohonon ni, heblaw am y rhai sy'n cwyno amdanon ni'n gwthio i mewn.

Daw i stop o flaen y llwyfan, ond mae tua dwsin o resi o'n blaenau ni. Mae pobl yn rhwbio yn erbyn ein breichiau ac yn sathru ar ein traed, ac mae hynny'n f'atgoffa o gyngerdd Brighton. Ond y tro hwn, mae dwylo Noah yn gadarn ar f'ysgwyddau.

Yna, mae'r llwyfan yn goleuo, a The Sketch yn llamu ar y llwyfan. Dechreua'r sgrechian yn syth, ac yng nghanol y bwrlwm, alla i ddim peidio â sgrechian chwaith – yr un mor uchel. Mae hyd yn oed Noah yn bloeddio nerth 'i ben.

Maen nhw'n chwarae ag egni eirias, gan wibio'n rhwydd

drwy bob *hit*. Ydyn, mae'r caneuon yn fachog – ond maen nhw hefyd yn gerddorion arbennig. Maen nhw'n chwarae riffs byrfyfyr ar eu gitârs ac yn bwrw pob nodyn yn berffaith.

Pan ddaw Leah Brown i'r golwg, mae'r sgrechian hyd yn oed yn uwch – os oedd hynny'n bosib. Mae hi'n ymddangos mewn ffordd hynod ddramatig – mewn rhyw fath o gyfrwy sy'n hongian o'r nenfwd – ac yn canu cytgan un o ganeuon mwyaf egnïol The Sketch. Mae hi wedi'i thrawsnewid yn llwyr ers i fi 'i gweld hi'n gynharach heddiw: mae hi'n gwisgo ffrog fini arian ddisglair, ac mae'i gwallt yn cael 'i chwythu y tu ôl iddi fel tase corwynt ar 'i hysgwydd. Gydag unrhyw un arall, byddai hyn i gyd yn hollol hurt, ond mae'r wisg a'r gwallt yn gweddu'n berffaith i Leah Brown. Wrth i'r gân fynd yn 'i blaen, caiff Leah 'i gollwng yn araf bach ar y llwyfan, a dwi hyd yn oed yn llwyddo i dynnu lluniau o'r cyfan.

Ar ôl iddi lanio ar y llwyfan, newidia naws y perfformiad yn llwyr. Diffodda'r goleuadau llachar nes ein bod ni yng nghanol tywyllwch dudew. Mae pawb yn yr arena fel tasen nhw'n dal eu hanadl. Yn raddol, daw gwreichion bach o olau i'r golwg yn y nenfwd, sy'n edrych fel galaeth o sêr yn pefrio. Mae harddwch y golau'n dwyn f'anadl, a theimlaf Noah, yn reddfol, yn fy nhynnu tuag ato ac yn lapio'i freichiau o 'nghwmpas i. Pwysaf yn 'i erbyn.

Gwelaf ddau belydryn o olau ar y llwyfan, yn goleuo Leah a Hayden – prif leisydd The Sketch – sy'n eistedd ar stolion erbyn hyn. Mae Leah wedi newid i ffrog ddu, a'r gleiniau arni hi'n ddisglair dan y golau, ac mae'i gwallt yn gorwedd yn fflat, gan fframio'i hwyneb fel llenni.

'Helô, Berlin,' medd Hayden. 'Mae gyda ni rywbeth ychydig yn wahanol i chi nawr. Rhywbeth does neb wedi'i glywed o'r blaen. Gobeithio wnewch chi fwynhau.'

Dechreua ganu *a cappella*. Heb gyfeiliant, mae'i lais yn gryf ac yn eglur. Yna, mae Leah yn ymuno ag e, a'r ddau'n canu deuawd brydferth a hudolus am gariadon sy'n cael eu cadw ar wahân.

Daw dagrau i'm llygaid, ac er nad oes neb arall wedi clywed y gân yma o'r blaen, dwi'n gwybod nad fi yw'r unig un. Mae emosiwn yn llifo drwy'r dorf. Down at ein gilydd fel un, trwy'r gerddoriaeth. Teimlad fel hyn mae Noah yn 'i gael wrth ysgrifennu 'i ganeuon. Dyma mae e'n ceisio 'i greu: cadwyn o nodau a geiriau sy'n gwneud i dorf o filoedd symud gyda'i gilydd a theimlo eu bod nhw'n perthyn i'w gilydd.

'Dwi'n dy garu di, Penny,' sibryda Noah yn fy nghlust. Gwasga 'i freichiau o'm cwmpas.

Mae'r dorf yn rhuo pan ddaw'r gân i ben. Dwi'n credu bod honna'n *hit* arall i Leah a The Sketch. Maen nhw wedi swyno pawb. Byddai'r gynulleidfa'n dilyn The Sketch i ben draw'r byd y foment hon, tasen nhw'n gofyn. Mae'r golau'n ôl, yn llachar ac yn danbaid yn ein llygaid, a'r curiad yn cyflymu i dempo bywiog.

Mae Noah a finnau fel pawb arall fan hyn. Ry'n ni'n dawnsio fel ffyliaid ac yn canu nerth ein pennau, yn chwysu ac yn siarad dwli ac yn poeni am neb na dim arall. Erbyn i'r band ganu'r *encore* olaf, dwi'n hollol siŵr nad ydw i erioed wedi bod mor hapus.

Pennod Dau ddeg

A ninnau'n dal i fyrlymu ar ôl noson mor anhygoel, mae Noah a finnau'n sgipio ar hyd cyntedd y gwesty, yn ôl lan i fy stafell. Dwi'n amau nad yw'r *deodorant* yn ddigon cryf i guddio arogl fy chwys ar ôl yr holl ddawnsio, ond does dim ots 'da fi am y drewdod, hyd yn oed. Ry'n ni'n dal i ganu caneuon The Sketch tan i ni gyrraedd y drws.

'Wna i d'adael di yma, Pen, fel byddai gŵr bonheddig go iawn yn 'i wneud.' Mae Noah yn agor y drws ac yn dangos y stafell i mi, ac mae e bron â moesymgrymu fel un o staff y gwesty. Mae'i wallt yn llawer mwy anniben a chyrliog nag arfer ar ôl tynnu'r *beanie*, sy'n cael 'i daflu'n glewt ar y llawr. Mae'n edrych arna i a'i lygaid yn pefrio, a gwên ddireidus ar 'i wyneb. Mae'r pantiau bach yn 'i fochau yn ymddangos o unman, fel 'mod i'n toddi yn y fan a'r lle. Dwi ddim yn credu 'mod i erioed wedi caru Noah yn fwy nag ydw i'r foment hon.

'Oes amser 'da ti i ddod i mewn am sbel fach? Ro'dd heno'n anhygoel, ond dy'n ni ddim wedi cael llawer o gyfle i ymlacio eto, jyst y ddau ohonon ni.' Dwi'n gwenu mewn ffordd hoffus a deniadol, gobeithio.

Mae Noah yn chwerthin. 'Sori, Ferch yr Hydref – mae'n

rhaid i fi fynd 'nôl i'r neuadd a gwneud yn siŵr bod popeth yn 'i le ar gyfer fory. Mae Dean yn mwynhau rhoi adborth ar bob perfformiad hefyd.' Mae'n rhaid nad ydw i'n cuddio'r siom ar fy wyneb yn dda iawn. Mae Noah yn agos agos ata i nawr, yn gwenu'n braf. 'Mae 'da ni ein Diwrnod Dirgel Hudol fory, Penny – diwrnod cyfan, dim ond ti a fi. Dwi'n addo bydd e'n anhygoel ac yn llawn cacennau.' Mae'n fy nghusanu ar fy ngwefusau cyn i fi gael cyfle i ateb.

'Sut gallwn i anghofio?' meddaf, ar ôl llwyddo i dynnu anadl. Sut gall unrhyw fod dynol fod *mor* hyfryd a deniadol?

Yna, yn groes i 'nymuniad, dwi'n dylyfu gên yn hir ac yn swnllyd. Mae 'ngheg i mor fawr fel y gallwn i lyncu pob tamed o Noah, siŵr o fod. Mae hyn braidd yn lletchwith, ond mae Noah yn fy nhynnu tuag ato'n dynn i mewn i'w frest – sy'n crynu wrth iddo chwerthin.

'Ti'n edrych mor flinedig â fi,' medd. 'Does dim syniad 'da ti faint dwi'n moyn aros fan hyn gyda ti, ond dylet ti orffwys ... bydd angen egni arnat ti fory.'

Teimlaf fy nghalon yn curo'n wyllt, miliwn o filltiroedd yr awr, wrth iddo droi i fynd 'nôl i lawr y cyntedd.

'Nos da, gorjys!' gwaedda wrth sgipio i ffwrdd a diflannu rownd y gornel.

Dwi'n cwympo'n ôl ar fy ngwely, gan chwerthin yn afreolus. Mae gwên enfawr ar fy wyneb ac mae hapusrwydd yn llenwi pob tamed ohona i. Ochneidiaf a rholio ar fy mola, gan gicio fy sgidiau Converse i'r llawr. Cydiaf yn fy ngliniadur, sydd ar y bwrdd bach wrth y gwely, ac agoraf fy ebyst. Dechreuaf deipio ebost i Elliot.

Oddi wrth: Penny Porter
I: Elliot Wentworth
Pwnc: ATB: Atb: Atb: Atb: ARODDIAD ELLIOT

Wici, Wici, Wa-Wa-Ww,

Dwi lan yn y cymylau a dwi ddim yn credu y dof i fyth i lawr. Dwi newydd gael y noson orau erioed gyda Noah. Gwyliais i fe'n perfformio, ac roedd e'n anhygoel (fel mae e bob amser), ac yna llusgodd e fi mas i'r dorf i wylio The Sketch yn perfformio gyda Leah Brown. Roedd hi'n anhygoel, mae'n rhaid i fi gyfadde. Bues i a Noah yn dawnsio ac yn dal dwylo ac yn canu nerth ein pennau reit tan y diwedd, a WNES I DDIM PANICIO! Grêt, on'd ife?

Dwi wedi cael un o'r adegau anghredadwy 'na lle dwi'n meddwl mor berffaith yw Noah a mor lwcus ydw i i fod yma gydag e, yn 'i gefnogi e ac yn gwylio'i lwyddiant e'n tyfu o flaen fy llygaid i. Fi yw'r ferch ddewisodd e i rannu hyn i gyd. Galla i ddychmygu bo' ti bron â chwydu dros y sgrin wrth ddarllen hyn, ond dwi MOR hapus nawr. Byddi di hefyd yn falch o glywed y bydda i'n crwydro Berlin fory gyda Noah ar ein Diwrnod Dirgel Hudol!

Fe gei di'r hanes, wrth gwrs, pan fydda i'n ôl.

Gweld dy eisiau di lot fawr, ond erioed wedi cael cymaint o sbort!

Pen xxx

26 Mehefin

Sut i Oroesi ar Daith Ewropeaidd Anferthol

Felly, dwi'n gwybod eich bod chi i gyd yn ysu i wybod y manylion, a chi'n gwybod beth? Dwi wedi goroesi fy niwrnod cyntaf ar daith! Nid yn unig hynny ... gwnes i fwynhau. Ar ôl iddo fe orffen y set, aeth Bachgen Brooklyn â fi mas i'r dorf i wylio'r prif berfformwyr, ac fe ddawnsion ni drwy'r nos tan ein bod ni'n chwyslyd ac yn ffiaidd. Ond roedd y cyfan yn rhyfeddol.

Dwi'n teimlo 'mod i wedi dysgu cymaint yn barod, er mai dim ond ers diwrnod dwi ar daith! Dyma'r *top tips* hyd yn hyn.

1. Snacs yw dy ffrindiau gorau.

    Does braidd dim amser i gael pryd call pan wyt ti'n mynd o fws i westy i neuadd ac yn ôl eto. Dwi am lenwi 'mhocedi â bariau miwsli rhag ofn i fi lwgu.

2. Mae pobl YM MHOBMAN gefn llwyfan.

    Synnet ti faint o bobl sy'n gorfod gweithio ar daith fel hon. Nid dim ond rheolwr a band Bachgen Brooklyn, ond hefyd gwarchodwr, swyddog cyhoeddusrwydd, ffotograffwyr, artistiaid colur, steilwyr gwallt, rheolwr llwyfan, cynorthwy-ydd y rheolwr, cynorthwy-ydd cynorthwy-ydd y rheolwr a thua miliwn o aelodau eraill y criw sydd fel tasen nhw'n gwybod yn *union* beth i'w wneud.

3. Cysga pryd bynnag a ble bynnag y galli di.

Mae pawb fel tasen nhw'n gwneud hynny. Heddiw gwelais i rywun yn cwympo i gysgu ar ben *speaker* oedd yn bloeddio cerddoriaeth o'r llwyfan! Falle bod hynny'n rhybudd i fi am y diffyg cwsg sydd i ddod ...

4. Paid â disgwyl gweld llawer o olygfeydd.

Er y bydda i a Bachgen Brooklyn yn gweld cymaint ag y gallwn ni o Berlin, mae'i amserlen yn llawn dop. Mae'n rhyfeddol 'i fod e wedi llwyddo i dreulio unrhyw amser o gwbl gyda fi!

Mae hyn i gyd mor gyffrous, a thamed bach yn frawychus! Ond fe dria i gadw'r blog i fynd.

Merch Oddi Ar-lein ... byth am fynd ar-lein xxx

Pennod Dau ddeg un

Fore trannoeth, mae fy larwm yn canu am 8 a dwi'n ymbalfalu am wisg sy'n gyfforddus ond eto'n cŵl ac yn soffistigedig. Dewisaf grys-T gwyn llac a sgert ddu wedi'i phletio, heb anghofio fy nghadwyn aur ddelicet â'r geiriau MERCH YR HYDREF wedi'u sgwennu mewn ysgrifen sownd ar y pendant. Honna oedd f'anrheg San Ffolant oddi wrth Noah 'leni, a dyna fy hoff beth i'w wisgo. Ces i decst oddi wrth Noah yn fuan ar ôl iddo fe adael neithiwr ac fe ddywedodd e wrtha i am gwrdd ag e lawr staer am frecwast am naw bore 'ma i ddechrau'r Diwrnod Dirgel Hudol yn iawn.

Cydiaf yn fy nghamera a mynd i lawr yn y lifft i'r dderbynfa. *Uber-modern* yw'r geiriau y byddai Elliot yn eu defnyddio i ddisgrifio'r dderbynfa. Cownteri du sgleiniog a waliau gwyn, a phrint llachar a thrawiadol yn hongian y tu ôl i ddesg y dderbynfa. Mae hi'n orlawn wrth i fi basio'r rhes hir o bobl sy'n cyrraedd y gwesty, ac maen nhw i gyd yn llusgo cesys enfawr. Dechreuaf bendroni tybed pa fath o anturiaethau mae'r bobl hyn yn eu cael, neu ba anturiaethau maen nhw wedi'u cael. *Ydyn nhw yma ar eu pennau eu hunain? Ydyn nhw wedi bod am drip bach rhamantus i Ewrop?*

Eisteddaf ar soffa felfed yn y dderbynfa lle mae tusw prydferth o degeirianau'n dal fy llygaid. Alla i ddim peidio – codaf fy nghamera a dechrau tynnu lluniau. Tegeirianau yw un o fy hoff flodau, yn enwedig rhai gwyn. Prynodd Elliot degeirian gwyn i fi ar fy mhen blwydd unwaith, a buodd e'n sefyll yn falch ar fy mwrdd gwisgo, yn dalsyth ac yn ffres. Yn anffodus, wnaeth 'i brydferthwch ddim para'n hir – sylweddolais i'n fuan iawn mor anodd yw edrych ar eu holau nhw. Rhoddais i ormod o ddŵr iddo fe a buodd e farw. Y flwyddyn wedyn prynodd e gactws i fi mewn potyn bach ciwt, a dweud wrtha i taswn i'n llwyddo i ladd hwnna, ddylwn i byth gael planhigyn eto! Yn ffodus, mae'n dal yng nghornel y stafell, yn byw ac yn bod er nad ydw i'n rhoi unrhyw sylw iddo fe. Mae hynny'n ddigon o gyfrifoldeb i fi, yn ôl Elliot.

Edrychaf i lawr ar fy ffôn – mae'n 9:20 a.m. Edrychaf lan a chraffu drwy'r dderbynfa am unrhyw arwydd o Noah. Dim. Dim ond ffrwst a ffwdan gwesty prysur yn Berlin, heb unrhyw sôn am jîns anniben a gwên lachar arbennig fy nghariad. *Mae'n rhaid 'i fod e'n dal yn gwisgo*, meddyliaf. *Neu falle'i fod e wrthi'n paratoi rhywbeth ar gyfer ein diwrnod?* Eisteddaf 'nôl ar y soffa ac aros am ddeg munud arall, yn gwylio symudiadau pobl wrth iddyn nhw ddechrau eu dydd.

'O, hei, Penny?'

Mae'r llais yn rhoi siglad i fi, a finne ar ganol gwylio pobl. Plygaf fy mhen dros y soffa, i weld Dean, a golwg braidd yn druenus arno. Mae'i lygaid yn goch i gyd dros 'i Ray-Bans rhimyn aur. 'Pam ti'n eistedd o gwmpas yn y dderbynfa? Ti wedi cael brecwast eto? Dwi'n credu eu bod nhw'n stopio gwneud brecwast am ddeg, felly well i ti siapio hi os ti'n moyn *croissant*. Mae'n nhw'n diflannu'n glou.' Mae'i chwerthiniad cryg yn troi'n beswch. Mae e wir yn edrych yn ofnadwy.

'Na'dw, dwi'n aros am Noah. Ni'n cael brecwast gyda'n gilydd ac wedyn yn mynd mas i grwydro'r ddinas.'

Mae Dean yn chwerthin mor uchel nes 'i fod yn atseinio drwy'r dderbynfa. Mae rhai pobl yn troi ac yn syllu'n syn arno fe. Pan ddaw e'n ôl ato'i hun, mae'n dweud, 'Weli di mohono fe tan o leiaf ganol dydd. Buodd y bois mas tan bedwar y bore. Falle bod hi'n hwyrach – gadawais i tua hanner awr wedi tri.' Mae'n suddo i lawr yn y soffa wrth f'ochr. 'Aeth pethe braidd yn wyllt, a bod yn onest. Dyna pam mae'n rhaid i fi gael y sbecs haul. Iyffach, mae isie coffi arna i. A fyddwn i ddim yn dweud "na" wrth frecwast seimllyd chwaith.'

Mae 'nghalon yn suddo. Ceisiaf wenu'n siriol tra bod Dean wrth f'ochr.

'O, wrth gwrs. Be sy'n bod arna i – anghofiais i'n llwyr. Dwedodd Noah rywbeth am newid yr amser i ganol dydd.' Baglaf dros fy ngeiriau a cheisio feddwl am rywbeth i'w ddweud, er mwyn edrych fel llai o dwpsyn.

'Ti'n moyn bachu rhywbeth i'w fwyta gyda fi yn lle 'ny? Wrth gwrs, dwi ddim hanner mor olygus, ond galla i chwarae ambell gord ar y gitâr.' Saif Dean ar 'i draed a cheisia 'nhywys i'r ardal fwyta, ond ysgydwaf fy mhen.

'A dweud y gwir, dwi'n credu af i'n ôl i fy stafell. Dwi newydd sylweddoli bod rhaid i fi ffonio fy rhieni i ddweud wrthyn nhw 'mod i'n dal yn fyw. Ti'n gwybod sut mae rhieni ... maen nhw'n anghofio bo' ti ddim yn ddeg oed rhagor, ac os nad'yn nhw'n clywed wrtha i, maen nhw'n meddwl ffonio'r heddlu ... neu o leiaf fy mrawd, Tom. Ond cymra di rywbeth i setlo dy stumog. Wela i di wedyn.'

Cyn i Dean drio 'mherswadio i gael tamed bach i'w fwyta gydag e, dwi'n neidio ar fy nhraed ac yn anelu am y lifft. Ar ôl mynd i mewn i'r lifft a phwyso rhif, dwi'n pwyso yn erbyn y wal ac yn gorffwys fy nhalcen ar y gwydr oer braf. Dwi ddim yn siŵr beth sydd waetha – y ffaith bod Noah heb ddweud wrtha i 'i fod e'n mynd mas, 'i fod e heb fy ngwahodd i mas, neu'r ffaith 'i fod e wedi mynd mas a'i fod e'n dal wedi methu cwrdd â fi ar ein diwrnod arbennig ni – yr unig ddiwrnod oedd wedi'i gadw i ni'n dau – a neb arall. Rhoddaf gip ar fy ffôn rhag ofn 'i fod e wedi trio ffonio neu decstio, ond dwi'n gwybod yn barod bod dim pwynt.

Wrth i fi gerdded ar hyd y cyntedd o'r lifft, yn hytrach na throi i'r dde tuag at fy stafell, dwi'n troi i'r chwith tuag at stafell Noah. Dwi'n sefyll y tu fas iddi yn barod i guro, ond wrth i fy llaw hofran fodfeddi o'r drws, newidiaf fy meddwl a cherdded 'nôl i fy stafell. Dyw Noah erioed wedi rhoi rheswm i fi boeni o'r blaen, a dwi ddim eisiau iddo fe feddwl 'mod i'n troi i fod yn un o'r merched *clingy* 'na sydd angen gwybod ble mae eu cariadon nhw bob munud. Beth os yw e wrthi'n gwisgo? Beth os oes rhywbeth arall wedi'i gynllunio? Falle na wnaeth e 'ngwahodd i mas neithiwr, ond dwi'n amau mai syniad Blake oedd hynny ta beth, ac, o nabod Blake, fyddai 'da Noah ddim llawer o ddewis yn y mater.

Pan fydd Noah yn barod, fe ddaw e i fy ffeindio i – wnaiff dim byd sbwylio ein Diwrnod Dirgel Hudol ni.

Pennod Dau ddeg dau

Mae'r cloc yn prysur dician heibio canol dydd ac mae'n rhaid i fi dderbyn bod Noah ddim yn gwisgo nac yn paratoi rhywbeth arbennig ar gyfer ein diwrnod. Dwi wedi peintio ewinedd fy nhraed a 'nwylo gyda'r lliw pinc cwrel hafaidd ro'n i wedi'i gadw ar gyfer y daith. Dwi wedi edrych ar Instagram a WhatsApp tua miliwn o weithiau, wedi diweddaru fy stori Snapchat â chlipiau a lluniau o fy stafell yn y gwesty, ac wedi gwneud popeth y galla i i 'nghadw'n brysur heb adael y stafell, rhag ofn i Noah alw.

Dwi'n hala tecst ato i ofyn ble mae e, ond does dim ateb. Dwi'n ffonio hefyd, ond mae hi bron yn amser i bawb fynd 'nôl i'r arena ar gyfer ymarfer sain perfformiad heno ta beth, felly mae hi braidd yn annhebygol y bydd y Diwrnod Dirgel Hudol yn digwydd. Dyw Noah ddim fel arfer yn wael am ateb 'i ffôn, a dyw e byth yn ymddwyn fel hyn fel arfer.

Dwi'n trio peidio meddwl gormod am y peth. Bob tro dwi'n meddwl nad oes ots gen i mewn gwirionedd, mae cwestiwn arall yn dod i 'mhen. *Beth os oes rhywbeth wedi digwydd iddo fe? Beth os yw e wedi cael dolur? Neu 'i fod e mewn trafferth?* Mae'r cwestiynau'n tyfu'n fwy ac yn fwy bob munud wrth aros iddo fe gysylltu. Bydd y cwestiynau'n fy hala i'n benwan os arhosa i yn y stafell 'ma ar fy mhen fy hunan, heb ddim byd i'w wneud. Alla i ddim hyd yn oed tecstio Elliot – dwi wedi'i boeni e ddigon fel mae hi, ac mae e ac Alex yn mynd am ddêt heddiw. Does dim eisiau iddyn nhw wrando arna i'n cwyno a chwyno hyd syrffed. Mae angen rhywbeth i godi 'nghalon i.

Dwi'n meddwl am roi cnoc ar ddrws Noah ond wedyn yn dweud wrtha i fy hunan 'i fod e'n cysgu, ac na fydd e eisiau cael 'i ddihuno. Dyw hynny ddim yn beth drwg. Dyma'i daith gyntaf e, wedi'r cyfan; mae gydag e hawl i fwynhau. Anghofiodd e osod y larwm, siŵr o fod. Mae hynny'n iawn.

Dwi'n rhygnu 'nannedd ac yn gwthio meddyliau negyddol i ffwrdd, cyn iddyn nhw gael cyfle i ddatblygu. Maen nhw'n ffrwydro fel swigod sebon cyn glanio ar f'ymennydd. Cydiaf yn fy mag, fy nghamera a 'ngliniadur, a phenderfynu mynd draw i'r neuadd ar fy mhen fy hunan, yn lle pwdu yn fy stafell. O leiaf bydd rhai o'r criw yno a galla i dynnu lluniau ohonyn nhw'n paratoi cyn i Noah gyrraedd, a defnyddio'r lluniau yn fy mhrosiect. Dwi'n trio'i ffôn unwaith eto cyn mentro mas, ond mae'n mynd yn syth i'w beiriant ateb.

Ar ôl cyrraedd y neuadd, mae Dean yn fy nghyfarch â chwtsh mawr. Mae'n edrych yn fwy effro nawr – mae'n rhaid bod y bwyd a'r coffi wedi'i adfywio. 'PENNY! Pam wyt ti yma mor gynnar? Dy gariad di'n dal i gysgu, ydy e?'

'Ydy. Meddyliais i byddai hi'n well 'i adael e i gysgu tra 'mod i'n tynnu cwpwl o luniau fan hyn. Galla i eistedd a'u golygu nhw wedyn. Dwi'n gwneud Lefel A Ffotograffiaeth y flwyddyn nesa a fydd f'athrawes i ddim yn hapus os dof i'n ôl yn waglaw o'r trip 'ma.'

'Hei, wel, mae'n dda bod 'da ti hobi. Cofia, bydda i fan hyn os bydd isie unrhyw beth arnat ti. Bydd Larry yn dod â'r bois yma cyn bo hir i tsiecio'r sain, dwi'n credu.'

Nodiaf a mynd draw i'r stafell wisgo. Tynnaf y cerdyn cof o'r camera a throsglwyddo'r lluniau dwi wedi'u tynnu hyd yn hyn i'r gliniadur. Mae rhai dwl ohona i a Noah yn y maes awyr, rhai o Noah o flaen y bws mawr du, llawer o luniau cefn llwyfan ac yna'r rhai dynnais i yn y dorf neithiwr. Llwyddais i dynnu un o Leah sy'n edrych fel tase hi'n hofran uwchben y llwyfan. Mae hi'n edrych yn anhygoel. Agoraf y ddelwedd yn Photoshop a dechrau chwarae o gwmpas gyda'r ffilteri golau a lliw.

Dwi wastad wedi dwlu tynnu lluniau, o'r foment ces i 'nghamera cyntaf gan Mam a Dad – camera tafladwy i dynnu lluniau ar iard yr ysgol. Ro'n i'n hoffi dala pobl heb iddyn nhw sylwi, ac yna weindio'r deial ar gefn y camera i baratoi'r ffilm ar gyfer y llun nesa. Dim ond eleni dwi wedi dysgu golygu yn Photoshop, a dwi'n methu stopio'i ddefnyddio e nawr. Galla i dreulio oriau wrth y cyfrifiadur, yn newid manylion pitw bach yn fy lluniau. Mae'r rhan fwyaf o bobl yn meddwl mai pwrpas Photoshop yw troi wynebau sbotlyd yn wynebau perffaith, ond mae llawer mwy iddo fe na hynny: galla i ychwanegu ffilteri, addasu'r palet lliw, gwella lluniau â golau gwael a gwneud y lliwiau'n fwy llachar. Dysgodd Miss Mills i fi ddefnyddio'r technegau'n gynnil, ond dwi'n dwlu chwarae o gwmpas gyda nhw.

'Waw, mae honna'n shot wych!'

Trof yn gyflym i weld Leah yn edrych ar fy ngliniadur o'r drws – mae'n rhaid 'mod i wedi gadael drws y stafell wisgo ar agor pan ddes i i mewn. Dwi'n teimlo fel y dylwn i gau'r gliniadur yn glep.

'O, na, paid â'i gau e. Wir, mae e'n cŵl. Ga i ddod i mewn i edrych yn agosach?' Dyw hi ddim yn aros i fi ateb cyn brasgamu i mewn, ac eistedd wrth f'ochr. 'Ti'n lico ffotograffiaeth, on'd wyt ti.'

'Ydw, ym ... ydw, dwi'n dwlu ar ffotograffiaeth. Gwelais i'r sioe neithiwr ac roedd hi'n hollol anhygoel. Roeddet ti'n edrych yn grêt – ac roeddet ti a Hayden yn swnio'n anhygoel yn canu'r gân *a cappella* 'na.' Mae canmol Leah Brown yn deimlad rhyfedd. Dwi ddim yn hollol siŵr 'i bod hi eisiau canmoliaeth oddi wrtha i, ond dim ond dweud y gwir ydw i. Er hynny, dwi'n teimlo braidd yn ofnus yn 'i chwmni hi. Pan mae hi ar y llwyfan, mae hi'n edrych yn arallfydol – fel creadur perffaith o blaned arall, neu dduwies sy'n meddu ar harddwch annaturiol. Mae hi'n dal yn drawiadol iawn wrth 'i gweld yn agos, ond wrth i fi 'i chlywed hi'n anadlu ar fy mhwys i, dwi'n cofio mai jyst merch yw hi, fel fi. A dwi ddim yn 'i nabod hi o gwbl.

'O, diolch, bach. Dyna beth neis i'w ddweud. Mae Hayden yn gariad. Ti wedi cwrdd ag e?'

Siglaf fy mhen.

'Wel, mae The Sketch yn cael eu cadw ar dennyn eitha tyn, ti'n gwybod? Eu tîm rheoli nhw yw'r rhai gorau yn y busnes. Fyddet ti byth yn eu gweld nhw'n meddwi ar noson waith.' Mae Leah yn wincio arna i, ond mae fy stumog yn troi wrth feddwl am anturiaethau Noah a Dean ym mherfeddion y nos. Aiff Leah yn 'i blaen, heb sylwi 'mod i'n teimlo'n hollol anghyfforddus. 'Ti'n gwybod, mae gwir dalent 'da ti gyda'r lluniau 'ma. Dwi wedi gweithio 'da llwyth o ffotograffwyr sydd ddim yn dala shots fel hyn. Ga i?' hola.

Nodiaf, ac mae hi'n sgrolio trwy rai o'r lluniau eraill tan iddi hi gyrraedd y rhai dwl gyda Noah. 'Chi'ch dau mor ciwt. Dwi'n falch bod popeth yn gweithio mas, Penny. Dwi'n 'i feddwl e.' Mae hi'n rhoi 'i llaw ar fy llaw a galla i deimlo'i chynhesrwydd yn syth. Ydy'r Leah Brown ro'n i'n meddwl 'mod i'n 'i nabod yn dadfeilio o flaen fy llygaid?

'Diolch,' meddaf. 'Dwi'n credu ein bod ni'n eitha ciwt! Alla i ddim credu bod popeth wedi troi mas yn dda.'

'Dwi'n genfigennus!' Mae hi'n gwenu arna i. Dim crechwen sarcastig; gwên dwymgalon, go iawn. 'Mae hi mor anodd cwrdd â phobl ddeche yn y busnes 'ma. Creda fi, doedd e ddim yn hwyl i fi chwaith, gorfod esgus bod gyda boi oedd ddim wir yn fy lico i.'

Yn sydyn, dwi'n sylweddoli mor anodd oedd pethau iddi hi, er nad o'n i byth yn meddwl y byddwn i'n ystyried y sefyllfa fel yna. Enciliodd Noah rhag y byd. Aeth e i fyw at 'i fam-gu yn Brooklyn, gan adael Leah i ddelio â'r clecs a'r sibrydion ar 'i phen 'i hun. Roedd yn rhaid iddi hi fod yn broffesiynol, tra bod pawb yn meddwl na fyddai Noah – yr amatur – yn gallu delio â'r pwysau.

'Sdim clem 'da fi pam fyddai'n rhaid i chi hyd yn oed esgus. Mae'n rhaid bod llwythi o fois yn barod i ymladd drosot ti!'

Mae hi'n chwerthin. 'Nid dyna'r math o fois mae rhywun isie, a dweud y gwir! A wna i byth esgus eto. Rhoies i'r sac i fy rheolwr ar ôl y 'trefniant' yna – o't ti'n gwybod hynny? Dyw twyllo ddim gwerth y ffwdan. Gobeithio bod Noah yn gwybod mor lwcus yw e. Mae'n hawdd i ti gael dy gario gan y don ac anghofio beth sy'n real.'

'Dwi'n credu mai fi yw'r un lwcus, 'i fod e isie fi yma o gwbl. Ond ry'n ni'n cefnogi'n gilydd, ti'n gwybod?' edrychaf arni hi'n obeithiol.

'Ydw, dwi'n gwybod. Chi'ch dau mor ciwt – byddai'n anodd bod yn grac 'da'r un ohonoch chi. O, damo, dwi wedi torri'r ewin 'ma.' Mae Leah yn llamu o'r soffa ac yn galw ar 'i chynorthwyydd. 'CLAIRE! DWI WEDI TORRI EWIN! ALLI DI HALA'R TECHNEGYDD DRAW'N GLOU?' Mae hi'n troi ata i. 'Penny, mae'n rhaid i fi fynd. Ond gad i ni gwrdd eto cyn i'r daith gwpla. Mae'n neis cael cwmni merch.

Mae naws fachgennaidd y lle 'ma yn ormod, weithie.'

Alla i ddim peidio â gwenu, achos 'mod i wedi bod yn meddwl yr un peth. Falle na fydd cael Leah o gwmpas y lle cynddrwg â hynny wedi'r cyfan. 'Ydy, ti'n iawn. Roedd hi'n braf cael sgwrs 'da ti.'

'Dim problem, bach.' Mae hi'n chwythu cusan i fi ac yn cerdded mas o'r stafell. Wrth i fi wrando ar glecian 'i sodlau, galla i glywed llais arall yn siarad â hi. Byddwn i'n nabod y llais yna'n unrhywle: Noah.

Mae'n ymddangos yn ffrâm y drws, a golwg braidd yn druenus arno fe.

'Pen, dwi *mor* flin.' Mae'n eistedd ar fy mhwys i ac yn cydio yn fy llaw. 'Wnaeth Blake fwy neu lai 'ngorfodi i i fynd i'r bar 'ma ffeindiodd e, ac wedyn cyn i ni droi rownd, roedd hi'n bedwar y bore a ninne'n cerdded adre. Wnes i osod y larwm ar gyfer bore 'ma ond mae'n rhaid 'mod i wedi'i ddiffodd yn fy nghwsg! Dwi wedi sbwylio beth oedd i fod yn ddiwrnod mas perffaith.'

Ar y foment hon, daw Blake i mewn yn hamddenol. Mae'i hwd dros 'i ben, sbectol haul ar 'i drwyn a gwynt ffiaidd fel cymysgedd o fragdy a soser lwch yn hofran ar 'i ôl. 'Wir, Penny, roedd hi'n noson ffantastig. Cwrddais i â phishyn o'r Almaen welais i ar ôl y gig neithiwr, a buon ni mas gyda hi a'i ffrindie. Roedd Dean yn dawnsio ar y byrddau; roedd Noah *mor* feddw. Dwi erioed wedi'i weld e fel 'na o'r blaen – roedd rhaid i ni 'i gario fe adre!' Mae'n chwerthin yn afreolus.

Mae Noah yn edrych arna i'n ymbilgar wrth i Blake barablu ymlaen ac ymlaen am eu noson wallgo. Alla i ddim dweud sut mae Noah yn teimlo ... yw e eisiau i'r ddaear 'i lyncu e? Neu yw e eisiau i'r ddaear lyncu Blake?

Mae Noah yn gwasgu fy llaw. 'Gawn ni ddiwrnod anhygoel

yn y ddinas nesa, dwi'n addo. Faint bynnag byddi di eisiau o deisennau a diwylliant.' Mae'i lais yn dawel er mwyn i neb ond fi 'i glywed e, ond mae'n anlwcus – clywodd Blake ddiwedd y frawddeg.

'TEISENNAU A DIWYLLIANT? Wyt ti'n jocan, Noah? Rwyt ti ar daith roc, dim trip ysgol! Pa mor pathetig alli di fod?' Mae Blake yn rhythu ar Noah, wedyn arna i.

'Blake, plis. Jyst bydd yn dawel am un foment fach.' Mae Noah wedi cyrraedd pen 'i dennyn.

'Pam? Dy ben di'n gwneud dolur?' Mae ffrwydrad o chwerthin yn dod o ben Blake eto, ond diolch byth, mae'n gadael y stafell. Dim ond Noah a finnau sy 'ma nawr.

Mae Noah yn rhowlio'i lygaid ac yn troi'n ôl ata i. 'Penny, plis dwed rhywbeth. Mae'n flin 'da fi. Wir nawr. Wnaiff hyn ddim digwydd eto. Es i jyst ... tamed bach dros ben llestri.'

Tra bod hyn yn digwydd, y cyfan sydd ar fy meddwl yw geiriau Leah. Mor hawdd yw hi i rywun gael 'i gario gan y don. Alla i ddim 'i stopio fe; dwi ddim eisiau hynny chwaith. Dwi ddim eisiau bod yn gariad fel 'na. Mae e'n ddeunaw, yn gwireddu 'i freuddwyd ac yn cael hwyl. Mae'n rhaid i fi fod yn hapus drosto fe, neu wnaf i 'i golli e am byth.

'Mae'n iawn, paid â bod yn ddwl, Noah. Ffeindiais i ddigon o bethe i'w gwneud ac fe ges i ddiwrnod ffantastig ta beth. Dwi'n falch bo' ti wedi joio dy noson mas.' Gwenaf, gan roi cusan ar 'i wefusau a mwytho'i wallt. Yna, dwi'n crychu 'nhrwyn. 'Wna i ddim dweud celwydd, chwaith – ti'n gwynto'n uffernol!'

Mae Noah yn tynnu tafod yn chwareus. 'Doedd dim amser 'da fi i gael cawod. Dihunodd Larry fi a des i'n syth yma.' Dwi'n taflu tywel ato fe. Cydia Noah ynddo fe a 'nghusanu i wrth fynd at y gawod, cyn tynnu 'i grys-T bant. Dwi'n gegrwth. Alla i ddim peidio â rhythu ar gyhyrau cryf 'i gefn, sydd wedi'u siapio'n brydferth ar ôl oriau maith yn neidio lan a lawr ar lwyfan, yn ogystal â sesiynau yn y gampfa. Mae'n gwenu ac yn taflu 'i grys-T drewllyd ata i, a dwi'n gwgu wrth iddo lanio dros fy wyneb, gan sbwylio'r olygfa hyfryd.

Pennod Dau ddeg tri

Mae hi'n hwyr erbyn i ni gyrraedd 'nôl i'r gwesty ar ôl y gig, ond mae'r adrenalin yn dal i wibio trwy wythiennau Noah. Ry'n ni'n archebu byrgers trwy *room service* ac yn dechrau ymlacio pan ddaw cnoc ar y drws.

'Ro'dd hwnna'n glou,' dwi'n jocan, wrth i Noah agor y drws i Dean.

'Hei, Noah. Hei, Penny – wedi dy ffeindio di. Mae 'da fi rywbeth i ti. Dwi'n credu mai dyma'r cyfan,' medd. Gan duchan, mae'n hyrddio bag mawr du i mewn i'r stafell.

Dwi'n troi at Noah ac yn gwgu. Dwi ddim yn deall pam mae Dean wedi dod â llond bag o sbwriel i Noah.

'O, wow! Diolch boi!' medd Noah wrth gydio yn y bag a'i agor. Mae'n llawn dop o negeseuon ac anrhegion i Noah oddi wrth 'i ffans. 'Gwallgo! Stwff heno yw hwn i gyd?'

Nodia Dean. 'Ie, maen nhw wedi bod yn gadael stwff drwy'r dydd! Ro'n i'n meddwl hoffet ti gael golwg arno fe nawr cyn i fwy fyth gyrraedd! Dwi'n gwybod sut wyt ti'n hoffi cadw trefn ar y stwff 'ma. Welais i ambell amlen gyda dy enw di arnyn nhw, Penny.' Mae Dean yn gwenu arna i.

'I fi? Wir?' Syllaf ar y bag du fel tase'n wenwynig. Pwy ar

wyneb y ddaear fyddai'n sgrifennu ata i?

Cwyd Noah y bag a gwagio'r cynnwys ar y gwely. Mae'r negeseuon a'r anrhegion yn gorchuddio bron bob tamed o'r dwfe gwyn, glân. Codaf ddarn o waith celf sy'n denu fy llygaid – portread o Noah mewn pen inc. Mae e mor fanwl a byw, a phob modfedd o'i wyneb – hyd yn oed y pantiau bach yn 'i fochau – wedi'u darlunio'n hollol gywir mewn inc glas.

'Waw, mae dy ffans di mor dalentog!' meddaf, yn fyr fy anadl – a braidd yn syn.

'Hei, drycha,' medd Noah, 'mae un i ti fan hyn.'

Mae'n 'i basio i fi. Amlen felen maint A4 yw hi. Agoraf y sêl gludiog yn betrusgar, gan ddechrau pryderu am gynnwys yr amlen. Pwy fyddai'n anfon rhywbeth ata i?

Trof yr amlen ben i waered ar y gwely, a daw ychydig o ddalennau mas ohoni. Agoraf y papurau, a gweld mai argraffiad o un o flogbostiau *Merch Ar-lein* yw e. Mae nodyn mewn llawysgrifen ar yr ymylon.

Annwyl Penny,

Jyst eisiau dweud wrthot ti faint o ysbrydoliaeth oedd dy flog di i fi. Fe wnes i ddwlu'n arbennig ar y blog sgwennaist ti wrth ddechrau mynd mas gyda Bachgen Brooklyn. Rhoddodd hynny obaith i fi – bod pobl yn gallu cwympo mewn cariad ac y gallai hynny ddigwydd i fi! Ro'n i hefyd yn meddwl dy fod ti'n ofnadwy o ddewr ddechrau'r flwyddyn ... ond dwi'n drist dy fod ti wedi gorfod cau'r blog.

Dechreuais i sgrifennu blog achos dy flog di. Dyw e ddim hanner cystal â *MERCH AR-LEIN*, ond os hoffet ti edrych arno fe, dwi wedi rhoi dolen i ti ar waelod y llythyr.

Dy ffrind,

Annabelle

Dwi'n anwesu'r llythyr. Alla i ddim credu bod rhywun wedi sgrifennu ata i! Mae hyn yn fy llenwi â theimlad cynnes braf, a dwi'n gwybod y bydda i'n trysori'r llythyr yma am byth.

'Reit 'te, bois, dwi'n mynd i'r gwely,' medd Dean. 'Cofiwch, ry'n ni'n dechre'n gynnar fory – dy'n ni ddim isie i neb golli'r bws.'

Do'n i ddim yn sylweddoli 'i fod e'n dal i sefyll wrth y drws.

'Wrth gwrs, Dean-o,' medd Noah.

Mae Dean yn gwingo wrth glywed 'i ffugenw, ac yn codi 'i law wrth gau'r drws.

Mae Noah yn dawel, a golwg ddigon dryslyd ar 'i wyneb. Dwi'n gwybod bod yr holl sylw 'ma'n 'i lorio fe – dyw e ddim wedi arfer ag e eto, hyd yn oed ar ôl yr holl amser yma. Tybed wnaiff e byth arfer ag e? Mewn ffordd, dwi'n gobeithio na wnaiff e. Dyw hyn ddim yn normal!

Edrychaf i lawr ar y pentwr anferth o bapurau ar y gwely ac yn synnu wrth weld amlen arall â f'enw arni. Mae hon yn teimlo ychydig yn wahanol, fel tase papur swigod y tu fewn. Dwi'n teimlo tipyn o gynnwrf wrth agor hon.

Ond mae'r cynnwrf yn troi'n ofn wrth i fi ddarllen y nodyn. Dwi'n 'i ollwng fel tase'n wenfflam, ac yn 'i daflu mor bell â phosib oddi wrtha i.

'Beth yw e?' hola Noah yn syth, a'i lygaid yn llydan agored.

Siglaf fy mhen a phwyntio at y llythyr.

Mae'n codi'r nodyn o'r llawr. Argraffiad o rai o'n sgyrsiau preifat dros negeseuon tecst. Mae rhai o'r geiriau wedi'u cylchu, ac wrth eu darllen nhw gyda'i gilydd, maen nhw'n dweud: Cer adre, Penny, neu ...

Ar y gwaelod mae'r llofnod: *YGwirionedd*.

Dwi'n teimlo'n sigledig ac yn ddryslyd – ro'n i wedi bod yn poeni am hyn. Meddyliais i, falle, mai dim ond un neges hurt oedd y neges gyntaf gan YGwirionedd. Ond ro'n i'n anghywir. Ydy hyn yn golygu bod YGwirionedd yn Berlin?

Yn rhyfedd iawn, dyw Noah ddim yn edrych yn grac nac hyd yn oed wedi cyffroi. Golwg o ryddhad sydd ar 'i wyneb. Mae'n estyn ataf ac yn cydio yn fy llaw, gan fy nhynnu'n agosach ato.

Dwi'n gyndyn i ddechrau – pam nad yw e'n poeni am hyn? – ond eto dwi'n gwybod nad oes unrhyw beth yn gwneud i fi deimlo'n well na chael cwtsh gan Noah.

Mae'n cusanu fy nhalcen. 'Mae hyn yn profi'r peth i fi – dim ond person gwallgo yw e, dim mwy na hynny. Allan nhw ddim rhoi dolur i ti, dwi'n addo. Nawr bod y llythyr yma gyda ni, gallwn ni 'i roi e i Larry a gall e gadw golwg. Mae hyn yn rhan o'i waith e.'

Nodiaf, a thynnu 'i freichiau'n dynnach amdanaf. Mae hyn yn real. Ry'n ni'n real. Ffantasi afiach yw'r llythyr. 'Ti wir yn credu bod ffan mas 'na sy isie i fi ddiflannu?'

Edrycha Noah arna i'n syn, a dwi'n sylweddoli mor hurt dwi'n swnio. Wrth gwrs bod rhai ffans eisiau i fi ddiflannu. Galla i weld wynebau yn y dorf sy'n caru ac yn addoli Noah. Maen nhw bron yn obsesiynol. Tybed faint ohonyn nhw sy'n breuddwydio am fod yn fy sefyllfa i?

'Plis paid â 'ngadael i heno. Dwi ddim yn credu galla i gysgu ar 'y mhen fy hunan.' Dwi'n gwybod bod Noah yn gyndyn o dorri rheolau fy rhieni, ond dwi hefyd yn gwybod 'i fod e'n fy mharchu i ddigon i beidio â thrio unrhyw beth nad ydw i'n barod amdano. Dwi'n 'i drystio fe.

Er mawr ryddhad i fi, mae Noah yn nodio. 'Daclusa i hwn i gyd, wedyn gallwn ni fynd i gysgu. Galla i edrych ar y gweddill ar y bws fory.'

Af i mewn i'r stafell molchi i olchi fy wyneb. Teimlad braf yw teimlo'n lân. Dwi'n trio cael gwared ar holl ddiflastod y dydd.

Mae neges YGwirionedd yn gwneud i fi deimlo'n frwnt, hyd yn oed os mai dim ond ffan gwallgo yw e neu hi, fel mae Noah yn 'i gredu. Dwi'n brwsio 'nannedd ac yn newid i 'mhyjamas mwyaf cwtshlyd. Meddyliaf am yr holl ferched fyddai'n hoffi bod yma, ac mae hynny'n gwneud i fi deimlo braidd yn drist. Fydden nhw'n dal eisiau bod yn fy lle i tasen nhw'n gwybod mor anodd yw hyn?

'Ti'n gwybod mai ti yw'r ferch hardda erioed?' medd Noah wrth i fi ddod mas o'r stafell molchi yn fy mhyjamas. 'Ti'n cadw fy nhraed ar y ddaear yng nghanol hyn i gyd.' Mae'n pwyntio at y bag anferth o lythyron, sydd wedi'i wthio i gornel y stafell. Eisteddaf ar y gwely wrth 'i ochr. 'Ti ddim yn haeddu be sy'n digwydd i ti,' medd eto, 'a dwi'n addo i ti, pan fydd pythefnos nesa'r daith wedi cwpla, gallwn ni fod gyda'n gilydd – jyst y ddau ohonon ni. Dim rhagor o lythyrau ych-a-fi a stafelloedd gwesty oeraidd a theithio di-baid. Gei di weld dinas Efrog Newydd yn yr haf, o'r diwedd! Mae hi'n edrych yr un mor hudolus yn yr haf ag oedd hi adeg y Nadolig – neu hyd yn oed yn well, falle.'

'Mae hynna'n swnio'n hyfryd,' meddaf, yn fwy cysglyd bob eiliad wrth iddo fwytho 'ngwallt.

'Cofia, Penny. Ti a fi yn erbyn y byd.'

Pennod Dau ddeg pedwar

Mae hi'n dal yn gynnar wrth i fi ddihuno yn y bore. Mae ein breichiau a'n coesau wedi'u plethu gyda'i gilydd, fel tasen ni'n jig-so byw. Yn ofalus, codaf fraich Noah, sydd wedi cwympo dros fy nghanol, a llusgo fy hun oddi tani, gan lithro ar y cynfasau nes bod fy nhraed yn cyffwrdd â'r carped.

Codaf fy ffôn o'i nyth a'i roi ar y bwrdd bach wrth y gwely, cyn edrych ar hysbysiadau neithiwr. Ar Instagram mae llun o Kira ar draeth Brighton, yn rhoi blaen 'i throed yn y dŵr. Galla i deimlo rhu'r tonnau, y gwynt yn chwythu drwy 'ngwallt, sgrech y gwylanod ... Alla i ddim credu 'mod i'n gweld eisiau'r tamed bach caregog 'na o draeth, ond ydw – dwi'n hiraethu amdano fe'n ofnadwy.

Mae llawer o sgyrsiau WhatsApp i ddala lan 'da nhw. Buodd Megan ar ddêt arall gyda bachgen sydd newydd adael y chweched dosbarth. Andrew yw 'i enw e, ac aeth e â hi i'r ganolfan bywyd môr. Mae cyfres o hunluniau ohonyn nhw o flaen pysgod lliwgar, a golau glas iasol dros eu hwynebau. Mae'n rhyfedd achos 'mod i'n gwybod y byddai Megan yn dwlu bod lle ydw i nawr – ar daith gyda seren roc, yn byw bywyd gwallgo fel hyn – ond weithiau dwi'n dymuno lond fy nghalon y gallai

Noah a finnau fynd ar ddêt cyffredin, fel cwpwl cyffredin.
Mae neges yn fflachio ar fy ffôn.

> **Ti wedi codi?**

Elliot sy 'na. Teipiaf ateb yn glou.

> **Ydw! Dwi'n llythrennol newydd godi. Ti lan yn gynnar!**

> **Dechrau cynnar yn swyddfa'r cylchgrawn.**
> **Sut wyt ti ar y bore braf 'ma?**

> **Wnes i ddim cysgu'n dda iawn. Ces i neges arall oddi**
> **wrth YGwirionedd yng nghanol *fan mail* Noah. Mae**
> **Noah yn siŵr nawr mai rhyw ffan hurt yw e neu hi,**
> **felly gobeithio wnawn ni ddim clywed wrtho fe/hi eto.**

> **Dwyt ti ddim yn enwog nes bod stelciwr 'da ti! Mae'n**
> **rhan o'r pecyn. Ond cadwa'n saff. Gwell i fi beidio rhoi**
> **cwpwl o ffeithiau i ti am stelcwyr enwogion eraill, falle?**

PLIS PAID!! Dwi'n poeni digon fel mae hi! Ocê well i fi fynd ... mae Noah jyst yn dihuno.

Beth?! Mae e yna? Wnaethoch chi ...

Naddo!!!

Hisht nawr – dim ond jocan ydw i! Chi'ch dau mor ciwt. Dwed helô wrth N wrtha i

'Popeth yn iawn?' Mae Noah yn pwyso ymlaen i roi cusan ar f'ysgwydd.

'Dim ond Elliot yn busnesu!' meddaf gan chwerthin. 'Ac yn codi ofn arna i am stelcwyr ...'

Mae Noah yn siglo'i ben. 'Paid â gadael iddo fe – neu'n bwysicach na 'ny, y cachgi 'na – godi ofn arnat ti. Ddown ni drwy hyn gyda'n gilydd. Ti a fi yn erbyn y byd, ti'n cofio?'

Gwenaf. 'Dwi'n cofio.'

'Da iawn. Nawr, well i ni ddechre paratoi neu aiff y bws 'na hebddon ni!'

Ar y ffordd o Berlin i Munich, ry'n ni'n pasio llwyth o lefydd y byddwn i'n dwlu tynnu llun ohonyn nhw, ond does dim amser i stopio. Yn lle hynny, mae pob golygfa'n gwibio heibio trwy banel trwchus y ffenest. Mae'r caeau'n gyforiog o flodau, a phob tref ry'n ni'n gyrru trwyddi'n llawn hen adeiladau hyfryd – a hyd yn oed y caffis bach ar ochr yr heol yn edrych yn bert.

Mae gweddill y bechgyn yn cysgu yng nghefn y bws, ond mae Noah a finnau'n eistedd ar y soffa, yn gwylio marathon o ffilmiau Disney i basio'r amser. Hanner ffordd trwy *Aladdin*, sylweddolaf mai un ohonon ni sy'n gwylio – mae Noah yn cysgu'n sownd, ac mae e'n cysgu drwy weddill y siwrne, bron, a'i ben yn gorffwys ar f'ysgwydd. Mae hi mor braf bod gydag e, yn gwrando arno fe'n anadlu'n ddwfn wrth i ni wau ein ffordd drwy'r Almaen. Mae arogl glân a ffres ar 'i wallt, a bob nawr ac yn y man dwi'n arogli 'i *aftershave*. Tynnaf fy nghamera allan i gael ambell lun o'r ddau ohonon ni.

'Penny?'

Edrychaf lan wrth glywed llais Dean. Mae'n eistedd i lawr mewn cadair wrth f'ochr.

'Dwedodd Noah wrtha i am y llythyr yn y bag post. Mae'n wir flin 'da fi – ry'n ni'n trio mynd trwy cymaint o'r stwff 'na â phosib, ond dyw hi ddim yn hawdd ar daith. Oes rhywbeth alla i wneud i dawelu dy feddwl di?'

Ysgydwaf fy mhen. 'Nag oes. Mae'n rhaid i fi jyst ddysgu ymdopi 'da fe.'

'Wel, cofia 'mod i yma i dy helpu di a Noah.' Mae'n edrych draw ar Noah, sy'n cysgu'n sownd, ac yna'n dweud yn dawel, 'Galla i helpu i drefnu trip adre i ti hefyd, os yw'r cyfan yn dechre mynd yn ... ormod.'

Yn lle teimlo'n grac ar ôl clywed hyn, dwi'n teimlo'n falch. Mae'n rhyddhad gwybod bod dihangfa tase'n rhaid i fi fynd –

ond gobeithio na ddaw hi i hynny. 'Diolch, Dean. Mae hynny'n gwneud i fi deimlo'n well.'

'Croeso, Penny. Dwi'n gwybod bod hyn i gyd yn anodd 'i dderbyn. Dwi'n siŵr nad oes angen i fi d'atgoffa di o hyn, ond ti'n dal yn ifanc. Siaradais i â dy rieni, cofia – dwi'n teimlo'n gyfrifol amdanat ti!'

Chwarddaf. 'Sut wyt ti'n delio â hyn i gyd? Ti ddim yn credu bod hyn i gyd tamed bach yn wallgo?'

Gwena Dean. 'Ti'n jocan? Dwi'n dwlu ar hyn i gyd! A Noah yw fy seren arbennig i. Ro'n i'n gwybod hynny y tro cyntaf welais i fe ar YouTube. Pryd oedd hynny? Bron i ddwy flynedd nawr? Galla i hyd yn oed gofio'n union beth ro'n i'n 'i wneud pan welais i e'n canu am y tro cyntaf. Ro'n i'n chwilio am ryw gân Fleetwood Mac ac roedd Noah wedi'i chanu hi – '

'O, "Landslide"? Mae Noah wedi dangos honna i fi.'

Mae Dean yn clicio'i fysedd. 'Dyna hi! Do'n i ddim yn chwilio am Noah, ond roedd e'n hudolus. Allwn i ddim stopio gwylio, a meddwl, *Mae'r bachgen yma'n arbennig*. Hei, mae llawer o reolwyr a phobl sy'n chwilio am dalent yn cael rhyw deimlad fel 'na'n aml – ond dwi'n lwcus. Ro'dd Noah wir yn seren. Rheoli criw o gantorion priodas o'n i ar y pryd, ac fe es i o hynny i reoli seren go iawn.'

'Mae Noah yn lwcus i dy gael di,' meddaf.

Mae e'n chwerthin. 'Hei, fe wna i beth bynnag sy raid i gadw Noah yn hapus a'i helpu i ganu ar 'i orau. Dwi'n meddwl y byd o'r bachgen 'na.'

Nodiaf. 'Dwi'n teimlo'n hurt am boeni am lythyr neu ddau, tra bod Noah yn delio â gyrfa go iawn. Ac nid dim ond fy mherthynas i sy'n gorfod ymdopi â phroblemau.'

'Be ti'n feddwl?'

'Problemau yn y byd go iawn. Fel fy ffrind gorau, Elliot. Mae 'da fe gariad anhygoel, sy'n fachgen, ond dyw e ddim yn gallu bod yn agored am y peth gyda'i deulu a'i ffrindiau i gyd eto. Mae honna'n broblem go iawn, a dyw 'mhroblemau i'n ddim o gymharu â hynny.'

Mae Dean yn codi 'i ysgwyddau. 'Mae'r ddau ohonyn nhw'n ifanc. Mae rhai pobl jyst yn fwy hyderus nag eraill. Dwi'n siŵr y gwnân nhw sortio'r cyfan. Mae'n swnio fel taset ti'n rhoi cefnogaeth wych i Elliot hefyd. Synnet ti pa mor anodd yw cael ffrindie ffyddlon weithiau, Penny.'

'Wel gobeithio 'mod i'n 'i helpu e. Dwi jyst isie i Elliot fod yn hapus. Fe yw'r person pwysica yn 'y myd i – ar wahân i Noah, wrth gwrs.'

Mae Dean yn chwerthin. 'Wel, rho bwnad i dy gariad diog – ry'n ni bron yna, ac mae 'da fe waith i'w wneud.'

Pennod Dau ddeg pump

'Dwi wedi dihuno, wedi dihuno,' medd Noah yn gysglyd. 'Waw, mae Munich yn edrych yn anhygoel.'

Trof a dilyn golygon Noah drwy'r ffenest. Mae'r adeiladau'n bertach yma – yn wahanol i arddull fodern, cŵl Berlin. Mae fel fersiwn go iawn o'r marchnadoedd Nadolig Almaenig ffug mae Mam a Dad yn llusgo Tom a finne iddyn nhw bob blwyddyn, yng nghanol Brighton, lle ry'n ni'n yfed *glühwein* (neu siocled poeth i fi!), yn bwyta *bratwurst* dan haen o fwstard twym ac yn rhoi ein dwylo mewn tomenni o eira ffug. Wrth edrych i lawr ar dref Almaenig go iawn, dwi'n sylweddoli y byddai fan hyn yn lleoliad perffaith ar gyfer stori dylwyth teg, ac alla i ddim peidio â dychmygu sut byddai'r lle'n edrych yn y gaeaf, dan haen o eira fel eisin ar deisen.

Erbyn i ni gyrraedd y neuadd, mae'r criw wedi dechrau gosod y set a pharatoi popeth ar gyfer y sioe heno. Mae Noah yn dal fy llaw wrth i ni gael ein tywys i'r ardal gefn llwyfan – a dwi'n dechrau teimlo fel taswn i'n deall y busnes taith roc 'ma.

Stopia Noah ni y tu fas i'r stafell wisgo. 'Hei, ry'n ni ar fin cael cyfarfod mawr diflas am ryw stwff technegol fyddet ti ddim isie clywed amdano, ond dwi'n clywed bod rhai o deulu a ffrindie The Sketch yn eistedd yn un o'r stafelloedd eraill – ti am fynd draw atyn nhw? Dim ond tua awr fydda i.'

'Dim problem,' meddaf, ond mae'n rhaid 'mod i'n edrych yn nerfus gan i Larry ddod draw atom a rhoi 'i fraich fawr gref dros f'ysgwydd.

'Dere Penny, af i â ti!'

'Diolch, Larry!' meddaf. Mae Noah a finnau'n cusanu, a bant â fe i'w gyfarfod.

Mae Larry'n f'arwain rownd y gornel ac allan i ardal fawr, eang, jyst y tu ôl i'r llwyfan. Mae llawer o bobl yma, yn ymlacio ar glustogau mawr amryliw ac yn yfed coffi mas o gwpanau papur. Gwelaf rai o aelodau The Sketch yn gorweddian o gwmpas y lle ac mae'n anodd stopio fy hunan rhag tynnu fy ffôn mas a thynnu lluniau ohonyn nhw i'w hanfon i'm ffrindiau gartre. Fyddai hynny ddim yn beth doeth iawn i'w wneud gefn llwyfan.

Mae Larry'n f'arwain at fwrdd sy'n llawn bwyd a diod. 'Cer draw i gael tamed i'w fwyta, a chyflwyna dy hunan.'

'O, dwi ddim yn dda am wneud hynny ...'

'Wrth gwrs dy fod ti. Jyst cynigia baned o de i rywun. Byddan nhw'n meddwl bod dy acen di mor ciwt – wnan nhw ddim gadael llonydd i ti wedyn!' Mae'n rhoi tap ysgafn ar f'ysgwydd cyn mynd i eistedd ar un o'r clustogau, gan wneud sŵn 'fflop' mawr.

Dwi'n chwerthin wrth iddo fe suddo i mewn i'r clustog. Dwi erioed wedi gweld swyddog diogelwch yn edrych mor chwareus, ond rywsut, dyw e ddim yn edrych yn hurt. Er mawr syndod i fi, mae e wedyn yn estyn nofel o'i boced. Clawr pinc sydd i'r nofel, a chwpwl yn cusanu ar y blaen. Feddyliais i fyth fod Larry'n ddyn sy'n mwynhau nofelau rhamantus.

Cymeraf ei gyngor a cherdded draw at y bwrdd. Mae dewis

eang o fwyd a diod, gan gynnwys pob math o de, o de brecwast cyffredin i de camomil a mintys. Mae jygiau anferth o goffi yno hefyd, ond dwi'n osgoi rheiny – mae coffi'n gwneud i fi deimlo braidd yn nerfus. Mae teisennau bach ag eisin lliwgar yn denu fy llygaid, ac af draw at y bwrdd i gael gwell golwg arnyn nhw.

'O, maen nhw *mor* dda,' medd llais wrth f'ymyl. Edrychaf lan a gweld merch hardd â gwallt hir ac eithriadol o syth yn sefyll ar fy mhwys i. Mae hi'n estyn 'i llaw. 'Haia! Kendra ydw i. Cariad Hayden. Ti yw Penny, ife?'

Siglaf 'i llaw, a gwenu. 'Ie, haia! Waw, do'n i ddim hyd yn oed yn gwybod bod cariad 'da Hayden.' Yn sydyn, sylweddolaf fod hynny'n beth lletchwith i'w ddweud, a ddim yn cŵl o gwbl. Rhoddaf fy nwylo dros fy ngheg.

Yn ffodus, mae hi'n taflu 'i phen yn ôl ac yn chwerthin, a'i llygaid glas yn pefrio. 'Dwi'n gwybod! Dwi ddim fel ti – CC ydw i.'

'CC?' holaf, yn ddryslyd.

'Cariad Cudd,' medd, gyda winc. 'Mae'n well i ddelwedd y bechgyn os ydyn nhw'n sengl, ond trystia fi, fydde Hayden ddim yn para diwrnod hebdda i i gadw trefn arno fe! Ond sdim ots 'da fi. Mae 'da fi swydd ar dîm y daith – artist colur – sy'n rheswm reit dda i fi fod yma gydag e. A bwyta pethe blasus, wrth gwrs.' Cydia mewn teisen. 'Dere draw i eistedd gyda ni, os ti isie.' Mae hi'n pwyntio at fwrdd a chriw o ferched eraill yn eistedd o'i gwmpas – pob un yn bert ac yn smart fel Kendra.

'O, diolch.' Dilynaf hi'n ôl at y bwrdd, â theisen yn fy llaw, gan deimlo braidd yn ymwybodol o'r ffaith 'mod i'n gwisgo pâr o hen jîns a chrys-T plaen, tra bod Kendra'n cŵl ac yn anffurfiol mewn pâr o jîns tyn du â thyllau yn y pengliniau, a blowsen wen ysgafn â siapiau wedi'u torri o'r gwddf. Daethon ni yma'n syth o'r bws, felly ches i ddim cyfle i feddwl ddwywaith am fy ngwisg. 'Dwi'n dwlu ar dy dop di,' meddaf wrth Kendra ar ôl i ni eistedd.

'Diolch, Chanel yw e,' medd, gyda gwên. 'Mae cerdyn credyd Hayden yn mynd yn reit bell i wneud yn siŵr 'mod i wastad yn edrych fy ngorau!'

'Dyw Noah ddim wedi mynd â ti i siopa eto?' hola un o'r merched eraill. Caf fy nghyflwyno iddi'n gyflym gan Kendra. Selene yw 'i henw hi. Mae colur aur o gwmpas 'i llygaid. Mae'r patrwm cywrain fel siâp llygaid cath yn ddisglair yn erbyn 'i chroen tywyll.

'Ym, dwi ...' Dwi ar fin dweud 'mod i'n prynu 'nillad i gyd o siopau elusen Brighton, ond yn sydyn dyw hynny ddim yn swnio'n cŵl iawn.

'Daeth e â hi ar y daith 'ma; y peth lleiaf galle fe wneud yw rhoi tamed bach o help iddi hi,' medd Selene, gan ymateb i olwg rybuddiol Kendra. Maen nhw'n parhau â'u sgwrs amdana i fel taswn i ddim yno. 'Y peth yw – dyw hi ddim hyd yn oed yn CC – dwi'n gwybod na fyddwn i isie fy llun *i* mewn cylchgronau heb ryw fath o baratoad. Ond falle mai ni yw'r rhai lwcus.' Mae Selene a Kendra'n edrych draw yn gyflym ar Pete – un o aelodau eraill The Sketch.

'Be ti'n feddwl?' holaf, gan ddilyn eu llygaid nhw.

'Mae Pete wedi bod gydag Anna ers rhyw ddwy flynedd, ond dy'n nhw braidd byth yn gweld 'i gilydd. Mae tua tri mis nawr ers iddo fe'i gweld hi, ac mae 'na ryw dri mis arall i fynd,' medd Selene.

Mae Kendra'n ochneidio ac yn syllu ar 'i hewinedd. 'Hyd yn oed rhagor o amser ar yr hewl.' Maen nhw'n siarad wedyn am sut bydd pethau ar ran nesa'r daith, sy'n mynd i lefydd pellach fyth fel Dubai, Singapore ac Awstralia. Alla i ddim peidio â meddwl y bydda i'n ôl yn Brighton erbyn hynny, yn treulio amser gyda fy ffrindiau i.

Mae gan Kira fap anferthol o'r byd ar 'i wal, a phob tro mae hi'n ymweld â gwlad, mae hi'n croesi llun y wlad oddi ar y map. Ei breuddwyd fawr yw teithio'r byd, ac ro'n ni'n arfer siarad am yr holl lefydd y bydden ni'n ymweld â nhw tasen ni'n gallu. Ro'n i'n arfer poeni na fyddwn i byth yn gallu teithio achos fy mhyliau panig, ond cawson ni hwyl yn breuddwydio am y peth gyda'n gilydd. Mae'n anodd credu bod rhai o'r breuddwydion yn dod yn wir i fi, ac yn y ffordd fwya swreal posib.

Mae llais Selene yn tarfu ar fy synfyfyrio. 'Sut wyt ti'n mwynhau bywyd ar daith, Penny?'

Dwi'n gwingo ychydig. 'O, ti'n gwybod ... mae'n anodd arfer ag ambell beth!'

'Hei, ry'n ni wedi bod yn gwneud hyn ers dros flwyddyn nawr. Fe ddoi di i arfer yn y pen draw!' Mae Kendra'n gwenu arna i, a dwi'n gwenu'n ôl yn ddiolchgar wrth iddi hi geisio gwneud i fi deimlo'n well.

'Ti oedd yn gwneud y blog, on'd ife?' hola Selene.

Nodiaf. 'Ie, ond caeais i'r blog y llynedd.'

'Mae hynna'n beth da – fyddet ti ddim yn gallu eistedd fan hyn yn siarad â ni taset ti jyst yn mynd i sgrifennu amdano fe i gyd yn dy flog. Byddai'r rheolwyr yn siŵr o gael ffit!'

'Na, dwi'n gwybod – dim *Merch Ar-lein* ydw i rhagor. Jyst Penny.' Yn sydyn, teimlaf fflam fach o banig yn goglais fy ngwddf, a sylweddoli bod rhaid i fi adael yn gyflym cyn i bethau fynd o ddrwg i waeth. Codaf a symud oddi wrth y bwrdd. 'Dwi jyst yn mynd i'r stafell molchi. Ro'dd yn neis cwrdd â chi, ferched.'

'Tithe hefyd, Penny! Dere draw aton ni unrhyw bryd. Wedyn galli di fod yn rhan swyddogol o gang Cariadon y Band!'

Nodiaf fy mhen gan wenu, cyn anelu am y stafelloedd molchi. Gwthiaf y drws trwm, a'i gau y tu ôl i fi. Dwi'n pwyso yn erbyn y drws am ennyd. Dwi'n gwybod beth oedd yn gwneud i fi deimlo panig: po fwya dwi'n siarad â phobl sydd wedi gwneud hyn ers sbel, mwya dwi'n poeni nad ydw i'n mynd i ymdopi. Does 'da fi ddim talent fyddai'n ddefnyddiol i dîm Noah, a dwi ddim yn hoffi ffasiwn na cherddoriaeth ddigon i fod yn rhan o gang y merched eraill. Dwi'n hoffi 'nghartref, fy ngwely fy hun, a bod yn agos at fy nheulu. Ond dwi'n hoffi Noah hefyd.

Gwelaf gip o f'adlewyrchiad yn y drych. Mae meddwl am fod gyda'r merched eraill yn gwneud i fi deimlo'n ofnadwy o annigonol. Mae cyrls llac yn fy ngwallt coch hir, ac mae'n edrych braidd yn anniben. Tynnaf ambell gudyn i ffwrdd o fy wyneb a llithro 'mys dros fy mrychni haul; maen nhw'n llawer mwy amlwg nawr achos 'i bod hi'n haf. Mae fy llygaid gwyrdd yn rhythu'n ôl arna i, a dwi'n crychu fy llygaid ac yn gwneud wyneb dwl.

Hoffwn i taswn i'n gallu gwneud mwy gyda cholur llygaid, fel Selene. Fy llygaid yw'r rhan orau ohona i, siŵr o fod. Maen nhw'n fath anarferol o wyrdd – fel llygaid fampir mewn cyfres deledu – ac maen nhw'n newid lliw mewn gwahanol oleuni. Mae Dad yn eu galw nhw'n 'lygaid gwydr y môr' achos eu bod nhw fel y darnau llyfn o wydr welwch chi ar y traeth. Ces i fwclis gwyrdd gwydr y môr wrth Mam a Dad ar fy mhen-blwydd yn un ar bymtheg, ac maen mynd yn berffaith gyda fy llygaid.

Cofiaf am neithiwr, a pha mor braf oedd ymlacio gyda Noah yn fy mhyjamas cyfforddus. Does dim ots beth mae pobl eraill yn 'i feddwl: mae Noah yn fy ngharu i fel ydw i, heb golur neu gyda cholur. Edrychaf i lawr ar fy watsh a chael syndod o weld bod awr wedi mynd heibio, bron. Tybed yw cyfarfod Noah wedi gorffen eto?

Af yn ôl rownd y gornel i'r stafell newid a churo'n betrusgar ar y drws, sy'n agor yn sydyn wrth i fi 'i gyffwrdd.

Golygfa annymunol sy'n fy wynebu i: pen-ôl noeth Blake.

Pennod Dau ddeg chwech

Mae Blake yn hollol borcyn, yn rhedeg o gwmpas gyda gitâr Noah, a phawb yn chwerthin fel ffyliaid. Does 'da fi ddim syniad lle i edrych.

'Ahem ... HEI, BOIS!' meddaf yn ddigon uchel iddyn nhw wybod 'mod i wedi dod i mewn i'r stafell. Dyw hynny ddim yn gwneud unrhyw wahaniaeth. Gwelaf Noah a gwasgu fy hun ar 'i bwys e ar y soffa, gan gadw fy llygaid tua'r llawr. Mae e bron ar 'i liniau'n chwerthin.

'O, hei, P!' mae'n fy nhynnu i mewn am gwtsh ac yn cusanu 'nhrwyn i.

'Llai o'r labswchan 'na, Noah,' bloeddia Blake.

'Llai o'r corff porcyn 'na!' bloeddiaf yn ôl.

Mae Noah yn chwerthin yn afreolus eto, ond mae Blake yn rhythu'n syn arna i. Dwi'n gwrido, ond a dweud y gwir yn teimlo'n falch 'mod i wedi llwyddo i ymateb i herian Blake.

Ar ôl i Noah ddod ato'i hun, mae'n dweud, 'Ewch mas, bois. Dwi isie 'chydig o amser 'da Penny cyn y sioe.'

'Ti o ddifri, boi? Ga i wisgo pants gyntaf?' medd Blake yn gwynfanllyd.

'Hei, dy ddewis di oedd dawnsio'n borcyn. Delia 'da fe. Ond

co ti – ' Mae Noah yn codi pants Blake â blaen *drumstick*, gan grychu 'i drwyn, a'u taflu ar draws y stafell. Mae Blake yn eu cipio o'r awyr ac yn sgrialu am y drws, gan guddio'i hun gyda gweddill 'i ddillad, sydd wedi'u rholio'n belen fach.

'Be oedd y dwli 'na?' holaf Noah, ar ôl i bawb arall fynd.

'O, dyna sut mae Blake. Ro'dd e'n bygwth chwarae 'ngitâr i'n hollol borcyn heno.' Mae Noah yn chwerthin yn dawel.

'Am gymeriad!' meddaf, gan godi un ael.

'Sori, Penny.' Mae Noah yn codi 'ngên â'i fysedd ac yn gwenu arna i.

'Be ti'n feddwl?'

'Ro'n i'n meddwl bydden ni'n gallu hala lot mwy o amser gyda'n gilydd. Ond mae'r daith 'ma'n dipyn mwy o waith nag o'n i'n meddwl.' Mae'i ddwylo'n cwympo o 'ngên, ac yn lle hynny, mae'n eu llithro drwy'i wallt. 'Mae'r wasg yn dangos mwy a mwy o ddiddordeb ynof i o hyd – mae cyfweliadau o bob cyfeiriad, a dwi isie i'r daith 'ma fod yn anhygoel i bawb, ac i fi. Mae'r adolygiadau i gyd yn dda, ond mae'n rhaid iddyn nhw aros yn dda. Dwi isie ymarfer bob awr o'r dydd, ac os nad ydw i'n ymarfer neu'n hyrwyddo'r daith, dwi'n cysgu. Dwi wedi blino'n lân yn barod, a dim ond hanner ffordd drwodd ydw i.'

'Dwi'n gwybod – ' Ceisiaf estyn allan ato, i roi gwybod 'mod i'n deall sut mae'n teimlo, ond mae fel tase argae wedi torri a'r geiriau'n gorlifo mas o'i geg.

'Ar ben 'ny, dwi'n teimlo fel tase hwn yn amser mor rhyfedd i fi. Dwi'n gwneud yr unig beth dwi wedi breuddwydio amdano ers bod yn grwtyn bach, ac o'r diwedd, dwi'n 'i wneud e – ond heb deulu o 'nghwmpas i. Does dim tecsts gan Mam a Dad yn gofyn sut mae'r daith yn mynd, fel gweddill y criw. Does 'da fi ddim rhieni i'w sgeipio bob dydd – i gadw golwg arna i – fel mae dy rieni di'n wneud. Mae Sadie Lee'n canolbwyntio ar wneud yn siŵr bod Bella'n iawn – ond dwi'n ddeunaw. Dwi ddim angen 'i help hi gymaint â Bella. Dim ond fi sy 'ma, ar 'y mhen fy hunan.' Mae'n suddo i mewn i'r soffa ac yn symud 'i fys dros y tatŵ nodyn cerddorol ar 'i arddwrn. 'Ond heno ... heno, dwi'n addo awn ni mas am fwyd ar ôl y sioe. Mae arna i hynny i ti, dwi'n gwybod.'

'Sdim dyled arnat ti i fi, Noah. Dwi'n dy garu di! A dwyt ti ddim ar dy ben dy hunan – mae 'da ti fi. Galla i wneud beth bynnag licet ti i fi wneud. Dwi isie gwneud hyn yn haws i ti. Dwi jyst isie i ti fod yn hapus.'

'Dwi *yn* hapus, Penny. Dyma'r hapusa dwi wedi bod ers sbel hir. Ond mae'n deimlad trist yr un pryd, ti'n deall?'

Rhoddaf fy mraich o'i gwmpas a'i dynnu tuag ataf am gwtsh. Sut na wnes i sylwi bod Noah ddim yn iawn? Dwi'n dechrau deall faint o bwysau sydd ar Noah ar hyn o bryd.

'Gad i fi dy helpu di. Beth alla i wneud i ti?' Neidiaf oddi ar y soffa ac edrych o gwmpas y stafell.

'Wir, Penny. Sdim angen i ti wneud unrhyw beth i fi. Mae jyst bod yma'n ddigon.'

'Na, mae'n rhaid bod rhywbeth. Neu o leiaf gad i fi wneud rhywbeth i helpu? Un peth bach ...' Trof at yr oergell fach ac estyn smwddi ffrwythau ffres ohoni. Af i nôl gwydr o'r bwrdd ac arllwys y smwddi iddo. Yna, dwi'n torri mefusen ac yn 'i rhoi ar ymyl y gwydr – coctel smwddi sy'n edrych fel rhywbeth fyddech chi'n 'i archebu mewn gwesty crand, a gwelltyn bach i orffen y cyfan.

'*Voilà!*' meddaf, gan droi o gwmpas i ddangos y smwddi i Noah. Wrth gamu tuag ato, sylweddolaf fod fy nghamau braidd yn sigledig. Edrychaf i lawr, a sylweddoli bod un o 'nhraed yn sownd y tu ôl i goes y bwrdd coffi. Yn sydyn, mae'r llawr yn dod yn nes at fy wyneb. Wrth i fi daro'r llawr, mae'r smwddi'n hedfan drwy'r awyr tuag at Noah. Gwelaf 'i wyneb yn rhewi mewn braw wrth i'r hylif pinc trwchus dasgu dros 'i wisg.

'NA! O na, Noah. MAE'N FLIN 'DA FI!' Codaf ar fy nhraed a dechrau crafu'r llanast oddi ar 'i dop â nwylo.

Mae wyneb Noah yn ddifrifol ... tan iddo fe ffrwydro a chwerthin yn wyllt. 'Dyna fe! Ti'n mynd i gael cwtsh wrtha i nawr!' Mae'n agor 'i freichiau ac yn camu tuag ata i, a'i frest yn smwddi sgleiniog i gyd.

Gwichiaf a rhedeg i ffwrdd, nes ein bod ni'n chwarae gêm o gwrso o gwmpas y stafell newid. Ar ôl i fi fynd yn sownd rhwng y soffa a phentwr o gesys gitâr, mae'n fy nal ac yn fy ngwasgu'n dynn. Gwingaf wrth deimlo gwaddod y smwddi'n treiddio trwy fy nillad.

Mae'n cusanu top fy mhen. 'Hei, 'na lwcus mai dim ond crysau-T du dwi'n wisgo, on'd ife? Well i fi newid mas o hwn.'

Mae'n wincio wrth dynnu 'i grys-T bant, cyn chwilota trwy'i fag am un arall. Alla i ddim credu 'mod i'n gallu bod mor hurt a thrwsgwl, a bod Noah yn *dal* yn fy ngharu i, er gwaetha popeth.

Mewn top du glân, mae Noah yn edrych fel tase trychineb y smwddi erioed wedi digwydd. Mae'n fy nghusanu ar fy moch ac yn rhuthro trwy'r drws i gyrraedd y llwyfan. Ychydig funudau wedyn, clywaf y dorf yn dechrau sgrechian yn gyffro i gyd.

Mae e yn 'i elfen, a dyna'r cyfan sy'n bwysig i fi.

Pennod Dau ddeg saith

Ar ôl i fi molchi, dwi'n gwylio gweddill set Noah gyda Kendra a Selene o falconi bach ar ochr y llwyfan – ond dwi'n gwneud yn siŵr 'mod i 'nôl yn y stafell newid erbyn i Noah orffen. Dwi'n gobeithio y gallwn ni fynd yn syth mas am swper.

Mae 'nghalon yn llamu wrth weld Noah yn cerdded i mewn. Mae'i fochau'n goch ar ôl 'i waith caled, ond mae gwên enfawr ar 'i wyneb. Mae Dean yn dynn ar 'i sodlau, ynghyd â dyn a menyw ddieithr. Does 'run ohonyn nhw wedi gwisgo'n addas i gyngerdd roc – mae'r ddau mewn siwtiau llwyd a chrysau gwyn stiff, fel tasen nhw'n barod am gyfarfod staff, nid cefn llwyfan cyngerdd roc.

'Dyma lle dwi'n ymlacio cyn ac ar ôl y sioe.' Mae Noah yn dangos y stafell, cyn rhoi 'i ddwylo'n ddwfn ym mhoced 'i jîns. Yn rhyfedd iawn, mae golwg nerfus arno fe. Fel arfer, mae'n llawn hyder ar ôl sioe, felly dwi'n aros yn eiddgar i wybod pwy yw'r bobl hyn.

'O bendigedig, dyna hyfryd,' medd y dyn.

Mae'r fenyw'n ceisio cuddio'r ffaith 'i bod hi'n crychu 'i thrwyn tamed bach. Dwi eisiau chwerthin – dwi wedi arfer ag arogl bois drewllyd y band erbyn hyn.

Mae fy chwerthiniad yn denu eu sylw. 'Pwy yw hon?' hola'r fenyw, gan edrych arna i. Mae'n amlwg 'i bod hi'n meddwl 'mod i'n edrych yn lletchwith fan hyn. 'Enillaist ti gystadleuaeth i fod yma, cariad?'

'Ym, naddo, dyma Penny. Hi yw fy –'

'Ffrind yw hi.' Cama Dean i mewn, gan dynnu'r grŵp at 'i gilydd fel eu bod nhw'n sefyll mewn cylch, a'u cefnau tuag ata i. Galla i weld wyneb Noah, ond mae e'n ceisio'n galed i osgoi fy llygaid i.

Mae 'mola i'n troi. Beth sy'n digwydd fan hyn?

'Felly, Noah – roedd Alicia a Patrick yn meddwl tybed allen nhw fynd â ni mas am ginio heno, jyst i fynd trwy'r contract gyda Sony, os yw hynna'n iawn?' Mae llais Dean yn llyfn fel sidan.

Mae pethau'n dechrau gwneud mwy o synnwyr nawr. Rhai o bwysigion y label yw'r rhain.

O'r diwedd, mae Noah yn edrych arna i, a'i lygaid yn llawn euogrwydd, ac yna'n ôl ar Dean, Alicia a Patrick.

Plis dwed na, plis dwed na, ymbiliaf yn dawel, er 'mod i'n gallu gweld yn barod 'mod i wedi colli'r dydd.

'Iawn, wrth gwrs, mae hynny'n syniad da!' yw ateb Noah, ac mae e hyd yn oed yn llwyddo i wenu. 'Dwi'n edrych 'mlaen. Ry'ch chi'n garedig iawn yn hedfan yma heno am noson i 'ngweld i. Dwi'n gwybod eich bod chi'n ofnadwy o brysur.'

Mae 'nghalon yn suddo. Fi sy'n methu edrych ar Noah nawr, a dwi'n pigo'n wyllt ar edefyn rhydd ar glustog y soffa. Pam nad yw e wedi 'nghyflwyno i fel 'i gariad e? Dwi ddim yn meddwl 'mod i erioed wedi teimlo mor anweledig ac anghyfforddus yn fy mywyd. Dwi ddim hyd yn oed yn edrych lan wrth iddyn nhw adael y stafell gyda'i gilydd, dim tan i fi glywed clic y drws yn cau.

Dwi'n groen gŵydd i gyd, er 'i bod hi'n dwym yn y stafell wisgo. Yna, teimlaf y soffa'n suddo ar fy mhwys i – mae Noah wedi aros yma.

Mae'n cydio yn fy llaw. 'Sori, Pen – '

Dwi ddim yn gadael iddo fe orffen. 'Wir, mae'n iawn. Gwna di beth bynnag sy raid i ti wneud. Mae'n grêt eu bod nhw wedi dod i dy weld di.' Gwenaf, ond dwi'n gobeithio nad yw'r wên yn edrych mor ffug ag y mae hi'n teimlo.

Mae'i lygaid yn gwibio dros fy wyneb, yn chwilio am graciau yn fy mwgwd; chaiff e ddim gweld fy siom. Ond ar ôl iddo fe adael, teimlaf ddagrau poeth yn pigo fy llygaid. Brwydraf â'r dagrau wrth bacio 'nghamera a'r gliniadur cyn 'i throi hi'n ôl am y gwesty.

Pennod Dau ddeg wyth

Un person yn unig sydd ei angen arna i nawr. Yn ôl yn fy stafell yn y gwesty, dwi'n sgeipio Elliot yn syth. Teimlaf don fawr o ryddhad cyn gynted ag yr ateba'r alwad.

'Penny, ti'n lwcus. Ro'n i ar fin dechre fy rwtîn molchi a maldod, gan ddechre gyda'r ewinedd 'ma.' Daw Elliot i'r golwg – drwy sgrin aneglur – gan ddangos 'i ddwylo.

'Elliot, mae hyn yn argyfwng!'

'Est ti i weld y golygfeydd o'r diwedd?'

'Naddo ... ond diolch am f'atgoffa i.' Gollyngaf ochenaid fawr a rhoi 'mhen yn fy nwylo.

'Hei, Miss. Be sy'n bod?'

Dwi'n cnoi 'ngwefus. Ble dylwn i ddechrau? 'Ti'n gwybod 'mod i heb gael unrhyw amser gyda Noah eto – mae e naill ai'n cysgu, yn perfformio neu'n chwarae o gwmpas gyda'r band? Wel, ro'n ni i fod i fynd mas am swper heno, ond yn lle hynny daeth dau berson o'r label recordiau yma – hedfanon nhw draw o LA – felly mae e gyda nhw yn lle fi.'

'Wel, mae hynna'n beth mawr ...'

'Dim dyna'r pwynt. Byddwn i'n deall tase fe isie gweld pobl 'i label. Ond ... roedd e mor od. Ro'n i yn y stafell gyda nhw, a

159

wnaeth e ddim hyd yn oed fy nghyflwyno i fel 'i gariad e. Mae'n rhaid 'mod i'n CC.'

'CC?' hola Elliot.

'Cariad Cudd,' esboniaf. 'Ro'dd e fel tase fe'n teimlo embaras neu gywilydd ohona i.'

Mae Elliot yn gwgu. 'Dyw hynna ddim yn swnio fel Noah i fi. Dyw hynna ddim yn cŵl o gwbl. Byddwn i wedi mynd gyda nhw am swper ac estyn cadair arall, jyst i wneud pwynt.'

Chwarddaf, er 'mod i'n teimlo'n grac. Byddai Elliot wedi gwneud hynny. Dyw e byth yn teimlo cywilydd.

Ond mae hyd yn oed chwerthin gydag Elliot yn gwneud i fi deimlo'n drist. Mae'n f'atgoffa i 'i fod e'n bell iawn i ffwrdd, a'r cyfan dwi eisiau yw bod 'nôl yn Brighton, yn clebran yn fy stafell wely fel y bydden ni'n arfer gwneud. Tynnaf fy mhengliniau lan dan fy ngên a rhoi cwtsh bach i'm hunan. 'Falle 'i fod e wedi blino. Falle 'i fod e mewn sioc ar ôl iddyn nhw droi lan yn annisgwyl fel 'na? Achos all e ddim gwrthod swper gyda nhw, all e? Mae'n rhaid i fi stopio pendroni cymaint am hyn.'

Gwyliaf wrth i Elliot ochneidio'n hir.

'Mae sawl "falle" fan'na, Penny. Ti ddim wedi gwneud unrhyw beth o'i le yma. Fe wnaeth dy wahodd di ar y daith, cofia? Ddwedodd e wrthot ti y byddai Diwrnod Dirgel Hudol ym mhob dinas. Ddwedodd e y byddai popeth yn rhwydd, achos dyma'i daith gyntaf, ac mae'r tîm sy gydag e'n grêt. Ddwedodd e 'i fod e wedi ymarfer lot, felly fyddai dim angen ymarfer rhwng sioeau. Ro'dd e isie ti yno. Mae'n iawn i ti deimlo'n siomedig.'

'Ond do'dd e ddim yn sylweddoli mor brysur byddai hi gyda'r wasg ... ac nid 'i fai e oedd e fod pobl wedi troi lan amser swper. Mae'n rhaid 'i bod hi'n anodd iddo fe wneud hyn.' Wedyn, dwi'n ysgwyd fy mhen. 'Falle nad oes pwynt i fi fod 'ma, a dweud y gwir ...'

'Dwi ddim mor siŵr, Pen. Dyw hynny ddim yn ffordd iawn i drin rhywun, os wyt ti'n gofyn i fi. Jyst cofia na wnaiff unrhyw ddyn dy garu di gymaint ag ydw i'n dy garu di.' Mae'n chwythu cusan ac yn chwerthin.

'Dwi'n dy garu di hefyd, ond ti'n gwybod nad yw hynny'n codi 'nghalon i ryw lawer.'

'O, hisht. Jyst cer mas a gwna'r pethe roeddet ti isie'u gwneud. CER MAS, FENYW. A cer â'r camera 'na gyda ti.'

Mae e'n iawn. Mae Noah yn brysur – does dim byd y galla i 'i wneud am hynny – ond yn lle teimlo trueni drosta i fy hun ar Skype, ddylwn i fod tu fas yn gwneud pethau ac yn crwydro'r ddinas brydferth 'ma. 'Fe *gaf* i Ddiwrnod Dirgel Hudol,' meddaf, 'hyd yn oed os yw hynny'n golygu 'i wneud e ar fy mhen fy hunan.'

'Dyna ti!' medd Elliot, ond am ryw reswm, dyw e ddim yn edrych yn frwdfrydig iawn. Dwi wedi bod yn pwyso 'nhalcen yn galed ar fy llaw, a dwi'n poeni nawr bod marc coch yno. Fe wnes i ymgolli cymaint yn fy mhroblemau fy hunan – *eto* – fel na wnes i hyd yn oed ofyn i Elliot sut mae e.

Ar ôl i fi ymddiheuro'n ddifrifol a cheisio achub fy hunan, mae Elliot yn wên o glust i glust. 'Mae pethe'n grêt. Mae'r profiad gwaith yn anhygoel er bod rhaid i fi deithio i Lundain bob dydd! Alla i ddim aros tan y galla i fyw 'na. Dyn y ddinas a'r goleuadau llachar ydw i, yn bendant!'

Mae e mor hapus fel 'i fod e bron yn sboncio lan a lawr yn 'i sedd – ond mae meddwl amdano fe'n gadael Brighton fel cyllell yn fy nghylla. Rhywbeth bach arall i f'atgoffa i fod pethau'n mynd i newid cyn hir, waeth faint bydda i'n dymuno iddyn nhw aros yr un peth am byth.

'Mae hynna'n grêt, Wici!' Llwyddaf i guddio f'ennyd fach o dristwch, a gwenu'n ôl arno.

'Ac mae pethe'n mynd yn wych gydag Alex. Es i i gêm rygbi gydag e ... a joies i!'

'Naddo! Dwi mor hapus drosot ti. Byddi di'n troi'n real ffan chwaraeon cyn hir.'

Mae Elliot yn gwgu. 'Dwi ddim yn credu. Ond gwylion ni sioe Berlin Noah ar YouTube. Ro'dd e mor annwyl pan siaradodd e gyda ti cyn "Merch yr Hydref"! Hoffwn i taswn i'n gallu gwneud rhywbeth mawr, rhamantus fel 'na i ddangos fy nghariad i tuag at Alex.'

'Elliot ...'

'Dwi'n gwybod, dwi'n gwybod. Dwi ddim yn cwyno! Dwi jyst isie iddo fe ddod mas gyda phawb pan fydd e'n teimlo'n hyderus. Mae'n hurt, dwi'n gwybod.' Dwi isie rhoi cwtsh mawr i Elliot a dweud wrtho fe am beidio â phoeni am Alex – fe wnân nhw ddod i ben â phopeth yn y diwedd. Mae brân i bob brân; maen nhw'n berffaith i'w gilydd. 'Felly, ble ei di nesa, y crwydryn bach? Dim rhagor o deithio ar y bws o uffern, gobeithio?'

'Rhufain! A na – ry'n ni'n hedfan.'

'Y *signorina* fach lwcus.' Mae saib wrth i Elliot a finnau syllu ar ein gilydd drwy'r sgrin. Mae'i lygaid gwyrdd yn fwy trawiadol gyda ffrâm borffor 'i sbectol o'u cwmpas, ac mae dagrau'n dechrau cronni ynddyn nhw. 'Dwi'n gweld d'isie di'n ofnadwy,' medd.

Alla i ddim peidio; mae dagrau'n cronni yn fy llygaid innau hefyd. 'Dwi'n gweld d'isie di hefyd.'

Ry'n ni'n dau'n cofleidio'r sgrin tan, ar ôl cyfri i dri, i ni ddiweddu'r alwad gyda'n gilydd.

Pennod Dau ddeg naw

Mae'r daith awyren ddiwedd pnawn o Munich i Rufain yn syndod o ddymunol. Mae Blake a gweddill y bechgyn yn eistedd yn bellach 'nôl, felly mae 'da Noah a finnau sbel fach gyda'n gilydd. Dwi wedi fy lapio yng nghardigan Mam ac yn cwtsio yn erbyn Noah, gan lwyddo i gadw 'mhryder dan reolaeth, er bod rhaid i fi gydio'n dynn yn llaw Noah wrth esgyn i'r awyr. Yn ystod y daith, ry'n ni'n trafod y diwydiant cerddoriaeth ac yn trafod pwy ry'n ni'n meddwl yw'r band roc gorau erioed. Dyw Noah ddim fel tase fe'n deall fy newis i, sef Journey, ond dwi'n dwlu ar 'Don't Stop Believin''! Mae e'n caru Pink Floyd ac yn cael sioc pan ddyweda i nad ydw i wedi clywed amdanyn nhw erioed. Mae e'n rhoi 'Wish You Were Here' ar yr iPod ac yn gwneud i fi wrando trwy'i glustffonau. Dwi'n cytuno bod angen i fi ehangu 'ngwybodaeth am gerddoriaeth.

Wrth gamu mas o'r maes awyr, teimlaf awel dwym braf ar fy wyneb. Mae cymaint o bobl wedi dweud wrtha i mor brydferth yw Rhufain felly dwi'n teimlo'n gyffrous iawn i gael camu ar dir yr Eidal o'r diwedd. Does dim sioe heno ac mae diwrnod cyfan fory i grwydro'r ddinas gyda Noah. Mae'r cynnwrf yn byrlymu yn fy mola wrth i ni gael ein gyrru i'n gwesty. Mae

Rhufain yn wirioneddol syfrdanol, hyd yn oed drwy ffenestri tywyll y bws.

Ar ôl cyrraedd y gwesty o'r diwedd, mae Noah yn ymollwng ar fy ngwely. 'Dwi wedi joio heddi, ti'n gwybod, jyst i ni'n dau gael cyfle i siarad am bopeth a dim byd.'

'Dwi'n gwybod beth ti'n feddwl. Mae fel Efrog Newydd eto, pan oedd neb yn gwybod am Noah a Penny.'

Mae'n rhoi fy wyneb yn 'i ddwylo ac yn fy nghusanu wrth i ni orwedd ochr yn ochr. Y math o gusan sy'n clymu fy stumog ac yn fy nhroi i'n dwlpyn o jeli. Dwi'n teimlo mor wan – bydd rhaid i rywun fy nghodi i o'r llawr. Mae Noah yn gusanwr gwych. Nid 'mod i wedi cael llawer o gusanau i'w cymharu â'i gusanau e, ond mae Noah yn teimlo'n hŷn ac yn llawer mwy aeddfed ac mae'n brofiad gwahanol iawn. Dyw e ddim yn lletchwith nac yn anghyfforddus – mae'n berffaith.

Gan fod Noah wedi blino'n lân ry'n ni'n archebu *room service* ac yn gwylio ffilm ar y teledu er mwyn ymlacio. Cyn hir, mae Noah wedi cwympo i gysgu ac yn gorffwys 'i ben ar fy nghôl.

Ar ôl i'r ffilm orffen, dwi eisiau gadael iddo fe gysgu, ond mae pinnau bach yn pigo fy mraich, sy'n cael 'i gwasgu. Wrth i fi symud i ryddhau'r pwysau, mae e'n anesmwytho.

'O, faint o'r gloch yw hi?' hola mewn llais bach cryg. 'Ydy'r ffilm wedi bennu?' Mae'n eistedd lan yn y gwely, a'i wallt yn fflat yn erbyn ochr 'i wyneb. Mae'n amhosib i fi beidio â chwerthin.

Mae'n taflu gobennydd ata i, cyn ymestyn a dylyfu gên. 'Wela i di yn y bore, dywysoges.'

Mae'n neidio oddi ar y gwely ac yn symud tuag at y drws. Mae'r holl stafelloedd hyn yn dechrau edrych yn debyg iawn ac mae'r cyffro o aros mewn gwesty wedi dechrau pylu erbyn hyn.

'Alli di ddim aros 'da fi? Plis, fel Berlin?' Gwenaf yn annwyl arno.

'Ti'n gwybod beth yw'r rheolau, Penny. Roedd y noson yna'n wahanol. Fydde dy rieni di'n benwan tasen nhw'n gwybod 'mod i wedi gwneud hynny – a bydde Dean yn fy lladd i hefyd. Stafelloedd gwely ar wahân oedd un o'r amodau i ti gael dod ar y daith.'

'Mae fy rhieni i mor ddiflas a hen ffasiwn,' meddaf yn bwdlyd.

'Maen nhw jyst isie gofalu am eu merch fach nhw.'

'MERCH FACH? Dwi'n un ar bymtheg nawr! Dwi'n mynd bant i wledydd eraill hebddyn nhw ...'

'Byddi di wastad yn ferch fach iddyn nhw, Penny. Ti'n gwybod hynny. Wela i di lawr staer bore fory am naw. Caru ti.' Mae'n chwythu cusan i fi ac yn diflannu i'w stafell.

Dwi'n trio cadw'n brysur weddill y noson trwy gael bath twym ac edrych ar rai o fy hoff ffotograffwyr ar Instagram, yn ogystal â hashtags Rhufain, a'u hargymhellion i ymwelwyr. Dwi'n ystyried agor cyfrif Instagram i *Merch Ar-lein* – falle y byddai hynny'n saffach heb eiriau? Ond yna, mae larwm yn canu i fy rhybuddio.

Paid byth â mynd ar-lein, Penny ...

Yn lle hynny, dwi'n diffodd y golau ac yn ymlacio dan y cynfasau, a 'mhen yn llawn ffilteri, lluniau a'r wledd sydd o 'mlaen i yn Rhufain, cyn cwympo i gysgu'n sownd.

Fore trannoeth, dwi'n codi 'nghamera a'm bag, ac yn mynd i lawr y grisiau i'r dderbynfa. Dyw Noah ddim yno. Mae pryder yn cnoi fy stumog, a dwi'n gweddïo nad yw'r un peth â Berlin ar fin digwydd.

'Penny.' Mae Noah yn ymddangos ar fy mhwys i, a golwg ychydig yn llai cyffrous ar 'i wyneb e. Mae'n gwgu. 'Alla i ddim gwneud hyn heddi wedi'r cyfan. Mae Dean moyn i fi gwrdd â newyddiadurwyr a dyma'r unig amser y galla i wneud 'ny.'

Ceisiaf aros yn bwyllog, ond galla i deimlo'r dicter yn codi ac mae fy wyneb i'n fflamgoch. 'Iawn,' meddaf, drwy wefusau tyn.

'Sori. Ti'n grac?' Mae'n ceisio gafael yn fy llaw, ond dwi'n 'i thynnu hi bant.

'Na, wir, dwi'n iawn,' meddaf. Chwaraeaf â'r strap ar fy mag, gan drio'n galed i feddwl am ffordd i adael y sefyllfa yma cyn i f'emosiynau ffrwydro mewn swigen o lafa berwedig.

'O, da iawn. Dwi'n falch bo' ti'n iawn am y peth,' medd, gan wenu arna i.

Ond mae'r cyfan yn ormod ac alla i ddim dala popeth sy'n ffrwtian y tu mewn i fi. 'NA'DW, NOAH, DWI DDIM YN IAWN. MAE'N AMLWG 'MOD I DDIM YN IAWN.'

'Ond ti newydd ddweud – '

'MAE MERCHED WASTAD YN DWEUD 'U BOD NHW'N IAWN, OND DDYLET TI ALLU DWEUD 'MOD I DDIM YN IAWN. DYNA MAE BECHGYN I FOD I'W WNEUD! A ti'n gwybod beth arall maen nhw'n wneud? Dy'n nhw ddim yn siomi eu cariadon nhw bob cyfle maen nhw ga'l.' Mae fy llais i'n uchel ac yn wichlyd ond alla i ddim stopio nawr. 'Ydy, mae hyn yn beth mawr ac yn codi ofan arnat ti, ond mae'n codi ofan arna i hefyd. Dwi wedi rhoi'r rhan fwya' o 'ngwyliau haf i fod yma gyda ti, achos bo' ti wedi dweud y byddai amser 'da ni i wneud y pethe 'ma, Noah. Addewaist ti. Dwi'n neidio trwy gylchoedd i ti fan hyn a dwi wedi cael llond bola. Dwi'n teimlo fel darn o offer sy'n cael 'i gario o un arena i'r llall.'

Erbyn hyn, mae Noah yn gegagored a phawb yn y dderbynfa wedi troi i edrych arnon ni.

Dwi'n trio siarad yn dawelach, ond mae'r dicter yn dal i ddod trwodd yr un mor uchel. 'Dwi *ddim* yn ddarn o offer, Noah. Dwi yma a dwi isie mwynhau hyn gyda ti a dwi isie cael o leiaf *un* diwrnod gyda ti lle gallwn ni wneud yr *un* peth ddwedaist ti y gallen ni wneud.' Safaf yno, yn fyr fy anadl, yn aros am ymateb wrth Noah, ond yn lle hynny mae e'n troi ac yn cerdded mas o ddrws ffrynt y gwesty.

Mae 'nhraed i'n sownd i'r llawr a theimlaf ddeigryn trwm yn llifo i lawr fy moch wrth i fi 'i wylio'n neidio i mewn i dacsi sy'n aros amdano, a gyrru bant. Mae llygaid chwilfrydig yn rhythu arna i o bob cyfeiriad, a heb edrych ar unrhyw un ohonyn nhw, dwi'n dal fy mhen yn uchel ac yn cerdded at y lifft. Cerddaf i mewn yn hyderus wrth i'r drysau agor. Gwyliaf y drysau'n cau, gan gadw f'ystum urddasol ... ac yna, daw ffrwydriad o ddagrau, baw trwyn, wyneb coch, ochneidio, popeth.

30 Mehefin

Yr Anochel: Ein Cweryl Go Iawn Cyntaf

Dwi'n casáu cweryla.

(Nac ydw).

Ydw – dwi wir yn casáu cweryla!

Dwi'n gwneud ymdrech fawr i osgoi gwrthdaro. Y digwyddiad gyda'r milcshêcs oedd y tro cyntaf i fi amddiffyn fy hunan ers blynyddoedd. Ac er i hynny wneud i fi deimlo'n wych ar y pryd, dyw gwrthdaro ddim wedi dod yn haws i fi.

Pan dwi'n grac, dwi'n dadfeilio. Dwi'n crio.

A chweryla gyda Bachgen Brooklyn?

Mae hynny bron yn amhosib i'w ddychmygu!

Sut galla i gweryla gyda rhywun dwi'n 'i garu cymaint? Ry'n ni wedi bod mor hapus a bodlon ers i ni gwrdd.

Ond mae'n amhosib i gwpwl beidio â chweryla o gwbl. Ro'n ni'n siŵr o hwylio drwy storm rhywbryd.

Digwyddodd hynny heddiw.

Dychmyga dderbynfa foethus a chrand mewn gwesty yn Rhufain: pileri marmor tal a nenfwd siâp cromen wedi'i phaentio â *fresco* hardd. Dychmyga'r atsain y byddai hynny'n achosi. Nawr, dychmyga ferch bengoch grac un ar bymtheg oed, bum troedfedd pum modfedd, a'i chariad cŵl, digyffro sy'n dipyn o dduw roc, yn edrych – fel mae e bob amser – yn anniben ond eto'n fendigedig.

Nawr dychmyga fy llais uchel yn sboncio oddi ar y waliau, fel bod pawb yn y dderbynfa'n gallu clywed. Does dim rhaid i fi ddychmygu'r peth – *dwi'n cofio'r peth yn glir*. Ar y pryd, doedd dim ots 'da fi am y stŵr ro'n i'n achosi, ond dwi newydd sylweddoli y bydd rhaid i fi fynd trwy'r dderbynfa eto i adael y gwesty ryw ben. *Mega cringe.*

Dyw fy rhieni bron byth yn cweryla. O bryd i'w gilydd, galla i glywed fy mrawd yn cweryla â'i gariad, ond dim ond am resymau hurt fel, 'Na, dwedais i 'mod i am dy ffonio di AR ÔL y gêm bêl-droed.' Dwi'n teimlo fel tase'r pethau hyn jyst yn anghytuno ar raddfa fach, tra bod yr hyn ddigwyddodd rhyngdda i a Bachgen Brooklyn yn gam mawr i ffwrdd o hynny.

A dweud y gwir, allwch chi alw'r peth yn gweryl os mai dim ond un ohonoch chi sy'n gweiddi? Dwi'n credu mai unig gyfraniad BB oedd llawer o flincio arna i. O'n i'n ymddwyn yn hurt?

Fel dwi'n gweld pethau, mae'n rhaid i bobl gweryla weithiau er mwyn i bethau fod yn iawn eto. Gan 'mod i'n oedolyn aeddfed a chyfrifol, fe wnaf i'n siŵr fod pethau'n iawn. Pa gwpwl sydd heb gael cweryl fach? (Heblaw amdanat ti, Wici.)

Felly, er gwybodaeth, fe wnaf i restr o bethau dwi wedi'u dysgu i BEIDIO â'u gwneud mewn cweryl.

1. Paid â chweryla mewn derbynfa brysur – dewisa amser a lleoliad synhwyrol. Does dim rhaid i bawb wybod pam rwyt ti'n gandryll.

2. Cofia fod dy lais, fwy na thebyg, ychydig yn uwch nag y mae'n swnio yn dy ben.

3. Paid â chuddio'r ffaith dy fod ti'n grac, na dweud dy fod ti'n iawn. Dyw pawb ddim yn gallu darllen meddyliau.

4. Ceisia fod yn cŵl, yn bwyllog ac yn synhwyrol. Dwi'n pwysleisio'r gair *ceisia*, achos mae'n bosib y byddi di eisiau ffrwydro ar y pwynt yma.

5. Pan fydd dy gariad di'n gadael heb ddweud gair ar ôl dy ffrwydrad, paid â sefyll yn rhy hir yn yr unfan. Byddi di'n teimlo fel twpsyn ac yn edrych fel twpsyn.

6. Pan fyddi di'n crio fel pwll y môr yn y lifft wedi 'ny, cofia y gallai rhywun ddod i mewn i'r lifft ar lawr arall. Dyna holl bwynt liffts.

7. Mae dweud bod 'da ti glefyd y gwair difrifol yn gwneud i ti edrych fel ffŵl. Mae'n amlwg dy fod ti'n crio, felly man a man i ti dderbyn y peth a chymryd yr hances gan yr Eidalwr canol oed 'na.

8. Wrth ymadael yn ddramatig, gwna'n siŵr bod allwedd dy stafell gyda ti. Wedi'r cyfan, byddi di'n edrych yn hurt os ei di i lawr i'r dderbynfa i gael un arall.

9. Paid â phendroni'n ddi-baid am y peth pan fyddi di'n eistedd ar dy ben dy hunan yn dy stafell yn y gwesty.

10. Paid â bwyta hufen iâ mewn bath twym – dyw hynny ddim yn hawdd, yn enwedig pan fydd e'n toddi dros bob man. Mae pretzels yn syniad llawer gwell.

Dyna ddigon o gynghorion am nawr. Mae 'da fi ormod o gywilydd i sôn rhagor amdano fe, ac wrth i fi weld y cyfan ar ddu a gwyn, dwi'n gwybod bod rhaid i fi ymddiheuro am fy ffrwydrad cyhoeddus enfawr.

Achos, mewn unrhyw berthynas, bydd rhaid wynebu heriau gyda'ch gilydd nawr ac yn y man. Mae'n rhaid bod yn ddigon cryf i wybod nad yw cweryl (hyd yn oed un enfawr) yn golygu mai dyna'r diwedd.

Merch Oddi Ar-lein ... byth am fynd ar-lein xxx

Pennod Tri Deg

Ar ôl cyhoeddi fy mlogbost, caeaf fy ngliniadur gan deimlo bod pwysau trwm wedi codi oddi ar f'ysgwyddau. Mae 'na reswm pam 'mod i'n dwlu ar sgrifennu a llenwi 'nghornel fach (breifat) o'r rhyngrwyd â sylwadau ar fywyd a chynghorion: mae'n therapi da i fi. Pan wela i Noah nesa, fe wnaf i ymddiheuro am y ffordd y gwnes i ymddwyn yn nerbynfa'r gwesty, a dwi'n hyderus y gwnaiff e ymddiheuro i fi hefyd. Awn ni drwy hyn gyda'n gilydd.

Edrychaf drwy'r ffenest fach wrth fy ngwely a sylwi ar yr holl bobl yn crwydro'r strydoedd yn yr haul tanbaid.

Dwi yn Rhufain.

Rhufain.

Dinas dwi wedi breuddwydio am ymweld â hi erioed. Dyma gartref Michaelangelo a Raphael a Sophia Loren! Galla i eistedd yma a phendroni am ein cweryl weddill y dydd, neu galla i fwynhau Rhufain a chlirio 'mhen – hyd yn oed os oes rhaid i fi wneud hynny ar fy mhen fy hunan. Galla i glywed llais Elliot yng nghefn fy meddwl, yn gweiddi arna i i fynd mas i fwynhau'r ddinas. Y tro yma, fe wrandawa i arno fe.

Rholiaf oddi ar y gwely a llusgo fy hunan at y drych. Mae

golwg druenus arna i. Sychaf fy llygaid blinedig â hances, yna daw ysbryd Ocean Strong i fy siglo i. *Dim byd na all pâr anferth o sbecs haul 'i guddio.* Tynnaf fy ngwallt yn ôl mewn cwlwm anniben, cydio yn fy mag (gan wneud yn siŵr bod allwedd fy stafell ynddo'r tro hwn) a rhuthro drwy'r drws cyn i fi newid fy meddwl. Gwelaf Larry ar fy ffordd mas.

'Penny? Ble ti'n mynd?' Mae'n gwgu, ac yn edrych yn bryderus.

'Mas, Larry. Dwi'n mynd mas. Os edrycha i ar waliau fy stafell am funud arall, fe af i'n wallgo.'

'Gad i fi ddod gyda ti. Beth os ei di ar goll? Oes map 'da ti?'

Map? Feddyliais i ddim am hynny. Mae Ocean Strong yn simsanu, ond dwi'n cael nerth o rywle. Ysgydwaf fy mhen. 'Wir, bydda i'n iawn. Dwi jyst isie ychydig o amser ar 'y mhen fy hunan i glirio'r meddwl. Os af i ar goll, bydda i'n siŵr o dy ffonio di neu alw am dacsi a dod 'nôl yn syth. Dwi'n ferch fawr, Larry.' Gwenaf arno, a throi i fynd lawr i'r cyntedd.

'Cer â hwn gyda ti, o leiaf.' Mae Larry'n estyn hen ganllaw i Rufain o boced 'i siaced. Wrth i fi godi ael arno, mae'n codi 'i ysgwyddau ac yn dweud yn ddidaro, 'Dwi jyst yn hoffi gwneud bach o ymchwil. Joia! Fy nghyngor i yw bwyta cymaint o bitsa a *gelato* ag y galli di. O 'mhrofiad i, mae carbs a siwgr yn datrys pob problem.'

Wrth sefyll dan gromen fawreddog y Pantheon, sibrydaf fy niolch i Larry am y canllaw – hebddo fe, fyddwn i byth wedi dod o hyd i'r atyniadau hyn. Mae Rhufain yn syfrdanol o hardd. Mae fel tase rhywbeth hudol o gwmpas pob cornel. Pan adewais i'r gwesty, ro'dd fy nghamera'n sownd i fy wyneb i, bron. Ro'n i'n cerdded ar hyd y strydoedd cul, yn meddwl 'mod i'n anelu i'r cyfeiriad cywir, ond ar ôl cyrraedd yr un ffownten am y trydydd tro, anghofiais am fy malchder ac agor canllaw Larry. Ymhen hir a hwyr, des i o hyd i'r Pantheon. Mae'n llawn twristiaid, ond mae'r un teimlad o ryfeddod sanctaidd yn disgyn droson ni i gyd wrth i ni fynd i mewn i'r adeilad anferthol, sy'n llannerch dawel yng nghanol bwrlwm strydoedd tu fas.

O'r Pantheon, dilynaf lwybr y twristiaid i lawr i'r Colosseum ac eistedd ar fainc yn y parc tu fas i fwyta tafell anferth o bitsa. Mae'r cyfan mor swreal: dwi'n teimlo fel taswn i'n sownd rhwng tudalennau llyfr hanes, neu raglen deledu. Ceisiaf ddychmygu bod yn rhan o'r dorf yn y Colosseum, yn gwylio'r gladiatoriaid yn camu i'r arena neu efallai'n gweld ailgread dramatig o frwydr ar y môr. Byddai'n wahanol iawn i'r cyngherddau dwi wedi bod iddyn nhw – ond eto, mae rhai o'r ffans yng nghyngherddau Noah mor wyllt fel y bydden nhw'n barod i ymladd i gael bod yn agos ato fe.

Yn sydyn, dwi'n dihuno o 'mreuddwyd o weld haid o fenywod Eidalaidd yn eu dillad gorau. Wrth iddyn nhw barablu mewn Eidaleg, gan chwifio'u breichiau a'u dwylo'n ddramatig, ceisiaf weld beth sy'n mynd â'u sylw. Yna, gwelaf hi: priodferch hardd yn sefyll o flaen y Colosseum, a ffotograffydd yn tynnu 'i llun. Dyna beth *yw* llun priodas epig.

Mae'r priodfab yn symud 'nôl i'r ffrâm, a'r cwpwl yn edrych mor hapus, yn cydio ym mreichiau 'i gilydd wrth wenu ar y camera. Tynnaf lun bach slei fy hunan i'w ddangos i Mam. Mae priodasau wastad yn gwneud i fi feddwl amdani hi, a byddai hi wrth 'i bodd yn gweld y ddau hyn mewn lleoliad mor wych a dramatig. Nesa, daw rhes o forynion priodas dros y glaswellt, mewn ffrogiau sidan hir, pinc. Maen nhw'n llawer mwy trawiadol na'r ffrogiau morynion priodas traddodiadol dwi wedi arfer eu gweld ym Mhrydain. Unwaith eto, dwi'n gwybod y byddai Mam yn dwlu ar hyn.

Teimlaf wên yn lledu dros fy wyneb wrth feddwl am albwm priodas Mam a Dad. Daeth gyrfa actio Mam i ben pan ddechreuodd drefnu priodasau – felly, wrth gwrs, bu'n rhaid iddyn nhw gael y briodas fwyaf dros-ben-llestri erioed! Aethon nhw am thema priodas dylwyth teg a oedd – ar ddiwedd yr wythdegau – yn golygu ffrils a les a llewys anferthol, nid steil cynnil, soffistigedig a modern. Alla i ddim peidio â chwerthin o weld ffrog Mam. Yn y bôn, doedd hi'n ddim ond troedfeddi o sidan hufen, gyda chlystyrau o berlau bach, a'r ysgwyddau mwyaf erioed – oedd tua'r un maint â'i phen. Yn ôl y sôn, fe wnaeth hi sboncio i lawr yr eil yn edrych fel malws melys enfawr.

Yn ôl Mam, roedd y gwesteion i gyd wedi gwisgo'n grand, fel hithau hefyd. Roedd pob menyw'n gwisgo siwt ag ysgwyddau mawr a het yr un lliw. Roedd 'i deg (ie, deg!) morwyn briodas yn gwisgo llewys mawr, menyg gwyn, ac roedd eu gwalltiau newydd eu steilio mewn *perm*. A dweud y gwir, dwi'n eitha siomedig 'mod i wedi colli'r briodas, er 'i bod hi flynyddoedd maith cyn bod unrhyw sôn amdana i.

O leiaf mae'r tair seremoni drefnwyd i adnewyddu eu llwon yn fyw yn fy nghof, a'u degfed pen-blwydd priodas ar hugain ar y gorwel. Unrhyw esgus am ddathliad mawr yw hi yng nghartre'r teulu Porter!

Ar ôl i'r parti priodas symud ymlaen, mae un arall yn barod i gymryd 'i le. Mae'r olygfa fel ffatri briodasau! Wrth i fi wylio pob pâr yn sefyll o flaen y Colosseum, alla i ddim peidio â dychmygu sut bydd fy mhriodas i fy hun. Bydd Mam, heb os, yn siŵr o wneud ymdrech arwrol i baratoi'r briodas fwyaf anhygoel erioed.

Bydd fy hoff flodau – tegeirianau – ym mhobman.

Bydd rhaid i Elliot fod yn rhyw fath o was priodas arbennig i fi.

Bydd Mam a Dad yn f'arwain i lawr yr eil, a finnau yn y canol rhyngddyn nhw.

Ond ai Noah fydd yn aros amdana i ar ddiwedd yr eil?

Wythnos diwethaf, yr ateb fyddai 'ie', ond dwi ddim mor siŵr nawr.

Daw ton o dristwch drosta i wrth i fi ail-fyw'r ddadl yn fy meddwl. Dwi'n teimlo cymysgedd o euogrwydd a dicter, a dwi ddim yn siŵr beth i'w feddwl. Mae dagrau'n pigo fy llygaid, ac mae 'mochau'n goch. Dwi'n teimlo mor ddryslyd.

Dyma'n union y math o beth ro'n i eisiau 'i osgoi. Codaf ar fy nhraed, gan hala ofn ar haid o golomennod oedd wedi setlo wrth fy nhraed. Mae un o'r adar yn hedfan yn beryglus o agos at un o'r priodferched ac yn tanio ffrwd o faw at 'i ffrog wen lachar.

'Gwylia!' bloeddiaf, er nad ydw i'n credu y bydd neb yn fy neall. Ond mae'i phriodfab yn deall, ac yn taflu 'i hun yn foneddigaidd o flaen baw'r golomen. Dwi'n sgrialu oddi yno cyn gynted â phosib.

Mae'r ciw i fynd i mewn i'r Colosseum yn ymestyn o gwmpas y bloc, felly dwi'n penderfynu nad yw hi'n werth yr ymdrech i gael llun agos o arena'r gladiatoriaid. Dwi'n teimlo rhywfaint o gydymdeimlad â'r gladiatoriaid, hefyd. Y llynedd, ro'n i'n teimlo fel taswn i wedi cael fy nhaflu i mewn i fersiwn fodern o'r Colosseum, lle roedd pawb ar y rhyngrwyd yn gallu rhoi bawd lan neu fawd i lawr i benderfynu ar fy nhynged. O'n i'n ddigon da i Noah?

Ar hyn o bryd, byddwn i'n cael bawd i lawr. Byddwn i'n cael fy mwydo i'r llewod, heb os.

Mae meddwl am hynny'n hala cryd arna i. Penderfynaf fynd i weld atyniad enwog arall Rhufain cyn troi'n ôl am y gwesty: Ffownten Trevi. Rywsut, llwyddais i fynd heibio honno ar fy llwybr troellog i'r Pantheon. Edrychaf ar y cyfarwyddiadau yn y canllaw, a thynnu hunlun cyflym o flaen y Colosseum i'w anfon at Elliot, i brofi 'mod i wir wedi bod mas yn gweld y ddinas.

Ar ôl cyrraedd y ffownten, dwi'n gegrwth. Nid dim ond achos bod prydferthwch y lle wedi cipio f'anadl, ond achos 'i bod hi mor brysur yma. Mae pobl wedi gwasgu o'i chwmpas fel sardîns mewn hanner cylch mawr, a phawb yn ceisio tynnu'r llun perffaith. Penderfynaf mai'r peth gorau yw camu'n ôl ychydig, ond dwi hefyd eisiau tynnu llun a gadael. Llwyddaf i sleifio ychydig yn agosach at y ffownten ac estyn fy nghamera. Yn sydyn, dwi'n sylweddoli fod yr haul yn tywynnu'n danbaid arna i a bod pobl ym mhobman. Dwi'n teimlo'n anghyfforddus ac yn dechrau chwysu. Ceisiaf anwybyddu'r peth a chamu oddi wrth y ffownten, ond alla i ddim. Dwi wedi 'nal yn erbyn y waliau a'r cyfan alla i 'i weld wrth droi yw wynebau pobl eraill.

Mae 'nghalon i'n curo mor galed yn fy mrest nes 'mod i'n siŵr y gwnaiff rhywun 'i gweld hi. Mae fy llwnc yn dechrau cau ac alla i ddim anadlu'n iawn. Rhoddaf fy mhen i lawr a rhedeg oddi wrth y ffownten, gan wthio pawb mas o'r ffordd gyda 'nghamera, gan dynnu lluniau'n ddamweiniol wrth symud. Yn rhyfeddol, dwi'n dod o hyd i fainc heb neb yn eistedd arni. Gorweddaf yn llonydd, ac edrych ar yr awyr. Mae'r cymylau'n brin, ond canolbwyntiaf ar gyfri'r stribedi ysgafn o gymylau sydd i'w gweld yn bell bell i ffwrdd. Canolbwyntiaf ar anadlu. Anadlaf i mewn yn ddwfn, ac anadlu mas yn hir. Ar y foment hon, does dim ots 'da fi os oes unrhyw un yn gallu 'ngweld i: mae angen i fi dawelu fy meddwl.

Ar ôl i f'anadlu fynd 'nôl i'w batrwm arferol, edrychaf drwy'r lluniau dynnais i wrth redeg trwy'r dorf, gan eu dileu i gael lle ar gerdyn cof y camera, ond yna mae wyneb yn dal fy sylw: merch yn gwisgo sgarff goch lachar. Mae'i gwallt tywyll wedi'i steilio mewn bob taclus at 'i gên, ond mae rhywbeth cyfarwydd iawn yn 'i hystum. Symudaf y *zoom* i mewn, ond dyw'r sgrin bitw fach ar fy nghamera ddim yn dangos yr wyneb yn ddigon eglur.

Edrychaf lan, gan chwilio drwy'r dorf am y ferch. Gwelaf hi'n camu'n hyderus o gyfeirad y ffownten, a'i sgarff yn chwifio fel baner yn yr awel. *Dim hi ... nage?*

Neidiaf oddi ar y fainc a gwibio tuag ati. Wrth agosáu, estynnaf fy llaw i gyffwrdd â'i braich.

'Leah?' meddaf. 'Ti sy 'na?'

Pennod Tri deg un

Mae eiliad o banig ar wyneb Leah wrth iddi droi i fy wynebu. Mae dyn yn gweiddi, 'Hei, stopia nawr!'

Ond mae'r panig yn diflannu wrth iddi fy nabod i. Gwên hyfryd sydd ar 'i wyneb hi nawr. 'Penny! Diolch byth mai ti sy 'na.' Mae hi'n edrych dros f'ysgwydd ar y dyn y tu ôl i fi. 'Mae'n iawn, Callum – stedda – dim ond Penny Porter yw hi, cariad Noah Flynn.'

Mae hi'n fy nhynnu i draw at fainc gyfagos ac ry'n ni'n eistedd. Daw 'i swyddog diogelwch i sefyll rhyw ddau gam oddi wrthon ni, a Leah yn codi 'i phen i edrych arno. 'Mae'n iawn, Callum. Galli di fynd i gael diod neu rywbeth. Bydda i'n iawn gyda Penny.'

Mae e'n petruso am eiliad, yn edrych arna i ac yna ar Leah, a 'nôl ataf i eto, cyn nodio'i ben.

'Wnes i ddim dy nabod di i ddechre,' meddaf, ar ôl iddo fe fynd.

'Wel, dyna yw pwynt gwisgo lan, y dwpsen. Mae'n rhaid bod llygaid da 'da ti!' Mae hi'n pwyso'n ôl yn erbyn y fainc fel bod 'i hwyneb yn llygad yr haul. Mae'r wig ar 'i phen wedi cyfnewid 'i gwallt hir melyn Hollywood-aidd am steil bob brown, wedi'i

179

dorri at 'i gên. Mae hi'n gwisgo lipstic pinc llachar sydd wedi newid siâp 'i gwefusau bach pwdlyd. Gyda sbectol haul rad o siop popeth-am-bunt, dyw hi'n ddim byd tebyg, bron, i'r seren bop dwi'n 'i nabod. Bron, ond ddim yn hollol annhebyg.

'On'd yw Rhufain yn anhygoel?' medd yn fyrlymus. 'Ti wedi cael *gelato* eto? Does dim byd tebyg iddo fe ar wyneb y ddaear. Wir i ti. Dyw Pinkberry yn LA yn ddim o'i gymharu ag e. Dwi ddim fel arfer yn bwyta pethe melys, ond hufen iâ yw fy man gwan i.'

Ysgydwaf fy mhen. 'Ddim eto. Dwi ddim yn siŵr iawn ble dwi'n mynd, a bod yn onest. Dwi jyst yn dilyn twristiaid eraill, neu'n trio ac yn methu dilyn y map yn y canllaw rhacslyd 'ma.' Ry'n ni'n dwy yn chwerthin, yn syndod o naturiol a braf.

'Iawn, wel, dilyna fi,' medd Leah. 'Dwi'n gwybod am y lle gorau un, a wnei di mo'i ffeindio fe mewn unrhyw lyfr.'

Alla i ddim ond dychmygu wyneb Tom pan ddweda i wrtho fe 'mod i wedi cael f'achub gan Leah Brown yn Rhufain, a'i bod hi wedi mynd â fi am *gelato*. Falle'i fod e'n hoffi *dubstep* a cherddoriaeth ddawns electronig, ond dwi wedi'i weld e'n glafoerio dros luniau o Leah Brown ar fwy nag un achlysur. 'Hefyd, os symudwn ni'n ddigon cyflym, galla i golli Callum.' Mae hi'n wincio arna i, cyn cydio yn fy llaw a'm harwain i trwy strydoedd cul Rhufain.

Mae cerdded gyda Leah yn deimlad mor rhyfedd. Dyw hi ddim yn edrych fel Leah, wrth gwrs, er bod rhywbeth yn 'i hosgo hyderus yn datgelu pwy yw hi. Does dim modd iddi hi gael gwared ar hynny'n rhwydd.

Yn y diwedd, ry'n ni'n cyrraedd sgwâr mawr, a dwi'n gwichian yn llawn cyffro. Mae artistiaid a'u hoffer ym mhobman, peintwyr yn gwerthu eu gwaith ac yn gwneud portreadau o bobl sy'n mynd a dod. Mae ffowntens bob pen i'r sgwâr, a cholofnau tal sy'n ymestyn at yr awyr. Mae'n glasurol Rufeinig.

'Dyma Piazza Navona,' medd Leah, gan chwerthin wrth weld fy wyneb syn. 'Dere, mae'r lle *gelato* fan hyn.' Mae hi'n fy nhynnu i mewn i siop fach sy'n edrych yn wahanol i bob siop hufen iâ arall dwi erioed wedi'i gweld. Yn lle mynyddoedd fflwfflyd o hufen iâ, mae'r *gelato* yma mewn biniau metal crwn, sy'n cael eu crafu bron i'r gwaelod – arwydd pendant o boblogrwydd y *gelato*.

'Mae'r un yma'n fendigedig. Pistachio yw e,' medd Leah, gan bwyntio at un o'r biniau crwn. 'Un o fy ffefrynnau i, yn bendant.' Mae hi'n archebu sgŵp mewn cwpan. Ar ôl i'r gweinydd surbwch roi 'i harcheb iddi, mae hi'n rhoi llwyaid fawr ohono yn 'i cheg, gan ganu grwndi'n foddhaus. 'Mmmmmmm. Y tric yw chwilio am hufen iâ pistachio sydd ddim yn rhy wyrdd. Mae hynny'n golygu eu bod nhw'n defnyddio cynhwysion ffres – dim cemegau. Be ti'n ffansïo?'

'Ym, *gelato alla fragola*,' meddaf, mewn ymgais wael i siarad Eidaleg â Leah a'r dyn y tu ôl i'r cownter. Gyda 'nghwpanaid o hufen iâ mefus yn fy llaw, awn 'nôl tuag at y sgwâr, i eistedd ar ymyl un o'r ffowntens a gwylio pobl yn mynd heibio a'r artistiaid wrth eu gwaith. Mae'n anhygoel nad oes neb yn nabod Leah. Ond yna, sylweddolaf fod rhywbeth yn wahanol amdani: mae hi wedi ymlacio'n llwyr.

'Ga i dynnu llun ohonot ti?' holaf, braidd yn annisgwyl.

Mae Leah yn edrych arna i, gan godi 'i haeliau mewn syndod.

'Wna i ddim eu rhannu nhw gyda neb,' meddaf yn frysiog. 'Ond ti'n edrych mor bert a bodlon, ac mae'r haul yn taro ar yr hen adeiladau 'ma – mae'r golau'n berffaith.'

Diolch byth, mae hi'n gwenu. 'Wrth gwrs.'

Rhof fy *gelato* i lawr – gan 'i symud mor bell â phosib fel 'i fod mas o'r llun – a chymeraf ychydig o gamau'n ôl er mwyn i fi dynnu llun o Leah. Mae pobl o'i chwmpas yn symud yn hamddenol, ond mae'r golau'n 'i tharo hi'n berffaith, fel gwawr euraidd o'i chwmpas. Fel tase hi'n dylwythen deg.

Galla i weld pam mae 'mrawd a chymaint o bobl eraill wedi dwlu arni hi; mae hi'n wirioneddol brydferth. Y tu ôl iddi hi, mae cerflun cywrain reit yng nghanol y ffownten, a ffigurau'n ffrwydro mas o'r dŵr. *Sôn am bersbectif gwahanol,* meddyliaf, gan gofio f'aseiniad Lefel A. Dyma Leah, a fyddai fel arfer yn debyg i'r cerflun – yn wrthrych i edrych arno a'i fawrygu ond ddim yn rhan o fywyd go iawn. Ond dyma hi nawr yn eistedd yng nghanol y cyfan, fel person go iawn.

Edrychaf i lawr ar y llun, gan deimlo'n falch iawn ohono. Tynnaf ragor, a daw disgleirdeb naturiol Leah a'i gallu i edrych yn dda mewn llun yn hollol amlwg. Dangosaf rai o'r lluniau iddi ar sgrin fach fy nghamera, ond galla i ddweud yn barod y byddan nhw'n edrych yn wych ar ôl cael eu chwyddo'n fawr. Mae Leah yn gwenu'n llawn gwerthfawrogiad.

'Fyddet ti byth yn gwerthu rhai o dy brintiadau i bobl?' Mae Leah yn nodio at y stondinau celf wrth i fi roi 'nghamera i gadw.

'O, dwi ddim yn gwybod. Dwi ddim yn credu eu bod nhw'n ddigon da.'

'Paid â bod yn hurt – mae 'da ti wir dalent. Ife dyna licet ti wneud ar ôl gadael yr ysgol? Bod yn ffotograffydd?'

Codaf f'ysgwyddau. 'Dwi ddim yn gwybod ar hyn o bryd. Mae'n dibynnu ar fy ngraddau TGAU a pha mor dda wnaf i yn y coleg. Falle na fydda i'n gallu gwneud gyrfa o'r peth. Ro'n i wastad yn meddwl y byddwn i'n gwybod beth i'w wneud erbyn hyn.'

'Be ar wyneb y ddaear yw TGAU?' hola. 'Arholiad neu rywbeth i chi Brydeinwyr yw hwnna, ife?'

'Ie ... maen nhw'n eitha pwysig.'

'Wel, arholiad yw arholiad, ond mae dy dalent di'n rhywbeth wnaiff bara am byth. Wrth gwrs galli di ddilyn gyrfa fel ffotograffydd. Mae'n rhaid bo' ti'n edmygu llwythi o ffotograffwyr enwog? Mae unrhyw beth yn bosib os wyt ti wir yn credu ynot ti dy hunan, er bod hynna'n swnio'n hollol gyfoglyd. Geiriau un o 'nghaneuon i oedd hynna, a dweud y gwir – a dwi'n credu pob gair.' Mae hi'n chwerthin. 'Mae'n rhaid i ti anelu'n uwch na'r hyn wyt ti'n credu sy'n bosib.'

Aiff 'nôl at 'i *gelato* ac ry'n ni'n dwy'n dawel wrth i fi feddwl am yr hyn mae hi newydd 'i ddweud. Mae hi'n iawn: wnaf i byth gyrraedd y nod os na wnaf i drio. A bydd rhaid i fi weithio'n galed iawn i fod yn llwyddiannus.

'Leah? Cwestiwn cyflym.' Gorffennaf y *gelato* a sychu 'nwylo gyda fy hances. 'Sut wyt ti'n ymdopi gyda bod mor ofnadwy o enwog?' chwarddaf yn dawel, i geisio chwalu fy nerfau ar ôl gofyn cwestiwn mor ewn.

Mae hi'n chwerthin gyda fi, ond galla i synhwyro emosiwn dyfnach o dan y chwerthiniad. 'Mae'n bendant yn rhywbeth sy'n cymryd sbel i arfer ag e. Drycha, gobeithio na wnei di gymryd hyn y ffordd anghywir, ond dwi *yn* poeni amdanat ti a Noah. Gall y diwydiant cerddoriaeth dy chwalu di'n rhacs os nad wyt ti'n barod ar 'i gyfer e, yn enwedig os wyt ti ar y cyrion.' Mae hi'n edrych arna i â gwg ar 'i hwyneb, cyn i'r gwgu droi'n dristwch. 'Dwi'n dyfalu mai dyna pam ti mas fan hyn ar dy ben dy hunan?'

Nodiaf. 'Cawson ni gweryl anferth – '

'Yn y dderbynfa? Dyna glywais i.'

'Do fe?' Dwi isie i'r ffownten fy llyncu i'n gyfan gwbl.

'Wel, chlywais i mo'r cweryl ond clywais i *amdano*. Mae newyddion yn teithio'n gyflym. Dwi ddim isie gwneud i ti deimlo'n anghyfforddus, Penny. Ond dwi wir ddim isie i'r corwynt gwallgo 'ma dy lyncu di. Ti'n ferch arbennig, ac mae 'da ti dalent unigryw a phur, a byddai hi mor rhwydd i hynny gael 'i golli yn y dwli yma. Cyn i ti sylweddoli, ti'n dilyn breuddwyd rhywun arall yn lle dy freuddwyd dy hunan.'

Meddyliaf am y daith hyd yn hyn, a'r ffaith 'mod i'n teimlo'n fwy ac yn fwy dibwys ar ôl pob dinas. Yn colli 'mhersonoliaeth ac yn troi i fod yn un o'r celfi. Dwi wedi bod yn hapus i gael fy nisgrifio fel 'Cariad Noah', ond dwi ddim yn credu, nawr, bod hynny'n ddigon. Ond *beth* ydw i 'i eisiau mewn gwirionedd?

'Dwi'n gwybod be ti'n feddwl,' meddaf, gan geisio swnio'n hyderus. 'Ond dwi'n credu bod Noah yn wahanol. Neu yn hytrach, y bydd e'n wahanol. Mae'n newydd ac yn gyffrous iddo fe nawr, ond dwi wir yn credu mai'r un person yw e â'r bachan gwrddais i adeg y Nadolig.'

'Ti'n iawn. Mae Noah yn grêt, Penny. Wir. Dwi'n meddwl hynny, gant y cant. Ond does 'run bachan werth newid dy fywyd er 'i fwyn e. Dywedodd cyn-gariad wrtha i unwaith nad oedd pwynt i fi ganu. Fyddwn i byth yn llwyddiannus. Ro'dd e'n gweithio yn Manhattan ac yn llwyddiannus iawn ym myd bancio, ac ro'n i'n byw gydag e ac yn gwneud yn siŵr bod bwyd ar y ford iddo fe bob nos. Un diwrnod, sylweddolais i 'mod i'n byw 'i freuddwyd e, ac nid 'y mreuddwyd i. Ro'n i'n anhapus – nid yn 'y mherthynas i, a dweud y gwir, ond o ran y llwybr ro'n i arno. Penderfynais i symud 'nôl i LA a gweithio'n galed ar 'y ngherddoriaeth. Gadawodd fy nghariad fi, a des i'n artist pop llwyddiannus, ac ennill dau albwm platinwm. Weithiau, mae'n rhaid i ti roi dy hunan yn gyntaf. Mae e werth e, os mai dyna ti wir isie.'

Dwi'n syfrdan wrth edrych ar y fenyw o 'mlaen i. Doedd 'da fi ddim syniad bod Leah wedi bod trwy sefyllfaoedd anodd yn 'i bywyd, na'i bod hi wedi gorfod goresgyn yr holl rwystrau 'na.

Yn amlwg, dim ond ochr ddeniadol enwogrwydd mae pobl yn 'i gweld, ond mae gan bawb bryderon a brwydrau i'w hwynebu.

Mae'r haul yn machlud wrth i ni gerdded ling-di-long tuag at y gwesty, gan sgwrsio am sut y daeth Leah yn enwog.

Mae Callum yn ein gweld, a'i wyneb yn goch fel tase fe wedi bod yn rhedeg. Mae'n rhythu ar Leah, ond all e ddim bod yn grac yn hir wrth iddi hi dynnu 'i goes. 'Galli di wastad fy ffeindio i, cariad. Jyst chwilia am y *gelato*!'

Ar ôl cyrraedd 'nôl i fy stafell, penderfynaf deipio blogbost am sut dwi'n teimlo am sefyllfa Noah ac am fy sgwrs gyda Leah. Hoffwn i gael barn rhywun am hyn. Mae 'mysedd yn hofran dros yr allweddell wrth i fi geisio cyfleu'r holl feddyliau sy'n troelli yn fy meddwl.

30 Mehefin

Bywyd ... a Phethau Mawr, Pwysig Eraill

Iawn, bobl, ar ôl y blogbost 'na bore 'ma, dwi wedi cael diwrnod hollol anhygoel yn Rhufain – ond dwi ddim eisiau siarad am hynny ar hyn o bryd.

Mae cwestiwn mawr ar fy meddwl i nawr.

Y cwestiwn dwi'n weddol siŵr y mae pob merch f'oedran i yn 'i ofyn iddi hi 'i hunain yn eitha rheolaidd. Cwestiwn dwi'n 'i ofyn i fi fy hunan yn amlach bob dydd.

Oes rhaid i fi wybod nawr beth dwi eisiau 'i wneud ar ôl gadael yr ysgol?

Bydda i'n ddwy ar bymtheg y flwyddyn nesa a bydda i'n dechrau fy Lefel A ymhen ychydig wythnosau ... a dwi'n teimlo 'mod i ar goll.

Pan o'n i'n ferch fach, ro'n i eisiau gyrru fan hufen iâ, achos 'mod i'n gwybod bod hynny'n dod â llawer o hapusrwydd i bobl eraill. Nawr 'mod i'n hŷn, dwi'n dal i fod eisiau lledaenu hapusrwydd, ond nid ar ffurf hufen iâ (er bod hufen iâ yn rhoi llawenydd mawr i bobl, yn enwedig *gelato* o'r Eidal ... ond mwy am hynny wedyn).

Dywedodd rhywun wrtha i unwaith, os wyt ti'n dwlu ar y swydd ti'n wneud, fyddi di byth yn 'gweithio' yn dy fywyd. Falle y cymerith hi sbel fach i ti ddod o hyd i'r swydd yna, ond yn y pen draw, mae'n rhaid i ti ddwlu ar beth ti'n wneud.

Dwi'n credu mai dyna pam mae hyn i gyd yn fy llethu i.

Dwi'n gwybod beth sy'n fy ngwneud i'n hapus – fy nghamera – a dwi'n credu bod fy lluniau i'n gwneud pobl eraill yn hapus iawn hefyd. Ond sut galla i droi hynny'n realiti?

Ar hyn o bryd, dwi fel taswn i'n sownd mewn trobwll. Mae fy ffrindiau i gyd yn dilyn eu diddordebau nhw, ac er 'mod i'n union lle dwi eisiau bod, sef gyda Bachgen Brooklyn – alla i ddim peidio â theimlo 'mod i'n cael fy llusgo oddi wrth fy ngwir ddiddordeb a fy hunaniaeth i. Ar ôl siarad â rhywun dylanwadol iawn y pnawn 'ma, mae fy llygaid i'n agored led y pen, a dwi wedi dysgu am bwysigrwydd dilyn dy drywydd dy hunan yn dy fywyd. Falle y daw pobl i ymuno â ti ar y trywydd hwnnw, ond mae'n rhaid i ti gofio mai dy drywydd di yw e, ac mai ti sy'n dewis i ba gyfeiriad yr aiff e.

Merch Oddi Ar-lein ... byth am fynd ar-lein xxx

Pennod Tri deg dau

Ar ôl teipio 'mlogbost, gorweddaf 'nôl ar fy ngwely. Dwi'n dal heb glywed wrth Noah ers ein cweryl, felly dwi heb gael amser i ymddiheuro. Os gwna i tsiecio fy ffôn unwaith eto, bydd pothelli ar fy mysedd i. Wrth i fi ddychmygu beth mae Elliot yn 'i wneud y funud yma'n ôl gartre, mae fy ffôn yn hymian wrth fy mhen. Neidiaf ar fy nhraed a chydio ynddo fel tase'n Docyn Aur gan Willy Wonka – tocyn fyddai'n rhoi maddeuant llawn i fi gan Noah ar ôl fy ffrwydrad hurt, er mwyn i ni fynd 'nôl fel ro'n ni, sef dros ein pennau a'n clustiau mewn cariad eto.

Hei, Penny. Dwi eisiau diolch i ti am pnawn 'ma. Roedd yn wych cael amser i ymlacio gyda ti. Plis paid â sôn am fy ngwisg a'r wig wrth neb ar hyn o bryd. Dyw e ddim yn rhywbeth dwi eisiau i bobl ddod i wybod amdano. Fe ddweda i'r cyfan wrthot ti pan fydda i'n barod. Ond dwi ddim eisiau i ti deimlo'n anghyffforddus am unrhyw beth siaradon ni amdano. Mae angen i ni ferched edrych ar ôl ein gilydd. SWSUS, L

Gwenaf i lawr ar fy ffôn a theimlo'n gysurus braf ar ôl darllen tecst Leah, ac yn llai unig yn y corwynt gwyllt 'ma. Mae'n dda gwybod y galla i ymddiried ynddi hi.

Dwi wedi lawrlwytho'r lluniau dynnais i i 'nghyfrifiadur, ac mae un llun o Leah yn hudolus. Mae hi'n edrych bron fel cerflun Rhufeinig 'i hunan; mae hi mor berffaith â hynny. All hyd yn oed 'i gwisg ryfedd ddim cuddio'i phrydferthwch trydanol. Dwi'n hala fy ffefryn ati hi gyda neges.

> Diolch am heddiw X

Yna, clywaf gnoc ar ddrws fy stafell wely. Gan daflu fy ffôn ar y gwely, atebaf, 'Dwi ddim wedi archebu *room service* heno! Stafell anghywir.'

'Does dim bwyd 'da fi, sori.' Llais dwi'n 'i nabod yn rhy dda. Y llais Americanaidd dioglyd, bendigedig sy'n perthyn i un person yn unig.

'Noah?' Agoraf y drws yn syn, a'i weld yn sefyll yno, ag un fraich yn pwyso ar ffrâm y drws. Mae'i wyneb yn welw ac yn drist, ac mae'n edrych yn ofnadwy o flinedig. Ond wrth fy ngweld i, daw gwên fach i'w wyneb, ac mae'i lygaid yn goleuo. Mae'n gwisgo pâr o siorts a siwmper dyllog a'i hen Converse rhacslyd. Mae'i wallt wedi'i dynnu'n ôl gan het *beanie* ac mae'n gwisgo mwclis sydd bron â chyrraedd 'i fola. Mae'n edrych yn syfrdanol o hardd, yn 'i ffordd ddiymdrech 'i hunan – sy'n ddigon i wneud rhywun yn grac.

'Ga i ddod i mewn?' hola, gan roi cudyn anniben o'i wallt o dan 'i het.

Codaf f'ysgwyddau, ac agor y drws yn lletach. 'Iawn, wrth gwrs.'

Mae'n dod i mewn ac yn taflu 'i hunan i lawr ar y gwely, heb boeni am roi Converse brwnt ar y dwfe wrth groesi 'i goesau. Mae'n dechrau siarad. 'Penny, dwi – '

'Noah, plis. Gad i fi ddweud rhywbeth gyntaf. Mae'n flin 'da fi. Dwi'n 'i feddwl e. Ddylwn i ddim bod wedi dweud y pethe ddwedes i. Ro'n i'n ymddwyn yn anaeddfed a dwi'n gwybod bod pethe pwysicach ar dy feddwl di na 'niddanu i, fel taswn i'n chwaer fach i ti. Ro'n i jyst wedi cael siom, a dwi'n gwybod bod ffordd well o gyfathrebu na hynny, ond roedd popeth wedi corddi ac fe ffrwydrais i. Mae'n flin iawn 'da fi 'mod i wedi gwneud hynny i gyd mor gyhoeddus a bod popeth mor lletchwith, a sori am – '

'Stopia.' Mae Noah yn rhoi 'i fys ar fy ngwefus. 'Ti'n chwydu geirie dros y lle i gyd.' Gwena. 'Penny – ' mae e'n dal fy nwylo nawr, ac yn edrych lan arna i o'r gwely wrth i fi sefyll o'i flaen – 'Dwi'n dy garu di. Dwi'n dy garu di pan ti'n hapus; dwi'n dy garu di pan ti'n arllwys smwddi drosta i; dwi'n dy garu di pan ti'n drist; dwi'n dy garu di pan ti'n llyncu milcshêc fel tase dim fory i'w gael; dwi'n dy garu di pan ti'n bwyta mwy o bitsa nag y gallwn i ddychmygu person yn 'i fwyta, byth; dwi'n dy garu di pan ti'n cwympo i gysgu am wyth o'r gloch; dwi'n dy garu di pan ti'n bryderus; dwi'n dy garu di pan ti'n cyffroi am bethe fel plentyn pedair oed; a dwi'n dy garu di pan ti'n grac.'

Galla i deimlo deigryn bach yn cronni yng nghornel fy llygaid dde, a dwi'n ceisio'i ddal i mewn gyda fy holl nerth. Mae'n siŵr bod fy llygad i'n twitsian erbyn hyn.

'Dwi ddim isie cweryla gyda ti. Dwi isie i bopeth fod yn iawn rhyngon ni, ti'n deall?'

'Finne 'fyd. Sori am bopeth. Dwi –'

'Stopia ddweud sori! Ry'n ni'n iawn,' mae'n torri ar fy nhraws. 'Nawr, beth am anghofio am hyn i gyd a symud 'mlaen? Licwn i tasen ni'n gallu aros mewn heno a gwylio ffilm neu fynd mas gyda'n gilydd, ond mae Dean a finne'n gorfod mynd am bryd o fwyd mewn bwyty gyda rhyw ohebydd o bapur newydd mawr. Ro'n i jyst isie galw draw cyn gadael i wneud yn siŵr bo' ti'n iawn.'

Nodiaf, cyn gadael iddo fe 'nhynnu i mewn i gael cwtsh mawr. Mae'n rhy fyr – eiliadau'n rhy fyr. Cyn i fi sylwi, mae e wedi symud oddi wrtha i. 'Des i â hon i ti hefyd.' Mae'n camu'n ôl ac yn codi basged wiail fawr. 'Dwi'n gwybod nad yw hyn yr un peth â 'nghael i yma, ond gobeithio bydd y fasged yn help bach i ti – a dwi'n gwybod nad yw'r sefyllfa 'ma wedi bod yn hawdd i ti.'

Cymeraf y fasged oddi wrtho, a'i rhoi i lawr ar y gwely.

'Meddylia amdani hi fel anrheg fach i gymryd lle Noah,' medd, gyda gwên hiraethus. 'Well i fi fynd nawr, i drio edrych yn weddol deidi ar gyfer y cinio heno.' Mae'n pwyso 'mlaen ac yn rhoi cusan ysgafn ar fy ngwefusau, cyn diflannu trwy'r drws.

Dwi ddim yn hoffi'r olygfa yma ohono fe – 'i gefn – wrth iddo fe gerdded bant.

Trof at y fasged wiail, sydd wedi'i gorchuddio â rhywbeth cyfarwydd: hoff hwdi Noah. Yn syth, rhoddaf yr hwdi dros fy nghrys-T, gan godi'r goler i anadlu arogl 'i *aftershave*.

Rholiaf fy llewys, sy'n llawer rhy hir, ac edrych i mewn i'r fasged. Mae DVD ar y gwaelod, a'r geiriau GWYLIA FI wedi'u hysgrifennu arno, a detholiad blasus o deisennau sy'n llawn cymylau ysgafn o hufen gwyn.

Rhoddaf y DVD yn syth i mewn i'r peiriant ar y teledu yn fy stafell, cyn eistedd 'nôl ar y gwely.

Yn sydyn, daw llun o Noah ar y sgrin. Mae'n gwisgo'r un dillad ag oedd e nawr, felly mae'n rhaid 'i fod e wedi ffilmio'r cyfan heddiw.

'Annwyl Penny,' medd Noah ar y sgrin. 'Dwi'n gwybod 'mod i wedi dy wneud di'n grac. Dwi'n gwybod 'mod i wedi dy wneud di'n drist. Maen nhw'n emosiynau dwi byth isie i ti eu cysylltu 'da fi. Does 'da fi ddim ffordd arall o ddweud sori, ond gobeithio bo' ti'n gwybod 'mod i wir yn golygu hynny.

'Gobeithio bo' ti'n eistedd yn gyfforddus erbyn hyn, yn gwisgo fy hwdi, ac ar fin bwyta un o'r teisennau o'r bocs. Gofynnais i'r fenyw yn y dderbynfa, ac fe ddywedodd hi mai *maritozzi* ydyn nhw, sef y teisennau mwya rhamantus yn yr Eidal.

'Nawr, dwi'n gwybod bo' ti'n meddwl bod hyn i gyd – hyd yn oed gyda *maritozzi* – ddim hanner cystal â bod gyda fi go iawn. A ti'n iawn: dyw e ddim. Licwn i fod yno gyda ti nawr, yn mynd am wac fach ramantus o gwmpas Rhufain ... ond dwi'n dechre sylweddoli cyn lleied dwi'n 'i wybod am fywyd ar daith ac am yr yrfa 'ma sy wedi digwydd ar ddamwain, bron. Dwi jyst yn dwpsyn hurt ar hyn o bryd, yn gwneud llwyth o addewidion na alla i mo'u cadw.

'Penny, mae rhai pethe dwi yn eu gwybod. Dwi'n gwybod 'mod i'n caru creu cerddoriaeth, ac yn dy garu di. Mae'r ddau beth yma'n ddigon i 'nghynnal i trwy bopeth.

'Ac felly, rhag ofn bo' ti'n dechre amau bod pwynt rhif dau'n wir, dwi wedi paratoi ffilm fach i ti. Ti yw fy nigwyddiad sbardunol, Penny. Ond dwi isie i ti fod yn brif actores ym mhob golygfa yn fy mywyd. Gobeithio gwnaiff y fideo ddangos hynny i ti.'

Wrth weld y pethau nesa ar y fideo, daw dagrau go iawn i fy llygaid i. Cipluniau bach o rai o fy hoff adegau gyda'n gilydd: y lleuad oren fawr ddangosodd Noah i fi yn Efrog Newydd; bore

Nadolig, pan fues i'n agor anrhegion ar lawr stafell fyw Sadie Lee gyda Bella; fy mhen-blwydd yn un ar bymtheg Pasg dwetha pan ddaeth Noah gyda 'nheulu i Gernyw; tameidiau bach o'n sgyrsiau Skype wedi'u recordio ganddo fe; a ffilmiau o bethau do'n i ddim yn gwybod oedd yn cael eu ffilmio, fel fideo ohona i'n gwylio Noah ar y llwyfan am y tro cyntaf.

I ddechrau, cyfeiliant y fideo yw 'Merch yr Hydref', ond yna, mae'n troi i fersiwn newydd o'r gân – fersiwn dwi erioed wedi'i chlywed o'r blaen. Mae'n hudolus ac yn brydferth – dim ond llais Noah a gitâr. Mae Noah yn swnio ar 'i orau fel'na. Mae'r geiriau'n plannu hadau yn fy nghalon; hadau fydd yn tyfu ac yn tyfu tra bydda i byw.

> *Fy nghariad am byth*
> *Newidiaist fy myd*
> *Ti yw'r un*
> *Does dim amheuaeth*
> *Byddwn gyda'n gilydd*
> *Am byth, fy nghariad i*

Pennod Tri deg tri

Mae golau llachar yn dal fy llygaid, a dwi'n sylweddoli mai fy ffôn yw e, â'i sŵn wedi'i ddiffodd, ar y bwrdd bach wrth fy ngwely. Estynnaf dros y canfasau i gydio ynddo, gan ail-fyw'r sgwrs dwi newydd 'i chael gyda Noah yn fy meddwl. Wrth agor y ffôn, dwi'n gweld bod un ar ddeg o negeseuon oddi wrth Elliot yn aros amdana i. Mae fy stumog yn suddo. Dyw Elliot byth yn hala cymaint â hyn o negeseuon. Mae rhywbeth mawr o'i le. Agoraf y negeseuon cyn gynted â phosib.

PENNY

PENNY, PLIS FFONIA FI

BLE WYT TI?

DWI DY ANGEN DI

PENNY, PLIS FFONIA FI

PENNY, AR RADDFA O UN I
ARGYFWNG, RY'N NI AR TUA 100

DWI AR SKYPE

DWI'N AROS

Plis, Penny, gobeithio
byddi di yma cyn hir ...

Dwi'n hala tecst 'nôl yn syth.

YMA! Sori. Ti'n dal ar Skype?

Dwi ddim yn aros iddo fe ateb, ond yn agor fy ngliniadur a'i sgeipio. Mae'n deialu am oesoedd a dwi'n teimlo'n fwy nerfus bob eiliad. Daw ton o banig drosta i, ond yna daw rhyddhad wrth weld wyneb Elliot ar y sgrin.

'Penny, O'R DIWEDD!' Mae'n anodd dweud sut hwyl sydd ar Elliot wrth iddo fe rythu arna i dros ffrâm werdd 'i sbectol. Dwi ddim fel arfer yn gweld Elliot yn edrych arna i fel hyn.

'Elliot, os wyt ti wedi hala ofn arna i gyda naw tecst gwahanol er mwyn rhoi stŵr i fi am beidio ymweld â digon o lefydd, dyw hyn ddim yn ddoniol. Ti wedi gwneud i fi boeni.' Dechreuaf graffu ar wyneb Elliot gan obeithio gweld cip bach o hiwmor, ac aros iddo fe ymlacio a chwerthin, ond dyw e ddim.

'Penny, beth oedd enw'r stelciwr 'na roeddet ti'n poeni amdano fe?'

Mae 'nghalon bron â stopio curo yn fy mrest.

'YGwirionedd?' holaf, gan obeithio nad yw hyn yn wir.

Mae wyneb Elliot yn suddo.

'Be? Pam ti'n gofyn?'

'Dwi ddim yn credu mai ffan Noah Flynn yw'r person 'na,' medd Elliot, gan edrych yn hollol ddigalon. 'Oni bai 'i fod e neu hi'n hollol despret.'

Rhoddaf fy llaw dros fy nhalcen, gan ofni'r gwaethaf. 'Be ddigwyddodd?'

Mae Elliot yn ochneidio. 'Ar y trên adre ar y ffordd o sesiwn gyda ffotograffydd ces i ryw ebost od o gyfeiriad dieithr. Dwi wedi'i hala fe 'mlaen atat ti.' Mae'n rhoi 'i ddwylo ar 'i ben ac yn pwyso'n drwm arnyn nhw.

Agoraf ffenest ar gyfer fy ebost, a galla i weld bod Elliot wedi anfon neges oddi wrth YGwirionedd ata i. Dwi ddim hyd yn oed isie'i hagor, ond mae'n rhaid i fi weld beth sy'n hala ofn mor ofnadwy ar Elliot.

Oddi wrth: YGwirionedd

I: Elliot Wentworth

Pwnc: DARLLENA FI

Mae Penny'n gorffen gyda Noah, neu bydd hwn yn feiral

ATODIAD: llun1052.jpg

Cliciaf ar y llun sydd wedi'i atodi, a theimlo 'nghalon yn suddo hyd yn oed yn is. Llun o Alex ac Elliot yn cusanu ar y balconi yng nghyngerdd Noah. Mae'n llun hyfryd a dwi bron â gwenu wrth weld mor ciwt maen nhw'n edrych. Maen nhw dros eu pennau a'u clustiau mewn cariad, ac wedi'u hamgylchynu gan olau prydferth y llwyfan, a wynebau pawb arall sy'n gwylio Noah ar y llwyfan. Bron fel mai nhw, ar y foment honno, yw'r unig bobl sy'n bodoli yn y byd.

Ond gan nad yw Alex 'mas' gyda'i ffrindiau a'i deulu eto, gallai llun fel hwn ... chwalu 'i fyd.

'Ti dynnodd y llun 'ma, on'd ife? Yn y gig yn Brighton?' Mae'n plethu 'i fysedd ac yn eu gorffwys ar 'i bengliniau.

'Ie, ond – '

'Ond anghofiaist ti ddweud wrtha i am hyn pan gafodd dy ffôn di 'i ddwyn, a nawr mae rhywun yn bygwth dweud wrth y byd a'r betws! Bydd Alex yn benwan bod rhywun isie ein bygwth ni fel hyn. Ac wrth gwrs, wnest ti ddim meddwl bod unrhyw beth gwael ar dy ffôn, achos 'mod i a 'mherthynas i ddim ar dy feddwl di o gwbl.'

Dwi erioed wedi gweld Elliot fel hyn o'r blaen. Mae'n grac ac yn drist ac yn rhwystredig, i gyd ar unwaith.

Ond dwi'n grac hefyd. 'Iawn, sori. Do'n i ddim yn meddwl yn synhwyrol pan ddigwyddodd e. Elliot, dwi'n teimlo'n ofnadwy bo' ti'n cael dy lusgo i mewn i hyn. Do'n i ddim yn gwybod beth oedd bwriad y person 'na bryd 'ny, ond mae'n hollol amlwg nawr. *Mae Penny'n gorffen gyda Noah.* Mae rhywun isie i ni orffen, beth bynnag ddigwyddith.'

'Penny, dwi ddim yn gwybod beth i'w wneud! Mae'n rhaid i fi ddweud wrth Alex. Os daw pobl i wybod ...' Mae Elliot yn ochneidio'n hir, ac yn swnio fel tase wedi cael 'i drechu. Fel tase pob owns o egni wedi'i sugno mas ohono fe. 'Ti'n gwybod sut mae'n teimlo amdanon ni, Penny. Dyw e ddim yn ddigon hyderus i ddod mas i'w ffrindie a'i deulu. Hyd yn oed pan ry'n ni'n bell o Brighton, pan does neb ry'n ni'n nabod o gwmpas, anaml iawn wnaiff e ddala fy llaw i. Y cyngerdd yna oedd un o uchafbwyntiau ein perthynas ni. Ac mae dy dŷ di'n lle diogel i ni. Felly os yw e'n meddwl bo' ni ddim yn saff o dy gwmpas di, chwaith ... bydd e mor ypset.'

Galla i ddychmygu'r braw ar wyneb Alex o wybod bod y llun yn bodoli, heb sôn am wybod bod y llun wedi cyrraedd y dwylo anghywir. Er na fyddai llun fel hyn yn beth mawr i lawer o bobl, i Alex, mae'n gam enfawr – cam nad yw e'n barod i'w gymryd eto.

Ond dwi'n gwybod hefyd fod Elliot, yn dawel bach, yn dymuno y gallai e ddefnyddio'r llun yna fel llun proffil. Dyma'r hapusa dwi erioed wedi'i weld e mewn perthynas. Yr unig beth sy'n gwneud Elliot yn drist yw peidio â gallu mynegi 'i deimladau fel y byddai e eisiau gwneud. Byddai Elliot yn dwlu dala llaw Alex a chael cwtsh gydag e ar flanced bicnic yn y parc yn yr haf, ond dyw Alex ddim yn barod am hynny eto.

'Dwi ddim yn gwybod beth i'w ddweud, Elliot. Sori 'mod i wedi tynnu'r llun 'na, a bod rhywun wedi'i ddwyn e o'r ffôn. Mae'n rhaid eu bod nhw wedi cael digon o amser i lawrlwytho'r lluniau dwetha dynnais i ar fy ffôn cyn i fi newid y cyfrineiriau a phopeth.' Sut maen nhw hyd yn oed yn gwybod bod Alex yn berson mor breifat?

Dwi'n dechrau sylweddoli nad ffan hurt sy'n dwlu ar Noah yw YGwirionedd. Ond pa mor debygol yw hi bod fy ffôn wedi glanio yn nwylo rhywun sy'n fy nabod i, ac sy'n cynllwynio yn f'erbyn i? Damwain oedd hi.

Dwi'n dechrau meddwl a phendroni ac yn ceisio cofio'n ôl am unrhyw dystiolaeth ynglŷn â phwy yw'r person yma. Falle mai Megan aeth â'r ffôn? Oedd 'i gweld hi yn y dorf yn ormod o gyd-ddigwyddiad, yn syth ar ôl colli fy ffôn? Byddai hi wedi synnu o weld y llun o Alex ac Elliot ar fy ffôn, gan nad oedd unrhyw un yn gwybod eu bod nhw gyda'i gilydd. Tybed ydy hi'n dal yn grac am ein cweryl ni, ac yn genfigennus o 'mherthynas i a Noah? Mae'n rhaid nad yw hi, yn enwedig o ystyried y sgwrs gawson ni ar ôl y cyngerdd. Mae hyn i gyd yn rhy rhyfedd.

'Ro'n i'n meddwl bo' ti'n deall, Penny. Byddai hyd yn oed tynnu'r llun 'na wedi hala ofn ar Alex.' Mae golwg letchwith ar Elliot.

'Dwi'n gwybod. Sori, E. Ti'n gwybod sut un ydw i – dwi'n tynnu lluniau o bopeth. Wnes i ddim meddwl y byddai unrhyw un yn 'i weld. A fyddwn i *byth* wedi'i roi e'n unrhyw le heb ofyn i ti'n gyntaf.' Dwi'n trio tawelu meddwl Elliot, ond mae e'n dal yn ddigalon ac yn oeraidd. 'Galla i ddod adre os ti isie, i drio gwneud popeth yn iawn?'

'Na, na, mae'n iawn, Pen. Galla i ddelio â hyn. A beth bynnag wnei di, paid â gadael i hyn ddod rhyngot ti a Noah – dim ond bwli hurt yw e neu hi. Well i fi ffonio Alex, i roi gwybod iddo fe ...' Mae'n dod â'r sgwrs i ben, gan godi 'i law'n drist ar y camera.

Am ennyd fach, dwi'n syllu ar y sgrin wag, wedi 'mharlysu gan ansicrwydd. Ond mae Elliot yn iawn: bwli yw YGwirionedd, a does 'da fe (neu hi) ddim hawl i'n chwalu ni. Ond alla i ddim delio â hyn ar fy mhen fy hunan nawr.

Agoraf fy ebost eto ac anfon nodyn at fy nheulu a'm ffrindiau agosaf, i'w rhybuddio nhw am y bwli a'r stelciwr posib, ac i ddweud wrthyn nhw 'mod i'n casglu'r holl dystiolaeth i fynd at yr heddlu. Felly, os mai Megan yw hi, neu rywun arall sy'n fy nabod i, byddan nhw'n gwybod 'mod i o ddifri.

Ocean Strong ydw i, a does dim un bwli'n cael bygwth fy ffrindiau na fy stopio i rhag byw fy mreuddwyd.

⋆ Pennod Tri deg pedwar ⋆

Dwi bron â gorffen pacio ac yn barod i adael Rhufain pan ddaw ton fach o dristwch drosta i. Er i fi grwydro rhywfaint ddoe, dwi'n teimlo fel mai ond crafu wyneb y ddinas anhygoel yma rydw i wedi'i wneud. Syllaf drwy'r ffenest ac addo i fi fy hunan y bydda i'n ôl.

Mae curo gwyllt ar y drws, ac am eiliad dwi'n meddwl falle 'mod i'n hwyr – ond mae digonedd o amser ar ôl.

'Penny? Ti 'na?'

'Dwi'n dod!' Agoraf y drws i Noah. Mae'i rycsac dros un ysgwydd, a galla i weld tag a manylion Dean wedi'u sgriblo drosto. Mae e mor gyfarwydd â chael 'i symud o le i le fel nad yw e'n gwybod ble mae e'n aros yn unman, na faint o'r gloch mae'r ffleits. Dean sy'n cadw trefn ar bob manylyn bach.

'Gwelais i dy ebost di bore 'ma – ydy'r diawl 'na wedi taro eto?'

Nodiaf. 'Ydy. Elliot y tro 'ma.'

'Alla i ddim credu'r peth! Byddai'n syniad da cadw cofnod o bob digwyddiad – gallwn ni 'i roi e i gyd i Dean a gall e roi'r cyfan i'r heddlu.'

'Syniad da,' meddaf, yn falch y galla i rannu'r baich.

'Nawr, *ma cherie,* ti'n barod i fynd?'

'I Baris?' Tynnaf stumiau, gan geisio edrych yn soffistigedig fel *Parisienne. 'Mais oui!* Dwi erioed 'di bod mor barod.'

Ar ôl glanio ym Mharis, dwi wedi cyffroi'n lân ac yn ysu i redeg o gwmpas yn wyllt fel plentyn yn Disney World. Wrth i ni yrru o'r maes awyr i'n gwesty, syllaf fel pysgodyn mewn tanc ar y golygfeydd ry'n ni'n eu pasio.

Mae Mam wastad wedi bod yn hoff o Baris – yn enwedig gan 'i bod hi'n dychmygu bod yn gymeriad yn y ffilm *Amélie* pan fydd hi yno. Dyma'i hoff le yn y byd, a phan oedd hi'n actores ifanc ddeunaw oed, rhedodd hi bant i fyw bywyd bohemaidd yn y Chwarter Lladinaidd am ychydig fisoedd. Mae hi a Dad yn gwneud ymdrech i ddod yma am wyliau bach bob hyn a hyn, a galla i weld dros fy hunan nawr pam eu bod nhw'n dwlu cymaint ar y lle.

Dwi yn ninas cariad, gyda'r bachgen dwi'n 'i garu. Allai pethau fod yn fwy perffaith?

'Paris fydd y lle gorau eto, Penny. Heno yn y gig, bydd y newyddiadurwyr cerddoriaeth gorau i gyd yno, yn adolygu'r sioe. Bydd rhaid i ni fod yn well a chwarae'n galetach nag erioed o'r blaen,' medd Noah, wrth i ni ddod mas o'r car o flaen y gwesty. Dyma'r gwesty mwya crand i ni fod ynddo fe eto, gyda staff yn casglu ein bagiau ac yn eu cario nhw ar hyd cyntedd llydan. Mae'n union sut gwnes i ddychmygu y byddai gwesty ym Mharis, a dwi'n gwybod y bydd e mor rhamantus. Edrychaf ar Noah, a'i wyneb yn llawn brwdfrydedd a chyffro. Gwenaf o glust i glust, gan ddangos pob un dant, bron. Y math o wên fyddwch chi'n 'i gwneud pan fydd eich mam-gu yn tynnu'ch llun chi. Dwi ddim yn credu 'i bod hi'n wên ddeniadol iawn, ond yr eiliad hon, does dim ots 'da fi.

'Ac ar ôl hynny, PARTI MAAAAWR!' medd Blake y tu ôl i ni, mewn llais uchel, cras, sy'n cyferbynnu'n llwyr â'r crandrwydd tawel o'n cwmpas.

Mae Noah yn troi i roi pawen lawen i Blake. Dyma'r noson mae pawb wedi bod yn edrych 'mlaen ati: bydd parti mwya'r daith ar ôl y sioe heno. Bydd yn digwydd yn un o glybiau nos mwyaf ffasiynol Paris – clwb na fyddwn i byth yn cael mynediad iddo fe fel arfer (nid dim ond achos 'mod i'n rhy ifanc). Ond am mai parti preifat yw e, mae'n iawn. Dwi erioed wedi bod i barti ar ôl sioe o'r blaen – os nad yw cwrdd â dy ffrind gorau a stwffio pitsa ar ôl dawns drychinebus Blwyddyn Un ar ddeg yn cyfrif fel un ohonyn nhw ...

Aiff Noah â fi i fy stafell yn y gwesty, cyn rhuthro i'r neuadd. Dim ond ychydig o oriau sydd tan y set. Anadlaf yn ddwfn – mae'r stafell yn fendigedig. Mae'r gwely'n fawr ac yn llydan, y ffrâm yn euraidd a'r dillad gwely'n lliw rhuddem cyfoethog. Mae'r ffenestri tal yn agor mas i falconi bach, ac o hwnnw, galla i weld copa Tŵr Eiffel, fwy neu lai. Mae'n berffaith.

Mae ychydig o oriau rhydd cyn y bydd rhaid i fi adael i fynd i'r cyngerdd, felly dwi'n arllwys holl gynnwys fy nghês ar y gwely. Mae heno'n wahanol i bob noson arall, achos bydd llawer o bobl yn 'y ngweld i gyda Noah.

Y broblem yw, does 'da fi ddim syniad beth i'w wisgo i barti ar ôl sioe. A dim parti cyffredin yw hwn, ond y math o barti lle bydd pawb yn cŵl: bechgyn The Sketch, eu cariadon (cudd neu beidio) a'u rheolwyr, Leah Brown a'i chriw, Noah a gweddill y band, a phawb sy'n gweithio ar y daith yma. Dwi'n siŵr hefyd y bydd *paparazzi* a phobl y cyfryngau'n llenwi'r stryd – heb sôn am yr holl ffans.

Syllaf ar fy hunan yn y drych hir, a'i ffrâm euraidd patrymog yn cyd-fynd yn berffaith â'r gwely. Dyma'r math o ddrych y byddai Marie Antoinette wedi edrych iddo – ond yn wahanol iddi hi, gobeithio nad dyma'r noson cyn fy nienyddiad *i*. Yn gwisgo cardigan Mam a legins, dwi'n bell o fod yn *chic*. A bod yn onest, does dim un dilledyn yn teimlo'n iawn. Nid dyma'r amser i wisgo ffrog fach flodeuog. Mae pob dilledyn yn edrych yn ifanc, a ddim yn cŵl o gwbl.

Dwi'n gwybod bod Noah yn fy ngharu i, beth bynnag ddaw, ond heno dwi ddim eisiau teimlo fel merch un ar bymtheg oed, sy'n rhy anaeddfed i fod mewn clwb cŵl gyda'i chariad enwog. Dwi eisiau teimlo'n rhywiol ac yn *chic*. Falle bod colur yn gallu datrys llawer o broblemau, ond dwi erioed wedi datblygu llawer o sgiliau coluro, yn wahanol i Megan a rhai o fy ffrindiau.

Estynnaf fy mag colur o'r cês ac eistedd o flaen y drych mawr, gan groesi 'nghoesau. Tynnaf fy *eyeliner* du mas, a rhoi ychydig o gwmpas fy llygaid. Ceisiaf roi blew amrannau ffug arnyn nhw. Ar ôl brwydro â dwy set ohonyn nhw am o leiaf ugain munud, dwi'n rhoi'r gorau iddi ac yn rhoi rhagor o *eyeliner* i geisio tacluso popeth. Dwi ddim yn credu bod hynny wedi gweithio, chwaith.

Nesa, mae'n rhaid taclo fy wyneb gwelw. Dwi'n dechrau meddwl 'mod i'n edrych yn fwy gothig na'r bwriad. Beth fyddai artist colur fel Kendra yn 'i ddweud? Fyddai hi'n dweud wrtha i am ychwanegu *bronzer*? Fyddai hi'n argymell lipstic coch? Neu osgoi lipstic coch gyda llawer o golur llygaid? Ar adegau fel hyn, byddwn i'n dwlu cael Megan yma, a do'n i *byth* yn meddwl y byddwn i'n dweud hynny. Yna, dwi'n meddwl am rywun arall.

'Haia, Leah. Penny sy 'ma... gwranda, dwi'n gwneud fy ngholur, a jyst yn meddwl ... ddylwn i wisgo lipstic coch-oren gyda cholur tywyll ar y llygaid, neu liw mwy pinc –'

Cyn i fi fynd yn bellach, mae Leah yn torri ar fy nhraws. 'RHO'R LIPSTIC I LAWR, CARIAD. Beth yw rhif dy stafell di? Dwi ar fy ffordd.'

Pennod Tri deg pump

Rhuthro o gwmpas Paris gyda Leah Brown mewn car wedi'i yrru gan *chauffeur* yw un o uchafbwyntiau'r daith hyd yn hyn. Ar ôl methiant llwyr y blew amrannau ffug a'r haen drwchus o *eyeliner* du, mae Leah yn mynnu mynd â fi mas, i'm helpu i baratoi. Y stop cyntaf yw'r archfarchnad golur, Sephora, lle mae hi'n pentyrru llwythi o wahanol bethau i mewn i 'masged.

'Leah, does 'da fi ddim syniad beth i'w wneud gyda hanner y stwff 'ma. Ond dwi'n meddwl y galla i ddyfalu ...' Edrychaf ar becyn o datŵs ffug lliw efydd ac yn sydyn, dwi'n sylweddoli nad oes clem gyda fi. 'Pryd ddaeth tatŵs ffug 'nôl yn ffasiynol, a ble dwi i fod i'w rhoi nhw?'

Mae Leah yn cipio'r pecyn oddi wrtha i ac yn 'i roi 'nôl yn 'y masged. 'Penny, fyddi di ddim yn rhoi hwn arno ar dy ben dy hunan. Bydd f'artist colur a fy steilydd gwallt yn dod i dy helpu di. Ac mae'r tatŵs hyn wedi bod yn ffasiynol ers sbel nawr, Pen. Ti ddim yn darllen *Glamour*?' Wrth i ni gerdded o gwmpas y siop, ceisiaf anwybyddu'r ffaith bod pawb yn sylwi arnom ni – neu'n hytrach, yn sylwi ar Leah. Dwi'n credu bod torf yn ymgasglu y tu fas i'r ffenestri, a dwi'n sylwi bod staff y siop wedi symud at y fynedfa fel nad oes unrhyw un arall yn cael dod i mewn.

'Wel yn amlwg, dwi'n dwlu ar *Glamour*. Dyna fy ffefryn.' Gwenaf yn wan a gweddïo nad yw hi'n gallu synhwyro celwyddau trwy fy llais crynedig.

'O, diolch byth, roeddet ti bron â 'nhwyllo i fanna.' Mae hi'n chwerthin ac yn rhoi pwniad chwareus i fi, wrth ychwanegu rhywbeth o'r enw 'olew sych euraidd' i'r fasged.

A'r fasged yn gorlifo â chynhyrchion harddwch nad o'n i'n gwybod am eu bodolaeth, mae Leah yn mynd â phopeth at y til, lle mae'r ferch y tu ôl i'r cownter yn dechrau sganio'r holl nwyddau hyfryd. Mae'r cyfanswm yn uwch na mil o ewros, ac mae 'ngên bron â bwrw'r llawr.

'Leah, diolch yn fawr iawn i ti am fy helpu i, ond alla i ddim fforddio hyn i gyd ...' Dwi ar fin cydio yn y cyfan i'w rhoi nhw'n ôl ar y silff, ond mae Leah yn gafael yn 'y mraich.

'Chi ferched Prydain wastad mor gwrtais. Mae'n ciwt.' Mae hi'n rhoi cerdyn credyd du i'r ferch, sydd wedyn yn 'i symud drwy'i pheiriant.

'Diolch o galon,' medd Leah, gan gydio yn y colur, sydd bellach wedi'i bacio mewn dau fag papur anferth wedi'u clymu â chortyn du a gwyn.

'*Bonne journée*. Dwi'n dwlu ar eich cerddoriaeth chi, gyda llaw,' medd y ferch mewn acen Ffrengig anhygoel.

Byddwn i wrth fy modd taswn i'n gallu swnio mor rhywiol â hi. Falle y dylwn i weithio ar f'acen i greu argraff ar Noah? Dwi'n dweud *Au revoir,* ond mae'r gynorthwywraig yn edrych yn rhyfedd arna i, sy'n golygu, siŵr o fod, na ddylwn i drio siarad Ffrangeg eto.

Neidiwn yn ôl i'r car ac mae Leah yn dweud wrth y gyrrwr ble i fynd nesa. Mae'n troi i lawr heol lydan, sy'n llawn siopau'r cynllunwyr enwog. Dim ond yng nghylchgronau ffasiwn Mam dwi wedi gweld yr enwau hynny. Mae'r siopau i gyd fel tasen nhw'n cystadlu'n erbyn 'i gilydd, gydag arddangosfeydd trawiadol ym mhob ffenest a modelau acrobataidd a ffrwydradau llachar o flodau lliwgar ym mhobman. Dwi'n siŵr i fi weld ffrog wedi'i gwneud yn gyfan gwbl o fara a theisennau. O edrych ar y menywod sy'n cerdded i mewn a mas o'r siopau, mae'n annhebygol eu bod nhw'n *bwyta* bara a theisennau.

Wrth i ni arafu cyn stopio o flaen un o'r siopau crand, dwi'n sylweddoli bod Leah ar fin gwario llwyth o arian arna i eto, ac alla i ddim peidio â theimlo braidd yn lletchwith. 'Leah, ti'n rhy garedig. Licen i tase ffordd i fi dy dalu di'n ôl.'

Mae hi'n rhoi 'i llaw ar fy llaw. 'Penny, plis gad i fi wneud hyn. Dwi'n hoffi gallu gwneud hyn – does gen i ddim llawer o amser i fynd i siopa gyda fy ffrindie, ac ro'dd angen trip siopa bach arna i, ta beth. Pa ffordd well o wneud hyn na gyda ti, er dy fwyn di? Mae 'da fi bopeth dwi eisiau a mwy, felly bydd dawel a joia hyn.' Mae hi'n agor drws y car, yn cydio yn fy llaw ac yn fy nhynnu i mas i'r pafin.

Rhedwn i mewn i'r siop agosa, ac edrychaf i lawr i stryd a gweld haid o'r *paparazzi* yn rhuthro tuag aton ni. Pan ry'n ni'n ddiogel i mewn yn y siop, mae fflachiadau llachar y camerâu'n goleuo'r ffenest flaen.

'Waw, Leah, sdim rhyfedd bo' ti weithiau'n gwisgo wig i fynd mas!' meddaf.

'Paid â sôn,' medd, gan rolio'i llygaid. Mae hi'n cerdded yn syth draw at y dillad ac yn estyn dillad i fi, gan eu pentyrru yn fy mreichiau. Yn y diwedd, dwi'n trio ffrogiau sy'n ddrutach na rhai o'r cyllidebau priodas mae Mam yn gweithio 'da nhw. Dwi'n hercian mas o'r stafell wisgo mewn ffrog goctêl binc llachar a sgidiau stileto croen neidr, sy'n llawer rhy uchel. Dwi'n siŵr y byddai chwa o wynt yn fy mwrw i'r llawr.

'Dwi ddim yn siŵr. Dwi'n teimlo'n hurt.' Edrychaf i lawr ar

fy nghluniau a 'migyrnau esgyrnog gyda gwg ar f'wyneb.

'Penny, mae 'da ti gorff anhygoel a siâp bendigedig. Joia fe!'

'*Mademoiselle?* Falle yr hoffech chi drio rhywbeth *un peu plus elegant?*' Mae'r dyn bach o Baris sy'n rhedeg y siop wedi gwisgo o'i gorun i'w sawdl fel tase ar fin cwrdd â'r frenhines. 'Rhywbeth mwy ... soffistigedig?' Mae'n estyn ffrog fach sidan ddu, heb lewys, â rhuban mawr ar 'i chanol a les ar hyd y cefn a'r gwaelod.

Dwi'n teimlo fel tase'r dyn yn rhoi baban newydd-anedig i fi. Dwi ddim yn gwybod sut i ddal y ffrog, sut mae hi'n gwneud i fi deimlo, na sut y bydd hi'n edrych amdana i, ond dwi'n 'i chymryd hi oddi wrtho. Ar ôl straffaglu gyda'r bra-tu-fewn am sbel fach, cerddaf mas o'r stafell wisgo i dawelwch llwyr – sy'n troi wedyn yn gymeradwyaeth a bonllefau. Mae hyd yn oed Callum, gwarchodwr Leah, yn clapio'i ddwylo'n wyllt.

'O, Penny, ti'n edrych yn hollol brydferth! Alli di byth fynd o chwith mewn ffrog fach ddu.'

Dwi'n gwisgo pâr o stiletos sydd damed bach yn is (pedair modfedd yn lle chwech), cyn syllu ar fy hunan yn y drych – heb deimlo braw, am unwaith. Dwi erioed wedi edrych yn soffistigedig fel hyn. Hyd yn oed mewn priodasau neu ddawnsfeydd diwedd blwyddyn, bydda i fel arfer yn mynd am rywbeth *vintage* anarferol yn lle edrych yn grand a chŵl. Ond wrth sefyll fan hyn yn y siop, yn edrych ar fy hunan yn y wisg hon, dwi'n teimlo fel oedolyn am y tro cyntaf. Yn y ffrog hon, dwi'n edrych fel taswn i'n haeddu bod ar fraich Noah.

'Mon Dieu!' ebycha Leah, mewn Ffrangeg hollol berffaith. Mae hi'n rhythu ar 'i wats mewn braw. 'Drycha ar yr amser! Mae'n rhaid i fi fynd 'nôl i'r neuadd – bydd fy rheolwr yn hanner fy lladd i! Jaques, wnei di drefnu i'r ffrog gael 'i smwddio a'i hanfon draw i'r gwesty yn barod ar gyfer heno? Penny, sawl gwaith wyt ti wedi gweld y cyngerdd 'ma?'

'O, tua phedair gwaith nawr, siŵr o fod.'

'Wel, os galli di ddiodde colli un noson, gwna hynny. Gad i 'mhobl colur a gwallt wneud eu hud a lledrith drosot ti, ac fe ddof i i dy gasglu di ar ddiwedd y sioe er mwyn i ni fynd i'r parti gyda'n gilydd. Ti'n mynd i roi sioc farwol – fendigedig – i bawb.'

Alla i ddim peidio: dwi'n cofleidio Leah yn dynn, gan daflu 'mreichiau o gwmpas 'i gwddf. 'Diolch, diolch o galon i ti!'

'O, cariad, paid â sôn! Nawr, cymer ofal gyda'r ffrog 'na. Dwi ddim isie i *unrhyw* beth ddigwydd iddi hi, nac i ti, cyn heno. A dim gofyn ydw i – dwi'n mynnu!'

Pennod Tri deg chwech

Ar ôl cyrraedd y gwesty, rhaid cwblhau'r tasgau mae Leah wedi'u gosod: bath, molchi'n lân, siafio 'nghoesau ac aros am y sgwad swanc. Dwi'n falch nad oes rhaid i fi fod gefn llwyfan, ac mae'n bleser defnyddio'r twba mawr moethus yn fy stafell molchi brydferth. Dwi'n troi'r tapiau euraidd nes bod dŵr twym braf yn tasgu mas. Ro'dd bom bath yng nghanol y nwyddau o Sephora, a dwi'n taflu hwnnw i mewn i'r dŵr ac yn gwylio'r olew rhosod yn lliwio'r dŵr yn binc meddal.

Wrth i'r bath lenwi â dŵr twym, byrlymus, dwi'n hala tecst at Noah.

> Hei, dim byd i boeni amdano ond dwi isie ymlacio tamed bach heno, felly dwi'n meddwl aros yn y gwesty cyn y parti yn lle dod i dy wylio di. Ydy hynny'n iawn? Xx

Bron yn syth, mae'n hala tecst pryderus yn ôl.

Ti'n siŵr? Ydy popeth yn iawn? Ti'n moyn i fi ofyn i Larry ddod â rhywbeth i ti fwyta? Cawl cyw iâr? Ti'n gwybod bydde lot gwell 'da fi fod gyda ti nawr!

Dwi'n gwybod. A dwi'n iawn, wir. Ddim yn dost, jyst yn ymlacio. Wela i di wedyn.

Well i ti ddod – dwi ddim yn mynd i'r parti ar fy mhen fy hunan.

Caru ti xx

Caru ti hefyd! x

Bath yw'r union beth i glirio 'mhen i. Dwi'n gorwedd 'nôl ac yn gadael i'r swigod bopian yn erbyn fy nghroen a llithro rhwng fy mysedd. Ond er mor bleserus yw hyn, dwi'n hiraethu'n ofnadwy am gartre. Allwn i ddim byw fel hyn am byth – yn gwibio o le i le, heb gael cyfle i aros i fwynhau'r awyrgylch, neu yn f'achos i, heb weld y golygfeydd prydferth na blasu'r bwyd. Dwi'n gwybod mai dim ond gofyn sydd raid, ac y byddai Noah yn mynd â fi bant gydag e am byth. Gallwn i fod wrth 'i ochr, yn byw bywyd moethus fel hyn. Gallai tripiau siopa – fel yr un ges i gyda Leah – fod yn rhywbeth bob dydd, nid yn brofiad unwaith-mewn-oes. Gallwn i gael cerdyn credyd du sgleiniog. Gallwn i hala f'amser sbâr gyda Kendra a Selene, a chanolbwyntio ar edrych yn brydferth bob amser.

Byddai Megan yn gwneud unrhyw beth i fod yn fy sefyllfa i. Iyffach, byddai Elliot hefyd, tase hynny'n golygu cael yr holl ddillad a hetiau mae e eisiau. Ond ife *fi* fyddwn i taswn i'n byw fel 'na?

Eisteddaf yn y bath nes i 'mysedd rychu i gyd. Fyddai Leah ddim yn rhy hapus gyda hynny. Lapiaf fy hunan yn y gŵn gwyn mwyaf fflwfflyd a meddal erioed, cyn sychu 'ngwallt yn ofalus â thywel. Wrth agor drws y stafell molchi i fynd 'nôl i'r brif stafell, dwi'n ebychu mewn sioc. Mae tusw prydferth o rosod yn eistedd ar y bwrdd. Mae'n rhaid bod aelod o staff y gwesty wedi dod â nhw i mewn tra o'n i yn y bath.

Darllenaf y cerdyn bach sydd ar eu pwys nhw: TI BOB AMSER YN FY NGHALON. TI FYDD FY NGHARIAD AM BYTH. N.

Dwi'n wên o glust i glust wrth weld nodyn Noah. Alla i ddim credu 'mod i wedi amau, am ennyd fach, ein bod ni ddim yn siwtio'n gilydd. Wrth gwrs ein bod ni. Beth bynnag ddaw yn y dyfodol, galla i a Noah eu goresgyn nhw.

Dwi'n gwybod y gallwn ni.

Clywaf gnoc arall ar y drws. Falle bod syrpréis arall i ddod oddi wrth Noah? Yn lle hynny, agoraf y drws a dod wyneb yn wyneb â phum merch benderfynol yr olwg. Mae eu gwalltiau nhw i gyd wedi'u clymu'n ôl yn slic, ac maen nhw'n cario cesys du o bob maint. Mae sychwr gwallt dan gesail un ohonyn nhw. Sgwad swanc Leah.

Maen nhw'n dweud wrtha i am eistedd i lawr cyn iddyn nhw ddechrau chwilota trwy'r bagiau Sephora, gan rwygo'r cynnyrch newydd sbon o'u pacedi cardfwrdd a'u taenu dros fy wyneb. Dysgaf lawer o ffeithiau am bethau do'n i ddim yn eu deall; mae'r *primer* yn cael 'i roi ar ôl yr hufen wyneb, a gallwch chi roi'r *concealer* cyn neu ar ôl y *foundation*, ond mae'r fenyw sy'n rhoi 'ngholur i'n credu 'i bod hi'n well rhoi'r *foundation* yn gyntaf. Dwi'n ceisio cadw o leiaf un llygad ar agor bob amser, i wneud nodyn meddyliol o bopeth maen nhw'n 'i wneud er mwyn i fi roi cynnig ar greu'r olwg yma fy hunan.

Ar un pwynt, mae merch yn cyrlio 'ngwallt â haearn poeth, un arall yn brwsio colur porffor ar f'amrannau a rhywun arall yn rhoi tatŵ ffug ar fy ngarddwrn. Dwi'n teimlo fel canfas yn hytrach na bod dynol. Mae'r rhain yn artistiaid wrth eu gwaith.

Ar ôl iddyn nhw orffen, mae un ferch yn gofyn i mi, yn blwmp ac yn blaen, i dynnu 'ngŵn gwyn. Dwi ddim eisiau 'i dynnu, ond wrth iddi ddala'r ffrog o 'mlaen, dwi'n cofio mor hardd roedd hi'n edrych amdana i pan wisgais i hi yn y siop, felly dwi'n ildio. Mae'r merched hyn, siŵr o fod, wedi gweld llawer mwy o ferched yn eu dillad isaf na fi!

Dwi'n sylweddoli, wedyn, bod y ferch yna'n wniadwraig arbennig. Ro'n i'n credu bod y ffrog yn fy ffitio'n berffaith, ond mae hi'n pinio a gwnio'r ffrog nes ei bod hi'n ffitio fel maneg. Pwysaf ar 'i hysgwydd wrth lithro 'nhraed i'r sgidiau stileto. Wedyn, mae hi'n fy nhroelli mewn cylch ac yn fy nhywys tuag at y drych hir. Dwi wedi fy syfrdanu wrth edrych ar y ferch sy'n rhythu'n ôl arna i. Mae'r wyneb yn syn – yn syfrdan – ond mae popeth arall yn ... ysblennydd.

Mae'r steilyddion y tu ôl i fi'n rhoi pawen lawen i'w gilydd ac yn cofleidio. Dwi'n troi ac yn rhoi cwtsh enfawr i'r ferch helpodd fi gyda'r ffrog.

Does dim geiriau i ddisgrifio hyn; mae pob gair yn gymysgwch gwyllt yn fy mhen. Dyw'r teimlad ges i yn y siop ddillad wrth wisgo'r ffrog yn ddim byd o'i gymharu â'r cynnwrf yma. Mae olew lliw haul ar fy nghoesau, sy'n gwneud iddyn nhw ddisgleirio yn y golau. Mae 'ngwallt yn drwchus ac yn sgleiniog, ac wedi'i gyrlio'n berffaith – heb gudynnau bach anwadal, anniben. Mae lliw porffor llwydaidd o gwmpas fy llygaid, sy'n cyd-fynd yn berffaith â'u lliw gwyrdd, ac mae blew'r amrannau ffug yn gyrliog ac yn bert, ac wedi'u gosod yn berffaith. Dwi eisiau blincio pob eiliad, i'w gweld nhw'n symud. Lliw pinc hardd sydd ar fy ngwefusau, ac mae tatŵ ffug o bluen euraidd ar fy ngarddwrn.

Mae un steilydd yn estyn het fach bowler ddu ac yn 'i gosod hi'n ofalus ar fy ngwallt, ac yn sydyn iawn, mae'r wisg yn gyflawn. Dwi ddim yn credu 'mod i erioed wedi teimlo mor cŵl yn fy mywyd, ddim hyd yn oed pan wnaeth Elliot fy steilio i, ac mae e'n gwybod beth yw ffasiwn. Mae rhywun yn rhoi un chwistrelliad olaf o Chanel arna i, ac mae'r holl fenywod o 'nghwmpas i'n gwenu'n braf.

O'r diwedd, dwi'n dod o hyd i eiriau. Neu'n hytrach, un gair, sef 'Diolch, diolch, diolch!'

Mae cnoc arall ar y drws, a daw Leah i mewn i'r stafell. Mae golwg braidd yn anniben arni hi – ond mae hi'n dal yn drawiadol o hardd. Mae'n siŵr y byddwn i'n edrych yn anniben hefyd, taswn i newydd ddod oddi ar y llwyfan. Wrth fy ngweld i, mae hi'n ebychu. 'O. Dduw. Mawr. Wedes i wrthot ti mai dyma'r merched gorau yn y busnes? Penny Porter, ti'n edrych yn hollol anhygoel. Noah yw'r bachgen mwya lwcus dwi'n nabod.

Mae e'n mynd i gael sioc 'i fywyd pan welith e ti!'

'Dwi'n teimlo'n anhygoel. Diolch, Leah.' Dwi'n rhoi cwtsh anferth iddi hi, a'i gwasgu hi braidd yn rhy dynn, siŵr o fod, ond does dim ots 'da fi.

'Croeso, croeso – paid â sôn. Nawr, ferched, rhaid i chi gael trefen arna i 'fyd! Mae golwg fel drychiolaeth arna i ac mae'n rhaid i fi edrych yn rhyfeddol yn y parti 'ma!'

O ganol fy storm o emosiynau, daw un cwestiwn i'r golwg, sef sut galla i gael fy sgwad swanc fy hunan i wneud hyn i fi bob dydd? Dim syniad. Ond hyd yn oed os mai dim ond am noson y gall Penny Porter edrych fel hyn, mae hi'n mynd i gael noson i'w chofio.

Pennod Tri deg saith

Dwi'n symud yn sigledig at ddrws y clwb nos lle bydd y parti'n digwydd, gan gydio'n dynn yn llaw Leah. Mae hi siŵr o fod yn meddwl 'mod i braidd yn *rhy* ddiolchgar ac eisiau i fi stopio gafael ynddi hi bob munud, ond dwi'n gwybod os gwnaf i adael fynd, neu lacio 'ngafael hyd yn oed am eiliad, bydda i'n siŵr o gwympo'n bendramwnagl. Mae cobls strydoedd Paris yn brydferth iawn, ond iyffach, mae'n anodd cerdded arnyn nhw mewn stiletos pedair modfedd! Dwi'n benderfynol o beidio dechrau'r noson yn fflat ar fy wyneb.

Ar hyn o bryd dwi'n soffistigedig, yn cŵl ac yn hyderus. Mae Penny drwsgl yn y gwesty, yn cwtsio dan y dwfe. Yn 'i lle hi, mae Penny Paris-*chic* mas yn y dref ac, er nad hi fydd y ferch fwyaf cŵl yn y parti (Leah fydd honno), mae siawns reit dda y bydd hi'n teimlo'i bod hi'n perthyn – a falle y bydd 'i chariad hi'n meddwl hynny hefyd.

Ry'n ni'n cael ein harwain heibio'r bownsers wrth y fynedfa i'r clwb ac mae Callum yn dal 'i siaced lan fel tarian yn erbyn Leah, i'w diogelu rhag fflachiadau camerâu'r *paparazzi*. Am unwaith, gadewais fy nghamera gartref. A dweud y gwir, does dim hyd yn oed pwrs bach gyda fi – mae allwedd fy stafell yn saff mewn poced fach y tu mewn i fy ffrog.

Dwi braidd yn siomedig unwaith i ni fynd trwy'r fynedfa ac i mewn i'r clwb. Dechreuaf feddwl bod yr holl waith caled yn ofer, gan fod y lle mor dywyll a diolwg.

Leah sy'n gweld Noah gyntaf, draw mewn caban bach i'r VIPs. Yn ffodus, mae'r golau'n well yno – er mwyn i bawb weld y sêr sydd yn y clwb, siŵr o fod. Mae hi'n fy ngwthio'n ysgafn tuag ato fe. 'Dere, dyma dy foment fawr di. Rhaid i fi ddod o hyd i fy rheolwr.'

Gwasgaf 'i llaw'n dynn, am y tro olaf. 'Diolch o galon i ti am bopeth heddiw, Leah.'

'Wir, paid â sôn. Nawr, cer i ddangos iddo fe beth mae'n 'i golli.' Mae hi'n wincio, a dwi'n anadlu'n ddwfn.

Mae Noah yn eistedd yng nghanol y caban, a'i fand a'i ffrindiau mewn hanner cylch o'i gwmpas. Gorfodaf fy hunan i lacio 'nwylo a rheoli fy nerfau wrth gerdded tuag ato. Rhaid stopio wrth i weinydd ddod tuag ata i yn cario llond hambwrdd o wydrau siampên gorlawn. Mae'r hylif pefriog yn disgleirio o flaen fy llygaid, ond diolch byth, does dim yn arllwys.

Ond mae'n rhaid 'mod i wedi anadlu'n uchel mewn rhyddhad, achos bod pawb wedi troi i edrych arna i. Dyma'r foment dwi wedi bod yn aros amdani. Mae'n union fel rhywbeth mewn ffilm – golygfa lle mae popeth yn digwydd yn ara' bach. Mae Noah yn edrych lan o'i ddiod ac yn dal fy llygaid. Gwyliaf 'i geg yn agor led y pen, cyn i gegau pawb arall wneud yr un fath. Maen nhw'n edrych fel haig o bysgod yn eistedd gyda'i gilydd yn gegrwth a thawel, yn rhythu arna i mewn anghrediniaeth.

'Penny ... IESGYRN DAFYDD. Ti – sut –ti'n edrych – ' Mae Noah yn neidio o'r caban i 'nghroesawu i. Mae'n dal yn dynn yn fy nwy benelin ac yn edrych arna i, lan a lawr. 'Ti'n edrych yn hollol ... ryfeddol,' medd, gan orffen ei frawddeg o'r diwedd.

Mae'n fy nghusanu i mor angerddol, fel tasen ni heb weld ein gilydd ers misoedd. Mae'n hollol drydanol; mae ias bwerus yn rhuthro trwydda i a dwi'n groen gŵydd i gyd, fel tase'r tymheredd wedi saethu dan y rhewbwynt.

'Ro'n i'n gweld d'isie di,' medd. 'Ro'n i'n poeni'n ofnadwy pan ddwedaist ti bo' ti ddim yn dod i'r cyngerdd.'

'Falle 'mod i wedi ... ymestyn y gwir damed bach. Ro'n i'n teimlo'n iawn, ond falle braidd yn ofnus cyn cwrdd â sgwad swanc Leah!'

'Leah wnaeth hyn i gyd i ti? Dwed wrthi hi 'mod i'n dweud diolch!' Mae'n lapio braich o'm cwmpas i ac mae'r ddau ohonon ni'n cerdded draw at y caban. Eisteddaf ar 'i bwys e ac mae e wedyn yn fy nghyflwyno i bawb fel 'fy nghariad i, Penny'. Mae e hyd yn oed yn dweud wrth bobl Sony – y rhai fuodd i'w weld e o'r blaen – mai fi yw 'i gariad e.

Dwi'n gwneud fy ngorau glas, yn siglo llaw ac yn cyfarch pawb yn gwrtais, ond alla i ddim tynnu'r wên fawr hurt oddi ar fy wyneb. Mae gyda fi deimlad mai hon fydd y noson orau erioed.

'Wel, Penny, gaf i ddweud wrthot ti – ry'n ni wrth ein boddau 'da dy sboner di fan hyn,' medd un o bobl Sony gan wenu. Mae rhywbeth am y ffordd mae hi'n dweud sboner yn mynd dan fy nghroen i – fel tase hi'n siarad â phlentyn bach. Dwi'n rhygnu 'nannedd ac yn gwenu'n ôl. Does dim byd plentynnaidd yn y ffordd mae Noah yn cydio'n dynn dynn amdana i.

'Dwi'n credu 'i fod e'n reit dda hefyd,' meddaf, braidd yn ansicr beth i'w ddweud.

'Dwed y newyddion mawr wrth Penny,' aiff y dyn mewn siwt yn 'i flaen, gan edrych yn ddifrifol ar Noah.

Mae Noah yn gwingo yn 'i sedd, ac yna'n plethu 'i law arall rhwng fy mysedd. 'O ie, wrth gwrs.' Mae'n edrych i fyw fy llygaid. 'Mae The Sketch a phawb yn hapus iawn gyda sut mae popeth yn mynd ar y daith ... y berthynas rhyngon ni, ti'n deall? Ni i gyd yn cydweithio'n dda. Felly maen nhw isie i fi aros gyda nhw – y tu fas i Ewrop – ar eu taith fyd-eang. Dubai, Japan, Awstralia ... am y tri mis nesa.'

Galla i weld yn 'i lygaid pefriog 'i fod e wedi cyffroi'n lân, a dwi'n taflu 'mreichiau o'i gwmpas. 'Noah, mae hynna'n ffantastig!' Dwi'n wirioneddol hapus o glywed hyn. Dyma'i freuddwyd yn dod yn wir, unwaith eto.

'Ond nid dyna'r cyfan,' medd, gan edrych yn obeithiol. 'Dwi isie i ti ddod gyda fi.'

Pennod Tri deg wyth

Mae e eisiau i fi fynd gydag e? Mae pob math o gwestiynau'n sboncio o gwmpas fy meddwl yn syth, fel plant gwyllt ar gastell bownsio. *Beth am fy Lefel A? Fy rhieni? Fy mywyd?* Ond dwi'n anwybyddu'r cwestiynau hyn. Moment fawr Noah yw hon.

Yn ffodus, does dim angen i fi ateb gan fod cân fawr swnllyd yn dechrau, sy'n gwneud i bawb neidio ar eu traed i ddawnsio, gan dynnu Noah a finnau i'w canol nhw. O weld y ffordd mae e'n llamu o gwmpas i'r gerddoriaeth, dyw Noah ddim fel tase fe'n poeni am gael ateb oddi wrtha i, felly dwi'n penderfynu anghofio am y peth a mwynhau pob eiliad o 'nelwedd newydd.

Wrth i'r noson dynnu i'w therfyn, dwi'n dechrau meddwl bod fy nhraed wedi chwyddo i'r un maint â thraed eliffant. Heb os, y sodlau stileto yw'r pethau anodda i arfer â nhw heno. Diolch byth, mae pawb yn troi am y gwesty cyn pen dim. Dwi'n cael reid ar gefn Noah o'r tacsi i gyntedd y gwesty.

Wrth deithio ar 'i gefn, dwi'n edrych lan ac yn cael cip ar bigyn uchaf Twr Eiffel. Mae goleuadau pitw bach yn dawnsio drosto, gan fy atgoffa o'r goleuadau wnaeth Noah eu paratoi i fi yn seler Sadie Lee y llynedd.

'Drycha ar hwnna,' sibrydaf yn ei glust.

Mae Noah yn plygu 'i wddf 'nôl ac yn fy ngollwng i'r llawr wrth 'i weld.

'Fy nhraed i! Fy nhraed bach poenus i!' protestiaf.

'Dim dyna'r peth,' medd, gan gydio yn fy llaw. 'Mae 'da fi syniad. Dy'n ni ddim wedi cael Diwrnod Dirgel Hudol eto. Felly beth am gael Noson Ddirgel Hudol? Beth am fynd i weld Twr Eiffel nawr? Wedyn, gallwn ni fynd i'r bwyty pedair-awr-ar-hugain soniodd Larry amdano, a gwylio'r haul yn codi dros y Louvre ...'

Eiliadau ynghynt, ro'n i'n teimlo mor flinedig fel y gallwn i fod wedi cysgu am flynyddoedd, ond nawr dwi'n gwbl effro. Galla i deimlo cynnwrf yn lledaenu o 'nghorun reit i lawr at fysedd fy nhraed. 'Mae'n swnio'n berffaith,' meddaf.

'Dere, gad i ni fynd cyn i unrhyw un sylwi,' medd.

'Ym ...' Edrychaf i lawr ar fy nhraed. 'Ond alla i gerdded i unman yn y sgidie 'ma.'

Mae Noah yn chwerthin. 'Iawn, aros funud – dere â dy allwedd i fi... arhosa di fan hyn.'

'Alli di nôl fy mag i hefyd? Mae 'nghamera i ynddo fe.'

'Unrhyw beth i ti.'

Mae pawb arall yn diflannu i far y gwesty a'r lifft. Mae Noah yn fy nhywys draw at un o seddau'r cyntedd. Rhoddaf f'allwedd a fy stiletos i Noah, a bant ag e. 'Wela i di mewn munud!'

Mae e'n ôl ymhen dim, yn cario fy hoff sgidiau Converse. Dwi'n eu llithro ar fy nhraed, gan deimlo pleser pur.

'Penny Porter, ti'n edrych hyd yn oed yn fwy ciwt,' cyhoedda Noah, gan edmygu f'edrychiad newydd a 'nhynnu o'm sedd. Mae'n rhoi 'mag i fi a dwi'n rhoi'r strap dros f'ysgwydd, gan roi allwedd fy stafell 'nôl ym mhoced fy ffrog.

Mae'r boen yn fy nhraed yn diflannu wrth i ni loncian law

yn llaw ar draws y stryd, â Thŵr Eiffel yn ein tynnu ni ato, fel magned.

'Noah? Hei, Noah, arhosa!' Caiff y foment 'i chwalu wrth i Dean alw arnon ni o fynedfa'r gwesty.

Dwi ddim eisiau i ni stopio. Dwi eisiau i ni redeg a rhedeg i lawr y stryd, a galla i deimlo ansicrwydd yn llaw Noah. Ond mae'n arafu ac yn stopio, cyn troi'n ôl.

'Ie?' medd, mewn llais llawn diflastod.

Mae Dean yn rhuthro tuag aton ni. 'Wedais i wrthot ti, mae isie i ti roi dy sêl bendith ar luniau a gwaith dylunio ar gyfer y daith fyd-eang. Mae'n rhaid i ni wneud hyn heno, neu aiff e ddim i'r wasg.'

'Wir? All hyn ddim aros tan y bore?'

Gwga Dean arno fe; mae Noah nawr yn benisel.

Dwi'n cydio'n dynnach yn 'i law. 'Aros, alli *di* ddim rhoi dy sêl bendith arnyn nhw, Dean? Does dim rhaid i Noah roi ei sêl bendith i bopeth bydd 'i ffans yn 'i weld, nag oes e?'

'Mae Dean yn iawn,' medd Noah, yn hollol ddigalon. 'Well i fi fynd 'nôl i edrych ar y llunie. Byddan nhw ym mhobman – mae'n rhaid i'r dyluniad a'r steil fod yn hollol iawn. Dwi ddim isie siomi unrhyw un.'

Dwi bron â chwerthin yn uchel.

'Wel, dwi'n gwybod ... bo' fi'n dy siomi di, Penny. Ond – '

'Dwi'n deall,' meddaf, a'i stopio. Er hynny, dwi'n meddwl: *Dwi'n trio'n galed i ddeall, Noah. Wir yn galed.* Wedyn, dwi bron â chwerthin eto wrth feddwl, hyd yn oed yng nghanol nos, ein bod ni'n methu hala amser gyda'n gilydd. Ai dyma wnes i gytuno i'w wneud?

Ry'n ni'n cerdded tuag at y gwesty, yn llawer arafach nag o'r blaen. Ar ôl y wefr o adrenalin deimlais i gynne, mae'r blinder yn fy mwrw i eto fel trên stêm.

'Beth am siarad draw fan hyn,' medd Dean, gan gamu'n bwrpasol ar draws y cyntedd at far y gwesty.

'Dwi'n mynd i fy stafell,' meddaf.

'Driwn ni eto fory?' hola Noah, a'i lais yn feddal.

Dwi'n nodio.

Wedyn, mae'i law yn llithro o 'ngafael, a dwi ar fy mhen fy hunan, yn sefyll wrth y lifft yn gwylio Noah yn cerdded i ffwrdd.

Pennod Tri deg naw

Pwysaf yn erbyn y stribyn o wal rhwng y ddau lifft a cheisio lleddfu fy siom, fel na fydda i'n gorwedd ar ddi-hun drwy'r nos, yn pendroni a phendroni am yr hyn sydd newydd ddigwydd. Dwi ddim hyd yn oed am ebostio Elliot amdano fe; fe wna i esgus bod y noson wedi dod i ben pan ddaethon ni'n ôl i'r gwesty'r tro cyntaf. Tan hynny, roedd hi'n noson berffaith.

'Pam ti'n edrych mor drist?'

Dwi'n neidio wrth glywed llais Blake yn fy nghlust. Mae'n feddw ac yn siglo'n ôl a mlaen wrth drio siarad yn gall â mi.

'O ... wel, mae'r hen liffts 'ma'n cymryd oesoedd.' Dwi'n cymryd cam yn ôl. 'Gest ti hwyl yn y parti?' holaf yn amheus.

'Ro'dd y parti 'na'n anhygoel!' Mae'n baglu wrth feimio chwarae'r drymiau yn yr awyr o'n blaenau ni, gan roi ergyd i symbal dychmygol. '*Ba-dwwm tish!*' gwaedda.

Mae'r drysau'n agor ac mae'n sefyll yn syth, cyn rhoi 'i fraich yn fy mraich. 'Dere Penny fach, bant â ni!'

Cerddaf gyda e, yn methu credu 'i fod e mor gyfeillgar. Mae'r lifft yn fodern, ac wedi'i gynllunio i edrych fel awyr y nos. Galla i weld planedau fflwrolau ar y waliau a sêr ar y nenfwd, ac mae cerddoriaeth dawel, swynol, yn y cefndir.

'Ti'n edrych *mor* anhygoel heno, gyda llaw.' Mae'n trio dal fy llaw, a dwi'n sylweddoli'n gyflym iawn nad ydw i'n teimlo'n gyfforddus. Ceisiaf dynnu fy llaw i ffwrdd, ond mae'n estyn amdani eto.

'Blake, ti'n feddw iawn. Af â ti 'nôl i dy stafell, ife?' Mae 'mhen i'n troi mewn panig, a dwi ddim yn siŵr be sy'n mynd trwy'i ben e ar hyn o bryd. 'Ar ba lawr wyt ti?'

'Yr wythfed,' medd, yn dal i slyrian. Tase Noah yn gwybod bod Blake wedi trio dal fy llaw i heno, byddai e'n gandryll. Blake yw'i ffrind hynaf; falle nad ydw i'n dod 'mlaen gydag e, ond dwi'n deall 'i fod e fel brawd i Noah, a dwi'n gwybod yn syth na alla i grybwyll hyn wrtho. Mae Blake yn feddw ac yn dwp, ond does dim pwynt sbwylio cyfeillgarwch y ddau achos hyn.

Mae'r lifft fel petai'n symud yn boenus o araf, ond o'r diwedd ry'n ni'n cyrraedd yr wythfed llawr. Pwyntia Blake tuag at 'i stafell ym mhen draw'r coridor, a dwi'n 'i ddilyn o bellter diogel, i wneud yn siŵr 'i fod e wedi cyrraedd y stafell. Wrth i ni gyrraedd y drws, mae'n troi ata i ac yn gwenu'n siriol. 'Diolch, Penny. Mae'n flin 'da fi 'mod i'n gallu bod yn gymaint o boen. Dwi'n hoff iawn ohonot ti, a dweud y gwir. Ti'n grêt.' Mae'r tawelwch yn lletchwith o hir wrth iddo fe rythu arna i.

'Diolch, Blake, mae hynny'n golygu lot –'

Wrth i fi orffen fy mrawddeg, mae'n fy nhynnu i tuag ato fe, a chyn i fi sylweddoli beth sy'n digwydd, mae'i wyneb yn symud tuag ata i – gan basio 'ngwefusau ond gan gyffwrdd yn ysgafn â 'moch. Mae 'mag i'n llithro oddi ar f'ysgwydd wrth i fi daflu 'mreichiau yn 'i erbyn. 'BLAKE! Paid! Be ti'n trio neud?'

Mae'n trio eto. Dwi'n cwympo i'r llawr wrth iddo fe bwyso 'mlaen am gusan arall, ac mae e wedyn yn bwrw'i ben yn erbyn y drws. Dwi'n manteisio ar y foment hon o ddryswch ac yn symud yn ôl oddi wrtho fe. Mewn chwarter eiliad, mae'r noson wedi troi wyneb i waered i gyd. Ro'dd trio dal fy llaw yn un peth – ro'n i'n barod i anghofio am hynny – ond mae hyn yn anfaddeuol. Sut gall e wneud hyn i fi ... ac i Noah?

Mae'n rhwbio'i ben. 'Dere ... dwi'n gwybod bo' ti'n lico fi.' Mae'n estyn 'i law, yn ceisio 'nhywys 'nôl at ddrws 'i stafell.

Dwi ddim eisiau symud, ond mae e'n sefyll rhyngof i a'r unig ffordd i ddianc: y lifft.

'Na'dw. Na'dw, dwi *wir* ddim yn dy lico di. Ti'n siarad dwli.'

'Wel, does 'da Noah ddim amser i ti, felly man a man i ti fod gyda rhywun sy d'isie di.'

Mae rhywbeth yn cronni yn fy mola – dicter cynddeiriog sy'n ddigon pwerus i wneud i fi wthio heibio iddo fe a rhedeg i lawr y cyntedd tuag at y lifft. Galla i glywed Blake yn gweiddi y tu ôl i fi: 'Penny, aros! Sori!' Ond dwi ddim yn trafferthu i aros i wrando arno fe. Dwi ddim hyd yn oed yn trafferthu gyda'r lifft, ac yn anelu am y grisiau yn lle hynny. Dyw 'nghamera i ddim gyda fi nawr – mae 'mag yn gorwedd yng nghanol y cyntedd, ond does dim ots 'da fi.

Dwi'n rhedeg nes i fi gyrraedd fy stafell, yn ddiolchgar 'mod i wedi cadw allwedd fy stafell gyda fi, yn lle 'i roi e yn y bag. Tynnaf y drws yn glep ar f'ôl, a'i gloi gyda'r gadwyn gan deimlo 'nghalon yn curo yn fy mrest. Pwysaf yn erbyn y wal a theimlo'r dagrau twym yn pistyllio i lawr fy wyneb.

Mae fy noson berffaith wedi cael 'i distrywio'n llwyr.

✶ *Pennod Pedwar deg* ✶

Wna i ddim gadael i Blake anghofio am hyn. Codaf ar fy nhraed, sychu'r colur sydd wedi llifo dan fy llygaid a cheisio gwneud fy stumiau Ocean Strong gorau. Af yn syth i lawr i far y gwesty i ddod o hyd i Noah, i ddweud wrtho fe'n union beth ddigwyddodd, ond mae'r gweinydd yn dweud wrtha i fod Noah a Dean wedi mynd 'nôl lan lofft.

Dewisaf y grisiau yn lle'r lifft, gan nad ydw i eisiau cael fy nghau mewn lle cyfyng eto, os galla i beidio. Wrth agosáu at stafell Noah, galla i weld bod y drws ar agor. Galla i weld cefn pen Noah, ac mae hyd yn oed cip ar 'i wallt tywyll anniben yn gwneud i fi deimlo'n well. Dwi ar fin rhuthro i mewn pan glywaf lais Dean, sy'n gwneud i fi rewi yn y fan a'r lle.

'Ti'n gweld, Noah? Dylet ti fod wedi trafod gyda fi'n gyntaf. Dim dyma'r ddelwedd ohonot ti ry'n ni isie 'i phortreadu. A nawr hyn ... mae hi jyst mor ifanc.'

Mae e'n siarad amdana i. Dwi'n gwybod 'i fod e. Dwi'n disgwyl i Noah achub fy ngham, ond dyw e ddim. Mae tawelwch llethol yn lle hynny. Galla i deimlo 'ngwaed yn oeri, nes bod fy mysedd fel iâ. Mae 'mhryderon gwaethaf yn dod yn wir.

Byddai'n well i Noah fod hebdda i.

Mae'r syniad yna wedi croesi fy meddwl sawl gwaith, ond mae clywed y geiriau'n uchel yn ofnadwy. Mae dagrau'n rhowlio i lawr fy mochau eto, ond yna galla i glywed llais arall yn y stafell sy'n gwneud i 'ngwaed i ferwi.

'Sori, boi. Do'n i ddim yn gwybod beth i'w wneud. Daeth hi i fy stafell i.'

Dwi'n ebychu'n swnllyd, ac mae pen Noah yn troi. Ond alla i ddim gwneud hyn nawr. Mae fy hyder Ocean Strong wedi diflannu. Dwi'n troi ac yn cerdded i lawr y cyntedd.

'PENNY! Ers pryd wyt ti wedi bod fanna?' Mae Noah yn rhedeg ar f'ôl.

'Yn ddigon hir i glywed am beth wyt ti'n siarad!' Ceisiaf sychu 'nagrau cyn iddo fe'u gweld nhw, ond mae'n rhy hwyr. Mae fy wyneb yn teimlo fel tase ar dân, a'r dagrau'n ceisio diffodd y tân.

'Penny, plis, allwn ni siarad? Arhosa am eiliad.' Mae Noah yn ceisio cydio yn fy mraich, ond dwi'n ymwthio'n benderfynol i lawr y cyntedd, 'nôl tuag at y grisiau. Dwi ddim eisiau cael cweryl arall o flaen pawb. Rhedaf lan y grisiau i fy stafell, a Noah yn dynn ar fy sodlau. Ar ôl mynd i mewn, dwi'n ceisio clirio'r dicter sy'n fy rhwystro i rhag meddwl a siarad.

Mae Noah yn sefyll o 'mlaen i.

'Penny, dim ond gwneud 'i waith mae Dean. Rheolwr yw e. Ti'n gwybod sut mae pethe yn y diwydiant cerddoriaeth. Maen nhw i gyd yn bobl wallgo, yn meddwl eu bod nhw'n gwybod beth sydd orau i bawb ...' Mae'n symud 'i ddwylo trwy'i wallt, ac yn brasgamu lan a lawr y stafell. Mae e'n nerfus, ond am unwaith alla i ddim 'i gysuro fe – achos mai *fi* yw'r un sydd angen cysur nawr.

'Ti'n credu 'mod i'n grac gyda Dean?' holaf. Galla i weld fy wyneb yn y drych. Mae golwg ffyrnig arna i, ac mae 'ngholur swanc yn edrych fel mwgwd. Dwi wedi bod yn llefain cymaint nes bod blew f'amrannau ffug yn llac, felly dwi'n eu tynnu nhw bant a'u taflu nhw yn y bin – gan fethu fy nharged, wrth gwrs. Maen nhw'n glynu wrth y carped fel dau gorryn marw. Dwi'n gwisgo fy hwdi Rolling Stones ac yn clymu 'ngwallt mewn byn mawr ar fy mhen – steil y bydda i ac Elliot yn galw'n 'Y Pinafal.'

'Dwi'n gaddo i ti nad oedd e'n golygu unrhyw beth.' Mae Noah yn ymbil arna i.

Am y tro cyntaf ers amser hir, wrth edrych arno fe, dwi ddim yn dyheu am 'i gusanu e'n wyllt.

'Noah, dwi'n deall. Dyw e ddim yn beth cŵl i gael cariad yn y byd yma, yn enwedig pan wyt ti ar ddechre d'yrfa, a phob merch isie llun ohonot ti fel *screensaver*, ond ti'n gwybod pa mor anodd yw hyn i fi hefyd? Ti'n credu na wnes i sylwi mor oeraidd oedd pobl Sony tuag ata i? A wnest ti ddim hyd yn oed f'amddiffyn i wrth siarad â Dean. Dwi'n codi cywilydd arnat ti.' Ar y pwynt hwn, dwi'n dechrau crynu. Mae 'nwylo'n siglo. Dwi'n credu mai dyma'r sgwrs fwyaf difrifol mae'r ddau ohonon ni erioed wedi'i chael. Mae'n syllu'n ôl arna i'n syn, fel y gwnaeth e pan waeddais i arno fe yn nerbynfa'r gwesty yn Rhufain, ond dwi ddim yn gweiddi arno fe'r tro hwn.

Dwi'n grac achos 'mod i wedi gadael i Noah dynnu sylw oddi ar wir achos fy nicter: Blake. Dwi'n crynu hyd yn oed yn fwy. Beth oedd e'n 'i ddweud wrth Noah a Dean?

'Penny, ti'n crynu! Ti'n cael pwl o banig?'

Mae geiriau Noah yn esbonio'n glir beth sy'n digwydd i fi. Dwi yn cael pwl o banig.

Dwi'n anadlu'n gynt ac alla i ddim sugno digon o aer i mewn i f'ysgyfaint. Mae 'nghalon fel tase hi'n neidio mas o fy mrest, a dwi'n teimlo'n dwym – mor dwym nes 'mod i bron â mygu. Mae cledrau 'nwylo'n chwys diferol a phinnau bach yn fy nhraed.

Mae Noah yn trio siarad â fi – galla i weld 'i geg yn symud – ond alla i ddim canolbwyntio arno fe o gwbl. Yn lle hynny, y cyfan sydd ar fy meddwl yw anadlu awyr iach, oer. Codaf o'r gwely a rhedeg at y ffenest. Mae hi'n hen ffenest ac mae'r handlen yn gwrthod symud, er 'mod i'n teimlo fel taswn i'n gwthio â'm holl nerth.

Dwi'n rhoi un hyrddiad arall iddi gyda f'ysgwydd, cyn sylweddoli 'mod i ar fin chwydu. Dwi'n troi i redeg i'r stafell molchi, ond mae'n amlwg na wnaf i gyrraedd mewn pryd. Y bin wrth y cwpwrdd dillad yw'r peth gorau.

Dwi ddim yn teimlo nac yn deall unrhyw beth nes i Noah lapio'i freichiau o gwmpas f'ysgwyddau, a dod â fi'n ôl ar y gwely. Nawr, mae awel braf yn chwyrlïo o gwmpas y stafell a galla i deimlo fy hunan yn dechrau ymlacio. Mae'n rhaid bod Noah wedi agor y ffenest tra oedd fy mhen i yn y bin. Fel arfer, byddwn i'n teimlo cywilydd ofnadwy am hynny, ond does dim ots 'da fi nawr.

Mae Noah yn dod â chlwtyn gwlyb i sychu fy wyneb, ac mae e'n 'i rwbio'n ysgafn ar fy nhalcen a 'ngwar. Mae 'nghorff yn dal i grynu a 'mherfedd i'n boenus ar ôl yr holl chwydu, ond o'r diwedd, mae 'mhwls yn arafu, a f'anadl yn sefydlogi. Mae Noah yn eistedd gyda fi, yn fy nal i'n dynn nes 'mod i'n teimlo'n gryf eto.

'Ti isie unrhyw beth?' gofynna, a'i lais yn dawel.

'Llymaid fach o ddŵr falle?'

Mae'n nodio ac yn llenwi gwydryn bach â dŵr o dap y stafell molchi. Dwi'n sipian ac yn ceisio bod yn dawel fy meddwl, ond dwi'n gwybod na wnaiff y panig ddiflannu nes y bydda i wedi dweud popeth wrth Noah.

'Noah, dim *jyst* bai Dean yw hyn ...' meddaf, gan ddal i sipian y dŵr wrth i Noah eistedd wrth f'ochr, yn rhwbio 'nghefn. Cymeraf anadl ddofn. 'Triodd Blake 'y nghusanu i. Ro'dd e'n uffernol o feddw ac ro'n i'n gwneud yn siŵr 'i fod e wedi cyrraedd 'i stafell e'n iawn, ond wedyn, pwysodd e 'mlaen a trio 'nghusanu i. Rhedais i bant, ond ro'dd e'n ofnadwy, Noah.' Dwi'n edrych arno fe, i weld arwydd o sioc neu ddicter, ond does dim.

Yn lle hynny, mae Noah yn symud i ffwrdd oddi wrtha i, gan dynnu 'i ddwylo oddi ar fy nghefn a'u rhoi nhw ar 'i gôl.

'Dwedodd Blake y byddet ti'n dweud hynny.'

Dwi bron â thagu ar f'anadl. 'Beth?' meddaf, mewn llais cryg.

'Dwedodd e wrtha i beth ddigwyddodd. Bo' ti wedi mynd at 'i ddrws yn dweud 'mod i ddim isie ti rhagor, cyn trio'i gusanu e. Dwedodd e 'i fod e isie gwrthod yn garedig, ond bo' ti wedi rhedeg bant.'

'Na ... beth? Dim dyna ddigwyddodd!'

'Iesu, Penny – dwi'n gwybod bod pethe wedi bod yn anodd, ond ma' Blake yn ffrind i fi. Wnest ti ddim meddwl y base fe'n dod ata i'n syth? Ife dyma dy ffordd di o gael sylw neu rywbeth? Dwedodd Dean y gallai rhywbeth fel hyn ddigwydd ... ond 'wnes i d'amddiffyn di bob tro. Wedais i na faset ti byth yn gwneud rhywbeth fel hyn. Mae'n rhaid 'mod i'n anghywir.'

Dwi'n syfrdan. Dwi'n rhy syn i siarad. Mae celwydd Blake wedi 'mwrw i'n galed, fel lorri ar draffordd, a dwi ddim yn gwybod sut i ddarbwyllo Noah 'i fod e'n anghywir. 'Noah, ti o ddifri? Fyddwn i byth yn gwneud hynna. Blake oedd e – fe oedd yr un ddaeth ar f'ôl i.'

Wedyn, mae Noah yn gwneud rhywbeth dyw e erioed

232

wedi'i wneud o'r blaen: mae'n gweiddi arna i. 'Penny, gad hi! Mae Blake wedi dweud wrtha i beth ddigwyddodd, ac fe wna i wastad gymryd 'i air e. Pam na alli di fod yn onest a dweud bo' ti wedi'i wneud e i gael sylw? Dwi'n gwybod nad ydw i wedi bod yno i ti, ond dwi'n disgwyl i ni o leiaf allu bod yn onest gyda'n gilydd. Gallwn i faddau i ti taset ti'n dweud bod hyn yn gamsyniad, ond allwn i byth faddau i ti os ti'n dweud celwydd ar ôl celwydd, yn enwedig am fy ffrind gorau. Faint yw d'oedran di?'

Syllaf 'nôl arno mewn ffieidd-dod a phryder. Dwi ddim, ar hyn o bryd, yn teimlo 'mod i'n edrych ar Noah, y cerddor anhygoel o dalentog â'r wên fendigedig, y syniadau mwyaf rhamantus a'r meddwl doeth. Dwi'n credu 'mod i'n edrych ar fachgen deunaw oed haerllug a chwbl gyffredin.

Dwi'n gegrwth. Pam ydw i'n gwastraffu f'amser ar hyn? Dwi'n gwybod beth ddigwyddodd, ond mae 'nghariad – y person sydd i fod i f'amddiffyn i ac ymddiried yndda i – yn gwrthod fy nghredu i.

'Jyst cer mas, Noah. Os ti'n meddwl cyn lleied ohona i, sdim 'mynedd 'da fi o gwbl. Mae'n wastraff amser. Os nad wyt ti'n fy nghredu i ... dwi ddim yn gwybod beth i'w wneud.'

Yn sydyn, mae Noah yn codi ar 'i draed. 'Wedodd Dean wrtha i fod mynd ar daith yn newid pobl. Ond feddylies i ddim 'i fod e'n siarad amdanat ti.' Mae'n rhythu arna i, a'i geg yn crynu'n ddig.

Dwi isie chwerthin, gan 'i fod e'n swnio'n gwbl hurt yn dweud hyn i gyd.

'Na, Noah, dyw hynna ddim yn wir. Mae'n hollol, hollol anghywir.' Dwi'n anadlu'n ddwfn. 'Alla i ddim gwneud hyn rhagor. Alla i ddim bod gyda rhywun sy'n credu'r straeon 'ma amdana i, sy'n fy nhrin i fel tegan bach dibwys a sydd ddim yn fy nghredu i am rywbeth mor ddifrifol â hyn. Ro'n i'n meddwl 'mod i'n dy nabod di, ond yn amlwg, dyw hynny ddim yn wir. Dwi ddim yn gwybod sut gall hyn byth weithio.'

Alla i ddim credu bod y geiriau hyn wedi gadael fy ngheg. Mae anghrediniaeth ar wyneb Noah hefyd. Mae e'n troi ac yn cerdded mas o fy stafell, gan gau'r drws yn glep wrth adael.

✦ ✦ *Pennod Pedwar deg un* ✦

Yn syth ar ôl i Noah adael, dwi'n codi fy ffôn ac yn ffonio Elliot. Does dim ots am gost yr alwad o Ewrop. Ar ôl caniad neu ddau, mae'n ateb.

'Helô?' Yn syth, galla i ddweud bod rhywbeth yn bod. Mae'n swnio'n dawel ac yn bell i ffwrdd – ond wedyn dwi'n sylweddoli 'i bod hi bron yn ddau o'r gloch y bore a 'mod i siŵr o fod wedi'i ddihuno fe.

'Mae'n flin 'da fi am ffonio mor hwyr,' meddaf. Dwi'n trio swnio mor normal â phosib, er 'mod i'n teimlo fel taswn i heb wneud dim yn yr awr ddiwethaf heblaw am lefain a chweryla.

'Mae'n iawn,' medd. 'Ro'n i ar ddi-hun.' Mae e'n dal i swnio'n bell ac yn oeraidd.

'Oeddet ti?'

'Be sy'n bod?'

'Fi sy wedi diflasu,' meddaf, gan geisio gwneud jôc. Fel arfer, byddai Elliot yn chwerthin wrth glywed rhywbeth hurt fel 'na, ond mae e'n hollol dawel. Does 'run ohonon ni eisiau jocan ar hyn o bryd, mae'n rhaid.

'Elliot, dwi'n credu bod Noah a finne wedi gorffen.' Dwi'n eistedd ac yn chwarae gyda 'ngwallt, wrth wrando ar dawelwch llethol. Yr unig beth sy'n profi ein bod ni'n dal wedi'n cysylltu yw'r ffaith 'mod i'n gallu clywed rhestr chwarae *power ballads* Elliot yn y cefndir. Ar hyn o bryd, 'Always' gan Bon Jovi sydd arno, ac mae hi'n gwneud i fi deimlo'n ofnadwy. Alla i ddim cadw'n dawel nawr, a dwi'n dechrau llefain i lawr y ffôn.

Mae Elliot yn anadlu'n ddwfn. 'Naddo.'

Dwi'n gwneud sŵn bach i ddangos 'mod i'n cytuno, ac yna, mae'r gwirionedd yn 'i daro. 'Ond ... pam? Beth ar wyneb y ddaear ddigwyddodd? Beth wnaeth e'r tro 'ma?' Mae Elliot, yn syth, yn ffrind gorau amddiffynnol. Dyma'r Elliot dwi angen.

'Gwnaeth 'i ffrind gorau ffiaidd drio 'nghusanu i, a phan es i ddweud wrth Noah, clywais i sgwrs rhyngo fe a Dean yn trafod pam ddyle fe ddim bod gyda fi. Wedyn, dwedodd Blake gelwydd a dweud 'mod i wedi mynd ar 'i ôl e. Ond dyfala pwy gredodd Noah! Dwedodd e 'mod i wedi creu'r stori i gael sylw, a fydde Blake byth yn gwneud hynny. Dwi mewn sioc. Dwi'n teimlo mor unig.'

Dwi'n cael cip ar fy hunan yn y drych gyferbyn â fi, sef yr union ddrych edrychais i ynddo fe'n gynharach heno, a meddwl, Waw, Penny, ti'n bishyn! Nawr, yr unig beth alla i feddwl yw, Waw, Penny, ti'n edrych yn uffernol. Mae masgara du ac *eyeliner* yn rhedeg i lawr fy mochau, mae fy ffrog las a sidan yn hongian i lawr dan fy hen hwdi rhacslyd a dyw'r pinafal ar fy mhen ddim yn edrych yn arbennig o ddeniadol bellach.

'Alla i ddim credu bod Noah ddim yn dy gredu di ... Ti'n iawn? Ti isie i fi hala rhywun i roi crasfa i Blake?'

Dwi'n chwerthin drwy fy snwffian. 'Falle gallet ti ac Alex roi crasfa iddo fe gyda'ch gilydd?'

'Wel, mae hyn yn amseru rhyfedd,' medd Elliot. Mae saib hir ar y ffôn. 'Ro'n i'n mynd i aros i ti ddod adre i ddweud wrthot ti, ond ... Mae Alex a finne wedi gorffen hefyd.'

Nawr dwi'n deall pam 'i fod e'n chwarae'r caneuon 'na. 'O na, Elliot ... be ddigwyddodd? Mae'n wir flin 'da fi.' Dwi mewn sioc. Do'n i byth yn credu y byddwn i'n clywed Elliot yn yngan y geiriau hynny. Mae'r pellter rhyngom ni'n teimlo mor enfawr ar hyn o bryd. Dwi eisiau estyn trwy'r ffôn a rhoi cwtsh iddo fe. Cwtsh anferth wnaiff bara am byth. Wedyn, dwi'n rhoi dau a dau at 'i gilydd. 'O iyffach, ife achos y llun?'

'Hwnna oedd y sbardun, ond mae llawer mwy i'r peth na hynny. Bydd rhaid i fi ddweud wrthot ti wyneb yn wyneb. Mae gormod i'w ddweud dros y ffôn. Trueni bo' ni ddim gyda'n gilydd nawr.' Mae Elliot yn ochneidio, wrth i Whitney Houston forio canu o'i liniadur yn y cefndir.

'Finne hefyd. Dwi ddim yn credu 'mod i erioed wedi bod isie ti ar ochr arall y wal cymaint â hyn. Gallwn i jyst cnocio, a byddet ti yma'n syth.'

Ry'n ni'n mynd 'mlaen i ddweud cymaint ry'n ni'n gweld eisiau'n gilydd a chymaint ry'n ni'n colli ein gilydd, a thrafod yr holl bethau fydden ni'n eu gwneud tasen ni gyda'n gilydd yr eiliad honno. Awgrymodd Elliot y bydde fe hyd yn oed yn dod â bocs o ugain nyget cyw iâr McDonald's i fi nawr, a dwi'n gwybod 'i fod e'n deall mor ddifrifol yw'r sefyllfa. Mae e'n casáu McDonald's – oni bai bod argyfwng ofnadwy.

Ochneidiaf wrth syllu drwy'r ffenest. Mae Twr Eiffel, oedd mor rhamantus a phrydferth ychydig oriau'n ôl, nawr yn symbol hyll o 'mhellter i oddi wrth Elliot. Dwi eisiau bod gartre yr eiliad hon, yn gwrando ar gerddoriaeth *dubstep* Tom yn curo drwy'r llawr, Mam yn canu'r geiriau anghywir i ganeuon pop ar y radio a Dad yn dweud jôcs gwael am bopeth.

'O, Elliot, be wna i?' meddaf, ar goll yn llwyr.

Ond er mawr syndod i fi, mae Elliot yn ebychu'n gyffrous a dwi bron yn siwr 'mod i'n gallu 'i glywed e'n curo'i ddwylo.

Mae'n teipio'n wyllt ar 'i liniadur. 'Penny, mae 'da fi syniad. Mae e braidd yn wallgo, ond mae'n rhaid i ti 'nhrystio i. Dere i'r Gare du Nord bore fory erbyn hanner awr wedi naw, a phopeth gyda ti. Dwi am ddod â ti sha thre.'

Mae 'nghalon yn neidio i'm llwnc. 'Wici, dwi wedi cael cymaint o siom yn ddiweddar. Plis paid â dweud hynny os nad wyt ti'n 'i feddwl e.'

'Lady Penelope, ydw i erioed wedi dy siomi di? Galli di 'nhrystio i.'

Ac wrth gwrs, mae Elliot yn iawn: dyw e erioed wedi fy siomi i. Dwi'n teimlo mor falch wrth feddwl 'mod i'n mynd adre. Does dim ots os bydd rhaid dal y trên ar fy mhen fy hunan. Fory, bydda i'n cysgu yn 'y ngwely fy hunan.

'Dwi'n dy garu di, Elliot.'

'Caru ti hefyd, Penny. Cofia: hanner awr wedi naw bore fory, Gare du Nord. Sgwenna fe yn rhywle. Mae wyth gorsaf drenau fawr ym Mharis a dwi ddim isie i ti fynd i'r un anghywir!'

'Dwi'n deall, Wici,' meddaf, gan geisio swnio'n fwy hyderus nag ydw i'n teimlo. Ond mae Elliot wedi llwyddo i wneud rhywbeth ro'n i'n meddwl oedd yn amhosib: mae e wedi codi fy hwyliau i, tamed bach. O leiaf nawr mae 'na gynllun: dwi'n mynd adre.

Pennod Pedwar deg dau

Erbyn i fi gropian i'r gwely, mae hi wedi pedwar o'r gloch y bore. Dyw'r pedair awr o gwsg ges i ddim yn ddigon i leihau'r balŵns dan fy llygaid.

Er 'mod i'n teimlo'n gyffrous ynglŷn â mynd adre, alla i ddim peidio ag edrych ar fy ffôn, yn ymbil am neges oddi wrth Noah, yn dweud wrtha i 'i fod e'n anghywir i dybio 'mod i'n dweud celwydd a'i fod e ddim eisiau i ni orffen. Ond does dim yn dod.

Brysiaf o gwmpas fy stafell, gan daflu fy holl eiddo i'r cês. Mae poen yn fy mola wrth gofio i fi adael fy mag a 'nghamera ynddo y tu fas i stafell Blake – ond alla i ddim poeni am hynny nawr. Fe wnaf i ofyn yn y dderbynfa a oes rhywun wedi'u rhoi nhw iddyn nhw. Yn ôl fy ffôn, dim ond deg munud gymerith hi i gyrraedd y Gare du Nord mewn tacsi, felly mae ychydig o amser gyda fi.

Eisteddaf 'nôl ar y gwely a rhwygo darn o bapur o'r pad ysgrifennu. Dwi erioed wedi sgrifennu llythyr ffarwél o'r blaen, a wnes i byth ddychmygu y byddai'n rhaid i fi sgrifennu un at Noah. Dwi ddim yn gwybod yn union ble na sut i ddechrau. Ysgrifennaf fy syniadau i gyd, ond mae popeth yn swnio'n anghywir. Taflaf un llythyr gwael ar ôl y llall i'r bin (ro'n i wedi gwacáu'r bin rhag iddo fe ddrewi drwy'r nos).

239

O'r diwedd, dwi'n hapus gyda'r hyn dwi wedi'i sgrifennu.

Noah,

Dwi ddim wir yn gwybod ble i ddechrau. Dwi eisiau dweud llawer
o bethau, ond am nawr, digon yw dweud 'mod i wedi mynd adre.

Mae'n flin 'da fi bod hyn i gyd wedi digwydd, ond dwi'n teimlo
'mod i'n rhyw fath o rwystr i ti fan hyn. Gobeithio nawr y galli
di fwynhau d'enwogrwydd a phopeth sy'n dod gyda hynny, ac na
fydda i yma i dy dynnu di i lawr.

Alla i ddim cuddio'r ffaith 'mod i'n grac ac wedi cael dolur.
Rhoddais i bopeth i mewn i'r berthynas yma, ac fe daflaist ti'r
cyfan yn ôl i fy wyneb i. Dwi'n gobeithio, rhyw ddydd, y gwnei di
sylweddoli na wnes i ddweud celwydd wrthot ti. Dim ond eisiau dy
wneud di'n hapus o'n i.

Ti fydd fy Nigwyddiad Sbardunol am byth, ond falle nad yw
Digwyddiad Sbardunol yn arwain at ddiweddglo hapus bob amser?

Penny X

O.N. Plîs paid â chysylltu â fi. Mae angen amser arna i i glirio fy
mhen.

Rhoddaf y llythyr wrth fy ffôn, a dwi'n edrych ar y ffôn unwaith
eto. Does dim byd oddi wrth Noah. Doedd dim pwynt i fi
ddweud wrtho fe am beidio â chysylltu â fi; does dim bwriad
'da fe i wneud hynny, siŵr o fod.

Edrychaf o gwmpas y stafell unwaith eto, cyn tynnu 'nghês
mas i'r cyntedd. Mae'n dipyn o ymdrech – dyma'r tro cyntaf i
fi orfod symud y cês fy hunan, heb unrhyw help, a dwi wedi
casglu tipyn o anrhegion i fynd adre, gan gynnwys o leiaf ugain
potel fach o siampw ac eli corff o'r holl westai.

Ar ôl cyrraedd y dderbynfa, clywaf rywun yn galw f'enw.
'Penny?'

Am chwarter eiliad, mae 'nghalon yn llamu, gan feddwl falle mai Noah sydd yno. Falle 'i fod e am ymddiheuro? Trof, a gweld pen sgleiniog moel, a gwên addfwyn.

'Larry!' Gwenaf arno, gan obeithio bod fy sbectol haul yn cuddio fy llygaid coch, chwyddedig.

'Dwi wedi bod yn chwilio amdanat ti ym mhobman. Ro'n i'n meddwl falle y byddet ti isie hwn 'nôl.' Mae'n rhoi fy mag i fi, ac mae 'nghamera'n dal ynddo. Alla i ddim peidio: dwi'n taflu 'mreichiau o gwmpas 'i ganol. Dwi'n credu mai Larry yw'r unig berson ar y daith yma sydd wastad wedi edrych ar f'ôl i. Prin mae 'mhen yn cyrraedd 'i ên, ac mae e'n chwerthin.

'Diolch, Larry,' meddaf, gan sniffian, ac yn y diwedd dwi'n gadael iddo fynd.

'Falch 'mod i wedi dy ddala di! Ond i ble ti'n mynd, miss? Licet ti help gyda hwnna?' Mae'n cymryd y cês oddi wrtha i ac yn 'i gario mas i fynedfa'r gwesty.

'A dweud y gwir ... dwi'n mynd adre.' Edrychaf i lawr y stryd, gan chwilio am unrhyw beth tebyg i dacsi, i fynd â fi at yr orsaf.

Mae e'n gwgu. 'Ond – '

'Plis paid â gofyn, Larry.' Galla i deimlo 'ngwefusau'n dechrau crynu, ond dwi'n gwrthod crio. Dwi wedi gwneud digon o hynny. Gweddïaf y daw tacsi. Mae un yn edrych yn rhydd, ond mae'n gwibio heibio ac yn stopio wrth draed menyw drawiadol o soffistigedig sy'n cario pwdl. Wrth edrych i lawr ar fy nghrys llac a'm legins du, dwi'n teimlo'n rhwystredig. Do'n i ddim yn sylweddoli bod rhaid edrych yn smart ym Mharis hyd yn oed wrth drio dal tacsi.

'Ydy Noah yn gwybod?' hola Larry'n garedig.

'Wrth gwrs 'i fod e,' meddaf. Dyw hynny ddim yn gelwydd llwyr – bydd e'n gwybod unwaith y gwelith e'r llythyr.

'Wel, fydde fe ddim isie i ti fynd i'r orsaf ar dy ben dy hunan.

Gad i fi dy yrru di yno, o leiaf.'

Falle nad oes ots gydag e beth ddigwyddith i fi, meddyliaf, ond does dim pwynt pwdu. Fyddai lifft i'r orsaf ddim yn fy lladd i. Mae Larry'n amneidio tuag at y Mercedes a'r ffenestri du sy'n eistedd o'n blaenau, a dwi'n edrych 'nôl ar draffig y stryd.

'Oce. Diolch Larry.' Mae'n ddigon o beth 'mod i newydd orffen gyda 'nghariad; y peth olaf dwi isie nawr yw mynd ar goll ym Mharis gyda chês mawr trwm. 'Dwi'n gwerthfawrogi hyn.'

Mae Larry'n ddigon call i wneud dim ond clebran am ddim byd o bwys yn y car. Mae'n dweud wrtha i am 'i drip i Notre Dame ddoe. Ar ôl cyrraedd yr orsaf, mae Larry'n fy helpu gyda 'nghês ac yn dymuno pob lwc i fi, a dwi'n diolch iddo fe am bopeth mae e wedi'i wneud i fi ar y daith.

'Croeso, Penny. A phaid â phoeni – gwelith Noah sens rhywbryd,' medd gan wenu'n gyfeillgar.

Dwi'n gwenu'n wan ac yn nodio. Wedyn, dwi'n troi o 'nghwmpas i wynebu mynedfa urddasol yr orsaf. Anadlaf yn ddwfn a cherdded i mewn mor gyflym ag y galla i.

Ar ôl mynd i mewn, mae fy wyneb hyderus yn llithro. Dwi hefyd yn sylweddoli 'mod i ddim yn hollol siŵr beth i'w wneud. Wrth feddwl 'nôl, dylwn i fod wedi gofyn i Elliot am ychydig rhagor o fanylion, ond am bedwar o'r gloch y bore, ar ôl un o nosweithiau gwaethaf fy mywyd, do'n i ddim wir yn gallu gofyn cwestiynau call. Y cyfan ddwedodd Elliot oedd bod angen i fi fod yno erbyn 9:30. Edrychaf lan ar y sgrin amserlenni a gweld nad oes trên yn gadael am Lundain tan 11:30 a.m. Falle bod Elliot eisiau rhoi digon o amser i fi? Dechreuaf edrych o gwmpas am unrhyw arwyddion gyda f'enw arnyn nhw, heb unrhyw lwc.

Anadla, Penny, meddaf. Beth fyddai Wici yn 'i wneud? Ceisiaf fod yn hyderus ac yn synhwyrol, sy'n anodd, gan fod y rhan synhwyrol o f'ymennydd yn cuddio dan gwmwl o niwl emosiynol ar hyn o bryd.

'*Excusez-moi?*' Syllaf ar fenyw fach drwy ffenest wydr y caban tocynnau, ac mae hi'n gwenu arna i'n gwrtais. Mae'i hwyneb yn fach ac yn dwt, ac mae sbectol gron yn fframio'i llygaid mawr. Mae lipstic coch wedi llifo dros ymylon 'i gwefusau. '*Parlez-vous Anglais?*' holaf, gan obeithio 'mod i ddim yn gwneud cawlach o'r geiriau Ffrangeg. Pan mae hi'n nodio arna i, dwi'n gwenu. 'Mae'n rhaid i fi gyrraedd Lloegr. Fy enw i yw Penny Porter. Does 'na ddim tocyn i fi, nag oes?'

Mae'r fenyw yn edrych arna i, â golwg braidd yn ddryslyd ar 'i hwyneb. 'Pardon? Dyw fy Saesneg ddim yn dda iawn. Ydych chi wedi cadw tocyn?'

'Ydw! Falle?' Rhoddaf fy mhasbort iddi. Mae hi'n gwenu wrth droi at 'i chyfrifiadur a theipio'n brysur.

Mae hi'n gwgu. 'Alla i ddim gweld unrhyw beth yma i chi.'

'Na, sori. Dwi'n credu falle bod fy ffrind wedi bwcio tocyn i fi. Elliot Wentworth?' Sylweddolaf mor ddramatig dwi'n defnyddio 'nwylo wrth siarad, cyn troi'n goch fel tomato. Yn amlwg, dyw'r fenyw hon ddim yn deall pwy yw Elliot wrth edrych ar fy nwylo i.

'*Mademoiselle?* Oes angen tocyn arall arnoch chi?' Mae hi'n pwyntio at 'i chyfrifiadur ac yna at y trên, gan wenu fel tase hi wedi ennill y loteri.

Gwenaf 'nôl arni'n garedig, a siglo 'mhen. 'Sdim ots. Mae'n iawn. Diolch. Merci.'

Llusgaf fy nghês pinc llachar 'nôl at y sgrin amserlenni. Beth ar wyneb y ddaear sy'n bod arna i, yn trio ffeindio fy ffordd adre ar fy mhen fy hunan? Does dim ots bod Elliot rywsut wedi gwneud cynlluniau ar fy nghyfer i; yn amlwg, dwi'n dwpsen ddwl, yn ddamwain ar goesau. Eisteddaf i lawr ar fy nghês a ffoniaf Elliot i ofyn beth yn union dwi fod i'w wneud, ond mae'i ffôn yn mynd yn syth i'r peiriant ateb. Mwmialaf ar y sgrin. 'Dim nawr, Elliot, yr hen – '

'Pen-pen! Ti 'ma!'

Trof o 'nghwmpas a gweld Elliot yn sefyll yno yn 'i drowsus siec a'i sgidiau coch. Mae'i wallt brown yn slic a phob blewyn yn 'i le, ac mae'i grys gwyn a'i dei-bo du'n cyd-fynd yn berffaith â'i sbectol cragen crwban. Rhedaf ato a neidio amdano, gan lapio 'nghoesau o gwmpas 'i ganol fel cymeriad o ffilm ramantus.

'Jiw jiw, be ti'n neud? Dim *Dirty Dancing* yw hwn! Dwi ddim wedi arfer â phobl yn gwneud pethe fel 'na,' medd Elliot.

Mae'n fy ngollwng i'r ddaear a dwi'n glanio ar fy nhraed, yn sigledig braidd.

'Sori, ond dwi mor falch o dy weld di! Ti wir yma? Ai dyma oedd dy gynllun di o'r dechre?'

'Ie. Meddyliais i am ddod â ti adre am ryw eiliad, cyn meddwl, ry'n ni'n bobl drist a thruenus. Ydw i isie bod ar fy mhen fy hunan yn Brighton? Neu ydw i am fod yn drist a thruenus ym Mharis? Fe wnaeth Efrog Newydd dy helpu di i fagu hyder, felly meddyliais i falle byddai Paris yn gwneud yr un peth i fi. Ro'dd e'n teimlo fel ffawd. Ro'dd diwrnod bant gyda fi o *CHIC*; defnyddiais i'r cerdyn credyd argyfwng ges i oddi wrth Dad i brynu'r tocynnau; ac ro'dd jyst digon o amser i gyrraedd Llundain i ddal yr Eurostar bore 'ma. Dwi heb gysgu O GWBL. Mae angen cawod arna i, dwi'n teimlo mor ffiaidd ... ond dwi yma!'

'Elliot, ti'n seren! Be wnawn ni nawr?'

'Dwi wedi bwcio gwesty yn y pymthegfed *arrondissement*.'

Dwi'n caru Elliot! 'Beth yw hwnna?' holaf.

'Ardal o Baris – oeddet ti'n gwybod bod ugain *arrondissement* ym Mharis?' Mae Elliot yn dal fy mraich ac ry'n ni'n cerdded mas i ddal tacsi.

Er bod cwmwl o dristwch yn hofran drosta i, mae e'n dechrau lleihau gan fod enfys fawr liwgar wedi ymddangos, i guddio'r llwydni. Dwi'n teimlo *mor* wahanol nawr bod Elliot gyda fi.

'Do'n i ddim yn gwybod hynny! Elliot, ti'n edrych yn anhygoel o ystyried bo' ti heb gael unrhyw gwsg. Dylet ti weld stad fy llygaid i dan y sbectol haul 'ma.'

Mae e'n codi fy sbectol haul ac yn edrych arna i â golwg bryderus ar 'i wyneb. 'Pa frand yw'r rhain?' hola, gan graffu arna i.

'Y sbectols haul hyn? O, neb enwog. Topshop ddwy flynedd yn ôl.'

Mae'n chwerthin ac yn rhoi'r sbectol yn ôl ar 'y nhrwyn. 'Na, y bagiau dan dy lygaid o'n i'n feddwl.' Mae Elliot yn chwerthin yn afreolus ac yn fy llusgo i'r tacsi. Dwi'n trio chwerthin wrth neidio i mewn ar 'i ôl.

Wrth i'r tacsi symud i ffwrdd o'r orsaf, gwelaf lond pen o wallt brown anniben, a siâp cyfarwydd. Alla i ddim bod yn siŵr p'un ai sioc neu bleser pur sy'n rhuthro drwy fy nghorff. Mae Noah wedi dod i fy nôl i.

'Stopiwch y tacsi!' gwaeddaf.

Pennod Pedwar deg tri

Ond dim Noah yw e. Pan mae'r dyn yn troi, dyw e'n ddim byd tebyg i Noah. Fy nychymyg despret sy'n chwarae triciau arna i. Mae'r gyrrwr tacsi'n tuchan wrth i fi eistedd yn fy sedd, ac mae Elliot yn taro fy llaw yn ysgafn.

Diolch byth, dyw'r daith ddim yn rhy hir, ond wrth i ni stopio y tu allan i'r gwesty mae Elliot wedi'i drefnu i ni, mae'n anodd peidio â theimlo braidd yn amheus. Mae'n gwbl wahanol i'r gwestai dwi wedi bod yn aros ynddyn nhw ar y daith – mae'r tu allan yn anniben ac mae graffiti dros y waliau i gyd.

Mae Elliot yn codi'i ysgwyddau. 'Dyna'r cyfan allwn i ffeindio ar y funud olaf. Ond mae'n cael sgôr uchel ar TripAdvisor!'

Gwasgaf law Elliot wrth i ni gerdded i'r gwesty. Mae'r ffaith 'i fod e yma'n rhywbeth na all arian 'i brynu, a byddwn i'n hapus i aros mewn bocs cardfwrdd cyhyd â'n bod ni gyda'n gilydd.

Er 'i bod hi'n gynnar, mae'r derbynnydd yn rhoi allwedd y stafell i ni, ac ry'n ni'n hyrddio fy nghês lan dri llawr i'n stafell. Ry'n ni'n chwerthin yn wyllt wrth drio llusgo'r cês lan pob gris, a phrin y galla i anadlu. Mae'r cyfuniad o beidio â bod yn heini iawn (yn bendant, ddylwn i fyth fod wedi colli cymaint o wersi ymarfer corff ag y gwnes i) a'r holl chwerthin yn gwneud y dasg yma'n llawer anoddach.

Dim y tu allan yw'r unig beth sy'n wahanol ynglŷn â'r gwesty yma: mae e hefyd yn llawer mwy cyfyng. Mae'r ddau wely sengl yn y stafell yma wedi'u gwthio'n erbyn 'i gilydd ac mae traed y gwelyau bron yn erbyn y wal. Mae un ffenest bitw fach, ond does dim gobaith gweld Tŵr Eiffel – yn lle hynny, wal frics a dihangfa dân sy'n fy wynebu. Mae graffiti ar y wal allanol sy'n dweud: L'AMOUR EST MORT. Mae Elliot yn 'i gyfieithu: 'Mae cariad yn farw.' Dwi'n gwybod sut mae'r person yna'n teimlo. Yn y stafell molchi, mae pen y gawod yn hofran dros y tŷ bach, ac mae'n rhaid i fi grymu f'ysgwyddau i fynd i mewn.

'Wel, bydd rhaid gwneud y ddau beth yr un pryd.' Mae Elliot yn chwerthin wrth roi cip rownd drws y stafell molchi.

Ry'n ni'n dau'n cwympo'n ôl ar ein gwelyau mewn pentwr blinedig. Er 'mod i wedi ymgolli yn fy nhristwch fy hunan am Noah a finne'n gorffen gyda'n gilydd, dwi heb ystyried sut mae Elliot yn teimlo ar hyn o bryd. Dyw Alexiot ddim yn bodoli nawr, ac mae 'nghalon yn torri wrth orwedd yno'n meddwl amdano.

Estynnaf am 'i law a chydio ynddi. 'Wici? Oeddet ti wedi rhagweld hyn gydag Alex? Oeddech chi wedi bod yn cwympo mas?' Rholiaf drosodd ar fy mola a rhoi 'nwylo dan fy mhen.

Mae Elliot yn ochneidio ac yn plethu 'i ddwylo dros 'i fola.

'Ti'n gwybod bod Alex ddim 'mas' eto, ac wrth gwrs, doedd dim ots 'da fi ar y dechre. Fyddwn i byth wedi rhoi pwysau arno fe i ddod mas – mae angen iddo fe wneud hynny yn 'i amser 'i hunan. Ond er bod hyn yn swnio'n dwp, ro'n i'n meddwl erbyn hyn y bydden ni wedi goresgyn y rhwystr yna gyda'n gilydd. Ro'n i'n meddwl falle mai fi fyddai'r un i'w newid e a rhoi'r hyder iddo fe ... dwi'n swnio fel cymeriad mewn ffilm wael. Dwi'n gwybod na alla i newid unrhyw un, ond Penny, dwi wedi cael llond bola ar orfod esgus a chuddio. Fe wnaeth y llun yna ohonon ni'n cusanu amlygu'r broblem. Aeth e'n benwan a mynnu gwybod sut ar wyneb y ddaear gadewais i i hynny ddigwydd. Dwedodd e – ' Mae llais Elliot yn swnio'n fach fach, ac mae 'nghalon yn crebachu yn fy mrest – 'Dwedodd e 'i fod e'n difaru 'nghusanu i. Ro'n i'n teimlo fel ffŵl.'

Dwi'n edrych draw ar Elliot ac mae e'n cau 'i lygaid yn dynn. Wedyn, mae'n eu hagor nhw eto, yn blincio, ac am y tro cyntaf mae'i lais yn swnio'n galetach. Mae'n swnio'n debycach i'w dad, sy'n rhyfedd gan nad yw e byth yn swnio fel hwnnw. 'Mae e jyst mor drist 'mod i wedi buddsoddi cymaint o amser yn rhywun a theimlo yn y diwedd 'mod i ddim wedi elwa o gwbl. Felly roedd rhaid gorffen popeth.'

Mae Elliot yn rholio drosodd, ac er gwaethaf ei eiriau, dwi ddim yn credu 'mod i erioed wedi'i weld e mor grac a thrist am unrhyw beth. Fel arfer, os yw e'n delio â rhywbeth trist mae e'n diffodd yr emosiwn fel nad yw'r byd yn gwybod cymaint o boen mae'n 'i deimlo.

'O, Wici, mae hynny'n ofnadwy. Ond mae'n rhaid i ti gofio nad yw hyn yn unrhyw beth i'w wneud â ti. Mae hyn yn rhywbeth mae'n rhaid i Alex ddelio ag e 'i hunan, ac mae hynny'n ofnadwy i ti achos mai'r cyfan alli di wneud yw eistedd ac aros ar y cyrion. Ond ti ddim wedi gwneud unrhyw beth o'i le – dim ond gofyn iddo fe barchu dy deimladau di a'ch perthynas chi. All e ddim dy guddio di am byth.' Dwi'n edrych ar Elliot ac yn mentro gwenu, i weld a alla i drosglwyddo ychydig o bositifrwydd iddo fe.

Diolch byth, mae'n gwenu'n ôl. 'Dwi'n gwybod, Penny. Dwi jyst ... dwi wir yn 'i hoffi e. Wir yn 'i hoffi e.' Mae'n codi 'i aeliau arna i.

'Hoffi? Wir wir yn 'i hoffi e?' Dwi'n codi f'aeliau'n ôl arno fe ac ry'n ni'n chwerthin. Wedyn, mae e'n neidio oddi ar y gwely.

'Ie, hoffi lot fawr. Drycha arnon ni, Penny. Ni'n ymddwyn fel tase'r byd wedi stopio troi. Ni'n corddi yn ein tristwch ein hunain ac mae'n ofnadwy o hyll. Iyffach, ni ym Mharis – ac mae'n rhaid i ni anghofio am fois a mynd mas i gael hwyl. Falle nad wyt ti wedi cael Diwrnod Dirgel Hudol gyda Noah, ond diawl, ti'n mynd i gael un gyda fi.'

'O, dwi'n gwybod y byddi di'n dwlu ar un stryd ffasiynol 'ma bues i ynddi,' meddaf, gan feddwl 'nôl i niwrnod mas gyda Leah. Dim ond ddoe oedd hynny? Mae'n teimlo fel mil o flynyddoedd 'nôl. 'Mae'r holl *boutiques* 'ma yno –'

Mae Elliot yn gwgu. 'Aros, sut wyt ti'n gwybod am strydoedd ffasiynol?'

Dwi'n cochi. 'Aeth Leah â fi yno. Gwisgodd hi fi ar gyfer y parti neithiwr.' Tynnaf fy ffôn mas, er mor boenus yw gweld lluniau ohona i a Noah yn hapus gyda'n gilydd. Dwi'n dod o hyd i un dynnodd Leah yn syth ar ôl i ni adael y gwesty, pan oedd fy ngwallt, fy ngholur a fy ngwisg i gyd yn berffaith. Dangosaf y llun i Elliot, ac mae'i ên yn cwympo i'r llawr.

'O, Penny, ti'n dweud wrtha i fod Noah wedi dod â phethe i ben ar ôl hyn? Cariad, mae e'n ffŵl.'

Tynnaf fy ffôn 'nôl a'i roi yn fy mhoced, gan deimlo dagrau'n pigo fy llygaid eto. 'Wel, taswn i'n gwybod sut i edrych fel 'na drwy'r amser, falle byddwn i'n ddigon iddo fe.'

'O, na,' medd Elliot. 'Nid dyna'r Penny dwi'n ei nabod. Os nad yw e'n gallu dy garu di fel hyn – ' mae'n pwyntio at fy hen legins, fy nghrys a fy ngwallt anniben – 'wedyn dyw e ddim yn dy haeddu di. Penny, ti ddim yn dywysoges; ti'n frenhines. Ac mae brenhines yn haeddu siocled poeth a *croissants* i frecwast, felly bant â ni.'

Pennod Pedwar deg pedwar

Beth ddylech chi ei fwyta i frecwast y bore ar ôl gorffen gyda'ch cariad? Wel, *croissants* fflwfflyd, briwsionllyd, sy'n toddi yn eich ceg, wedi'u dipio mewn siocled poeth melfedaidd wrth gwrs! Dwi'n siŵr bod y weinyddes newydd edrych arnon ni braidd yn grac ar ôl i ni archebu'r chwe *pain au chocolat* olaf, ond does dim ots gyda ni.

Mae Elliot yn toddi 'i chalon ymhen dim trwy sgwrsio'n rhwydd yn 'i Ffrangeg perffaith, a chyn hir maen nhw'n cyfnewid tips am y llefydd gorau i gael macarons ym Mharis. Mae Elliot yn swnio mor cŵl ac yn fy swyno i bob tro mae e'n siarad. Dwi'n siŵr bod fy ngwên hurt yn mynd ar 'i nerfau erbyn hyn.

Ar ôl brecwast, ry'n ni'n cerdded ar hyd y stryd o siopau drudfawr fues i iddi gyda Leah, a daw ton o dristwch i 'mwrw wrth gofio cymaint o ymdrech wnes i i Noah neithiwr, dim ond i'r cyfan fynd o chwith mewn ffordd hollol ofnadwy. Bob tro dwi'n dechrau edrych yn drist, mae Elliot yn tynnu'r cwdyn o *pains au chocolat* sydd dros ben ac yn fy ngorfodi i gymryd hansh tra'i fod e'n gwneud yr un peth.

Mae hynny'n gweithio – tan i'r *pains au chocolat* orffen.

Dyna pryd ry'n ni'n eistedd i lawr i gael cinio a dwi'n cael y *croque-monsieur* mwyaf cawslyd yn y byd – ac, wrth gwrs, sleisen anferth o darten afalau. Pwy ddwedodd na all bwyd ddatrys pob problem? Bwyd a ffrindiau gorau yw'r cyfuniad perffaith – mae hynny'n swyddogol.

Ar ôl cinio ry'n ni'n anelu am Pont des Arts ar Afon Seine, sydd hefyd yn cael 'i nabod fel pont cloeon cariad. Mae Elliot yn benderfynol o brynu clo, ysgrifennu enwau'r ddau ohonon ni arno fe a'i roi'n sownd ar y bont am byth, yn deyrnged fach i'n cyfeillgarwch. Ond ar ôl cyrraedd, ry'n ni'n gweld bod yr holl gloeon wedi'u tynnu. Yn eu lle nhw, mae arwydd mawr yn gofyn i bobl beidio â rhoi cloeon achos bod eu pwysau nhw'n niweidio'r bont.

Er bod Elliot yn siomedig, dwi ddim. Dwi ddim yn hoffi meddwl am fy ngariad fel clo. Mae'n well 'da fi feddwl amdano fel y bont ry'n ni'n sefyll arni – rhywbeth sy'n cysylltu dwy galon na fyddai fel arall wedi cwrdd. Mae'r cloeon cariad yn debyg i'r problemau oedd 'da Elliot a finne: roedd pob un yn fach, ond gyda'i gilydd ro'n nhw'n ddigon i'n gwneud ni'n wannach, tan i ni dorri.

Er bod y cloeon cariad wedi'u gwahardd nawr, ry'n ni'n dal wedi'n hamgylchynu gan gyplau hapus yn tynnu lluniau ar y bont, a fuodd yn symbol o gariad diddiwedd am amser hir iawn. Byddai'n well 'da fi tase Elliot heb ddod â fi yma. Y peth dwetha dwi eisiau 'i weld yw cyplau'n cusanu ac yn gwneud wynebau hurt ar 'i gilydd mewn hunluniau.

'Ocê, dim clo – ond beth am dro bach ramantus ar hyd y Seine?' Daw Elliot â fi'n ôl i'r presennol wrth iddo fe sgrialu ar hyd y bont, gan fy llusgo i gerfydd fy mraich.

'Oeddet ti'n gwybod bod dros dri deg o bontydd yn croesi'r Seine ym Mharis?' hola Elliot, gan roi 'i fraich yn fy mraich.

'Galla i gredu hynny,' meddaf. Mae fel tasen ni wedi pasio hanner dwsin ar ein taith fer. Pwysaf fy mhen yn erbyn ysgwydd Elliot wrth i ni ddilyn y llwybr ar hyd yr afon, gan wylio cychod hir yn llawn twristiaid yn llithro heibio'n hamddenol.

'Co! Co!' Mae Elliot yn pwyntio at Dŵr Eiffel, sydd reit o'n blaenau erbyn hyn.

Er bod y tŵr yn gwneud i fi feddwl am Noah yn syth, a pha mor agos y daethon ni i gael Noson Ddirgel Hudol, alla i ddim peidio â chael fy llorio gan harddwch mawreddog y tŵr o'i weld e'n agos, a'i gorff haearn yn ymestyn i'r awyr las ddigwmwl. Mae e mor eiconig fel bod lwmp yn fy ngwddf wrth 'i weld. Mae Elliot yn cydio yn fy llaw ac ry'n ni'n cyflymu ein camau, yn ysu i fod yn agosach.

Mae cannoedd o dwristiaid yn crwydro o'n cwmpas, felly rhaid i ni arafu a stopio. Mae Elliot yn chwibanu; mae'r olygfa'n amlwg wedi creu argraff arno. Nawr, mae 'nghalon yn stopio am reswm arall: mae grŵp o dwristiaid o Japan newydd symud, gan ddatgelu rhesaid o bosteri wedi'u gludo ar wal dros dro, ac arnyn nhw, mae wyneb Noah. Dyma'r posteri cyntaf dwi wedi'u gweld ar gyfer y daith: mae'n dal gitâr ac yn gwenu ar y camera, a'i lun islaw llun mawr o The Sketch. Er bod y prif fand yn mynd â chyfran fwy o'r poster, wyneb Noah sydd fwyaf amlwg i fi, fel heulwen drwy'r cymylau.

Mae'n edrych mor roc-dduwiol – ond nid fe yw fy nuw roc i mwyach. Dwi ar fin crio pan ddaw'r gân 'I Will Survive' i'm clustiau o rywle. Trof, a gweld dyn canol oed yn canu ac yn dawnsio yn y stryd ar bwys 'i stereo. Mae rhan ohona i'n gwingo – faint o bobl y'ch chi'n nabod fyddai'n dawnsio'n wyllt i anthem ddisgo o'r saithdegau yng nghanol Paris? Mae dwli'r peth yn gwneud i fi fod eisiau crio a chwerthin yr un pryd.

Mae cymaint o wahanol emosiynau'n rhedeg trwy 'nghorff

ac alla i ddim penderfynu pa un y dylwn i 'i fynegi, felly dwi'n troi at Elliot am help. Mae'i wyneb yn gwneud pethau'n haws i fi. Mae e'n wên o glust i glust, yn estyn amdana i ac yn fy nghodi i ddawnsio. Dwi'n dilyn 'i gamau, ac ymhen dim, ry'n ni'n dawnsio fel ffyliaid llwyr o gwmpas Twr Eiffel gyda'r Ffrancwr, ac ry'n ni'n bloeddio canu geiriau 'I Will Survive' mor uchel ag y mae e. Cyn hir, mae pawb o'n cwmpas wedi ymuno yn y ddawns. Mae fel tasen ni wedi creu fflach-ddawns dorcalonnus enfawr ym Mharis.

Dwi'n teimlo fel gwallgofddyn, dwi'n teimlo'n dwl-lal, ond dwi'n teimlo'n rhydd. A dyma'r tro cyntaf mewn sbel hir i fi deimlo fel fi fy hunan.

3 Gorffennaf

Caneuon i Wella Tor Calon

Do'n i byth yn meddwl y byddai'r diwrnod yma'n dod.

Wnes i ddim dychmygu hyn o gwbl.

Ond mae e wedi digwydd.

Mae Bachgen Brooklyn a finne wedi gorffen.

Alla i ddim sgrifennu mwy na hyn ar y funud. Ond fe ddweda i hyn: dyw tor calon byth yn hawdd, ond maen nhw'n dweud bod cerddoriaeth yn iacháu'r enaid. Gyda Wici, dwi wedi bod yn creu rhestr o'r caneuon gorau i'th gynnal di drwy'r chwalfa ar ôl i berthynas ddod i ben.

1.'Someone Like You' – Adele

2. 'Irreplaceable' – Beyoncé

3. 'We Are Never Getting Back Together' – Taylor Swift

4. 'End of the Road' – Boyz II Men

5. 'I Will Survive' – Gloria Gaynor (diolch i fysgiwr o Baris y buon ni'n dawnsio ag e ddoe dan Dŵr Eiffel.

6. 'Since U Been Gone' – Kelly Clarkson

7. 'Forget You' – CeeLo Green

8. 'Without You' – Harry Nielsen

9. 'I Will Always Love You' – Whitney Houston

10. 'You Could Be Happy' – Snow Patrol

11. 'The Scientist' – Coldplay

12. 'With or Without You' – U2

13. 'Survivor' – Destiny's Child

14. 'Single Ladies (Put a Ring on It) – Beyoncé

15. 'Losing Grip' – Avril Lavigne

Falle y byddi di'n teimlo'n well ar ôl gwrando ar y caneuon hyn, neu falle y byddan nhw'n gwneud i ti grio, neu gallen nhw wneud i ti deimlo'n well ac yn waeth – ac os felly, mae angen i ti a dy ffrind gorau ddod â'r diwrnod i ben yn dawnsio i 'Single Ladies' gan Beyoncé, gan neidio rhwng dau wely sengl yn eich stafell wely bitw bach mewn gwesty ym Mharis.

Merch Oddi Ar-lein ... byth am fynd ar-lein xxx

Pennod Pedwar deg pump

Wrth i drên yr Eurostar adael Gare du Nord ar ei daith yn ôl i Loegr, gorffwysaf fy mhen ar ysgwydd Elliot a gwylio Paris yn diflannu drwy'r ffenestri. Mae gadael Noah yno'n deimlad rhyfedd, ar siwrne ddechreuodd gyda ni'n dau, gyda'n gilydd. Mae'r siwrne'n dod i ben gyda ni'n dau wedi ... chwalu. Cafodd YGwirionedd ei ffordd yn y diwedd ta beth: dyw Noah a Penny ddim gyda'i gilydd mwyach.

Roedd cymaint o addewidion a disgwyliadau'n rhan o hyn i gyd. Roedd e'n gar gwyllt na allwn i ei reoli.

Nawr 'mod i ar fy ffordd adre, alla i ddim peidio â theimlo rhywfaint o dristwch wrth feddwl na chawson ni un cwtsh olaf, un sgwrs olaf na chusan ffarwél. Mae bron fel tase Noah wedi dihuno yn y bore ac anghofio pwy ydw i, neu 'mod i erioed wedi bodoli.

'Am beth wyt ti'n meddwl?' hola Elliot. Pan nad ydw i'n ateb, mae e'n dyfalu – ac wrth gwrs, mae e'n gwybod yn union beth yw'r ateb. 'Hei, paid â phoeni gormod amdano fe. Gofynnaist ti i Noah beidio â chysylltu â ti. O leia' mae e'n parchu hynny.'

Dwi'n tuchan, ac yn lapio cardigan Mam yn dynnach amdanaf. Alla i ddim aros i gael cwtsh go iawn 'da hi, yn lle cwtsio'r dilledyn 'ma. Dwi angen cwtsh gyda hi nawr – ac yn bendant, ar yr eiliad hon, mae'n rhaid i fi beidio â meddwl am y ffaith bod y trên yma'n teithio trwy dwnnel dan sianel enfawr o ddŵr.

Y pwynt yw: er i fi ofyn i Noah beidio â chysylltu â fi, gallwn i fod yn unrhyw le nawr, gydag unrhyw un, a dyw hi ddim yn ymddangos bod ots gydag e. Gallwn i fod yn gorwedd mewn gwter ar ochr stryd ym Mharis. Dwi'n siŵr y bydd Larry wedi dweud wrth Noah ei fod e wedi mynd â fi i'r orsaf, ond gallai Noah o leiaf fod wedi trio f'atal i rhag gadael neu wadu fod y berthynas ar ben – unrhyw beth heblaw am wneud dim byd o gwbl.

Dwi'n ailchwarae moment rannon ni ar ben y Waldorf Astoria yn Efrog Newydd adeg y Nadolig. Dyna pryd y cusanodd Noah fi am y tro cynta, a dwi'n cofio meddwl na allai unrhyw beth nac unrhyw un fod yn fwy perffaith. Daw atgof arall i'm meddwl: y diwrnod cynta dreulion ni gyda'n gilydd, pan aeth e i hwyliau'r Diwrnod Dirgel Hudol yn llwyr, a mynd â fi i fwyty Eidalaidd cyfrinachol, lle buon ni'n llowcio sbageti ac yn chwerthin am yr un pethau. Mae pobl yn dweud ei bod hi'n amhosib i ddau berson gwympo mewn cariad mor gyflym â hynny, ond roedd yn amhosib anwybyddu'r atyniad dwfn rhyngon ni. Ro'n ni'n deall ein gilydd. Yn ddau enaid hoff gytûn.

Nid tamed bach o sbort oedd e. Wrth gwrs, fe wnes i 'ngorau i ymddwyn yn cŵl, ond roedd fy nghalon i'n curo'n wyllt bob tro y byddai e'n cerdded i mewn i'r stafell. Fi oedd ei ddigwyddiad sbardunol – ein ffilm ni oedd hi, ac fe newidion ni ein bywydau am byth.

Dwi'n symud 'nôl i ddigwyddiad cynharach eto, pan welais i e ar lwyfan am y tro cyntaf, yn esgus bod yn ganwr priodasau. Roedd golwg mor fregus a dirgel arno fe. Do'n i ddim yn sylweddoli bryd hynny y byddai e'n fachgen anhygoel, doniol, rhamantus a pherffaith. *Nage. Nid perffaith. Dyw e ddim yn berffaith o bell ffordd.* Sut aeth popeth o chwith? Sut gadawon ni i bethau newid fel hyn? I ble aeth y Noah gwrddais i ag e gynta? Ar y daith hon, mae'n teimlo fel tase fe, bob hyn a hyn, wedi colli rhyw elfen ohono fe'i hunan ro'n i'n ei charu, nes bod dim byd ar ôl ond person dieithr.

Wrth i'r trên ruthro yn ei flaen ac wrth i Elliot bendwmpian, dwi'n dechrau meddwl mai fi sydd ar fai am hyn i gyd. Dylwn i fod wedi gwybod y byddai hyn yn digwydd. Neidiais i mewn, dros fy mhen a 'nghlustiau, gan feddwl y byddai'r cyfan fel ffilm Hollywood. Mae enwogrwydd y seren roc yn tyfu, mae'n cwympo mewn cariad â merch ac maen nhw'n byw yn hapus am byth. Ond nid sgript Hollywood yw hyn. Dyma beth yw bywyd go iawn, a *fflach newyddion*: weithiau mae bywyd go iawn yn uffernol.

Mae fy ffôn yn suo, ac yn fy nihuno o'm breuddwyd. Neges destun oddi wrth Mam.

> Penny cariad. Bydd Dad a finne'n aros amdanat ti yng ngorsaf St Pancras. Ry'n ni'n disgwyl 'mlaen yn fawr at dy weld di. Bydd pasta arbennig Dad i de heno – dy ffefryn. Beth am wylio *Elf* gyda'n gilydd wedyn – er ei bod hi ond yn fis Gorffennaf? Gallwn ni hyd yn oed wisgo ein siwmperi Nadolig os licet ti! ☺ xxx

Mae'r neges destun yn gwneud i fi chwerthin. Dyw fy rhieni

ddim yn gwybod y manylion i gyd eto – ond maen nhw'n fy nabod i'n ddigon da i ddyfalu. I ddechrau, trio dweud bod y daith ddim fel y dychmygais i wnes i, ond ces i 'nghroesholi dros Skype fel taswn i yn nalfa'r heddlu.

Es i mor bell â dweud bod pethau gyda Noah ddim cystal â hynny tan i 'ngwefusau ddechrau crynu. Ro'n nhw'n gallu gweld wedyn 'mod i ddim yn barod i gael fy nghwestiynu'n galed, ac y byddai'n rhaid i'r cwestiynau eraill aros tan y byddwn i gartre'n saff.

Dwi'n caru fy rhieni – maen nhw mor ofalgar, os falle, braidd yn rhy ofalgar. Dwi'n gwybod sut y byddan nhw: byddan nhw'n pobi bisgedi i fi o fore gwyn tan nos, yn mynd â fi mas i fy hoff siopau ac yn trio'n rhy galed i 'ngwneud i'n hapus. Dwi mor ddiolchgar i Elliot am leddfu rhywfaint ar boen y noson gynta 'na trwy ddod i Baris. Dwi'n credu, tasen i wedi mynd adre'n syth, byddwn i wedi cael fy ngwasgu dan bwysau cydymdeimlad fy rhieni. Dyw cael eich caru ddim yn ddrwg o beth – dim ond eisiau i fi fod yn hapus mae Mam a Dad – ond weithiau gall pethau fod yn llethol.

Erbyn hyn, y cyfan dwi eisiau'i wneud yw cuddio dan ddwfe mawr. Dwi eisiau lapio fy hunan ynddo (er bod fy stafell yn yr atig fel sawna yr yr haf) a chuddio fy hunan oddi wrth y byd. Gwneud dim ond ymgolli mewn pwll dwfn o hunandosturi. Bwyta tunelli o hufen iâ (oherwydd gwres fy stafell, wrth gwrs) a chuddio rhag y byd a'r betws.

Ochneidiaf a thapio ateb cyflym cyn diflannu i mewn i'r twnnel (dwi DDIM yn meddwl am hynny) a cholli fy signal am ennyd.

Dwi ddim eisiau llygru fy hoff dymor â thristwch. Maen nhw'n gwybod cymaint dwi'n dwlu ar y Nadolig, ond ar hyn o bryd, y cyfan alla i feddwl amdano yw treulio'r Nadolig gyda Noah a'i helpu e i addurno'r goeden gyda Bella. Llithraf fy mys drwy fy negeseuon, nes i fi gyrraedd fy sgyrsiau gyda Noah. Mae rhan ohona i eisiau mynd trwyddyn nhw i gyd a'u hail-fyw nhw. Pob *dwi'n dy garu di* ac *am byth* a *digwyddiad sbardunol*, ond dwi ddim yn gwneud hynny. Pan fydda i'n camu oddi ar y trên, dwi eisiau teimlo fel tasen i'n dechrau rhywbeth newydd, ac nid fel tase popeth ar ben.

Cyn hir, bydd Noah yn paratoi i bacio a'i throi hi am Norwy, ac yna bydd e'n dechrau'r daith fyd-eang. Mae ein bywydau ni'n teimlo'n wahanol yn barod. Mae cynllun a threfn i fywyd Noah, ond mae cwestiwn mawr yn fy mhoeni i.

Beth wnaf i nawr?

Pennod Pedwar deg chwech

Mae'r newyddion am Noah Flynn yn teithio'n gyflym iawn. Wrth gyrraedd yr orsaf, lle mae data ar gael *o'r diwedd*, mae negeseuon a diweddariadau di-ri'n llwytho yn fy ffôn.

'Wow, Penny, drycha ar hwn!' medd Elliot gan godi 'i ffôn i ddangos pennawd o ryw gylchgrawn ar-lein poblogaidd sy'n bloeddio'n groch: MAE NOAH FLYNN YN SENGL. SEFWCH YN Y CIW, FERCHED! BACHWCH SEREN BROOKLYN!

Dyw'r peiriant cyhoeddusrwydd byth yn gorffwys. Ond *BACHU?* Wir? Fel tase fe'n wobr mewn ffair haf? Ro'n i'n meddwl 'mod i'n dechrau deall y cyfryngau, ac wedi dysgu'r ffordd galed eu bod nhw wastad yn ceisio tynnu sylw â'u penawdau troedig, dros-ben-llestri, sy'n hollol gelwyddog fel arfer. Ond y tro hwn, doedd dim modd gwadu eu bod nhw'n gywir. Mae Noah Flynn *yn* sengl. Ond do'n i ddim yn meddwl y byddai e eisiau datgan hynny mor amlwg, mor gyflym.

Mae'n teimlo fel tase pawb ar fy rhestr cysylltiadau'n anfon negeseuon ata i, i gydymdeimlo. Llawer mwy na'r tro diwethaf y ces 'nhynnu drwy'r mwd. Mae'n rhaid ei bod hi'n haws cydymdeimlo â merch sydd wedi cael 'i 'dympio'. Dwi'n gwibio drwy'r negeseuon ac mae'r rhan fwyaf ohonyn nhw'n gwneud i fi bendilio rhwng gwenu a gwingo.

Kira
OMB! Penny. Newydd glywed y newyddion. Mae hynna'n UFFERNOL. Gad i fi wybod pan wyt ti'n barod i weld pobl ac fe ddof i draw â chacennau bach a fy hoff ffilmiau arswyd! Does dim byd tebyg i farathon ffilmiau *Insidious* + *Paranormal Activity* i wella tor calon … xx

Amara:
Ofnadwy! Yn meddwl y byddech chi'ch dau'n para am byth. Dwedodd Kira bod hi'n dod â'r ffilmiau arswyd … ddof i â'r popcorn! XO

Megan:
DWED WRTHA I MAI CELWYDD YW HWN! Xx

Mae hyd yn oed neges oddi wrth Merch Pegasus.

I: Merch Ar-lein
Oddi wrth: Merch Pegasus
Pwnc: Noah

Heia Penny,

Ro'n i eisiau dy ebostio di i ddweud 'mod i'n meddwl amdanat ti. Mae'n flin iawn 'da fi glywed amdanat ti a Noah. Dwi eisiau i ti wybod 'mod i wastad yma i ti pryd bynnag y byddi di eisiau sgwrs. Mae'n siŵr dy fod ti'n teimlo weithiau fod y byd i gyd yn d'erbyn di, ond cofia 'mod i'n dwlu ar bopeth ti'n 'i wneud, yn meddwl dy fod ti'n dalentog dros ben ac yn ddewr iawn. Fyddwn i byth wedi gallu mynd bant ar daith fel y gwnes ti – peth mentrus ac annisgwyl i ti 'i wneud hefyd, dwi'n credu. Ta beth, dwi'n siŵr y daw e at 'i hunan, ac ennill dy galon di unwaith eto. On'd yw'r rhan fwyaf o fechgyn yn gwneud hynny yn y diwedd?

MP xx

Gwenaf ar y neges, ond dim ond ateb bach byr dwi'n 'i hala ati. Dwi ddim yn credu bod Noah am ddod 'nôl i ennill fy nghalon i'n fuan iawn. Yn bwysicach fyth, dwi ddim yn credu 'mod i eisiau iddo fe wneud hynny.

Dwi'n dal i rythu ar fy ffôn wrth i Elliot 'i gipio o 'nwylo. 'Pen-digedig, mae dy wyneb di wedi gwneud stumiau o bob math wrth edrych ar y ffôn 'na, mae'n rhaid nad yw e'n dda i ti.'

'Ti'n iawn,' meddaf, gan geisio gwneud wyneb hapus, yn barod i weld fy nheulu. 'Wna i ddim gadael i hyn fy nhynnu i lawr.'

Cyn gynted ag yr ydyn ni'n cyrraedd gatiau Eurostar yn St Pancras, dwi'n cwympo i freichiau Mam ac mae fy wyneb hapus yn cwympo hefyd. Alla i ddim peidio; mae dagrau'n ffrydio i lawr fy wyneb. Nawr 'mod i ar dir Prydain unwaith eto, mae'n rhaid i fi gydnabod bod y cyfan drosodd.

Drosodd yn llwyr.

Pennod Pedwar deg saith

Aiff pethau o ddrwg i waeth yr wythnos wedyn. Dwi'n treulio llawer gormod o amser yn eistedd yn fy sedd yn y ffenest, yn pwyso 'mhen yn erbyn y gwydr a 'nghwilt wedi'i lapio amdanaf. Tase rhywun wedi tynnu llun ohona i'r wythnos honno, bydden nhw wedi'i alw'n *Portread o Ferch Anhygoel o Drist*.

Cadwodd yr efeilliaid at eu gair ac fe ddaethon nhw yma i gael marathon ffilmiau arswyd, ond mae fy meddwl i mor bell fel nad ydw i hyd yn oed yn neidio yn ystod *Paranormal Activity*. Dyw hynna *ddim* yn beth normal i fi – fi yw'r un sydd fel arfer yn cydio'n dynn ym mraich y soffa nes bod fy mysedd yn eirias. Alla i ddim cael cip ar ysbryd heb sgrechian yn wyllt. Mae hyd yn oed sŵn y gwynt yn y ffenest yn troi 'nghoesau i'n jeli.

Dwi heb glywed oddi wrth Noah chwaith. Er 'mod i'n annog fy hunan i beidio, dwi'n dal i fynd ar-lein i tsiecio nad yw e ar Skype. Dwi'n dilyn 'i drydar a'i Instagram a negeseuon eraill ar y cyfryngau cymdeithasol, fel taswn i'n un o'i ffans obsesiynol. Mae Elliot yn dod draw bob dydd ar ôl iddo fe orffen yn *CHIC*. Mae fy stelcian ar-lein mor wael fel 'i fod e'n dweud wrtha i am gofnodi faint o oriau dwi'n eu treulio bob dydd yn dilyn trywydd Noah ar-lein.

Cofnodais i ddeg awr un diwrnod. Roedd hwnnw'n ddiwrnod gwael.

Dwi'n dechrau dyheu am weld Noah yn gwneud rhywbeth hurt ar-lein, yn cael chwalfa go iawn. Dwi eisiau iddo fe ysgrifennu rhywbeth crac ar Twitter, i ddangos 'i fod e'n cael trafferth ymdopi hebdda i. Ond dwi'n gwybod yn iawn ei fod e'n berson preifat dros ben, felly does dim gwybodaeth bersonol ddiweddar yn unman. Yn lle hynny, mae negeseuon di-ri am ddyddiadau'r cyngherddau, ac ambell air o ddiolch i'w ffans am ddal i'w gefnogi wrth iddo gychwyn ar y daith fyd-eang.

Weithiau, dwi'n dymuno y gallwn i fod yn debycach i Elliot. Ei ffordd e o deimlo'n well ar ôl gorffen gydag Alex yw 'i gau e mas yn gyfan gwbl – dileu rhif Alex, blocio Alex ar y cyfryngau cymdeithasol, osgoi'r siop ddillad ail-law – yna bwrw 'mlaen gyda'i fywyd fel tase dim byd yn bod. Ond mae hi bron yn amhosib i fi wneud hynny. Pryd bynnag dwi'n gadael fy stafell, dwi'n clywed 'Merch yr Hydref' ar y radio yn y car neu'r archfarchnad. Er nad ydw i gyda Noah nawr, mae e'n fy amgylchynu i'n fwy nag erioed.

Dyna pam, er bod dros wythnos ers i ni ddod yn ôl o Baris, dwi wedi encilio i fy sedd fach yn y ffenest. Dwi'n gwybod 'mod i'n gwastraffu fy wythnosau olaf o ryddid trwy ymddwyn fel sombi. Dwi'n gwybod na alla i ddiffodd pob radio yn y byd i geisio anghofio am Noah. Dwi'n gwybod na ddylwn i edrych ar ei ffrwd Twitter bob ugain eiliad. Ond heb Elliot yn gwmni yn ystod y dydd, does dim byd heblaw am sgrech y gwylanod neu Dad yn gweiddi ar y pêl-droed i 'nhynnu i mas o 'nghyflwr hurt.

Bai pwy yw hynny, Penny? Ti oedd yr un benderfynodd ddilyn dy gariad yn lle dilyn dy ddiddordebau dy hunan.

Mae'n gas 'da fi fy llais mewnol weithiau.

12 Gorffennaf

Sut i Stopio Meddwl yn Obsesiynol am Rywun

Yn y storm emosiynol ar ôl gorffen gyda chariad, mae'n hawdd troi'n rhyw fath o Sherlock Holmes modern. Instagram, Twitter, Snapchat – dim ond clic neu ddau sydd angen y dyddiau hyn i weld beth mae pobl yn ei wneud, a dwi ddim yn siŵr sut dwi'n teimlo ynglŷn â hynny. Fe gei di funudau dwl pan ti'n gwneud dim ond eistedd a darllen trwy bopeth tan i ti ddod o hyd i ryw dystiolaeth sy'n awgrymu bod dy gyn-gariad wedi symud 'mlaen ac nad oes ots 'da fe amdanat ti erbyn hyn. Ond mewn gwirionedd, allwn ni wir ddod i gasgliad ar ôl darllen brawddeg 140 llythyren?

Rhaid cyfaddef, mae'n anodd. Rwyt ti eisiau gwybod, ond hefyd, dwyt ti ddim. Gallai'r peth dy chwalu di'n rhacs jibidêrs. Mae meddwl yn obsesiynol am rywun yn beth afiach, ac ry'n ni i gyd yn gwybod hynny. Mae meddwl yn obsesiynol am rywun sy'n seren roc rhyngwladol yn arwain at bob math o deimladau cymhleth, achos nid fi yw'r unig berson sy'n stelcian Bachgen Brooklyn: mae cannoedd o Tumblrs a gwefannau ffans yn gwneud hynny drosta i. Gallwn i ei ddilyn e – pob symudiad – taswn i eisiau ...

Dwi wedi cael ambell ddiwrnod tywyll, ac wedi bod ar goll mewn drysfa ar-lein. Fe wnes i hyd yn oed ddechrau dilyn ffrwd Twitter *ffrind* Bachgen Brooklyn, sy'n ddim ond ffrwd gyson o fideos hurt a sloganau fel BYWYD CALED, BYWYD BYR, bron bob tro mewn priflythrennau croch. Dyna oedd yr isafbwynt, dwi'n credu.

Dwi'n deall nawr mai'r ffordd orau o beidio â bod yn obsesiynol yw diffodd pob radio, gwrthod mynd i mewn i gar os nad yw'r gyrrwr yn rhoi CD hapus arno, ac osgoi'r we cymaint â phosib.

Mewn gwirionedd, alla i ddim dweud wrthot ti am beidio â bod yn obsesiynol am rywun, achos mae'n un o'r pethau 'na mae'n rhaid i ti ei wneud dy hunan, a hynny dim ond pan fydd y foment yn iawn. Y cyfan ddweda i yw: bydd yn gryf a phaid ag ildio. Does dim angen tsiecio dy ffôn bob dydd, trwy'r dydd.

Merch Oddi Ar-lein ... byth am fynd ar-lein xxx

Pennod Pedwar deg wyth

Dwi'n cuddio 'ngliniadur yng ngwaelod fy masged dillad brwnt i stopio fy hunan rhag edrych arno fe, ac yn penderfynu cadw'n brysur trwy ddechrau dadbacio o'r diwedd. Mae 'nghês wedi bod yn eistedd heb 'i agor yng nghornel fy stafell. Dwi'n pryderu am yr atgofion a allai fod ynghudd yn y cês gyda'r dillad isaf a'r sanau. Gydag anadl ddofn, dwi'n datod y sip ac yn agor y cês – ond yn cael chwa o *aftershave* arbennig Noah. Rhaid i fi wthio'r cês o'r neilltu, fel tase fe ar dân. Mae popeth yn f'atgoffa i ohono fe. Falle mai trawsblaniad ymennydd yw'r ateb?

Ochneidiaf ac edrych drwy'r ffenest. O leiaf mae gen i olygfa wych dros y tai teras amryliw eraill o fy sedd yn y ffenest; yn y pellter, daw pigau gwynion y tonnau i'r golwg. Fel arfer, byddwn i'n codi 'nghamera i dynnu llun, ond nid heddiw.

'Iawn, Pen?' Mae Tom yn gwthio'i ben trwy ddrws fy stafell wely, gan roi braw i fi. Ro'n i wedi ymgolli'n llwyr yn fy hunandosturi fel na chlywais i wichian y trydydd-gris-o'r-top, sydd fel arfer yn rhybudd bod rhywun yn dod lan i fy stafell.

Daw Tom i mewn, gan droedio'n ofalus drwy'r dillad brwnt blith draphlith dros y llawr, cyn mynd i eistedd ar droed y gwely.

'Heia. Ti'n iawn?' Llithraf oddi ar fy sedd ac eistedd wrth 'i ochr.

'Dwi'n gweld bod dy wardrob di wedi ffrwydro ...' Mae'n cicio pâr o jins rhychiog o'r llawr.

'Dwi'n gwybod, mae'r annibendod yn ofnadwy. Ond alla i ... *ymmm*. Does 'da fi ddim egni i wneud unrhyw beth. Heddiw yw'r tro cyntaf i fi frwsio 'ngwallt ers wythnos. Dwi ddim hyd yn oed yn cofio pryd olchais i e ddwetha.'

Mae Tom yn gwingo tamed bach wrth edrych arna i'n tynnu 'nwylo trwy 'ngwallt clymog.

'Penny, falle nad wyt ti isie clywed hyn, ond mae'n rhaid i ti: mae'n rhaid i ti ddod mas o'r twll 'ma. Does neb werth hyn, ac mae'n gas 'da fi weld shwd olwg arnat ti.'

Dwi'n edrych ar Tom, bron yn disgwyl iddo fe chwerthin neu ddweud 'i fod e'n jocan neu rywbeth fel nad yw e gymaint o ddifri, ond dyw e ddim.

'Mae fel taset ti wedi dod adre o'r daith yma'n berson gwahanol. Mae'n rhaid i ti ffeindio *ti dy hunan* eto. Wyt ti hyd yn oed yn gwybod ble mae dy gamera di?'

'Wrth gwrs 'mod i!' protestiaf. 'Mae e ...' Ond yna dwi'n edrych o gwmpas fy stafell, ac yn methu gweld y camera.

'Wrth gwrs nad wyt ti, achos 'mod i wedi'i ddwyn e i weld fyddet ti'n sylwi. Wnest ti ddim.' Mae'r camera y tu ôl i'w gefn, ac mae'n estyn amdano nawr, ac yn 'i roi yn y gofod rhyngom ni. Mae'n eistedd yno, yn fy mychanu i.

Ti'n cofio pan oeddet ti'n mwynhau 'nefnyddio i? medd. *Ti'n cofio sawl llun o Noah dynnaist ti gyda fi?* Dwi bron â chwydu. Gwthiaf lens y camera o'r golwg.

'Cadwa fe. Dwi ddim isie fe.'

'Be? Pam? Ife achos Noah?'

Rholiaf fy llygaid arno. 'Ti'n gallu darllen fy meddwl i.'

Mae'n codi'r camera ac yn 'i osod yn gadarn ar fy nghôl, ac yn lapio 'mysedd o'i gwmpas. 'Porter wyt ti, a dyw'r teulu Porter ddim yn rhoi'r gorau i'w breuddwydion. Maen nhw'n dal ati tan iddyn nhw lwyddo. Heblaw am y tro 'na buodd Dad yn trio gwneud gwaith coed – doedd hynny ddim yn rhy sbesial ...' Mae'n chwerthin yn dawel bach. 'Os ti'n mynd i wastraffu gweddill yr haf, o leiaf gwna rywbeth ti'n dwlu arno.'

Galla i deimlo 'nghorff yn crebachu i gyd. Mae geiriau Tom yn taro yn erbyn y wal ro'n i'n 'i hadeiladu'n hapus braf yn fy mhen, i drio anghofio am Noah; y wal, dwi nawr yn sylweddoli, y dechreuais i 'i hadeiladu ar ddiwrnod cynta'r daith, pan aeth pethau o chwith.

Dwi ddim yn hoffi crio o flaen Tom. Mae e'n gryf ac yn garedig, ond yn ymarferol iawn. Dwlen i fod yn fwy tebyg iddo fe. Mae'n gweld y byd yn wahanol iawn i fi, ac mae'i glywed e'n dweud y pethau hyn fel chwa o awyr iach.

'Felly? Be ti'n feddwl?'

Rhoddaf y camera i lawr ar y gwely, sy'n gwneud i Tom ochneidio. Wedyn, dwi'n edrych o gwmpas fy stafell ac yn gweld yr erthygl o gylchgrawn roddais i ar fy wal – yr un sy'n fy ngalw i'n 'gariad Noah Flynn'. Amser maith yn ôl, ro'n i'n falch o ddarllen y geiriau hynny. Nawr maen nhw'n gwneud i fi deimlo braidd yn grac.

Mae Tom yn iawn: dwi'n colli fy hunan yn hyn i gyd. Dwi'n gadael i fi'n hunan deimlo'n hollol israddol ond a dweud y gwir, dwi'n gallu gwneud rhai pethau'n dda iawn. Tynnaf yr erthygl o'r wal a syllaf arni am funud fach, cyn 'i gwasgu'n belen yn fy llaw a'i gollwng yn y bin. Eisteddaf 'nôl ar y gwely mewn tawelwch.

Mae Tom yn pwyso 'mlaen ac yn lapio'i fraich o 'nghwmpas ac yn fy ngwasgu'n dynn. 'Croeso'n ôl, Penny. Mae'r byd yn aros amdanat ti.'

'Diolch, Tom. Ti yw'r brawd gorau yn y byd.'

Wrth i Tom adael dwi'n clywed fy ffôn yn hymian ar y bwrdd bach wrth f'ochr. Dwi'n gobeithio mai Elliot yw e ar y trên o Lundain, i roi stori fach ddoniol am 'i ddiwrnod yn y gwaith.

> Penny, glywais i beth ddigwyddodd. Dwi MOR sori. Dwi wir yn gobeithio bo' ti'n iawn. Gwranda: falle gwnaiff hyn godi dy galon di: mae gyda fi gynnig, falle, y byddet ti eisiau 'i dderbyn. Drycha ar dy ebost. Leah xx

Rhoddaf y ffôn i lawr a brysiaf at fy ngliniadur, gan balu trwy gynnwys y fasged dillad brwnt. Agoraf f'ebost a dyna hi: neges oddi wrth Leah.

Wrth i fi ei ddarllen, mae fy ngheg yn llydan agored.

Oddi wrth: Leah Brown
At: Penny Porter
Pwnc: NEWYDDION ENFAWR

Annwyl Penny,

Ro'n i wir yn gobeithio y gallwn i ofyn hyn i ti wyneb yn wyneb, ond gan nad yw hynny'n bosib nawr, bydd rhaid i ebost wneud y tro! Mae hyn yn HOLLOL gyfrinachol, yn amlwg, felly plis paid â dweud wrth neb heblaw am dy deulu agos.

Ches i ddim cyfle i ddweud wrthot ti am fy albwm newydd, ond dwi wedi penderfynu 'i alw e'n *Bywyd Cudd*. Dwi wedi bod yn sgrifennu llawer o ganeuon am ddelio ag enwogrwydd, a'r ffaith 'mod i'n gorfod cuddio cymaint o bethau – fy mywyd carwriaethol, fy ffrindiau ac weithiau, hyd yn oed fy hunaniaeth. Tynnon ni luniau'r clawr gyda François-Pierre Nouveau, ond do'n i ddim yn hapus gydag unrhyw lun dynnodd e. Ro'n nhw i gyd yn edrych yn rhy ffug. Dwi eisiau iddo fe fod yn naturiol. Yn olau ac yn real.

Felly gofynnais i 'nhîm dylunio greu clawr gan ddefnyddio dy ffotograff di – yr un dynnaist ti ohona i yn Rhufain, tra o'n i wedi gwisgo lan. Ti'n cofio? Dwi'n dwlu ar y llun yna; mae e mor berffaith.

Ac mae e hyd yn oed yn fwy perffaith ar glawr fy albwm.

Pam na edrychi di dy hunan?

Ti'n meddwl y gallwn i 'i ddefnyddio? Dwi'n atodi cytundeb sy'n cynnwys manylion y ffi a breindaliadau a phethau eraill. Gallwn i roi manylion cyfreithiwr i ti os hoffet ti i rywun edrych drosto fe. Wedyn, os ti'n hapus gyda phopeth, anfona ddelwedd *high-res* ata i, a gall hyn ddigwydd!

Dwi wir yn gobeithio y byddi di'n cytuno'i fod e'n edrych yn berffaith. Ti'n ffotograffydd anhygoel, Penny!

Dwi'n gweld eisiau dy wyneb di ar y daith 'ma'n barod. Pan fydda i'n ôl ar daith ym Mhrydain, galli di fentro y bydda i lawr yn Brighton i dy weld di – p'un ai y byddi di eisiau ymwelydd neu beidio!

Dy ffrind,

Leah xx

Mae fy llaw'n crynu wrth i fi glicio ar yr atodiad a'i agor.

Dyna fe. Fy ffotograff o Leah, ar glawr 'i halbwm. AR GLAWR 'I HALBWM HI. Maen nhw wedi torri'r gornel uchaf fel na allwch chi weld 'i fod wedi'i dynnu yn Rhufain – ac er 'i bod hi'n edrych mor wahanol gyda'i gwallt byr a'i lipstic llachar, mae hi'n hudolus. Does dim dwywaith amdani – Leah yw hi. Ar waelod y clawr mae'r geiriau BYWYD CUDD mewn ffont daclus, a llofnod unigryw Leah, gyda chalon ar ben yr 'a'.

Mae hwn yn real.

Mae geiriau Tom yn atseinio yn fy mhen. *Gwna rywbeth ti'n dwlu arno.* Ffotograffiaeth yw'r peth dwi'n dwlu arno. Galla i ddilyn y freuddwyd yma.

Estynnaf am fy ffôn ac ateb Leah gyda chadwyn hir o *emojis* sy prin yn disgrifio'r cyfuniad o gynnwrf, balchder a rhyfeddod dwi'n 'i deimlo.

Pwysaf 'anfon', ac mae fy ffôn yn suo'n syth.

Ond nid Leah nac Elliot sy 'na.

Alex yw e.

Penny, allwn ni gwrdd?

Pennod Pedwar deg pedwar

Dwi'n cytuno i gwrdd ag Alex fore trannoeth yn y Flour Pot Bakery yn y Brighton Lanes. Galla i weld pam dewisodd e'r lle: mae'n berffaith i gael sgwrs dawel a phreifat. Mae 'mysedd yn binnau bach i gyd wrth aros amdano fe. Dwi ddim yn siŵr pam mae Alex eisiau siarad â fi. Dwi'n llyncu'r teimladau eraill – y rhai sy'n sgrechian *BRADWR* am gwrdd ag Alex y tu ôl i gefn Elliot. Ond roedd gydag e un cais arall, sef cadw ein cyfarfod yn gyfrinach nes i fi glywed beth sy gydag e i'w ddweud.

Mae rhan fawr ohona i eisiau dweud wrth Alex ble i stwffio'i wahoddiad, ar ôl gweld cymaint o loes roddodd e i Elliot, ond dwi hefyd yn teimlo'n chwilfrydig. Mae Alex wedi dod yn ffrind i fi dros y flwyddyn ddwetha – yn ffrind da – ac mae'n haeddu gwrandawiad, o leiaf. Does dim rhaid i fi hoffi beth fydd e'n 'i ddweud, ond dylwn i wrando arno fe, o leiaf.

Cerddaf i mewn i'r becws a syllu i fyw llygaid Alex. Mae e'n eistedd tuag at y cefn wrth fwrdd bach gyda'i *cappuccino*.

Dwi'n cael sioc wrth ei weld ac mae cuddio'r sioc yn ymdrech aruthrol. Mae Alex yn foi sy bob amser yn edrych ar 'i orau. *Preppy-chic* fyddai Elliot yn 'i alw e, er nad oedd yr olwg yna'n cyd-fynd â swydd bob dydd Alex yn y siop ddillad ail-law.

Ond heddiw, mae fel taswn i'n cwrdd â dieithryn. Mae golwg ddigalon arno fe, ac mae'i lygaid yn wag ac yn drist. Mae'n gwisgo hwdi, a dwi'n siŵr bod tyllau yn y llewys. Dyw'i wallt ddim wedi bod yn agos at gawod – heb sôn am jel – ers dyddiau, ac mae'i fochau wedi teneuo. Mae 'nghalon yn toddi wrth 'i weld. Dwi heb edrych yn rhy dda fy hunan dros y dyddiau dwetha, ac er 'mod i'n caru Elliot ac er mai fe yw fy ffrind gorau yn y byd, galla i weld bod Alex yn ymdopi'n wael â'r peth hefyd.

'Diolch am gwrdd â fi, Penny,' medd, gan symud 'i fag i'r ochr er mwyn i fi gael eistedd i lawr.

'Dim problem.' Suddaf i mewn i'r gadair, ac mae ennyd o dawelwch lletchwith. 'Sut wyt ti? Mae popeth wedi bod braidd yn ... anodd, on'd yw e?'

'Mae anodd yn air rhy garedig.' Mae'n ochneidio'n ddigalon ac yn sipian 'i *cappuccino*.

Penderfynaf siarad yn blwmp ac yn blaen – dwi'n gwybod bod Alex eisiau siarad am rywbeth, a dwi ddim eisiau osgoi'r pwnc. 'Felly, am beth wyt ti isie siarad â fi?' Edrychaf arno gan wenu'n wan ac yn gobeithio'i fod e'n teimlo'n gyfforddus i siarad yn onest â fi.

'Dwi wedi gwneud cawlach, Penny. Mae'r ddau ohonon ni'n gwybod hynny. Elliot yw popeth i fi, ac fe daflais i'r cyfan bant achos 'mod i'n rhy ofnus i ddelio â f'emosiynau ac yn poeni gormod am beth roedd pobl yn 'i feddwl. Dyw'r berthynas yma ddim wedi bod yn rhwydd i fi – Elliot yw'r unig foi dwi erioed wedi bod gydag e.' Dwi'n 'i wylio'n troelli ewyn y cappuccino â'i lwy. 'Ar ôl i bopeth orffen rhyngon ni, dwedais i wrth fy ffrindie gorau a 'nheulu – o'r diwedd – 'mod i'n hoyw.'

Mae f'anadl yn sownd yn fy llwnc. 'Wir? Dwi'n gwybod bod hynny'n gam mawr i ti. Sut aeth e?'

Mae gwên yn goglais corneli e'i geg ac mae'n codi 'i

ysgwyddau'n ddi-hid. 'Wir i ti, dwi ddim yn gwybod pam fues i'n poeni cymaint am y peth. Maen nhw i gyd wedi bod mor gefnogol ac yn hapus drosta i. Fel digwyddodd pethe, mae'n amlwg mai fi oedd yr unig berson â phroblem am y sefyllfa.'

'Wow, Alex. Dwi'n falch iawn ohonot ti. Mae hynna'n anhygoel,' meddaf, a dwi'n golygu pob gair. Alla i ddim credu 'i fod e wedi gwneud cystal.

'Diolch, ond nawr mae'r unig berson dwi isie siarad ag e'n gwrthod gwrando. Dwi wedi trio cysylltu ag Elliot ac mae'n gwrthod ateb galwadau, negeseuon ac ebyst ...' Mae'n gorffwys 'i ên yng nghledr 'i law ac yn rhythu arna i, a'i wyneb yn gymysgedd o obaith a digalondid.

Dwi'n cydymdeimlo'n llwyr ag e. Mae Elliot yn berson popeth-neu-ddim-o-gwbl. Mae'n cwympo dros 'i ben a'i glustiau mewn cariad, ond yn gallu cau pobl mas mewn ffordd hollol oeraidd. Mae'n adeiladu caer o gwmpas 'i deimladau sy'n gadarnach na Chastell Caernarfon.

'Mae Elliot yn cymryd tamed bach o amser i dwymo ... mae e fel Elsa o *Frozen*.' Gwenaf, ond dyw Alex ddim yn gwenu'n ôl. Yn amlwg, dim nawr yw'r amser i jocan am *Frozen*. 'Dwi jyst yn golygu 'i fod e'n cymryd sbel i ddod at 'i hunan. Mae'n ofnadwy o styfnig.'

'Ti'n credu 'mod i ddim yn gwybod hynny?'

'Dwi'n gwybod 'i fod e wir yn dy hoffi di Alex. Dwi erioed wedi'i weld e mor hapus â phan mae e 'da ti, a dwi'n golygu hynny.'

Mae Alex yn pwyso'n ôl yn 'i gadair. 'Sut galla i ' i gael e i wrando arna i? Os na wnaiff e ateb fy negeseuon na 'ngalwadau i, beth arall alla i neud? Dwi ddim isie galw yn 'i dŷ e. Mae'n siŵr o gau'r drws yn glep yn fy wyneb i.' Mae Alex yn ochneidio'n ddramatig – bron mor ddramatig ag Elliot. 'Mae angen i fi wneud rhywbeth i dynnu 'i sylw fe.'

'Rhywbeth mawr. Rhywbeth mawreddog.'

'Rhywbeth *epig*.' Mae Alex yn estyn 'mlaen ac yn cydio'n fy llaw. 'Dyna pam gofynnais i ti ddod 'ma heddiw, Penny. Wnei di fy helpu i? Dwi angen i ti fod yn gefn i fi os oes unrhyw obaith 'da fi o wneud hyn. Ti yw 'i ffrind gorau, a ti'n 'i nabod e'n well na neb.'

Mae'n amlwg bod Alex yn difaru'r hyn wnaeth e, a dwi'n gwybod 'i fod e'n dal ar feddwl Elliot hefyd. Nodiaf; dwi'n barod i'w helpu e. 'Falle gallwn i fynd ag e mas am y diwrnod, fel 'i fod e'n meddwl 'i fod e'n gwneud rhywbeth gyda fi, ond mewn gwirionedd, mae 'da ti sypréis iddo fe?'

Mae Alex yn neidio yn 'i sedd ac mae'i lygaid fel soseri anferth. Galla i synhwyro'r optimistiaeth yn tyfu ynddo fe, a chyn i fi gael fy nghario gan y llif, rhaid i fi ddweud un peth wrtho fe: 'Beth bynnag wnei di, mae'n rhaid iddo fe wybod dy fod ti o ddifri ynglŷn â bod mewn perthynas go iawn – perthynas hollol agored.'

'Wrth gwrs. Dwi isie bod gydag e. Dwi isie dangos i'r byd 'mod i mewn cariad ag Elliot Wentworth!' Mae'n dweud hynny mor uchel fel bod cwsmeriaid eraill y becws yn troi i rythu arnon ni.

Chwarddaf. 'Cadwa rywfaint o hynny at y sypréis! Mae hyn mor rhamantus. Mae'n rhaid i ti ddechre meddwl o ddifri nawr ...'

'Wel, mae cwpwl o syniade 'da fi'n barod ...'

Mae Alex a finne'n eistedd am hanner awr arall, yn meddwl am bob agwedd ar sypréis Elliot. Mae gweld Alex mor gyffrous ac angerddol ynglŷn ag ennill calon Elliot yn rhoi boddhad mawr i fi. Erbyn y diwedd, mae gyda ni restr o hoff bethau Elliot, sy'n cynnwys y rhain:

- Machlud haul
- Y traeth
- Ffasiwn
- Gwybodaeth gyffredinol
- Pethau disglair

'Mae'n rhaid bod rhyw ffordd o dynnu'r rhain i gyd at ei gilydd,' medd Alex. 'Gorau po gyntaf, achos dwi ddim yn meddwl galla i aros rhagor.' Mae'n rhoi 'i law ar fy llaw. 'Hyd yn oed os ... hyd yn oed os na wnaiff e 'nghymryd i'n ôl – a dyna fyddwn i'n 'i haeddu, dwi'n gwybod – dwi isie iddo fe wybod beth mae e wedi'i wneud i fi. Sut mae e wedi gwneud i fi isie bod yn driw i fi fy hunan.'

Dyna beth yw gwir gariad: cyfaddef dy fod ti wedi gwneud camgymeriad, a gwneud ymdrech fawr i unioni'r camgymeriad. Hyd yn oed os na wnaiff Elliot gymryd Alex yn ôl, o leiaf mae e'n trio. Hyd yn oed os mai dim ond hanner ein cynlluniau ni wnaiff ddwyn ffrwyth, bydd e fel rhywbeth mas o ffilm.

Alla i ddim peidio â meddwl am Noah.

Pam nad yw e eisiau gwneud popeth yn iawn?

Pennod Pum deg

Ar ôl gadael y becws, af yn syth i siop ffrogiau priodas Mam yn y Lanes. Mae'n rhaid i fi gael 'i chyngor hi am sypréis Elliot.

Mam yw'r person gorau ar adegau fel hyn. Bydd Dad yn aml yn dod adre gyda thusw o flodau, neu gerdyn yn llawn geiriau cariadus i Mam, neu weithiau, jôc fach breifat nad ydw i a Tom yn 'i deall. Bydd Mam wastad yn gwneud yn siŵr 'i bod hi'n prynu hoff deisen Dad o'r becws i bwdin, ac mae'n paratoi bath o swigod persawrus iddo fe (ac mae e'n dwlu ar hynny, yn dawel bach).

O'r blaen, byddai eu harferion rhamantus dros-ben-llestri yn gwneud i fi wingo mewn embaras, ond nawr maen nhw'n toddi fy nghalon i. Dwi'n gobeithio, pwy bynnag fydd fy nghariad am oes, y byddwn ni bob amser yn gwneud amser i fod yn rhamantus gyda'n gilydd, yn union fel fy rhieni. Nhw yw 'nelfryd i, o ran perthynas.

Anadlaf yn ddwfn. Dwi heb fod 'nôl i'r siop ers i fi adael am Berlin, ac mae fy nerfau'n rhacs. Cymeraf foment i geisio'u tawelu, cyn mynd i mewn i'r siop.

Mae Mam ar fin gorffen ymgynghoriad gyda phriodferch. Mae tameidiau o *tulle* a llinynnau o berlau ym mhobman, ac mae'r briodferch yn wên o glust i glust. 'Dwi'n dwlu ar y syniadau hyn, Dahlia – alla i ddim credu mai dim ond ychydig wythnosau sydd i fynd!'

'Mae amsert yn hedfan ...' mae Mam yn cael cip arna i yn y drws, ac mae'i haeliau'n codi mewn syndod. 'O, Penny! Ti 'ma! Ti wedi cwrdd â Miss Young?'

Estynnaf fy llaw. 'Braf cwrdd â chi.'

'Mae'n rhaid 'i bod hi mor hyfryd gweithio yn rhywle sy'n llawn delweddau o gariad a hapusrwydd drwy'r amser!' Mae hi'n anwybyddu fy llaw ac yn rhoi cusan ar bob boch yn lle hynny. Dwi wedi arfer â hyn oddi wrth briodferched – maen nhw'n tueddu i fod yn eitha hoff o gusanu. Cyn i fi gael cyfle i ffarwelio, mae hi mas drwy'r drws.

'Penny, mae hi mor braf dy weld di yma!' medd Mam, gan fy ngwasgu i mewn cwtsh tyn.

Dwi'n cyfadde: dwi wedi bod yn osgoi'r siop. Does unman gwaeth na siop ffrogiau priodas ar ôl tor calon. Yr holl symbolau cariadus, hapus ... nid dyna dwi eisiau ar hyn o bryd.

Ond dwi'n cael siom ar yr ochr orau. Dwi ddim eisiau chwydu. Falle achos bod fy meddwl i ar waith nawr. Y Dasg? Dod ag Alexiot 'nôl gyda'i gilydd.

'Cariad, gest ti goffi neis gydag Alex? Ydy e'n iawn? Mae'n anodd 'da fi gredu 'i fod e'n ymdopi'n dda. Cerddodd e heibio'r siop yn gynharach yr wythnos 'ma ac roedd golwg ofnadwy o drist arno fe.' Mae Mam yn dechrau codi llond 'i breichiau o *tulle*. 'Wnei di droi'r arwydd ar y drws, cyw bach? Os daw priodferch arall i mewn fydd dim amser i gael cinio! Nawr, mae'n rhaid 'i fod e yma'n rhywle ...' Mae hi'n agor un o'r cypyrddau ac yn ymbalfalu trwyddo.

Trof yr arwydd ar y drws i MAS AM GINIO ac eistedd i lawr yn un o'r cadeiriau cyffyrddus. 'Mae Alex yn iawn. Wel ...

na, dyw e ddim yn iawn. Mae'i galon e'n yfflon am eu bod nhw wedi bennu. Ond dwi'n falch ohono fe – dwedodd e wrtha i 'i fod e wedi 'dod mas' i'w rieni.'

'Do fe, cariad? Mae hynna'n newyddion gwych.'

'Mae *yn* newyddion gwych. Ac mae e isie rhannu'r foment gydag Elliot, ond dyw e ddim yn ateb galwadau Alex. Felly mae Alex yn gwybod bod rhaid iddo fe wneud rhywbeth mawr – rhywbeth *mawreddog* – os yw e isie ennill Elliot 'nôl. Felly ro'n i'n meddwl byddwn i'n dod i ofyn i ti am help, gan bo' ti'n llawn syniadau da, ac yn llawn syniadau mawreddog hefyd – beth wyt ti'n neud?' Dwi'n gwylio Mam yn plymio bendramwnagl i mewn i fasged o sgidiau a bagiau.

'Alla i ddim ffeindio 'mag bach aur gartre felly meddyliais i falle bod rhywun wedi dod ag e i mewn. Ti'n cofio? Yr un gafodd Tom i fi ar 'y mhen blwydd yn bedwar deg pump? Dwi'n meddwl falle 'mod i wedi gadael papur decpunt ynddo fe'r tro dwetha ddefnyddiais i fe.' Mae'i choesau bron yn yr awyr wrthi iddi hi daflu bagiau a sgidiau mas o'r fasged a pharhau â'i chwilio gwyllt.

'Wrth gwrs ...' meddaf, gan godi ael wrth 'i gwylio o fy sedd wrth y ffenest.

'Wel, fi yw brenhines y pethe mawreddog, Penny, felly ti wedi dod i'r lle iawn. Beth yn union oedd 'da ti mewn golwg? AHA! DYMA FE!' Mae hi'n codi ar 'i thraed, a'i gwallt browngoch cyrliog yn tasgu dros un ochr a'i hwyneb yn borffor fel betysen. Mae hi'n rhoi'r bag bach aur i lawr ar y cownter ac yn eistedd wrth f'ochr.

'Dwi ddim yn siŵr. Mae e isie iddo fe fod yn rhamantus. Mae'n meddwl am fynd â fe i'r pier neu rywbeth, ond dyw Elliot ddim yn rhy hoff o'r pier – gormod o ffasiwn gwael. Dwi ddim yn credu 'i fod e isie sŵn y peiriant hapchwarae yn y cefndir, yn ystod eu moment fawr nhw. Ond does 'da fi ddim clem ble gallan nhw weld y môr a'r machlud fel arall. Does dim lot o arian 'da Alex ...'

Mae Mam yn curo'i dwylo ac yn anadlu'n ddramatig. 'Dwi'n gwybod am y lle *perffaith*! Beth am y bandstand? Dwi wedi trefnu llwyth o seremonïau a sesiynau ffotograffiaeth yno, felly mae'r manylion cyswllt i gyd 'da fi. Galla i drefnu hynny i ti. Golygfa o'r môr, *a* phreifatrwydd. Gall Alex drefnu unrhyw gerddoriaeth mae e isie! Bydd Elliot wrth 'i fodd!'

Dyma'r union reswm pam roedd Mam yn ddewis perffaith i fy helpu i. Mae hi'n nabod pawb yn y busnes trefnu partïon.

'Swnio'n anhygoel! Gallwn ni 'i addurno fe a gwneud iddo fe edrych fel rhywbeth o Pinterest! Byddai hynny'n ffantastig – diolch, Mam.' Dwi'n taflu 'mreichiau o'i chwmpas ac yn rhoi cusan ar 'i boch. 'Ti'n credu gallwn ni drefnu hyn erbyn dydd Iau?'

'Sdim llawer o amser ... gad i fi weld beth alla i wneud. Ond ti wedi gofyn am ffafr fawr – falle galla i ofyn am rywbeth 'nôl?'

'Wrth gwrs! Unrhyw beth!'

'Fy helpu i fory? Dyw Jenny ddim yn well, a dydd Sadwrn yw 'niwrnod prysuraf i ...'

Dwi'n petruso am eiliad fach. Ydw, ydw – dwi'n iawn yma yn y siop. 'Wrth gwrs, Mam. Mae hynny'n iawn.'

Mae hi'n gwenu arna i. 'Mae'n dda dy weld di fel hyn, Penny. Ti'n debyg i ti dy hunan 'to. Dwi a Dad wedi bod yn poeni cymaint amdanat ti ers ... ers i ti ddod 'nôl o Baris. Ti'n gwybod mor hoff o'n ni'n dau o Noah, ond ti'n gwybod y galli di siarad â ni unrhyw bryd, on'd wyt ti?' Mae hi'n rhoi fy wyneb yn 'i dwylo ac yn cusanu 'nhrwyn.

'Ydw, dwi'n gwybod. Dwi'n iawn nawr. Do'n i ddim o'r blaen, ond os nad oedd y berthynas yn iawn, allwn i ddim mynnu ein bod ni'n cario 'mlaen. Roedd e *mor anodd*, ac os oedd pethe mor anodd â hynny –'

'Doedd e ddim i fod.'

'Doedd e ddim i fod. Ro'n i jyst isie llonydd i feddwl beth ro'n i isie, ti'n gwybod?' Dwi'n gorffwys fy mhen ar 'i hysgwydd ac mae hi'n fy nhynnu ati i gael cwtsh.

'Ti'n fenyw gryf iawn, P. Mae'n rhaid dy fod ti'n cael hynny oddi wrtha i ...'

Mae'r ddwy ohonon ni'n chwerthin, a dwi'n diolch i'r nefoedd bod gyda fi rieni mor anhygoel o gefnogol, sydd wastad yn gefn i fi.

Dwi'n hala neges at Alex.

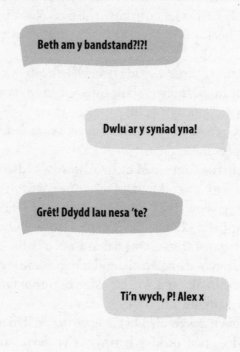

Beth am y bandstand?!?!

Dwlu ar y syniad yna!

Grêt! Ddydd Iau nesa 'te?

Ti'n wych, P! Alex x

Yr unig ran o'r jig-so sydd ar ôl yw'r ffaith bod rhaid i fi drefnu rhywbeth, i gael Elliot yn y lle iawn ar yr amser iawn.

Mae Alex wedi bod yn ddewr.

Fy nhro i yw e nawr.

'Mam, alli di nôl cinio i ni tra 'mod i'n hala ebost? Mae'n un pwysig.'

'Wrth gwrs! Af i mas i'r deli i nôl brechdanau. Baget selsig ac wy wedi'i sgramblo, fel arfer?'

Nodiaf, a dechrau ebost arall ar fy ffôn.

Oddi wrth: Penny Porter
At: Miss Mills
Pwnc: Arddangosfa Ffotograffiaeth

Annwyl Miss Mills,

Diolch am eich nodyn ynglŷn â Noah. Mae'n flin 'da fi am beidio ateb ynghynt – dwi wedi bod yn byw dan garreg yn ddiweddar. Ond dwi'n meddwl 'mod i'n llawer gwell erbyn hyn. Sut mae trefniadau'r arddangosfa'n dod yn eu blaen? A dweud y gwir, ro'n i'n meddwl tybed yw hi'n rhy hwyr i fi ymuno? Dwi'n trio bod yn ddewr, a dwi'n credu y byddai hyn yn gam cyntaf da.

Cofion,

Penny

Ar ôl hala'r ebost, heb feddwl, dwi'n agor fy ffrwd Twitter. Caf gip ar bennawd sydd wedi'i aildrydar gan rywun dwi'n 'i nabod. Pennawd am Noah yw e, ond dwi'n falch o sylwi nad yw 'nghalon yn neidio cymaint ag y gwnaeth hi ddoe.

A YW NOAH FLYNN WEDI DOD
O HYD I FERCH YR HAF?

Na, dyw 'nghalon i ddim yn neidio, ond alla i ddim rheoli 'mysedd. Cliciaf ar y ddolen sy'n arwain at wefan clecs rhad o'r enw *Llygaid ar y Sêr*. Mae llun tywyll, aneglur o Noah a Blake yn cerdded mas o glwb yn rhywle yn Ewrop. Mae Blake yn gwneud 'i ystum dwrn-yn-yr-awyr nodweddiadol, a Noah yn dynn ar ei sodlau. Mae cysgod dros 'i wyneb, ond galla i weld fod 'i geg yn gam, ac mae'n edrych fel tase e'n gwgu. Mae dwy ferch yn cerdded ar eu pwys nhw; y ddwy â gwallt melyn llachar. Mae'n edrych fel tase un ohonyn nhw'n dala llaw Noah, ond falle mai ongl y llun yw hynny.

Mae'n rhyfedd gweld Noah fel hyn. Ro'n i'n meddwl y byddai golwg ffres a hapus arno fe. Dyw gweld y merched ddim yn 'y ngwneud i'n grac, nac yn ofnadwy o drist chwaith – dwi jyst yn teimlo'n wag.

Mae'r erthygl yn mynd yn 'i blaen:

> A wnaiff y seren ddisglair Noah Flynn ddod o hyd i Saesnes fach arall pan fydd e'n ôl ym Mhrydain? Mae e newydd gadarnhau y bydd e'n chwarae yng ngŵyl PARTI YN Y PARC yn Llundain y penwythnos hwn, ac mae'n siŵr o roi perfformiad i'w gofio ym mhrifddinas Lloegr. Ond a fydd y merched lwcus a welwyd gyda fe a'i fand yn Stockholm yn gwmni iddo fe? Fe ddaw *Llygaid ar y Sêr* â'r clecs diweddaraf i chi ...

Penderfynaf gau'r erthygl yn gyflym, rhag achosi rhagor o loes i fy hunan. Yn lle hynny, agoraf Pinterest, a dechrau chwilio am syniadau i addurno'r bandstand. Af drwy ffotograffau o briodasau prydferth a llu o ffotograffau dyweddïo, ond does 'da fi ddim amynedd. Mae popeth yn edrych yn brydferth, ond does dim byd gwreiddiol yno. Os yw hyn am weithio i Elliot, mae'n rhaid iddo fe fod yn unigryw ac yn bersonol.

Clywaf sŵn fy ffôn. Ebost oddi wrth Miss Mills yw e.

Oddi wrth: Miss Mills
At: Penny Porter
Pwnc: Atb: Arddangosfa ffotograffiaeth

Ro'n i'n meddwl y byddet ti byth yn gofyn!

Wrth gwrs y cei di arddangos dy ffotograffau yn yr arddangosfa. Byddai hynny'n fraint. Dere â nhw draw i'r ysgol pan gei di gyfle.

A dwi'n golygu beth ddwedais i, Penny: dwi'n falch ohonot ti.

Miss Mills

Alla i ddim credu 'mod i wir yn 'i wneud e. Dwi'n mynd i ddangos fy lluniau i bawb!

Pennod Pum deg un

Mae papur wal print llewpart lan at fy ngheseiliau.

Dyma 'niwrnod cyntaf i'n ôl yn siop ffrogiau priodas Mam. Fel yr addewais iddi, dwi'n mynd i'r afael â fy hoff dasg: arddangosfa'r ffenest. Mae dwy ffenest fawr bob ochr i'r drws, a bydd Mam yn meddwl am thema newydd i'r cwsmeriaid bob amser.

Yr wythnos ddiwetha, thema 'Dan y Môr' oedd hi. Ffrog las fel môr-forwyn oedd canolbwynt yr arddangosfa, gyda chregyn yn hongian o'r nenfwd, tywod ar y llawr a choron yn llawn gemau gwyrddlas syfrdanol.

Ond yr wythnos hon, saffari yw'r thema: un newydd sbon i Mam! Dwi'n rhoi marciau llawn iddi hi am wreiddioldeb. Mae'r ffrog yn les i gyd, gyda phrint sebra ar y bais. Mae'n bert, ond ddim at fy nant i.

Dwi'n symud cragen anferth o'r ffordd, ac yn 'i lle, yn gosod llewpart mawr meddal (ffeindiodd Mam hwnnw mewn sêl cist car, ac o'r diwedd, mae ganddo gartre). Yng nghanol hyn i gyd, daw Alex i mewn.

'Penny – beth ar wyneb y ddaear yw hwnna?' Mae Alex bron â neidio o'i groen wrth i fi droi i'w gyfarch a llewpart anferthol dan fy nghesail.

'Paid â sôn. Mae e ar gyfer ein thema saffari wythnos 'ma, ac wrth gwrs, roedd 'da Mam lewpart realistig iawn, sy'n hollol berffaith.'

Mae e'n chwerthin ac yn cydio yn fy llaw, ac yn fy helpu o'r ffenest. 'Galwais i heibio i fynd trwy'r cynlluniau ar gyfer sypréis Elliot. Popeth yn iawn?'

'Popeth yn iawn! 'Nath Mam gadarnhau popeth bore 'ma. Mae'r bandstand ar gael nos Iau, felly bant â ni!'

'Dyw e ddim yn amau unrhyw beth, nag yw e? A ti'n gallu 'i gadw e'n brysur drwy'r nos? Fydd yr haul ddim yn machlud tan yr hwyr, felly bydd rhaid i ti wneud yn siŵr na fydd e'n mynd adre'n gynnar ...'

'Paid â phoeni! Dyw e'n amau dim. Mae e'n meddwl 'i fod e'n dod i ddisgwyl ar f'ôl i yn yr arddangosfa ffotograffiaeth, felly fyddai e ddim yn 'y ngadael i. Hwn fydd y sypréis gorau posib iddo fe. Galla i ddod â fe draw i'r bandstand erbyn naw o'r gloch. Dwi'n teimlo mor gyffrous! Gallai hyn i gyd ddod ag Alexiot 'nôl gyda'i gilydd, a bydd popeth yn berffaith wedyn.'

'Gobeithio 'ny. Ond mae 'na siawns y bydd e'n casáu popeth, a byth isie siarad â fi 'to.'

Cynigiaf fy llaw i Alex afael ynddi. 'Fe wnawn ni bopeth posib i wneud yn siŵr na ddigwyddith hynny.'

'Penny, dyna'r broblem. Dwi'n credu bod rhywbeth ar goll. Ond mae hynny'n golygu bod rhaid i fi ofyn ffafr anferth arall, a dwi'n teimlo 'mod i wedi gofyn gormod yn barod.'

'Na, plis, gofynna. Dyma'r peth pwysicaf yn dy fywyd di ar hyn o bryd, a dwi isie dy helpu di ym mha bynnag ffordd galla i. Os nad wyt ti'n gofyn i fi dorri i mewn i fanc neu rywbeth i dalu am ddiamwnt anferth –'

'Na, dim byd fel 'na!' Mae e'n gwingo'n lletchwith yn 'i gadair ac yn gwenu, gan ddangos rhes o ddannedd gwyn disglair.

Dwi'n dechrau teimlo'n nerfus nawr. Beth fyddai Alex yn gofyn i fi 'i wneud, sy'n gwneud iddo fe fod mor rhyfedd a lletchwith? Gobeithio nad yw e'n mynd i ofyn i fi dynnu lluniau ohonyn nhw'n borcyn neu rywbeth.

'Ti'n gwybod mai 'Elements' yw 'nghân i ac Elliot? Ro'n i jyst isie tsiecio bo' ti'n iawn i fi 'i chwarae hi drwy system sain y bandstand. Dwi'n gwybod sut ti'n teimlo am Noah, a dwi'n gwybod gallai hynny chwalu d'emosiynau di, felly ro'n i isie tsiecio ...'

Dwi'n teimlo rhyddhad enfawr o wybod 'mod i ddim am orfod gweld Alex yn borcyn. 'Wrth gwrs bod hynny'n iawn.' Gwenaf wrth weld arwydd o ryddhad yn lledaenu dros wyneb Alex hefyd. Bydd hyn yn golygu llawer i Elliot, dwi'n gwybod – dyna'r gân oedd yn chwarae pan dynnais i'r llun ohonyn nhw.

Mae 'Elements' yn golygu rhywbeth i lawer iawn o bobl. Dwi wedi gweld Noah yn canu'r gân gymaint o weithiau ar lwyfan nawr a galla i weld yr effaith mae'n 'i chael ar y gynulleidfa. Mae'n gân berffaith i bobl sydd mewn cariad.

Ochneidiaf yn ddwfn, a thro Alex yw hi nawr i 'nghysuro i. 'Beth amdanat ti, Penny? Oes 'na obaith i ti a Noah?'

Codaf f'ysgwyddau. 'Dim syniad. Dwi'n amau 'ny. Dy'n ni ddim wedi siarad ers Paris.'

'Wel, fyddi di byth yn gwybod os na wnei di *drio* siarad ag e. Hyd yn oed os na wnaiff pethe weithio mas, mae'n rhaid cau'r drws ar y peth.'

Mae e'n iawn, wrth gwrs. Mae'n rhaid i fi siarad â Noah rywbryd. Dwi wedi trio cuddio rhag y gwirionedd ers sbel, ond mae gweld Alex yn gwneud hyn i Elliot yn toddi 'nghalon i. Falle nad ydyn ni gyda'n gilydd, ond falle gallen ni fod yn ffrindiau?

Ond fyddai e hyd yn oed eisiau siarad â fi? Mae e wedi gwneud yn union fel y gofynnais i, a dyw e ddim wedi cysylltu o gwbl. Dwi heb glywed gair wrtho fe. Falle'i fod e'n grac 'da fi am adael. Ydy e'n dal i gredu 'mod i wedi dweud celwydd am yr holl fusnes 'na gyda Blake? Mae gormod o gwestiynau heb eu hateb, a dwi ddim hyd yn oed yn siŵr 'mod i eisiau gwybod yr atebion iddyn nhw. Ond os buodd 'na amser unrhyw bryd i fod yn ddewr a mentro siarad â Noah, wel mae'r amser wedi dod, cyn iddo fe fynd bant ar daith rownd y byd. Os na wna i nawr, bydda i'n colli 'nghyfle – falle am byth.

'Dwi'n gwybod. Clywais i'r diwrnod o'r blaen 'i fod e'n dod i Lundain, felly falle gallwn i gysylltu â fe. Falle gallen ni gwrdd, ac o leiaf glirio'r aer. Does dim rhaid i ni fynd o garu'n gilydd i gasáu'n gilydd, nagoes?'

Mae Alex yn pwyso 'mlaen ac yn rhoi cusan ar fy moch. 'Galli di wneud hyn, Penny. Dwi'n credu ynddot ti.'

Yn ôl yn fy stafell wely, mae 'mysedd yn hofran dros yr allweddell ar fy ffôn, ac mae neges wag ar sgrin y negeseuon testun. Pam na alla i feddwl am y geiriau iawn? *O, hei, Noah, cofio fi? Y ferch 'na wnaeth d'adael di ym Mharis, pan oeddet ti ar daith drwy Ewrop? Yr un sgwennaist ti gân iddi hi ...*

Dwi'n claddu 'mhen yn fy ngobennydd ac yn ochneidio'n hir ac yn uchel. *PAM MAE HYN MOR ANODD?* Dwi'n pryderu bod y clwyfau sy'n dechrau gwella ers gadael Paris yn mynd i gael eu hagor eto ar ôl hala'r neges. Beth os wnaiff Noah ymateb fel Elliot, ac anwybyddu fy neges? Ond dwi'n gwybod na alla i anwybyddu hyn am byth. Os na wna i drio, wna i byth wybod. Roedd Noah – *mae* Noah – mor bwysig i fi, a bydd rhaid i ni siarad rywbryd. Alla i ddim gohirio'r peth o hyd.

> Noah, mae ychydig o wythnosau wedi mynd heibio, ac mae hi wedi bod yn anodd peidio cysylltu â ti. Clywais i bo' ti'n dod i Lundain, felly meddyliais i gallen ni siarad? Falle bod hyn yn ormod i ofyn, ond mae'n rhaid i fi drio. Allwn ni fod yn ffrindiau? Penny x

Dwi'n rhoi fy ffôn i lawr ar y bwrdd bach wrth y gwely, bron fel taswn i'n disgwyl i Noah f'anwybyddu. Ond yna, bron yn syth, mae'n goleuo. Noah sy 'na.

> Dwi isie siarad â ti hefyd. Dere i gwrdd â fi yn yr ŵyl fory, os galli di. Fe gaf i docyn i ti – ac un i ffrind fel bod dim rhaid i ti ddod ar ben dy hunan. Dwi'n dy golli di. N

Mae 'nghalon yn rhewi ar ddiwedd y neges. *Mae e'n fy ngholli i.* Ydy e wir wedi bod yn aros i fi gysylltu ag e? Mae llifeiriant o deimladau tuag at Noah yn rhuthro'n ôl a dwi'n teimlo fy wyneb yn gwrido'n syth.

Dwi'n ein cofio ni'n dawnsio yn y dorf fel ffyliaid llwyr pan oedd The Sketch yn chwarae; dwi'n cofio'i gusanau bach ar fy nhrwyn, y nosweithiau y byddai fe'n tecstio o'i stafell yn dweud ei fod e'n breuddwydio am gwtsio gyda fi, a'r ffordd y byddai e'n ciledrych arna i o'r llwyfan wrth ganu 'Merch yr Hydref' o flaen y dorf. Mae'r atgofion rhyfeddol dwi wedi bod yn trio'u cloi mas yn dechrau disodli'r atgofion crac, rhwystredig fuodd yn help i oroesi'r wythnosau dwetha.

Dwi'n ceisio gwthio'r atgofion hapus i ffwrdd, achos 'mod i'n gwybod y gwna i gwympo dros fy mhen a 'nghlustiau mewn cariad ag e eto os gwna eu gadael nhw i mewn 'i nghalon. Beth os yw e eisiau i ni fod yn ddim mwy na ffrindiau? Dwi'n ymddwyn yn union fel Elliot, yn cau popeth mas ac yn gwrthod siarad am fy nheimladau, ond mae'n gwneud i fi deimlo'n gwbl ddryslyd. Dwi ddim yn gwybod beth dwi eisiau.

Iawn, dwi'n credu galla i wneud hynny. Px

Dwi'n taro ANFON. Dwi wedi gwneud llawer o bethau hurt a dwl dros y flwyddyn ddiwetha, ond am ryw reswm, mae meddwl am siarad â Noah yn chwalu fy nerfau i'n rhacs.

★★ *Pennod Pum deg dau* ★★

Dwi'n codi ben bore, ac alla i ddim credu 'mod i'n ôl fel hyn – yn methu cysgu ac yn methu gadael i'm meddwl i orffwys.

Dwi wedi bod yn belen o gynnwrf anesmwyth drwy'r nos. Alla i ddim credu 'mod i'n mynd i weld Noah heddiw. Falle mai dim ond ychydig wythnosau sydd 'na ers i fi ei weld, ond mae'n teimlo fel oes. Dwi wedi cerdded 'nôl a 'mlaen gymaint o weithiau fel bod Dad wedi dod i mewn i tsiecio 'mod i heb fynd yn benwan.

Dwi hefyd wedi cnoi f'ewinedd i lawr at y bywyn, ond mae hynny am reswm gwahanol. Roedd Noah yn iawn pan ddwedodd e na fyddwn i – na allwn i – fynd i'r ŵyl ar fy mhen fy hunan. Elliot oedd fy newis cyntaf i, wrth gwrs, ond mae e wedi cytuno i fynd i Gaerfaddon gyda'i rieni ar daith hanesyddol (eu ffordd nhw o godi 'i galon e). Hefyd, byddai e'n siŵr o ofyn pam dwi wedi penderfynu siarad â Noah nawr, a byddai hynny'n arwain at Alex a'r sypréis. Felly, mewn ffordd, mae'n well peidio â gofyn i Elliot o gwbl. Dwi'n teimlo fel taswn i'n ei dwyllo fe trwy fynd y tu ôl i'w gefn e fel hyn, ond eto, mae 'na reswm da dros wneud hyn.

Triais i wahodd Kira wedyn, ond mae hi wedi trefnu'n barod

i fynd gydag Amara. Prynon nhw eu tocynnau fisoedd yn ôl achos eu bod nhw'n ffans mawr o'r Halo Pixies, band *a cappella* o Sweden, sydd hefyd yn chwarae.

Roedd yn gysur gwybod bod yr efeilliaid yn mynd, felly mentrais i ofyn i Megan. Ers i Noah a finnau orffen, mae hi wedi anfon negeseuon hollol hyfryd ata i. Hefyd, mae 'na ran ohona i eisiau deall dirgelwch YGwirionedd. Fuodd dim rhagor o ebyst na llythyron ar ôl i ni orffen, felly penderfynais i beidio â mynd at yr heddlu yn y diwedd. Ar ôl treulio diwrnod gyda Megan, galla i wybod yn sicr nad hi oedd yn gyfrifol am y bygythiadau cas 'na.

Gobeithio, wir, nad oedd 'da hi unrhyw beth i'w wneud â nhw – dim ond nawr dwi'n dechrau teimlo bod y Megan dyfais i lan 'da hi'n dechrau ailymddangos. Bydd hi'n mynd i'r coleg drama ym mis Medi, a bydda i'n ei cholli hi tamed bach. Fydda i ddim yn gweld eisiau'r ffordd mae hi'n gorffen fy mrawddegau i, na'r ffordd mae hi eisiau bod yn ganolbwynt sylw pawb o hyd, ond bydda i'n colli'r pethau bach, fel y ffordd roedd hi'n dod i gwrdd â fi ar ôl pob gwers Hanes er mwyn i ni gerdded i'r ffreutur gyda'n gilydd, a'i hiwmor sarcastig.

Felly, nawr, mae hi yma yn fy stafell, yn eistedd ar fy nghadair wrth y ddesg ac yn edrych arna i â golwg ychydig yn bryderus ar ei hwyneb.

'Penny, wedest ti bo' ti'n iawn, ond dwi'n dechre meddwl bo' ti'n dweud celwydd. Dwi wedi cyfri sawl gwaith rwyt ti wedi cerdded lan a lawr y stafell a dwi lan i bum deg chwech yn barod. Mae hynna'n llawer gormod o ymarfer corff am un diwrnod, yn enwedig ar ddiwrnod fel heddi pan ti'n pryderu am bopeth.' Mae hi'n edrych i lawr ar 'i hewinedd ac yn symud 'i bys dros y tatŵ ffug llygad y dydd ar 'i bawd.

'Megan, ti'n siŵr 'mod i'n edrych yn iawn? Na, nid dim ond

iawn. Ydw i'n edrych yn hollol iawn?' Edrychaf ar f'adlewyrchiad yn fy nrych hir, gan sefyll ar flaenau 'nhraed.

'Cyhyd â bo' ti'n sefyll fel person normal, ti'n edrych yn wych. Ond wrth gwrs, fyddwn i ddim wedi dewis y dillad yna ...'

Es i am ffrog fach ddu â phrint pabi coch arni, gyda bŵts picsi du – ry'n ni'n mynd i ŵyl, wedi'r cyfan! Mae 'ngwallt i lawr mewn tonnau naturiol, a phâr o sbectol haul *aviator* ar fy nhalcen.

'Ble gest ti'r holl golur 'ma, ta beth? Mae e'n ffantastig!' Mae Megan yn codi fy mhotyn *foundation* NARS a phaled lliw haul euraidd.

Y stwff ges i gyda Leah yn Sephora yw e. 'O ... ges i help ffrind i'w dewis nhw. A bod yn onest, dwi ddim yn siŵr beth yw 'i hanner e.'

'Wel, os byddi di byth am gael gwared ar ambell beth – '

'Dwi'n gwybod ble i dy ffeindio di,' meddaf, gan orffen 'i brawddeg.

Pan ddaw'r amser i ni adael, ry'n ni'n neidio i mewn i dacsi sy'n mynd â ni'n syth i orsaf Brighton, lle mae Kira ac Amara'n aros amdanon ni. Rhaid i ni wedyn brynu smwddis o Marks and Spencer cyn dala'r trên i Lundain. Yn ffodus iawn, ry'n ni'n bachu bwrdd wrth y ffenest. Mae'n braf bod gyda'r tair ohonyn nhw, fel yr hen ddyddiau. Dwi wrth fy modd yn cael cyfle i siarad am bethau bob dydd gyda nhw – bechgyn o'r ysgol, dramâu Blwyddyn Un ar ddeg a beth ry'n ni i gyd am 'i wneud nawr, wrth i ni gamu i fyd difrifol yr oedolion.

'Ti'n credu bydd Blake yno heddiw?' Mae Megan yn edrych arna i o ochr arall y bwrdd, â'i llygaid yn pefrio.

'Ym ... drymiwr Noah ti'n feddwl?' Mae clywed y ffordd mae hi'n dweud 'i enw'n codi cyfog arna i.

'Ie, mae e'n bishyn. Falle bod siawns fach 'da fi fan 'na, yn enwedig os wnei di'n cyflwyno ni 'to.' Mae hi'n gwenu ac yn chwerthin.

'Iawn, wrth gwrs galla i, ond ... dyw e ddim yn grêt, Meg. Mae e'n fachan drwg.'

'PENNY! Ti'n nabod fi o gwbl?' Mae hi'n chwerthin eto, ond yn uwch y tro hwn. 'Ti'n gwybod 'mod i'n dwlu ar fois drwg. Maen nhw wastad yn llawer mwy diddorol. Fe wnei di 'nghyflwyno i 'to, wnei di?' Mae'i llais yn caledu tuag at ddiwedd 'i brawddeg, a galla i synhwyro bod yr hen Megan yn dechrau dihuno.

'Na, wir, Megan. Triodd Blake 'i lwc 'da fi pan o'n ni ym Mharis. Triodd e 'nghusanu i, ond llwyddais i ddianc cyn i bethe fynd yn rhy bell.'

Galla i weld dryswch ar wyneb Megan – ac mae'r llais ansicr yn f'ymennydd yn dweud 'i bod hi'n methu credu y byddai Blake yn mynd am rywun fel fi. Ond wedyn mae Kira'n ymateb.

'Wir? Mae hynna'n ofnadwy, Penny!'

'Ife dyna pam ddaeth pethe i ben gyda ti a Noah?' mae Megan yn holi.

'Ie, falle ...' atebaf.

'Alla i ddim credu iddo fe orffen gyda *ti* a dim yr hen ffrind seimllyd 'na,' medd Megan. Mae hi'n amlwg wedi penderfynu anelu 'i chasineb tuag at Blake, ac allwn i ddim bod yn fwy diolchgar. 'Well i Noah ymddiheuro heddi. Ti'n *llawer* rhy dda iddo fe.'

'Mae hynna mor wir,' medd Amara. 'Sdim un bachan werth e os na wnaiff e sefyll lan drosot ti!'

Alla i ddim peidio â gwrido. Dwi erioed wedi bod yn hapusach i gael criw mor wych o ferched yn ffrindiau i fi.

Daw llais dros y system sain i ddweud ein bod ni funudau'n unig i ffwrdd o Victoria, Llundain.

'Dwi'n teimlo mor gyffrous!' medd Kira. Mae'r ŵyl 'ma i fod yn *awesome*. Faint o'r gloch ry'n ni'n mynd adre wedyn?'

'Dim syniad,' medd Amara, 'Ond dyw'r Halo Pixies ddim arno tan bump.'

'Wna i siŵr o fod ddim aros drwy'r dydd, ferched. Dwi jyst am ffeindio Noah a dod adre,' meddaf, gan wylio'r byd yn gwibio heibio drwy ffenest y trên. Dwi'n gwybod y bydd y sgwrs gyda Noah yn siŵr o 'mlino i'n rhacs. 'Dwi ddim yn credu y galla i aros yn yr ŵyl yn hir iawn. Dwi ddim yn rhy hoff o dorfeydd, chi'n cofio? Beth am i ni gwrdd i ddweud ta-ta am dri, ar ôl i fi siarad â Noah?' Edrychaf i lawr ar fy ffôn. Mae hynny'n siŵr o roi digon o amser i fi adael cyn iddo fe fynd ar y llwyfan.

'Syniad da!' medd Kira, yn wên o glust i glust. 'Falle gallen ni fynd am waffls? Ges i fwyd ffantastig y tro dwetha ro'n i yno.'

'Clywais i fod 'da nhw far trin gwallt!' medd Megan. 'Falle gallen ni neud ein gwalltiau cyn gweld y bois?'

Tynnaf gudyn o 'ngwallt, sy'n amlwg heb gael 'i drin ers gadael Paris. Yn sicr, does dim sglein prydferth ynddo fe fel oedd 'na ar ôl i dîm Leah Brown fod wrthi. Ond dwi ddim am wastraffu f'amser gyda hynny – dwi jyst eisiau gweld Noah, gadael y lle a mynd adre.

Mae fy ffôn yn dirgrynu wrth i decst ymddangos.

Mae'r tocynnau'n aros amdanat ti wrth gât y dwyrain, dan d'enw di. Wela i di cyn hir – dere i'r ardal VIP ar ochr chwith y prif lwyfan, ac fe ddaw Larry i gwrdd â ti yno. N

Yn sydyn, mae corwynt o bilipalod yn troelli yn fy stumog. Mae'r trên yn cyrraedd gorsaf Victoria, a finnau'n paratoi i gwrdd â Noah eto.

Pennod Pum deg tri

Ry'n ni'n stopio o flaen gât ddwyreiniol Hyde Park, ac yn aros mewn rhes i gasglu 'nhocynnau i a Megan. Diolch byth, maen nhw y tu ôl i'r ddesg, fel y dwedodd Noah.

Wrth i ni gerdded drwy gatiau'r parc, dwi'n rhyfeddu wrth weld mor fawr – a phrysur – yw hi. Dwi'n ddiolchgar bod Kira ac Amara yn fy ngwasgu'n dynn rhyngddyn nhw gan wneud brechdan Penny i f'amddiffyn rhag y dorf.

Galla i glywed sŵn caled y gerddoriaeth yn codi o'r llwyfan, sy'n eitha pell oddi wrthon ni. Bob ochr i'r llwybr sy'n arwain at y prif lwyfan, mae tryciau bwyd a stondinau'n gwerthu crysau-T grwpiau roc a bandiau gwallt plu. Mae'n berwi o bobl a'r sŵn yn fyddarol: yr union fath o awyrgylch dwi'n 'i gasáu. Dwi'n difaru na wnes i drefnu cwrdd â Noah yn rhywle y tu fas i'r ŵyl. Pam na wnes i gwrdd â fe yn 'i westy? Neu'r maes awyr? Neu unrhyw le heblaw am fan hyn?

Wrth i ni agosáu at y prif lwyfan, aiff Kira ac Amara draw at y bar trin gwallt, ond mae Megan yn glynu wrth f'ochr fel glud.

'Ti'n gwybod ble mae'n rhaid i ti fynd?' Mae Megan yn edrych draw ata i.

Estynnaf am fy ffôn. 'Dwedodd Noah y byddai'r ardal VIP

i'r chwith o'r llwyfan. Dylai Larry fod yno i gwrdd â ni.'

Mae Megan yn chwarae gyda'r blethen raeadrog yn ei gwallt, yn ceisio sicrhau bod pob blewyn yn ei le. 'Pwy yw Larry? Ydy e'n aelod arall o'r band?' Mae hi'n tynnu tiwb o eli gwefusau pinc o'i bag ac yn 'i roi dros 'i gwefusau am y miliynfed tro.

Chwarddaf. 'Nage. *Dyna* Larry.' Pwyntiaf at gorff afrosgo Larry, wrth iddo fe frasgamu ar draws y parc i gwrdd â ni. Mae e'n gwahanu torfeydd o bobl, a'i ben moel fel llong fawr yn torri trwy'r tonnau. Mae e'n sylwi arna i ac yn gwenu fel gât. Mae'i wên mor fawr â'r wên ar fy wyneb i.

Mae Megan bron â rhewi mewn sioc, ond dwi'n rhedeg draw at Larry ac yn rhoi cwtsh enfawr iddo fe.

'Penny! Mae hi mor braf dy weld di.'

'Tithe hefyd, Larry. Dyma fy ffrind, Megan,' meddaf, gan amneidio ati hi, er 'i bod hi wedi tawelu'n llwyr. 'Larry yw swyddog diogelwch Noah ar y set.'

'Dwi'n falch 'mod i wedi dy ffeindio di yn y dorf wallgo 'ma. Dere, dwi wedi cael cyfarwyddiadau i wneud yn siŵr na fyddi di'n mynd ar goll.'

Gyda Larry i'n tywys ni, dwi'n teimlo'n llawer saffach. Mae e'n ein harwain ni draw at ffens ddigon plaen yr olwg, lle mae dyn yn eistedd, wedi suddo i lawr yn ei gadair. Mynedfa eitha di-nod ac anniben i'r ardal gefn llwyfan yw hon, ond wedyn tasech chi'n rhoi arwydd neon lan yn dweud CERDDORION FAN HYN byddech chi'n gofyn am drwbwl.

Unwaith i ni basio'r gât, mae Larry'n rhoi ein tocynnau cefn llwyfan i ni. Mae wyneb Megan yn goleuo wrth weld 'i thocyn hi.

'Fyddi di'n iawn yma ar ben dy hunan am dipyn bach, Megan, tra 'mod i'n mynd i weld Noah?' Cwestiwn twp. Mae hi wedi gwibio bant bron cyn i fi orffen siarad.

'Bydd Noah yn rhydd mewn rhyw bum munud,' medd Larry. Dwi'n anadlu'n ddwfn.

'Ti'n iawn, Penny?' Mae Larry'n edrych arna i, a gwg bryderus ar 'i wyneb.

'Bydda i'n iawn, Larry,' meddaf, gan geisio swnio'n ddewrach nag ydw i mewn gwirionedd. 'Rhaid i fi wneud hyn.'

Mae e'n nodio'i ben. 'Dwi'n falch bod 'da fi funud fach i siarad â ti. Ife ti bia hwn?' Mae'n estyn rhywbeth o'i boced, a dwi'n ei nabod e'n syth. Fy ffôn i. Mae'r gorchudd pinc llachar yn dal arno fe, yn ogystal â'r sêr wnaeth Noah eu darlunio gyda Sharpie o gwmpas yr ymylon.

'O iyffach, ble ffeindiaist ti hwn?' Dwi'n 'i droi yn fy nwylo, ac yn syllu arno fe fel tase fe'n wrthrych o blaned arall.

'Ffeindiais i fe'n stafell Dean.'

'Yn stafell Dean? Pam fyddai fe'n stafell Dean?'

Mae Larry'n nodio. Dwi erioed wedi gweld golwg mor ddifrifol ar 'i wyneb e; mae e'n edrych fwy fel *bodyguard* nag erioed. Nid dyma'r Larry hapus, serchus dwi'n ei nabod.

'Ti'n meddwl y gallai rhywun fod wedi'i roi e yna? Ffan gwallgo neu rywbeth? 'Nath rhywun ddwyn fy lluniau o'r ffôn yma – a'u defnyddio nhw wedyn i 'mygwth i a'm ffrindie i.'

'Dwi'n gwybod, Penny. Dwi'n credu bod hwn wedi bod 'da Dean o'r dechre.'

'O,' meddaf, mewn llais pitw bach. Os yw hynny'n wir, mae'n golygu ...

Dwi ddim eisiau pendroni dros y peth, wrth i fi glywed Noah yn galw fy enw. Dwi isie dweud wrtho fe am y ffôn yn syth, ac am fy amheuon ynghylch Dean. Ond y tro dwetha i fi 'i weld e, y cyfan wnes i oedd cyhuddo a chweryla; dwi'n gwybod bod rhaid i fi wrando arno fe'n gyntaf. Llithraf y ffôn i mewn i 'mag, gan wybod y daw cyfle i drafod hynny'n nes 'mlaen.

Mae 'nghalon yn curo fel calon aderyn bach. Dyma ni: mae popeth dwi wedi bod yn 'i ddychmygu a'i drin a'i drafod yn fy mhen ar fin dod yn wir. Rhaid i fi aros yn bwyllog ac yn cŵl.

Mae e'n cerdded draw aton ni, a dwi eisiau rhedeg ato fe, fel y gwnes i gyda Larry, a rhoi cwtsh iddo fe, ond mae 'nhraed yn sownd i'r llawr. Mae'i draed e'n sownd hefyd, ac mae e'n oedi rai camau oddi wrtha i.

'Wel, fe adawa i lonydd i chi, bois,' medd Larry. 'Ond Penny, ar ôl i ti orffen, dere i chwilio amdana i, ac fe wna i'n siŵr y byddi di'n mynd adre'n saff.'

'Diolch, Larry. Ti'n seren,' meddaf.

Gwena Noah arna i, ond mae hi'n wên fach betrusgar. 'Haia. Ddylen ni fynd i rywle mwy preifat i siarad? Does neb ar y bws nawr, felly beth am i ni fynd yno?'

Nodiaf. Mae Noah yn edrych fel fersiwn di-liw ohono fe 'i hun. Mae e'n gwenu, ond dwi'n synhwyro bod fflach wedi diffodd y tu ôl i'w lygaid, sydd fel arfer mor befriog. Cerddwn mewn tawelwch rhyfedd ac anghyffordus at y bws. Dwi ddim yn hoffi hyn. Dwi ddim yn hoffi'r ffaith ein bod ni'n methu siarad. Dyw hyn ddim fel ni o gwbl. Dwi'n gobeithio y gwnaiff yr awyrgylch newid pan fyddwn ni ar y bws.

Gofynna Noah i fi eistedd ar y soffa – yr un lle ag eisteddais i gyda Blake ar ddechrau'r daith. Mae Noah yn eistedd ar fy mhwys i ac yn ymestyn 'i ddwylo ar y bwrdd coffi bach. Mae'n edrych drwy'r ffenest, lle gallwn ni weld bwlch bach yn y ffens, a thrwy hwnnw, holl hwyl a sbri'r ŵyl.

Mae e'n gwenu. 'Felly ...'

'Felly ...' gwenaf yn ôl. 'Sut wyt ti?'

Mae Noah yn siglo'i ben. 'Alla i ddim delio â siarad wast. Gad i ni fynd yn syth i'r pwynt.'

Nodiaf eto.

'Felly, fy nghwestiwn cyntaf i yw: pam wnest ti adael fel 'na? Pam na ddest ti i ffarwelio'n iawn?'

Teimlaf dyndra yn fy llwnc wrth sylweddoli bod y sgwrs 'ma wedi troi'n ddifrifol yn glou iawn. Dwi'n grac gyda fe am siarad yn blwmp ac yn blaen, ac am fod yn gymaint o Americanwr di-ffws, ond dyma pam y des i yma, wedi'r cyfan. 'Ro'dd hi'n anodd i fi ffarwelio â ti wyneb yn wyneb. Pan dwi gyda ti, mae'n anodd bod yn grac neu'n rhwystredig neu'n drist. Ro'n i'n meddwl ein bod ni wedi cwpla. Roedd fy nghyhuddo i o ddweud celwydd am Blake yn beth mor wael i'w wneud, Noah. Y ffaith byddet ti hyd yn oed yn meddwl y gallwn i ddweud rhywbeth fel 'na, jyst i gael sylw ... ro'n i wedi fy llorio. Torraist ti 'nghalon i.'

Edrychaf ar 'i wyneb, ond alla i ddim edrych i fyw 'i lygaid. *Dal ati, Penny. Paid crio.*

'Ti'n iawn, Penny: *roedd* e'n beth gwael i'w wneud. Dylwn i fod wedi siarad â ti'n iawn, a dylwn i fod wedi gwrando arnat ti. Dyna un rheswm gofynnais i ti ddod 'ma pan ges i dy neges di. A dyna pam dwi wedi gofyn i rywun ymuno â ni ...' Mae e'n edrych dros f'ysgwydd ac yn amneidio ar rywun y tu ôl i fi. Dwi'n troi 'mhen ac yna'n rhewi wrth weld Blake yn sefyll ar dop grisiau'r bws.

'Hei, Penny,' medd, a'i lais wedi colli rhywfaint o'i dinc sarcastig arferol.

'O, ym, helô, Blake,' meddaf, gan groesi 'mreichiau dros fy mrest.

'Drycha, pan ddwedodd Noah bo' ti'n dod yma, gofynnais i allen i ddod i dy weld di, gan 'mod i'n moyn ymddiheuro am y noson 'na ym Mharis. Wir, dwi'n gwybod 'i fod e'n anghywir a na wnaiff e unrhyw wahaniaeth i ti beth weda i, na newid beth wnes i, ond dwi'n 'i feddwl e: ro'n i wedi meddwi ac yn ymddwyn yn hollol warthus.'

'Blake – '

'Aros, dwi ddim wedi gorffen. Ar ôl 'ny, ro'n i'n panicio. O'n i ddim isie i Noah roi'r sac i fi. O'n i ddim isie colli 'ngwaith na fy ffrind, felly wedais i wrtho fe mai ti ddaeth ar 'yn ôl i. Ro'n i'n meddwl byddech chi'ch dau yn gweithio pethe mas – wnes i jyst ... wnes i jyst ddim meddwl.'

Dwi'n hollol syfrdan. Mae fy llwnc yn sych a 'nghalon yn ddideimlad.

'Wir?'

'Dwi'n gwybod; ro'n i'n hurt.'

Dwi erioed wedi gallu ymddiried yn Blake, ond dwi'n meddwl falle'i fod e'n dweud y gwir nawr. Er hynny, alla i ddim maddau iddo fe'n rhwydd.

Mae Noah yn dala fy llygaid. 'Dwedodd e'r gwir wrtha i pan o'dd e'n feddw yn Stockholm. Wir i ti, Penny, ro'n i'n gandryll ... ond pan oedd e'n sobor, siaradon ni lot. Mae Blake yn gwybod bod 'da fe broblem. Felly mae e'n mynd adre i ddelio 'da'r peth.'

'Mae'n wir,' medd Blake. 'Dwi ddim yn mynd ar y daith ryngwladol gyda Noah. Dyw bywyd ar daith ddim yn fy siwtio i.'

Mae Blake yn rhythu arna i am ennyd fach, a'i lygaid yn ymbil arna i. Dwi'n gwybod 'i fod e'n aros am arwydd 'mod i'n derbyn 'i ymddiheuriad, ond alla i ddim gwneud hynny. Dwi'n llyncu'n galed cyn ateb. 'Waw. Wel, dwi'n gobeithio gei di'r holl help sy angen arnat ti.'

Nodia Blake. 'Dwi'n gwybod na alla i ddisgwyl cael maddeuant wrthoch chi'ch dau eto, ond ... rhyw ddydd, falle?' Mae'n edrych mor obeithiol, ond yn y bôn, dwi'n gwybod nad yw'i ymddiheuriad yn ddigon eto. Mae'r boen yn dal mor fyw ac amrwd.

'A bod yn onest, dwi ddim yn siŵr. Mae beth wnest ti wedi rhoi siglad i fi, ac wedi effeithio'n fawr ar 'y mywyd i. Ond dwi'n gwerthfawrogi d'ymddiheuriad.'

'Ti wedi dweud dy ddweud nawr. Galli di fynd,' medd Noah wrth Blake, a'i lais yn oeraidd ac yn galed.

'Wela i chi.'

Ar ôl iddo fe adael y bws, dwi'n troi'n ôl at Noah. 'Waw ... do'n i ddim yn disgwyl hynna. Diolch.' Mae 'nghalon i'n gwaedu dros Noah. Dwi'n gwybod y bydd e'n gweld eisiau 'i ffrind gorau – er gwaetha'r hyn wnaeth e – a dwi'n gobeithio y caiff Blake yr holl help sydd 'i angen arno fe i drwsio'r cyfeillgarwch mae e wedi'i chwalu.

'A nawr, dyma 'nhro i eto. Pan ddwedodd Blake hynny wrtha i, ro'n i isie cysylltu'n syth – '

'Pam na wnest ti?' Edrychaf i fyw'i lygaid a theimlo ton o emosiwn yn bwrw 'mrest.

'Achos bo' ti wedi gofyn i fi adael llonydd i ti ... ac ro'n i'n gwybod bod mwy i'r peth na jyst y sefyllfa gyda Blake.' Mae Noah yn fflicio'i wallt brown tonnog 'nôl o'i wyneb ac yn gorffwys 'i ben yn 'i ddwylo. 'Do'n i ddim isie dy wneud di'n fwy crac, na gwneud y sefyllfa'n waeth. Yn syth ar ôl i ti gysylltu â fi, ro'dd rhaid i fi ateb. Ro'dd hi mor anodd i fi beidio cysylltu â ti, ond roedd rhaid i fi barchu dy ddymuniad di. Ro'n i'n casáu bod hebddot ti ar y daith.'

Mae geiriau Noah yn fy swyno i. Mae'r holl gwestiynau fuodd yn cylchdroi yn fy mhen i – *oedd e'n gweld fy isie i? Oedd e'n fy nghredu i? Oedd e'n gwrthod ffonio achos 'i fod e'n fy nghasáu i?* – wedi cael eu hateb. Mae hyn yn gysur, ac yn rhoi tawelwch meddwl i fi.

'Diolch am barchu 'nymuniad, ond roedd peidio clywed wrthot ti'n rhoi loes i fi. Ro'n i'n meddwl byddet ti'n trio, ta beth. Ond yn y diwedd, do'n i ddim yn barod tan nawr.'

'Ti ... ti'n credu bod unrhyw ffordd i ni wneud hyn i weithio?' Mae Noah yn edrych lan arna i, ac mae 'nghalon yn ysu i fi ddweud 'ydw.' Ond fy mhen sy'n rheoli'r sefyllfa. 'Dwi ddim yn gwybod, Noah. Y busnes 'na gyda Blake oedd y gwaetha, ond ro'dd problemau eraill 'fyd. Dwi ddim yn credu bod bywyd ar yr heol yn fy siwtio i chwaith. Mae'n rhaid i fi benderfynu beth dwi am 'i wneud gyda 'mywyd fy hunan, a dwi ddim yn credu y galla i wneud hynny wrth dy ddilyn di o le i le.' Dyna un o'r pethau anodda i fi ddweud erioed, ond dwi'n teimlo rhyddhad nawr.

Ochneidia Noah. 'Ti yw'r peth gorau sy wedi digwydd i fi erioed, Penny. Ond fy miwsig yw fy mywyd i. Dwi ddim isie gorfod dewis rhyngoch chi.'

Dwi'n estyn am 'i law, ac yn cydio ynddi. 'Nag oes, does dim rhaid i ti ddewis rhyngon ni. Ddim o gwbl. Dwi wedi dy weld di ar y llwyfan, Noah – dyna lle wyt ti yn dy elfen. Ddylet ti ddim stopio gwneud hynny, byth. Ond mae'n rhaid i ti roi amser i fi. Amser i ... benderfynu pwy ydw i.'

Mae saib hir sydd fel tase hi'n para am byth, ond dyw e ddim yn gollwng fy llaw. 'Bydda i'n gweld d'isie di, Penny. Bob dydd.'

'Finne hefyd,' meddaf.

Mae'n codi fy llaw ac yn ei chusanu. Dwi'n gorfod ymladd yn erbyn yr ysfa i daflu 'mreichiau o'i gwmpas a dweud wrtho fe gallwn ni fod gyda'n gilydd, beth bynnag ddaw. Ond dwi'n gwybod y byddwn i'n dal yn ddigalon ar y daith, a bod rhaid i Noah gael yr amser yma i sicrhau 'i lwyddiant, a bod rhaid i fi gael yr amser yma i benderfynu ar drywydd fy mywyd i.

'Be wnaeth i ti newid dy feddwl?' hola.

'Be ti'n feddwl?'

'Pam wnest ti gysylltu nawr? Ife dim ond achos 'mod i'n dod i

Brydain? Byddwn i wedi hedfan o unrhyw le i dy weld di – dylet ti wybod 'ny.'

Siglaf fy mhen. 'Na, nid dyna beth oedd e. Alex oedd ar fai. Wedais i ddim wrthot ti, ond mae Elliot ac Alex wedi gorffen hefyd.'

'Na'dyn!' Mae gên Noah yn disgyn i'r llawr. 'Ti'n jocan. Roedd y ddau yna'n berffaith 'da'i gilydd.'

'Ro'n i'n meddwl 'ny hefyd. Ond cafodd Alex siglad ofnadwy ar ôl neges YGwirionedd, ac fe orffennodd e 'da Elliot. Ond nawr, mae e wedi dweud wrth 'i deulu e i gyd 'i fod e'n hoyw ac mae popeth yn grêt – mae e isie rhannu hynny gydag Elliot a'i ennill e'n ôl. Ry'n ni wedi trefnu sypréis anferth iddo fe nos Iau yn y bandstand yn Brighton. Ry'n ni hyd yn oed yn mynd i chwarae un o dy ganeuon di – ti'n gwybod cymaint maen nhw'n dwlu ar 'Elements'.

Gwasga Noah fy llaw, a galla i deimlo gwreichion trydanol rhyngon ni. Ond cyn i hynny gynnau fflamau, mae e'n codi o'r soffa. 'Mae'n rhaid i fi fynd, Penny. Mae fy set i bron â dechre. Ond plis, arhosa ar y bws am sbel fach os nad oes rhaid i ti adael nawr ... dwlen i dy weld di ar ôl y sioe hefyd.'

Ysgydwaf fy mhen. 'Rhaid i fi fynd. Dwi'n cwrdd â fy ffrindie.'

'Felly ry'n ni'n dweud hwyl fawr nawr?' medd Noah.

'Ym ... ydyn, dwi'n credu.'

Ry'n ni'n cofleidio'n gilydd fel y dylen ni fod wedi gwneud ym Mharis. Mae'i freichiau'n fy nal i'n dynn, a dwi'n taflu 'mreichiau o gwmpas 'i ganol, gan orffwys fy wyneb ar ochr 'i wddf, i anadlu 'i arogl yn ddwfn. Mae'r cwtsh yn hirach nag y dylai fod, gan nad ydyn ni eisiau datod y cwlwm rhyngon ni. Yna mae e'n symud 'nôl. Am eiliad, mae ein gwefusau mor agos fel y gallen ni, trwy ddim ond symudiad pitw bach, gusanu ein gilydd a byddai hyn i gyd yn cael 'i anghofio.

Yn lle hynny, ry'n ni'n symud ar wahân, a dwi'n 'i wylio fe'n diflannu i lawr y grisiau a mas trwy ddrws ffrynt y bws.

Pennod Pum deg pedwar

Alla i ddim wynebu mynd yn ôl mas eto, felly dwi'n cymryd cyngor Noah ac yn eistedd ar y bws am sbel fach, yn edrych ar bopeth o 'nghwmpas i. Mae'n rhaid i fi amsugno'r cyfan, gan taw hwn fydd y tro olaf i fi fod yma, siŵr o fod.

Mae arogl *aftershave* bechgyn yn drwch yn yr aer, ac mae rhes o sticeri bach oddi ar afalau dan un o'r ffenestri – olion y criw llwglyd. Mae gemau Xbox ar wasgar dros y bwrdd o 'mlaen i, gan f'atgoffa i o Blake – ond dwi'n falch o sylwi 'mod i ddim yn gwingo mewn ffieidd-dra wrth feddwl amdano fe nawr. Dwi'n edrych i lawr tuag at gefn y bws – heibio rhesi o boteli cwrw gwag a mosaic mae rhywun wedi dechrau 'i greu gyda chaeadau'r poteli – ac yn sylwi ar hen hwdi Noah. Mae'n hongian yn llipa ar fachyn, a'r ddau gortyn gwyn dan yr hwd wedi rhaflo a phylu. Dyma'r union hwdi y lapiodd e amdana i wrth i ni gael picnic ar do'r Waldorf Astoria ym mis Rhagfyr. Yr un adawodd e i fi yn y pecyn yn Rhufain.

Yn sydyn, dwi'n cofio mor braf oedd teimlo'i ddwylo'n gosod yr hwdi dros fy mreichiau i 'nghadw i'n dwym. Ro'n i'n teimlo'n ddiogel ac yn gysurus – teimlad dwi heb 'i gael ers oesoedd. Dim ers y ddamwain car pryd dechreuodd y pyliau gorbryder yn y lle cyntaf. Cerddaf draw at yr hwdi a'i ddal yn dynn at fy mrest, gan anadlu arogl olion ysgafn *aftershave* Noah.

Dwi ddim yn gwybod a ydw i'n teimlo'n hapus neu'n drist. Y cyfan alla i feddwl yw cymaint dwi eisiau i Noah lapio'r hwdi o 'nghwmpas i eto, dal fy llaw a dweud wrtha i y bydd popeth yn iawn, bod y daith fyd-eang wedi'i chanslo a'i fod e'n mynd i dreulio gweddill 'i fywyd gyda fi yn Brighton, lle byddwn ni'n mynd â'n ci bach am dro i'r traeth ar nos Fercher ac yn gwneud ioga gyda'n gilydd ar y lawnt bob bore.

Ond dim ond breuddwyd yw hynny.

Wrth i f'emosiynau frwydro yn erbyn 'i gilydd, dwi'n sylweddoli y byddai rhywun yn meddwl 'mod i off fy mhen tasen nhw'n fy ngweld i nawr, yn sefyll ar fy mhen fy hunan ar fws taith Noah, yn sniffian 'i hwdi. Felly, dwi'n taflu'r hwdi 'nôl ac yn cerdded tuag at y drws. Rhewaf yn f'unfan wrth glywed lleisiau y tu fas i ddrws y bws. Mae un llais yn uchel ac yn awdurdodol, a dwi'n 'i nabod yn syth. Dean.

Cerddaf ar flaenau 'nhraed at flaen y bws, gan sbecian dros y grisiau. Mae Dean yn pwyso'n hamddenol yn erbyn y drws, gan siarad â dau ddyn mewn blasers a *chinos* lliwgar, a chardiau adnabod yn hongian o'u gyddfau. Mae llais uchel arall yn fy mhen yn dweud wrtha i fod clustfeinio'n syniad dwl – yn enwedig gan i hynny arwain at ddagrau y tro dwetha. Ond yna, dwi'n clywed Dean yn crybwyll f'enw, ac alla i ddim peidio â gwrando.

'Mae Noah a Penny wedi gorffen, wedi bennu. Drychwch, y cyfan ddweda i yw byddai Ella Parish yn anhygoel i yrfa Noah. Mae hi ar 'i ffordd lan; mae hi'n edrych yn grêt. Byddai'r ddau ohonyn nhw'n creu tipyn o gynnwrf yn y cyfryngau.'

Tase rhywun wedi tynnu llun ohona i'r foment honno, byddwn i'n edrych fel un o'r cymeriadau cartŵn hynny, a stêm yn dod mas o'u clustiau a'u trwynau, a'u hwynebau nhw'n goch ac yn grac.

'Wel, os mai dyna mae Noah isie, gallwn ni'n bendant roi hwb bach i Ella i'r cyfeiriad cywir. Allwn ni ofyn i Lorraine fwrw 'mlaen gyda hyn cyn gynted â phosib, Collin?' Mae un dyn mewn blaser yn troi at y llall, ac yna'n gwenu ar Dean. Mae'n rhaid i fi ddefnyddio pob gronyn o nerth sy 'da fi i aros yn bwyllog a pheidio â gadael y bws yn sgrechian yn wyllt am y cynllwyn ofnadwy 'ma.

'Da iawn, dyna hynny wedi'i setlo.' Mae Dean yn estyn 'i law, a'r dynion yn 'i siglo. 'Gallwn ni drefnu i rai o'r *paparazzi* eu dal nhw yn Awstralia. Falle'n dal dwylo ar y traeth?'

Alla i ddim gwrando ar ragor o hyn. Perthynas ffug arall? Pam fyddai Dean yn credu bod hyn yn syniad da? Fyddai Noah byth eisiau i Dean wneud hyn, yn enwedig ar ôl beth ddigwyddodd gyda Leah.

Dwi wedyn yn cofio am fy ffôn, sydd bellach yn fy mag, ac yn dechrau berwi mewn cynddaredd. Mae pethau'n edrych mor glir nawr. Ai Dean oedd yn gyfrifol am hyn o'r cychwyn? Roedd Noah yn credu mai rheolwr Leah Brown drefnodd eu perthynas ffug, ond wrth feddwl am y peth nawr, beth fyddai hi wedi'i ennill o hynny? Noah oedd angen y sylw. Gyrfa Noah oedd angen yr hwb. A Dean sy'n gwneud *pob* penderfyniad am yrfa Noah.

Mae'r siarad yn dod i ben, a galla i glywed sŵn traed yn dod lan grisiau'r bws. Mae 'nghalon yn llamu yn fy mrest a dwi'n edrych o 'nghwmpas am rywle i guddio, ond mae hi'n rhy hwyr. Gwelaf Dean yn sboncio ar y bws, â gwên fawr ar 'i wyneb.

Mae'r wên yn pylu ac mae e'n rhegi'n swnllyd ac yn cydio yn 'i frest wrth fy ngweld i'n sefyll yno. 'Penny, be ti'n neud fan'na? Buest ti bron â rhoi trawiad i fi.' Mae'n chwerthin yn wan. Ry'n ni'n dau'n sefyll yno, yn rhythu ar ein gilydd, tan iddo fe sylweddoli nad ydw i'n gwenu'n ôl.

Mae'i wyneb yn gwelwi o sylweddoli 'mod i'n gwybod am ei gynllwyn. Mae dicter yn corddi ynof i fel lafa mewn llosgfynydd, ond llais pwyllog Ocean Strong sy'n dod mas.

'Wyt ti wastad wedi bod yn gymaint o dwpsyn, Dean?'

'Felly, clywaist ti fi tu fas, do fe? Gobeithio nad wyt ti am wneud cawlach o hyn i Noah, Penny!'

'Fi? Dwi'n credu bo' ti wedi gwneud digon o gawl potsh heb fy help i, Dean! Beth ar wyneb y ddaear wyt ti'n neud? Wyt ti isie gweld Noah yn llwyddo achos 'i fod e mor anhygoel o dalentog, neu wyt ti am sbwylio popeth heblaw am 'i gerddoriaeth trwy greu cyfeillgarwch ffug a chwalu pob perthynas go iawn sy ganddo?'

Yn sydyn, dwi'n teimlo fel y person mwyaf pwerus ar y ddaear. Dwi'n teimlo'n dal, yn hyderus, ac mae popeth dan reolaeth. Dwi'n siarad yn uchel, yn gryno ac yn glir, ac yn syllu ar wyneb Dean yn crebachu wrth i'w hyder wanhau. Mae'n mwmial rhywbeth alla i 'mo'i glywed, felly dwi'n codi un ael tan iddo fe ailadrodd 'i eiriau.

'Dwi ddim yn gwybod beth ti'n feddwl – ti'n wallgo. Mae isie i ti redeg 'nôl at Mami a Dadi.' Mae'n codi ei ysgwyddau, ac yn ceisio symud heibio i fi er mwyn cyrraedd beth bynnag y daeth e i'w gasglu o'r bws.

Dwi'n symud o'i flaen i'w rwystro. Mae'n edrych arna i, ac yna mae'i wyneb yn newid. Dyw e ddim yn edrych yn wan ac yn ofnus nawr; mae'n edrych yn grac. Dwi'n aros yn bwyllog ac yn hyderus, er 'mod i'n gryndod i gyd mewn gwirionedd.

'Cer mas o'r ffordd, Penny.'

'Na. Ddim cyn i ti ateb 'y nghwestiyne i.' Dwi'n chwilio ac yn chwalu yn fy mag, cyn dod o hyd i fy hen ffôn. 'Ro'dd hwn 'da ti drwy'r amser, on'd oedd e? Rhoddodd Larry fe i fi gynne – ffeindiodd e fe yn dy stafell *di*.'

'A beth os wnaeth e hynny?'

Dwi'n llyncu 'mhoer ac yn ceisio rheoli fy nerfau. 'Dwed wrtha i'n onest: ife ti yw YGwirionedd?' Mae fy llais i'n crynu nawr. Mae e'n chwerthin, ac, i ddechrau, dwi'n credu 'i fod e am wadu bod 'da fe unrhyw beth i'w wneud ag e, ond dyw e ddim. Yn lle hynny, mae e'n dechrau clapio.

'Da iawn ti. Ti'n llygad dy le. Daeth rhywun â dy ffôn di at y staff diogelwch, a rywsut, ges i'r ffôn. Ro'n i'n meddwl 'mod i wedi ennill y jacpot. Meddyliais i bydde cwpwl o negeseuon yn ddigon i hala ofan arnat ti, ond chwarae teg i ti – roedd 'da ti fwy o gyts nag y dychmyges i.'

Mae popeth mor ddryslyd yn f'ymennydd. 'Ond ... pam? Pam wnest ti alw i weld Mam a Dad a'u perswadio nhw i adael i fi ddod ar y daith os nad o't ti hyd yn oed isie fi 'na? Pam wnest ti ddim gwrthod?'

'Beth? A gwneud i Noah fod d'isie di hyd yn oed yn fwy? Dere nawr, Penny.' Mae e'n rholio'i lygaid. 'Fel hyn, gallwn i *ddangos* iddo fe bo' ti ddim yn siwtio'r math yma o fywyd. Ro'dd pethe'n ddigon drwg adeg y Nadolig pan aeth Noah dros ben llestri am sbelen fach – ro'n i'n credu byddai'n rhaid canslo'r daith i gyd, a'n holl waith caled ni'n mynd i lawr y draen. Ond wedyn, cwrddodd e â ti: merch fach annwyl, hyfryd a *chyffredin*: Penny Porter. I ddechre, ro'dd e'n beth da i stori Noah Flynn. Ro'dd y merched yn dwlu ar y peth. Ond mae dy stori di wedi bennu nawr.' Mae'n cerdded heibio, yn eistedd ar y soffa ac yn pwyso drosodd i agor yr oergell fach.

Mae e'n agor can o gwrw ac yn pwyso'n ôl, a'i hyder yn byrlymu. Trof i'w wylio fe, ond gan gamu'n nes at y drws wrth wneud hynny.

'Felly ro't ti'n credu mai'r ateb oedd codi ofan arna i?' meddaf, gan geisio rheoli 'nicter. 'Faint yw dy oedran di, *deuddeg*? Ti ddim yn gweld Noah – ti'n gweld dim byd ond doleri. Ac i beth oedd isie llusgo fy ffrindie i mewn i'r peth? Doedd 'da nhw ddim byd i'w wneud â fi a Noah.'

Mae'n cymryd llwnc o gwrw ac yn llyfu 'i wefusau, cyn gwenu'n filain, fel cymeriad y Joker o *Batman*. 'Ond fe weithiodd e yn y diwedd, on'd do fe? Pan wnaeth y tecsts a'r ebyst ddim gweithio, dechreuais i gadw Noah oddi wrthot ti. Ro'dd hi mor hawdd trefnu cyfarfodydd, 'i gadw e'n brysur, fel nad oedd e'n gallu mynd ar eich dyddiau dirgel hudol hurt – ac er iddo fe dy drin di'n wael, ro't ti'n *dal* i hongian rownd. Wedyn, cawson ni'r sgwrs 'na ar y bws, ac fe gofiais i am y llunie 'na ro'n i wedi'u lawrlwytho o dy ffôn di. O'r diwedd, ro'n i'n gwybod sut i gael gwared arnot ti. *Druan â nhw – y cwpwl bach, druain, wedi bennu, felly rhaid i Penny fynd adre i achub y dydd. Perffaith!*

'Drycha, ti'n ferch neis, ond beth arall sy 'da ti i'w gynnig? Plentyn wyt ti. Mae'n bryd i ti fynd 'nôl i chwarae 'da dy ddolie, neu ... gasglu blode 'da dy ffrindie bach. Gad i Noah neud beth mae'n neud ore: chwarae cerddoriaeth, gwneud miliynau o ddoleri, a bod yn seren ryngwladol anferthol. Dyna yw 'i dynged e. Does dim angen iddo fe dy gael di wrth 'i ochr e. Ti ddim yn dda i'r brand. Dwi jyst yn bod yn rheolwr da.

'Gad i ni fod yn onest: yr unig beth da i ddod o'ch perthynas chi o'dd 'i *hit* enfawr e, "Merch yr Hydref". A dyna le mae'r stori dylwyth teg yn dod i ben.'

Pennod Pum deg pump

Dwi'n teimlo fel taswn i wedi anghofio sut i anadlu. Teimlaf ddicter yn chwyrlïo o 'nghwmpas i fel corwynt wrth wylio Dean yn sipian 'i gwrw, yn crechwenu. Ond cyn i fi feddwl am rywbeth i'w ddweud wrtho fe, clywaf sŵn y tu ôl i fi, a galla i weld Dean yn neidio ar 'i draed, gan daro'i gwrw dros y bwrdd.

'Felly, *dyma* beth yw bod yn rheolwr da, ife, Dean?' Dwi'n troi ac yn gweld Noah yn sefyll y tu ôl i fi, a'i lygaid e'n eirias.

Wrth iddo fe frasgamu tuag at Dean, mae e'n llithro'i law dros waelod fy nghefn er mwyn i fi wybod y gwnaiff e f'amddiffyn i bob cam o'r ffordd.

'Noah, dwi ddim yn gwybod beth glywaist ti ond – ' Mae Dean yn sefyll a'i freichiau yn yr awyr wrth i Noah ddod ato fe.

Mae 'nhraed yn sownd i'r ddaear – allwn i ddim symud hyd yn oed taswn i eisiau.

'Clywais i bopeth, Dean. Y sgwrs i gyd. Beth yffach sy'n bod arnot ti? Ro'n i'n dy drystio di.' Mae e'n edrych bant, gan grychu 'i drwyn fel tase fe newydd arogli rhywbeth ffiaidd. 'Alla i ddim godde hyd yn oed edrych arnot ti. Mae'r ffordd siaradaist ti 'da Penny nawr yn gwneud i fi fod isie chwydu.'

Mae Noah yn edrych arna i, ac yna 'nôl ar Dean. Galla i weld y cyhyrau yn 'i freichiau a'i wddf yn llawn tensiwn. Mae'n anadlu'n ddwfn. Dwi ddim yn credu 'mod i erioed wedi gweld Noah mor grac â hyn o'r blaen, ond nid dim ond dicter yw e; mae e wedi cael loes hefyd. Mae e wedi bod trwy gymaint – o ddelio â marwolaeth 'i rieni, i fod bant oddi wrth Sadie Lee a Bella – a thrwy'r cyfan, yn ymddiried yn Dean i redeg 'i yrfa a gwneud beth sydd orau iddo fe.

'Noah, plis gad i fi esbonio.' Mae Dean yn cydio yn 'i fraich, ond mae Noah yn 'i gwthio hi bant.

'Jyst cer mas. Dwi ddim isie gweithio 'da ti na gweld dy wyneb byth 'to. Ti wedi cael y sac.' Mae Noah yn edrych ar y llawr nawr, wrth i'r cwrw arllwys dros drowsus Dean a'i sgidiau lledr sgleiniog.

Mae Dean yn agor 'i geg i ddweud rhywbeth, ond does dim yn dod mas. Yn lle hynny, mae e'n gwthio heibio i Noah, a'i hyrddio o'r ffordd. Wedyn, mae e'n cerdded heibio i fi ac yn edrych arna i, a'i lygaid yn llawn casineb.

Mae'r ddau ohonon ni'n edrych drwy'r ffenest mewn tawelwch, yn gwylio Dean yn camu mas o'r ardal VIP i ganol torfeydd yr ŵyl. Dyw e ddim yn edrych mor bwysig nawr; mae e'n edrych fel dyn hunanol ac unig.

Mae Noah yn sefyll ac yn rhythu. Estynnaf 'mlaen i ddal 'i law. Heb ddweud gair, mae e'n cydio ynddi hi. Ry'n ni'n sefyll am eiliad tan iddo fe ollwng fy llaw a suddo i lawr i'r soffa. Mae'n ochneidio'n hir ac yn gollwng 'i ben yn 'i ddwylo, fel bod 'i wallt yn rhaeadru drwy'i fysedd.

'Be wna i nawr? Dean yw'r unig reolwr dwi erioed wedi'i gael. Ro'dd e'n uffernol, wrth gwrs, ond *fe* drefnodd hyn i gyd. Y daith ... popeth.' Mae Noah yn edrych o gwmpas y bws yn bryderus, a galla i weld 'i fod e'n dychmygu popeth o'i gwmpas yn cwympo'n yfflon.

Eisteddaf wrth 'i ochr a rhoi fy llaw ar ei ben-glin, sy'n weladwy trwy rwyg yn 'i jîns.

'Dim Dean ddaeth â ti yma, ond ti dy hunan. Mae popeth wnaeth e'n gam i'r cyfeiriad anghywir, ta beth. Mae angen i ti gael rheolwr newydd, rhywun sydd *wir* yn mynd i dy roi di'n gyntaf, a dy helpu di i ddatblygu fel artist, ac fel person.' Mae e'n troi ata i ac yn gwenu, ac mae'r pantiau bach yn 'i fochau'n ymddangos, fel hud a lledrith.

'Sut wyt ti wastad yn gwybod beth i'w ddweud, Penny? Ti'n ddoeth iawn, ti'n gwybod.'

Mae fy mola'n troi'n jeli wrth i'w lygaid gwrdd â'm llygaid i. Fel magned, dwi'n teimlo cysylltiad llwyr â Noah. Mae tensiwn ein ffarwél diwetha wedi diflannu gyda Dean a'i sgidiau sgleiniog (sydd nawr yn gwrw i gyd). Yn sydyn, daw ysfa drostof i i gusanu Noah, ond dwi'n ymatal. Yn lle hynny, dwi'n trio meddwl am ffordd o'i helpu e mas o'r sefyllfa yma.

'Aros – rhoddodd Leah rif rhywun o'i thîm rheoli i fi sbel fach yn ôl. Dwedodd hi wrtha i i gysylltu â'r fenyw yma taswn i byth isie cael gafael arni hi'n glou. Fenella yw'i henw hi, dwi'n credu. Beth am i ti 'i ffonio hi? Os na allan nhw dy reoli di, falle gallen nhw roi cyngor i ti, o leiaf.'

Tynnaf fy ffôn mas o 'mag a rhoi'r rhif iddo fe.

'Diolch, Penny,' medd Noah. 'Dwi wir ddim yn gwybod beth wnawn i hebddot ti.' Mae'n neidio ar 'i draed. 'Dwi i fod ar y llwyfan! Dim ond rhedeg 'nôl i gasglu gwobrau rhyw gystadleuaeth i'r ffans wnes i. Posteri wedi'u llofnodi ... mae'n rhaid i fi fynd, ond os nad wyt ti isie aros yma, ga i dy ffonio di?'

'Wrth gwrs,' meddaf.

Gwyliaf Noah yn brysio oddi ar y bws, a dwi'n teimlo'n falch bod pethau wedi dechrau newid er gwell. Cydiaf yn fy mag ac af i gwrdd â Megan, gan wenu i fi fy hunan wrth feddwl pa ddrygioni mae hi wedi bod yn 'i wneud.

Pennod Pum deg chwech

Mae'r oriel pop-yp ar gyfer arddangosfa gelf yn edrych yn anhygoel.

Mae'r ysgol wedi meddiannu un o'r siopau bach pert yng nghefn y Lanes ar gyfer y digwyddiad. Mae'r haul yn tywynnu drwy'r ffenestri mawr ar y waliau gwyngalchog a'r teils glas, a dwi'n teimlo fel tasen ni wedi cael ein cludo i ryw ynys Roegaidd anghysbell. Mae ein gwaith cwrs ffotograffiath yn harddu'r waliau, yn hongian oddi ar hen drawstiau pren, ac yn edrych yn anhygoel.

Er mawr syndod i fi, mae'r lle dan 'i sang pan gyrhaeddwn ni. Mae rhywun hyd yn oed yn gweini diodydd a bwyd bys-a-bawd. Yn fy mhrysurdeb wrth drefnu syrpréis Elliot, buodd *bron* i fi anghofio 'mod i hefyd yn arddangos fy ffotograffiaeth heno. Fues i erioed yn hoff iawn o'r syniad o arddangos fy ngwaith. Ro'n i'n siŵr y byddai fe'n dechrau pwl o banig. Ond ar ôl i Leah 'mherswadio i y gallai fy ffotograffiaeth droi i fod yn rhywbeth mwy na hobi – yn broffesiwn go iawn – mae 'da fi'r hyder i ddangos fy ngwaith. Hefyd, mae'n rhaid i fi ddangos fy ngwaith i'r cyhoedd os ydw i o ddifri am wneud gyrfa o hyn.

'Dwi'n browd iawn ohonot ti, Pen-digedig. Mae'r rhain yn

anhygoel.' Mae Elliot a finnau'n sefyll ochr yn ochr. Wrth iddo fe sipian sudd oren pefriog, mae e'n rhoi 'i fraich o'm hamgylch i. Galla i deimlo fy wyneb yn twymo ac yn cochi wrth iddo fe graffu ar y lluniau. Mae Elliot wastad wedi bod yn gefn i fi, a dwi'n 'i garu e'n fawr iawn achos hynny.

'Diolch, Wici.' Gwasgaf e'n dynn ac ry'n ni'n sefyll yno, mewn coflaid ochr yn ochr, yn edrych ar fy lluniau ar y wal, ar bwys gwaith fy ffrindiau dawnus.

'Mae'n rhaid i fi ddweud, dwi'n *dwlu* ar yr un yma'n arbennig,' medd Elliot, gyda winc.

Wrth gwrs ei fod e, achos ei fod e ynddo fe. Ei silwét e sy'n sefyll y tu fas i'r Royal Pavilion yn Brighton. Mae'r cromennau wedi'u goleuo'n oren o flaen awyr y cyfnos. Roedd y llun yn rhan o gyfres wnes i ar y thema 'Lleol', am lefydd arbennig yn Brighton sy'n agos at fy nghalon i.

'Sut mae popeth gyda Noah? Ti wedi siarad â fe ers y penwythos?' Mae'n siarad yn dawelach ac yn fy nhywys i gornel dawel. 'Sori bo' fi ddim wedi gallu dod 'da ti i'r ŵyl, ond ro'dd e'n beth da i fi dreulio ychydig o amser 'da fy rhieni. Nawr, *dyna* frawddeg do'n i byth yn credu byddwn i'n dweud.'

Siglaf fy mhen. 'Na'dw, dwi heb siarad ag e, ond ry'n ni wedi tecstio. Mae e'n brysur yn trefnu popeth oedd i'w wneud 'da Dean. Dwi ddim yn gwybod beth sy'n mynd i ddigwydd rhyngon ni. Does dim drwgdeimlad ac ry'n ni'n dau'n hapus. Dwi'n ofni os rhown ni gynnig ar bethe 'to – yn iawn – bydda i'n cael mwy o loes eto ac yn troi'n un o'r cariadon gwallgo, cenfigennus 'na, tra bod fy nghariad enwog yn mynd ar daith. Mae e ar fy meddwl i drwy'r amser ...' Dwi'n cnoi 'ngwefusau ac yn ochneidio'n ddwfn.

'Dwi'n gwybod be ti'n feddwl. Mae'i fywyd e ar fin mynd yn fwy gwallgo fyth. Ond ti'n gwybod, Penny, ro'dd e'n lwcus iawn i dy gael di. Alla i ddim credu mai 'i reolwr e oedd y stelciwr ych-a-fi wedi'r cyfan!'

'Dwi'n gwybod,' meddaf. Dwi'n dal mewn sioc am bopeth sydd wedi digwydd.

'Falle bod stelcwyr fel llofruddion – mae angen i chi edrych ar y bobl sy agosa at y dioddefwr yn gyntaf.'

'Wel, mae rhywun call yn gofalu amdano fe nawr.' Roedd rheolwr Leah yn hapus iawn i helpu pan ffoniodd Noah. 'Dwi'n falch fod popeth yn mynd yn dda iddo fe nawr.'

'Ti'n gwybod nad dim ond fe sy'n bwysig, Penny. Ydy, mae e'n ciwt dros ben ac yn feistr ar y gitâr ac yn canu fel angel, ond ti'n arbennig iawn, iawn hefyd – ' medd, gan godi un ael – 'yn dy ffordd fach od dy hun.'

Ry'n ni'n chwerthin gyda'n gilydd a dwi'n sylwi ar Miss Mills yn dod tuag aton ni. Mae hi wedi gwneud ymdrech arbennig heno. Mae'i gwallt wedi'i godi lan mewn *chignon* soffistigedig, ac mae hi'n gwisgo ffrog fach ddu drawiadol dros ben. Dwi wastad yn rhyfeddu wrth weld athrawon yn edrych mor wahanol y tu fas i'r ysgol. Mae'n hawdd anghofio bod gyda nhw fywydau y tu hwnt i'r stafell ddosbarth.

'Penny, ro'n i wir yn poeni na fyddet ti'n dod! On'd yw dy luniau di'n edrych yn wych fel hyn? Dwi mor falch o'r myfyrwyr i gyd. Ac mae'n rhaid mai ti yw Elliot – neu ddylwn i dy alw di'n Wici?' Mae hi'n estyn 'i llaw i Elliot. Mae e'n ei dala hi ac yn gwneud cyrtsi bach.

'Pleser cwrdd â chi,' medd, wrth foesymgrymu a gwenu'n ddireidus. Mae Miss Mills yn chwerthin ac mae Elliot yn troi i edrych ar waith pobl eraill ac i ddilyn yr hambwrdd o sgwariau bach pitsa, sy'n prysur ddiflannu.

'Sut oedd dy haf di?' hola Miss Mills. 'Wyt ti wedi bod yn iawn, o ran y gorbryder?'

Galla i ddychmygu y byddai llawer o fyfyrwyr yn gwingo mewn embaras o wybod bod un o'u hathrawon yn gwybod pob math o bethau am eu bywydau personol, ond pan fydd Miss Mills yn siarad â fi, ry'n ni fel ffrindiau gorau, a dwi'n teimlo'n gyfforddus yn syth.

'Hwn oedd yr haf mwyaf heriol erioed i fi, dwi'n credu – corwynt o emosiynau! Ond nawr dwi'n teimlo fwy fel *fi* nag ydw i wedi gwneud ers sbel. Dwi'n teimlo 'mod i wedi darganfod tipyn amdana i fy hunan – falle yn y ffordd anodda posib, ond roedd e'n bendant yn brofiad, a fyddwn i ddim yn 'i newid e.'

Mae hi'n rhoi gwên arbennig i fi – gwên garedig yn llawn cydymdeimlad. 'Maen nhw'n dweud bod popeth yn digwydd am reswm.'

'Ac am y tro cyntaf, dwi'n dechre meddwl falle bod hynny'n wir. Dwi'n gwybod bod gorbryder yn rhan o 'mywyd i, a falle yn y pen draw galla i newid hynny, ond am nawr, dwi isie byw bywyd llawn. Dwi'n gorbryderu weithiau, ond mae mwy i fi na hynny.'

'Dyna'r peth gorau dwi erioed wedi dy glywed di'n ddweud, Penny. Dwi isie dy weld di'n llwyddo ym mhopeth ti'n neud, a dwi ddim isie i ti deimlo bod unrhyw rwystr yn dy ffordd di. Mae pobl mas 'na fyddai'n gallu dysgu tipyn o'r pethe ti'n sgrifennu amdanyn nhw, a'r lluniau ti'n eu tynnu.' Mae hi'n pwyntio at f'arddangosfa ffotograffiaeth ac yn rhoi gwên hyfryd, dwymgalon i fi.

'Dwi'n credu y galla i wneud y blog yn gyhoeddus eto ... ' Mae'r geirau'n llithro mas o 'ngheg cyn i fi feddwl amdanyn nhw. Mae'n rhaid mai dyma sut mae pethau i Elliot drwy'r amser – wastad yn siarad heb feddwl gyntaf.

Gwyliaf wyneb Miss Mills yn llenwi â chyffro, ac mae hi wedyn yn neidio lan a lawr, gan guro'i dwylo'n hapus braf.

Dwi'n trio'i thawelu hi fel nad yw pawb arall sy'n mwynhau yn yr oriel yn troi i rythu arnon ni, ond mae Elliot wedi sylwi'n barod ac yn sgrialu draw aton ni.

'Beth sy'n digwydd fan hyn? Rhowch y newyddion da i fi.' Mae'n camu'n bwrpasol aton ni ac yn edrych ar ein hwynebau, gan geisio dyfalu beth sydd wedi digwydd.

'Mae Penny am ddechre blogio eto – yn gyhoeddus!' Mae hi'n curo'i dwylo eto.

'Newyddion anhygoel, Pen!' medd, gan roi cwtsh anferth i fi. 'Betia i fod ffans *Merch Ar-lein* yn gweld isie dy flogs di.'

Gwenaf, cyn ciledrych yn slei ar f'oriawr, a sylweddoli bod awr arall i fynd tan y bydd Alex yn barod amdanon ni, ac allwn ni ddim aros yma lawer hirach gan fod y parti'n tynnu at 'i derfyn.

'Ti'n gwybod – gallwn i sgrifennu blog nawr. Dwi'n gwybod am rywle sy'n agor yn hwyr. Maen nhw'n gwerthu coffi a chacennau ac mae Wi-Fi am ddim.'

'O ddifri?'

'Ydw!' meddaf. 'Mae 'ngliniadur i yn 'y mag i. Pryna i goffi a sleisen o gacen i ti 'te, y blogiwr bach brwd ag wyt ti.'

Ry'n ni'n ffarwelio â Miss Mills ac yn anelu am gaffi bach yn y Lanes, sy'n dal ar agor ac yn gweini diod ysgawen pefriog (hoff ddiod Elliot ar noson o haf) a thafelli trwchus o gacen foron ag eisin caws hufennog. Ry'n ni'n eistedd tu fas gan 'i bod hi'n noson dwym, ac yn dewis mainc dan ganopi o oleuadau lliwgar pitw bach. Tynnaf fy ngliniadur mas a dechrau teipio blogbost sydd wedi bod yn troelli yn fy mhen ers sbel fach.

Mae Elliot yn edrych ar 'i ffôn wrth i fi deipio. Mae'n ochneidio'n drist a dwi'n edrych arno'n ddifrifol. 'Ti'n iawn, E?'

'O, paid â phoeni amdana i. Dwi jyst yn edrych ar luniau o Alex. Drycha ar hwn – ti erioed wedi gweld person mor hyfryd?'

Mae e'n troi'r ffôn tuag ata i ac yn dangos llun o Alex yn eistedd ar foncyff coeden yn y parc. Mae e'n gwenu ar y camera, ac yn edrych ar Elliot yn gariadus ac yn llawn anwyldeb. Dwi'n nabod yr edrychiad yna'n iawn, gan mai dyna sut y byddai Noah yn edrych arna i.

'Falle dylwn i 'i ffonio fe? O weld sut wnest ti a Noah lwyddo i gael trefn ar bethe, dwi'n teimlo falle bod Alex yn haeddu cyfle arall. Dwi'n dal i'w garu e, ti'n gwybod, Penny.'

'O, ym ... wel alli di aros tan i fi orffen y blogbost 'ma? Wedyn, bydda i'n glustiau i gyd. Mae angen i ti gael fy sylw i i gyd i wneud penderfyniad fel 'na!'

Mae Elliot yn gwgu arna i, ond wedyn yn nodio. Dwi ddim eisiau ymddangos yn ddi-hid, ond y peth dwetha dwi eisiau 'i wneud yw sbwylio syrpréis Alex. Mae clywed Elliot yn dweud y pethau hyn yn codi 'nghalon ac yn gwneud i fi deimlo'n hyderus am heno.

'Pam na wnei di 'i ddarllen e i fi?' medd Elliot, gan roi 'i ffôn i lawr ar y bwrdd.

Nodiaf. 'Iawn, co ni off ...'

23 Gorffennaf

Dechrau Newydd Sbon

Helô, bobl y byd!

Dwi'n teimlo fel taswn i'n sgrifennu at hen ffrind, sydd heb fod yn rhan o 'mywyd ers sbel hir.

A bod yn onest, dwi'n teimlo braidd yn nerfus wrth deipio hyn, ond co fi'n mynd, ta beth.

Ers ychydig fisoedd, dwi wedi bod yn blogio dan yr enw **Merch Oddi Ar-lein ... byth am fynd ar-lein**. Dwi wedi parhau i sgrifennu a phostio fan hyn, er 'mod i'n gwybod yn iawn bod neb (heblaw am lond llaw o bobl) yn gallu darllen y pethau oedd gyda fi i'w dweud.

Ro'n i'n teimlo fel taswn i wedi colli fy llais, a doedd y blog yma ddim yn lle hapus i fi rhagor. Dwi'n mynd i newid hynny nawr. Dwi wedi penderfynu, o hyn ymlaen, fod y blog oddi ar-lein yn dod i ben. Roedd yn benderfyniad mawr i'w wneud, ac roedd angen i lawer o bethau newid yn fy mywyd i wneud i fi sylweddoli bod hyn ddim yn rhywbeth dwi isie ei wneud; mae'n rhywbeth mae'n *rhaid* i fi 'i wneud.

Falle i ti ddarllen un o 'mlogiau olaf lle ro'n i'n sôn am wneud y dewisiadau cywir wrth bostio ar-lein, a chanolbwyntio ar fod yn garedig a lledaenu positifrwydd.

Felly, y tro yma, dwi am ddechrau trwy siarad am beidio â gadael negyddiaeth i mewn i'n bywydau.

Dim ond un bywyd sydd 'da pob un ohonon ni, a gallwn ni ddewis sut ry'n ni am fyw hwnnw. Mae'n bwysig sylweddoli, beth bynnag ddwedith unrhyw un arall neu sut bynnag bydd pobl yn trio dylanwadu arnat ti, mai ti sy'n gwneud y penderfyniadau yn y pen draw. P'un ai bod y person yn fwli, yn fwli ar-lein, yn ffigwr mewn awdurdod, yn rhiant, yn ffrind neu'n gariad sy'n rhoi pwysau arnot ti, dim ond TI all fyw dy fywyd DI. Alli di ddim byw yng nghysgod rhywun arall, na thrio plesio rhywun arall drwy'r amser, achos yn y diwedd, pa les wnaiff hynny? Fyddi di ddim wedi cyflawni unrhyw beth ar dy ben dy hunan, fyddi di ddim yn gwireddu dy uchelgais personol. Byddi di'n gwneud dim ond plesio rhywun arall. Os wyt ti wir am wneud rhywbeth yn dy fywyd, gwna fe. Dim ond unwaith yn dy oes y cei di'r diwrnod yma, felly cer amdani nawr.

Weithiau, nid tywysog golygus yw arwr y stori dylwyth teg. Weithiau, ti yw'r arwr.

Merch Ar-lein ... yn mynd oddi ar-lein xxx

Wrth i Elliot gymeradwyo'n frwd, dwi'n pwyso *cyhoeddi*. Mae gwneud y blogbost yn fyw yn deimlad mor rhyfedd, ond eto mor anhygoel.

Dwi'n ail-lwytho'r dudalen ddwywaith neu dair i wylio'r sylwadau'n dod i mewn. Merch Pegasus sy'n hala un o'r rhai cyntaf.

PAWEN LAWEN, CWTSH ENFAWR A DAWNSIO DWL xxx

A dyna pryd dwi'n gwybod bod *Merch Ar-lein* yn ôl, yn swyddogol.

Pennod Pum deg saith

Cyn pen dim, mae'n bryd mynd ag Elliot draw at y bandstand. Mae pilipalod yn fy mola a dwi'n cyffroi wrth feddwl am ymateb Elliot pan welith e Alex, ond dwi'n nerfus dros Alex hefyd. Ac wrth feddwl amdano fe, dwi'n sylwi 'i fod e wedi hala tecst ata i.

> Barod pryd bynnag ti'n barod :) DWI MOR NERFUS, PENNY. BETH OS AIFF HYN I GYD O CHWITH? A x

Dwi'n tecstio'n ôl yn gyflym.

> Alex, mae e'n hiraethu amdanat ti'r foment yma. Bydd popeth yn iawn. P x

Bron yn syth, dwi'n cael ateb oddi wrth Alex, ar ei fwyaf nerfus a phryderus.

> **O DDUW MAWR, Y PWYSAU.**
> **Wela i di cyn hir x**

Dwi'n rhoi fy ffôn 'nôl yn fy mag cyn i Elliot holi pwy dwi'n tecstio, ac yn codi ar fy nhraed.

'Dere, Elliot, mae 'da fi syrpréis i ti.' Dwi'n cydio yn 'i law, ac mae golwg ofnus iawn ar 'i wyneb.

'O iyffach, na. Na, Penny. Dwi ddim yn mynd i chwarae'r gêm hurt 'na yn y parc eto, lle roedd rhaid i fi esgus chwilio am gnau fel wiwer. Dy'n ni byth yn chwarae'r gêm 'na 'to.'

Mae'n tynnu 'i law 'nôl ac yn rhythu arna i wrth i fi chwerthin dros bob man. Mae'r atgof byw sydd 'da fi o Elliot yn sgrialu drwy ganghennau'r dderwen a'i ddwylo yn 'i geg ac yn rhygnu 'i ddannedd yn un o'r pethau doniola erioed.

'Na, y wew. Dilyna fi.'

Dwi'n llusgo Elliot oddi wrth y bwrdd ac yn gwrthod ateb unrhyw gwestiynau. Mae hyn yn gwneud iddo fe deimlo'n rhwystredig iawn.

Braich ym mraich, ry'n ni'n cerdded i lawr at y môr. Mae'n dawel, ac mae sŵn y tonnau'n chwalu ar y tywod a sgrech y gwylanod yn llenwi'n clustiau wrth i ni ymlwybro i lawr y promenâd. Mae'n noson hyfryd ac mae llinynnau pinc a phorffor yn britho'r awyr. Bydd y machlud yn fendigedig, a dwi mor falch fod cynllun Alex yn mynd fel watsh hyd yn hyn.

Mae Elliot yn pwyso'i ben ar f'ysgwydd wrth i ni gerdded. 'Ro'n i'n arfer gwneud hyn gydag Alex gyda'r nos. Dim ond mynd am dro bach ar hyd y prom, i wrando ar y môr. Dyna'r unig adeg y bydde fe'n hapus i ni gael ein gweld gyda'n gilydd. Hwn oedd ein hoff beth ni i'w wneud. Roedd e'n gyfrinachol ac yn rhamantus.'

Ry'n ni'n oedi am funud ac yn pwyso ar y rheiliau. Mae Elliot yn pigo tamed o baent gwyn rhydd ac yn rhythu ar y môr â llygaid trist. Dwi erioed wedi'i weld e'n edrych mor ddigalon, ac mae deigryn yn rhowlio i lawr 'i foch. 'Ti'n credu 'mod i wedi gwneud cawl potsh o bopeth, Penny? Ti'n credu y caf i gyfle i'w weld e ... neu 'i gusanu e ... neu 'i gyffwrdd e byth 'to?'

Dwi'n gwasgu ei fraich. 'Paid poeni, Els. Bydd popeth yn iawn yn y pen draw.'

'Ond sut wyt ti'n gwybod?'

'Jyst teimlad,' meddaf. 'Dere, alli di ddim cyrraedd dy sypréis yn edrych yn ofnadwy, gyda llygaid coch.' Dwi'n rhoi hances iddo fe, ac yn 'i dynnu ataf i gael cwtsh mawr.

'Diolch, Penny.' Mae'n sychu 'i lygaid ac yn sniffian yn ddramatig. 'Iawn, i'r gad! Ble mae'r sypréis 'ma?'

'Dim ond tamed bach yn bellach y ffordd hyn,' meddaf.

'Ti'n llawn dirgelwch, Penny fach. Dwi'n lico hyn. Hei, be sy'n digwydd ar y bandstand?'

Edrychaf lan, ac mae 'ngên yn cwympo tua'r llawr: mae'r bandstand yn edrych yn anhygoel. Mae Alex wedi bod yn brysur iawn, ac wedi gosod goleuadau prydferth drosto fe i gyd.

'Dim syniad,' meddaf, gan drio edrych yn ddiniwed. 'Falle bod rhywun yn priodi?'

'Waw, dwi erioed wedi'i weld e fel hyn o'r blaen. Ddylet ti dynnu llun!'

Dwi'n cytuno, ac yn estyn fy nghamera i dynnu degau o

luniau. Mae'r haul yn machlud, ac mae'r golau twym yn rhoi lliw euraidd i'r strwythur haearn a'i do copr. Mae'n edrych yn anhygoel – yn enwedig ag adfail hen Bier y Gorllewin yn y cefndir.

'Agorodd y bandstand yn 1884. O't ti'n gwybod hynny?' hola Elliot.

'Do'dd 'da fi ddim syniad 'i fod e mor hen â hynny!' Ebychaf.

'Ydy, ond cafodd e 'i adnewyddu ychydig flynydoedd yn ôl, i'w gyflwr gwreiddiol. Byddai fan hyn yn lle arbennig o ramantus i briodi, on' fydde fe?'

'Pam na awn ni i gael golwg agosach?'

'Ooo, gawn ni?' Mae wyneb Elliot yn gynnwrf i gyd. 'Fyddwn ni ddim yn hwyr i'r sypréis?'

Gwenaf. 'Na, fyddwn ni'n iawn,' meddaf.

Wrth agosáu at y bandstand, galla i weld bod Alex wedi addurno'r bont fach mae'n rhaid i ni 'i chroesi i gyrraedd y bandstand, lle mae llen felfed drom yn hongian dros y fynedfa. Dwi'n dyfalu bod Alex yn cuddio tu ôl iddi hi.

Mae arwydd yn hongian dros y llen sy'n dweud: AR GAU AR GYFER PARTI PREIFAT.

'O, 'na drueni,' medd Elliot.

Dwi'n 'i daro'n ysgafn bach yn 'i asennau. 'Beth am i ni edrych yn agosach?'

O dan yr arwydd mae'r llun dynnais i o Alex ac Elliot yng nghyngerdd The Sketch, wedi'i chwyddo'n fawr i bawb ei weld.

'Beth ... beth yw hyn i gyd?' medd Elliot, gan gamu'n nes eto.

Mae'i wyneb yn wyn fel y galchen ac mae'n dawnsio o'r naill droed i'r llall – fel tase fe ar fin rhedeg bant. A dwi wedyn yn dechrau poeni bod popeth am fynd o chwith, o ddifri.

Pennod Pum deg wyth

'Ife jôc yw hyn?' hola Elliot.

Ysgydwaf fy mhen. 'Dwi'n credu bod isie i ti fynd i mewn.' Gwenaf arno, gan bwyntio at fwrdd du bach ac arno'r geiriau: ELLIOT, DILYNA FI.

Mae e'n llyncu 'i boer, gan graffu ar fy wyneb am arwydd bod hyn i gyd yn dric, cyn camu'n nerfus yn 'i flaen. Arhosaf y tu ôl iddo fe, i adael iddo brofi'r cyfan ar 'i ben ei hunan, ond mae e'n estyn amdanaf ac yn cydio yn fy llaw, a 'nhynnu 'mlaen wrth 'i ochr. Mae llwybr troellog prydferth o betalau rhosod wedi'i osod ar lawr cul y bont. O gwmpas y llwybr, ac yn hongian o'r rheiliau, mae llawer o atgofion Alexiot: lluniau o Elliot nad ydw i erioed wedi'u gweld, bonion tocynnau ffilmiau a gigs y buon nhw iddyn nhw gyda'i gilydd, a hyd yn oed label y sgarff gyntaf a brynodd Elliot yn anrheg i Alex.

Mae Elliot yn troedio'r llwybr yn ofalus, gan ddarllen nodiadau bychain a chwerthin ar ben lluniau a dynnodd Alex ohono, yn ddiarwybod iddo fe. Mae un llun o Elliot yn cysgu'n gegagored yng nghar Alex. Yna, mae hunlun o Alex yn codi 'i fawd lle mae Elliot yn y cefndir. Mae Elliot yn gwenu ac yn chwerthin yn dawel bach wrth ail-fyw'r atgofion, a galla i weld dagrau newydd yn 'i lygaid – dagrau o hapusrwydd y tro hwn, nid tristwch.

Ry'n ni'n cymryd hydoedd i gyrraedd y llen felfed sy'n gorchuddio mynedfa'r bandstand 'i hun. Rwy'n sefyll ar flaenau 'nhraed i gusanu boch Elliot, cyn 'i wthio'n ysgafn drwy'r fynedfa. Mae e'n gollwng fy llaw, yn anadlu'n ddwfn ac yn camu dan y llen.

Yn sefyll yng nghefn y bandstand, a dim ond 'i silwét yn weladwy o flaen y machlud, mae Alex. O fynd yn agosach, gwelaf 'i fod e'n smart dros ben mewn siwt drwsiadus. Mae lanternau a chanhwyllau pitw bach yn hongian o'r addurn haearn troellog ar ymyl y to. Rhwng y pileri mae pompoms papur a bynting. Mae e fel rhywbeth mas o ffilm. Yn bendant, dyma'r peth mwyaf rhamantus dwi erioed wedi'i weld, a dwi ddim yn teimlo'n chwerw o gwbl bod hyn yn digwydd i Elliot, ac nid i fi. Rhaid i fi wneud ymdrech arwrol i beidio llefain y glaw.

Mae Elliot yn camu 'mlaen nes 'i fod e wyneb yn wyneb ag Alex. Mae Alex yn dal 'i ddwylo ac yn edrych arno, a'i lygaid fel soseri.

'Elliot Wentworth. Alla i fyth ddad-wneud y loes achosais i i ti, ond dwi isie gwneud popeth o fewn 'y ngallu i wneud pethe'n iawn rhyngon ni eto.'

Mae Elliot yn edrych ar wefusau Alex ac yna'n ôl i fyw 'i lygaid, a galla i deimlo gwreichion trydanol rhyngddyn nhw. Dwi'n ddiolchgar bod y strwythur yma'n haearn, nid pren – mae'r cemeg rhyngddyn nhw mor gryf fel y gallai fe gynnau tân fan hyn.

'Does 'da fi ddim geiriau, Alex. Does neb erioed wedi gwneud *unrhyw beth* fel hyn i fi o'r blaen.' Mae Elliot yn edrych fel tase fe ar fin llefain – neu ffrwydro mewn cwmwl conffeti o hapusrwydd pur.

'Wnei di ddawnsio 'da fi?' Mae Alex yn estyn 'i fraich ac mae Elliot yn rhoi 'i law yn llaw Alex.

Galla i glywed cordiau cyntaf 'Elements' yn dechrau, ond dwi'n teimlo'n ddryslyd. Dwi heb weld Alex yn gwasgu'r botwm CHWARAE, ac alla i ddim gweld o ble mae'r gerddoriaeth yn dod. Wedyn, clywaf sŵn traed yn dod dros y bont, ac mae 'nghalon yn llamu i 'ngwddf. Mae'r llen yn symud, a Noah yn dod i'r golwg.

Mae'i wallt wedi'i dynnu'n ôl, ond mae e'n dal yn eitha cyrliog. Yn lle jîns wedi rhwygo, trowsus smart sydd amdano fe, ac mae e'n gwisgo crys gwyn tyn â'r llewys wedi rholio, sy'n dangos ffurf cyhyrog 'i gorff. Ar ben hyn, mae gyda fe'i gitâr hyfryd, wrth gwrs, ac mae e'n chwarae 'Elements' arni hi. Mae fy stumog yn neidio wrth iddo fe roi gwên fach slei i fi.

Mae'n dechrau canu cân Alexiot, a'i lais meddal yn gorffwys yn braf ar gordiau'r gitâr. Mae Elliot ac Alex yn dawnsio gyda'i gilydd wrth i'r haul ddiflannu i'r gorwel. Yn y tywyllwch mae'r goleuadau'n pefrio, ac mae dagrau yn fy llygaid wrth wylio'r cyfan. Mae hyn i gyd fel breuddwyd – alla i ddim ond dychmygu sut mae Elliot yn teimlo'r funud hon.

Mae Noah yma.

Alla i ddim credu'r peth.

Ar ôl iddo orffen canu, mae Alex, Elliot a finne'n curo dwylo'n wyllt. Ond wedyn, mae Elliot yn camu oddi wrth Alex, yn ddigon pell i fi ddechrau pryderu 'i fod e'n mynd i wrthod 'i gymryd e'n ôl. Alla i ddim godde gwylio, rhag ofn na fydd Elliot yn maddau i Alex.

'Alex, mae hyn yn anhygoel ... ond dwi'n dal ddim yn gwybod alla i fod gyda ti. Ddim os bydd e fel o'r blaen.'

Fydd e ddim fel o'r blaen, Elliot. Dwi'n gaddo.'

'Sut galla i fod yn siŵr o hynny?'

'Dere 'da fi,' medd Alex. 'Mae un elfen arall i'r sypréis 'ma.'

'Mae rhagor? Iyffach gols, Alex – mae hyn yn ormod.'

'Nag'yw, Elliot,' medd Alex. 'Gobeithio bydd hyn yn ddigon.'

Mae e'n arwain Elliot draw at ymyl y bandstand. Wedyn, mae e'n codi 'i lais, ac yn bloeddio, 'Barod? Tri ... dau ... un!'

Pennod Pum deg naw

Ar y gair, mae pobl yn cychwyn dylifo mas o gaffi'r bandstand ac i lawr i'r traeth oddi tanon ni. Maen nhw'n edrych lan ar Alex, Elliot, Noah a finne'n sefyll ar brif lwyfan y bandstand ac yn dechrau gweiddi a chymeradwyo, gan wenu fel gatiau. Sylwaf yn syth ar rieni Alex, ynghyd â fy rhieni i a rhieni Elliot.

Mae Noah yn estyn microffôn o rywle, ac yn dechrau chwarae un o'i ganeuon mwyaf bywiog. Mewn dim o dro mae pawb ar y traeth yn dawnsio. Mae Alex yn troi at Elliot ac yn dweud, 'Dwi isie dangos i'r byd 'mod i'n gariad i ti. Ond cyn dangos i'r byd, beth am ddangos i'n teuluoedd a'n ffrindie?'

Mae Elliot yn taflu 'i freichiau o gwmpas gwddf Alex ac maen nhw'n cusanu, i gymeradwyaeth wyllt yr holl bobl sydd i lawr ar y traeth. Dwi'n trio clapio'n uwch na phawb, gan chwibanu fel ffermwr i goroni'r cyfan.

Ar ôl i Noah orffen 'i set fyw, daw cerddoriaeth dros y system sain, ac mae Alex ac Elliot yn cerdded law yn llaw dros y bont i ymuno â'r criw hapus ar y traeth.

Dwi'n oedi ar eu holau, yn gwylio Noah yn rhoi 'i gitâr i gadw. Mae e'n gwenu arna i bob hyn a hyn, a phob tro mae e'n gwneud hynny, mae'r pilipalod yn fy mola'n dawnsio. Mae'i wên, bob amser, yn toddi 'nghalon.

'Hei, Penny. Does dim ots 'da ti 'mod i wedi hala tecst at Alex i ofyn am gael ymuno yn y sypréis, oes e?' mae'n holi.

Ysgydwaf fy mhen. Dwi'n teimlo'n rhy wan i siarad.

'Da iawn. Ro'n i isie gwneud rhywbeth arbennig iddo fe ac Elliot. Ac ro'n i'n credu byddai hynny'n rhoi siawns i ni siarad eto. Ydy hynny'n iawn?'

Nodiaf. Mae e'n rhoi 'i law ar waelod fy nghefn ac yn f'arwain tuag at y traeth, heb ddweud gair. Yn sydyn iawn, wrth deimlo'i law yn mwytho croen fy nghefn, dwi'n hollol ymwybodol 'mod i'n gwisgo top byr. Ar ôl cyrraedd pen draw'r bont, caf gip ar Larry, sy'n pwyso'n erbyn y rheiliau metel sy'n gwahanu'r promenâd rhag y traeth.

'Helô Larry!' meddaf. Dwi'n cerdded ato fe ac yn rhoi cwtsh mawr iddo fe. Mae dagrau yn ei lygaid.

'O, Penny, mae'n dda dy weld di. Sori am y dagrau. Dwi'n hen greadur digon sentimental pan mae 'na diweddglo hapus.' Mae'n sychu 'i ddagrau ac yn amneidio draw at Elliot ac Alex. 'Gobeithio y cei di ddiweddglo hapus hefyd,' medd, gyda winc.

'Diolch,' atebaf, gan wenu.

Mae Noah yn aros yn amyneddgar i fi ddychwelyd, ac ry'n ni wedyn yn symud oddi wrth y parti. Mae e'n estyn 'i law i fy helpu i lawr y grisiau serth. Mae'r traeth yn wag ac yn heddychlon, a'r haul yn dal i dywynnu'n dwym er bod y lleuad yn dechrau ymddangos. Trof i edrych ar Noah. Mae'i lygaid yn dywyll ac yn fy ngwahodd i ato, ac mae ychydig o farf yn tyfu ar hyd ymyl 'i ên. Edrychaf dros f'ysgwydd ar barti Alex ac Elliot, a dwi'n eu gweld nhw ill dau, a'u breichiau wedi'u lapio'n dynn am 'i gilydd. Mae golwg mor hapus arnyn nhw.

Dwi a Noah yn eistedd ar y traeth, yn nythu rhwng y cerrig.

Mae Noah yn estyn 'i law i symud cudyn cyrliog oddi ar fy wyneb, ac mae'i fysedd yn oedi ar fy moch.

'Dwi isie aros fan hyn gyda ti, Penny. Dwi isie hyn. Dwi isie ni.'

Mae e'n rhoi 'i law i lawr ar y cerrig twym a dwi'n rhoi fy llaw ar 'i law. Ry'n ni'n eistedd mewn tawelwch wrth i fi anadlu awyr iach y môr. Mae gwylanod yn plymio ac yn gwibio uwch ein pennau. Eisteddwn a gwyliwn, law yn llaw, wrth i'r tonnau ddod i mewn. Mae'n f'atgoffa i o ddechrau'r flwyddyn, pan ddaeth e i fy ngweld i gyda'r Dywysoges Hydref ar y traeth. On'd yw hi'n rhyfedd sut mae'r rhod yn troi?

Wrth feddwl am realiti'r sefyllfa, mae 'nghalon yn suddo. 'Alli di ddim aros fan hyn – alla i ddim gadael i ti anghofio dy freuddwyd. Ti'n gwneud beth wyt ti wastad wedi bod isie'i wneud. Cest ti d'eni i'w wneud e.' Dwi'n edrych arno fe nawr ac mae e'n edrych 'nôl arna i, gan gnoi 'i wefus.

'Ac alla i ddim gofyn i ti roi'r gorau i dy fywyd er fy mwyn i, chwaith,' medd, gan ochneidio. 'Dwi ddim isie gorfod dy lusgo di gyda fi. Dyw e ddim yn deg. Mae 'da ti dy fywyd dy hunan. Dychmyga'r holl bethe fyddet ti'n eu gwneud taset ti erioed wedi cwrdd â fi.'

Mae ton ar ôl ton o dristwch yn fy mwrw i. Taswn i erioed wedi cwrdd â Noah, fyddwn i ddim yn eistedd fan hyn nawr. Fyddai 'da fi ddim yr holl atgofion cyffrous hyn, a byddai 'ngorbryder i'n llawer gwaeth. Mae Noah wedi fy helpu i i ddeall fy hunan, ac mae popeth wnes i gydag e wedi cyfrannu at y ffordd dwi'n byw 'mywyd y foment 'ma.

'Ti mor dalentog, Penny, ac un o'r pethe dwi'n caru fwya amdanot ti yw bo' ti mor ddewr. Wrth gwrs, ti'n uffernol o drwsgwl, ond dwi'n dwlu ar hynny hefyd.' Mae e'n chwerthin, a dwi'n chwerthin hefyd. Does dim tensiwn rhyngon ni, ac mae popeth yn teimlo'n braf ac yn hapus – fel y tro cyntaf cwrddon ni.

'Be wnawn ni, 'te?' holaf, braidd yn swil. Fel arfer, byddwn i'n ofni ateb Noah. Ydy e'n mynd i ddweud wrthon ni ein bod ni byth am weld ein gilydd eto? Ife dyma'r foment olaf y byddwn ni'n 'i rhannu gyda'n gilydd? Ond mae rhywbeth yn fy nghalon yn dweud wrtha i fod rhaid gofyn y cwestiwn yma. Allwn ni ddim mynd 'mlaen fel hyn, yn brwydro'n barhaus i wthio'n bywydau i'r un cyfeiriad.

'Dim syniad. Y cyfan dwi'n 'i wybod yw 'mod i isie aros yn yr union foment yma, gyda ti.'

'Finne hefyd.'

Mae Noah yn codi fy llaw ac yn cusanu 'mysedd yn ysgafn, cyn eu dal nhw yn 'i ddwylo wrth edrych mas ar y môr.

'Ti fydd fy nigwyddiad sbardunol i am byth,' meddaf, wrth iddo gydio'n dynnach yn fy nwylo.

'Dwi'n credu, nawr, bod hyn fel diwedd ffilm ... ond nid dyma'r gerddoriaeth ar y diwedd. Wedais i wrthot ti o'r blaen, Penny. Ti fydd fy nghariad i am byth. Dwi wir yn credu 'ny.' Mae e'n gwenu arna i, a dagrau lond 'i lygaid. Wedyn, mae'n fy nhynnu i mewn i gwtsh. Ry'n ni'n dala'n gilydd, ein llygaid ynghau, yn gwrando ar sŵn y tonnau a'r bonllefau hapus o barti Alex ac Elliot yn y pellter.

Galla i deimlo'i galon yn curo ar fy mrest wrth i'w fys ddilyn llwybr morgrugyn ar fy nghefn. Dwi'n toddi yn 'i freichiau. Wrth i ni wahanu, ry'n ni'n gwenu ar ein gilydd ac yn troi'n ôl i weld y tonnau'n chwalu ar y cerrig. Mae lwmp yn fy llwnc wrth i realiti'r sefyllfa fy nharo i. Ond hefyd teimlaf ryddhad. Mae popeth yn dod i fwcwl.

Mae dau ddeigryn yn crwydro i lawr fy wyneb. Dwi'n eu sychu ac yn ochneidio wrth i Noah estyn 'i law, i'm helpu ar fy nhraed. Daeth ein moment i ben.

Rhoddaf fy llaw yn 'i law, ac maen nhw'n ffitio'n berffaith, fel jig-so. Wrth iddo 'nghodi ar fy nhraed, teimlaf fy nghalon yn codi hefyd.

Mae ein llygaid yn cwrdd wrth i fi gamu tuag ato, a'r penderfyniad wedi'i wneud yn fy meddwl. Falle mai dyma ddiwedd y bennod hon. Ond i ni, dim ond dechrau mae'r stori.

Diolchiadau

Ar ôl llwyddiant fy nofel gyntaf, roedd dechrau ar lyfr rhif dau yn beth eitha brawychus – yn enwedig gan fod cymaint ohonoch chi'n aros yn eiddgar i Penny a Noah ddychwelyd. Allwn i ddim bod wedi gwneud hyn heb fy ngolygydd, a nawr, fy ffrind, Amy Alward. Byddai ein 'Dydd Mercher Sgrifennu' bob amser yn cynnwys digonedd o fwyd blasus, pentyrrau o nodiadau, sŵn tapio cyson y gliniadur a chwerthin di-ben-draw. Mae Amy wedi fy helpu i dyfu fel awdures ond hefyd fel person; byddai hi'n rhoi anogaeth i fy syniadau gwallgo a bob amser yn gwybod beth i'w ddweud pan na fyddai'r awen yn llifo. Fydd dydd Mercher fyth yr un peth o hyn ymlaen!

I weddill y tîm anhygoel yn Penguin sydd wedi helpu i ddod â llyfrau *Merch Ar-lein* yn fyw; diolch i Shannon Cullen, Laura Squire, Kimberley Davis a Wendy Shakespeare am eu cymorth golygyddol, Tania Vian-Smith, Gemma Rostill, Clare Kelly a Natasha Collie am eu gwaith marchnata a chyhoeddusrwydd anhygoel, Zosia Knopp a'r tîm hawliau am drefnu i *Merch Ar-lein* gael ei gyfieithu i gymaint o wahanol ieithoedd o gwmpas y byd, a'r holl dîm gwerthiant am eu ffydd a'u brwdfrydedd parhaus.

Fy rheolwyr, Dom Smales a Maddie Chester, yw rhai o fy nghefnogwyr mwyaf (fe rodda i foment fach i chi i ddychmygu Dom mewn sgert bitw fach gyda pom-poms.) Mae eu cefnogaeth gref a'u hanogaeth ddiddiwedd wedi fy ngalluogi i gadw 'nhrwyn ar y maen. Diolch, Maddie, am fod yn ddylanwad cadarnhaol bob amser, ac am fod yn ffrind arbennig. Dwi'n falch iawn dy fod ti wrth fy ochr, yn gwasgu fy llaw yn gyffrous wrth i'r holl bethau gwallgo, gwych 'ma ddigwydd.

Diolch i fy nheulu anhygoel am eu cefnogaeth enfawr, yn enwedig Mam a Dad am adael i fi ddilyn fy nghalon, ac am fod wrth fy ochr trwy lwyddiant yn ogystal â methiant. Mae gwybod eich bod chi wastad yn falch ohona i'n golygu 'mod i byth yn ofni canlyniadau unrhyw benderfyniad. Diolch i ti, Joe, am dynnu'r gorau glas ohona i bob amser, ac am fy herio i wthio'n galetach pan fydda i wedi colli hyder. I fy nheulu yn Brighton – Nick, Amanda, Poppy a Sean – diolch am eich cefnogaeth barhaus, y llifeiriant o chwerthin ac am fod yno i mi bob amser, â breichiau agored.

Diolch i fy ffrindiau anhygoel sy'n f'ysbrydoli ac yn fy annog gyda'u creadigrwydd, ac yn rhannu fy nghyffro bob amser. Does dim byd gwell na grŵp o bobl sy'n cefnogi popeth ry'ch chi'n ei wneud. Diolch am y chwerthin a'r cwtshys.

Yn olaf, diolch i fy nghariad, Alfie, am fod yn ddylanwad pwyllog a thangnefeddus, ac am gadw fy nhraed ar y ddaear. Allwn i ddim gwneud hyn hanner cystal hebddot ti. Dwi'n falch iawn 'mod i'n rhannu'r bywyd gwallgo 'ma gyda ti (er i ti gwympo i gysgu pan ddarllenais i'r bennod gyntaf i ti).

Zoe Sugg

Merch
Ar-lein

NOFEL GYNTAF
Zoella

ZOE SUGG

Addasiad EIRY MILES